雲をつかむ話
ボルドーの義兄

tawada yōko
多和田葉子

講談社文芸文庫

目次

雲をつかむ話 七
ボルドーの義兄 二五一
作者から文庫読者のみなさんへ 四二〇
解説 岩川ありさ 四二六
年譜 谷口幸代 四三八
著書目録 谷口幸代 四五六

雲をつかむ話／ボルドーの義兄

雲をつかむ話

1

人は一生のうち何度くらい犯人と出遭うのだろう。犯罪人と言えば、罪という字が入ってしまうが、わたしの言うのは、ある事件の犯人だと決まった人間のことで、本当に罪があるのかそれともないのかは最終的にはわたしには分からないわけだからそれは保留ということにしておく。

後に犯人として逮捕された人と、それと知らずに言葉を交わしたことがこれまで何度かあった。どれも「互い違い」という言葉の似合う出遭いだった。朝、白いリボンのように空を横切る一筋の雲を見ているうちに、そんな出遭いの一つを思い出した。

ベルリンに引っ越してきてからもう五年もたったというのにまだ、朝起きて窓から外を見ると、ハンブルグ南部を流れているはずのエルベ川が目の前を流れているような幻覚に襲われることがある。二十四年も見つめ続けた光景だからそう簡単に網膜を去ってはくれないのだろう。その川の畔《ほとり》で語り合った人たちの数はあまりにも多すぎてとても数えあげることができないが、犯人の数なら一人一人数えることができるような気がする。

机に向かうとまず日記帳を開けてしまうが、まだ何も起こっていない朝から日記帳を開ける奇癖はいつか治したいと思っている。当然ながら「朝起きた」という以外に書く事がないので、「リボン雲たなびく」と書き込んだ。雲を眺めていると嫌でもいろいろなことを思い出す。日記には今、目の前に見えているものだけを書いておきたいと思うのに、過去がずるずると雲蔓《くもづる》式に引きずり出されてきて、自分でもそれをとめることができない。

ベルリンにある自宅の書斎の窓は中庭に面している。中庭にはケヤキともみの木に囲まれた池があり、その池に向かって裏の出口から赤みがかった石を敷きつめた小径が造られている。奥には落ち葉に覆われたテーブルとベンチ、薔薇の茂みが見える。

斜め前の建物は比較的遠くにあるが、それでも同じ高さのやはり四階のベランダに派手なガウンを羽織って姿を現わす金髪の女の姿がよく見える。この女は九時頃起きてきて、植木の枯葉を摘み取り、水をやり、わたしの位置からは見えないが多分そこに置かれているに違いない椅子に腰掛け、手摺《てす》りに片肘をついて煙草を一本吸う。その煙草の煙が見えるように思えるのはわたしの思い過ごしだろう。ところが今日はこの女の代わりに、体格のいい男がベランダに現れたのでぎょっとした。黄色いポロシャツの半袖からぬっと出た太い腕、厚い胸板、イチジク型の頭。これまで見たことのない男で、しかも誰かと似ていた。昔知っていた人だという気がしてしまう。でも、そんな風に感じるのはもしかしたら、まるで建物全体にリボンでもかけるように出ているあのめずらしい雲のせいかもしれなかった。幅の広い粗《あら》い織り目のリボンがほつれて、わたしの脳細胞に絡みつく。外そうとしても絡みついてくる。わたしにリボンをかけるのはやめてください。贈り物ではないのですから。それともこれは人質の手首を縛る縄？

事件が事件として知覚され、犯人捜査が始まった瞬間から、その人はある事件に関しては犯人であるということになる。しかし犯人と呼ばれるようになった瞬間、その人が別人になるわけではないし、もっとさかのぼって考えれば事件を起こしたからそれまでとは別の人間になるというわけでもない。「あの人がまさか」などというのは、「あの人がまさか小説を書いているなんて思ってもみませんでした」と言うのと同じで、自分自身の思い込みに驚いているだけなのかもしれない。

わたしは友達に刑事がいたわけではないし、まして自分が探偵事務所に勤めていたわけでもないが、ごく普通に小説家として暮らしていても、犯人の人生と自分の人生が交差することがある。そういう交差点よりももっと重要な交差点はいくつもあるのだけれど、自分にとって重要な出遭いについてはほとんど人に話す気にはなれないのに対し、犯人と出遭った胸躍る話はみんなに話してきかせたくなる。自分が誰かの動かす将棋の駒になってしまったような出来事は舌に乗りやすい。中には人に話し、手紙に書き、すでに小説に使ってしまった話もある。

この話を読んでどこかで聞いたことのある話だと思った人は、わたしの口から直接その話を聞いたことがあったのかもしれないし、別の小説に別の形で現れた人とそっくりであることに気がついたのかもしれない。何度も話していれば手垢がついてしまうが、それはそれでちょうど骨董品が収集家の手の垢で磨かれていくのと同じでいいのではないかと思う。

それにしても体験話というものが何度も繰り返し話しているうちに嘘になって熟していくのはなぜだろう。嘘をつくつもりなど全くなくても、語りの滑走路を躓《つまず》かないように走るには、まばたきするくらい短い時間内で「記憶の穴」を埋めていかなければならない。穴のない記憶は記憶とは言えず、穴は必ずたくさんあいている。どうやって埋めようかと考えている暇などない。埋めるのはほとんど意味のない細部だけなのに、話ができていく中でなぜかそういう細部がムクムクと力を持ち始め、全体を変えてしまう。細部をいじるのをやめようと思っても、穴を穴のままにして話すのは難しい。そんな芸当のできるのは詩だけかもしれない。話の勢いで、その場の思いつきで、我を忘れて埋めていく嘘の部分。ひょっとしたら、そこにこそ、わたしの「わたし」が隠されているのかもしれない。事件を起こしたのはわたしではないが、穴を埋めるのはわたしだからだ。リボン雲の犯人についても同じことが言えるのかもしれない。


それは一九八七年、わたしがまだハンブルグに住んでいて、生まれて初めて本を出した秋のことだった。フランクフルト書籍見本市が終わってからのことだから、秋というより冬の初めと言った方が正確かもしれない。日本語に訳せば「破産出版」というユニークな名前の出版社をやっている女性に、自分の書いた詩のドイツ語訳を見せるといきなり「本をだしましょう」と言ってくれたのがちょうどそれより一年前のことだった。

その頃わたしの暮らしていた家はエルベ川沿いの遊歩道に面していて、雨が降っても雪が降っても週末は散歩者がかなりいた。「日本語とドイツ語、二ヵ国語の本です。一冊二十五マルク。ベルを鳴らしてください。ここで直接購入できます」などとマジックペンで紙に書いて、一階のベランダの張り出し窓のガラスに散歩者の目にとまりやすいように貼って、一冊でも多く買ってもらおうと考えた。そんなことをするのは恥ずかしいとも危ないとも感じなかった。

家の前を通る遊歩道は片側にはデンマークの田舎を思わせる古い小さな一軒家が建ち並び、もう片側は花壇で、花壇の向こうが河原だったが、この河原は石ではなく白い砂に覆われていた。花壇と河原の間には一、二メートルの段差があって、その向こうがエルベ川で、川幅は大きなコンテナ船が入って来られるくらい広かった。

この辺は北海からは百キロくらい内陸に入っているが、それでも北海の潮が満ちてくれば、エルベ川は上流に向かって逆流し、水かさが増して、河原は水に覆われた。一昔前には少し先にある家が水浸しになったこともある。水面は空を映して灰色と青の間で一日に何度も色を揺らし、ちりばめられた太陽光線がきらびやかな孤独を散らしていた。雲は水が蒸発してできたものなのだと聞いたが、海の方から流れてくる雲は塩辛いんだろうか。

その日の午後、平日だと言うのにわたしはめずらしく一人家にいた。朝から雲が薄く空を覆い、対岸のクレーンの鋼《はがね》を冷たく見せていた。このように雲が雲として姿を現さないままに空模様を作っている日がわたしは苦手だった。霧を刻み込んだ冷たい風が当たると窓ガラスがぱりぱりと音をたて、港の方からは重たい金属音が等間隔で聞こえていた。窓から外を見た時には全く人影がなかったのに、窓から離れた途端に家のベルが鳴った。誰も訪ねて来る予定はなかったし、郵便配達人の黄色い自転車ももうとっくにうちの前を通り過ぎていた。一体誰だろうと不思議に思ってドアを開けると、わたしより首ひとつ分は背の高い、がっしりした若い男が立っていた。雨が降っているわけでもないのに、赤茶色の細い巻き毛が濡れて額に貼りついていた。男は震える白い唇に愛想笑いを浮かべようと努力しながら、「あの、外の貼り紙を読んだんですけれど、あの、これから友達の誕生パーティに行くんで、プレゼントとして贈りたいんですけれど、あの、紙で包んでリボンをかけてくれるなら、買いたいと思うんですけれど、あの」ということを歯切れ悪く発音する唇の周りにまばらな髭《ひげ》が伸びかかっていた。目元には、「誕生パーティ」とか「リボン」という言葉の明るい響きとはそぐわない暗い焦りが出ていた。危険だという感じはしなかった。わたしは男を玄関口に招き入れ、湿った冷たい空気がそれ以上流れ込んでこないようにドアを閉めた。ドアが閉まると男の表情は少しだけやわらいだ。わたしが玄関の棚に飾ってあった本の見本を一冊取り出して男に手渡すと、男は不器用にめくって形だけは中を拾い読みしているように見えたが、本当は気もそぞろで別のことを考えていることが分かった。わたしの不審げな視線に気がついたのか、男ははっとして、「これ、二ヵ国語詩集なんですよね」と自信なさそうに訊いた。「詩と散文と両方入っています。日本語とドイツ語です。わたしが日本語で書いて、ある翻訳者がドイツ語に訳してくれたんです。」「あ、日本語ね」と男は何か思い出そうとするように視線を宙に漂わせた。わたしが「日本語、読めるんですか」と訊くと、今度は本当に驚いて、「いえ、まさか。ただ」と何か言いかけて黙ってしまった。「本当にその本でいいんですか。」「あ、はい、もちろんです。

彼女、日本に関心があるんです。日本的な模様の紙に包んで、リボンをかけてください。」

　わたしはそれを聞いて少し安心し、二階に上がって、日本の包み紙がまだ残っているかどうか、いろいろな紙がごっそりと溜めてある一番下の引き出しの中を捜した。実はわたしは紙で物を包むのが好きで、あまり使わないコーヒーカップなどは理由もなくゴワゴワした紙で包んで棚に飾ってあるし、嫌いな置物をもらった時も紙で包んで飾っておく。紙の硬さ柔らかさ、繊維の質などに興味があっていろいろ紙を集めてはいたが、模様にはあまり関心がなく、日本的な模様の紙など持っていないことにこの時初めて気がついた。

　白い空に紅い雲がホルシュタイン種の牛の斑点のように浮いている図柄の紙があった。確かに日本の有名デパートの包装紙ではあるけれど、とても日本的とは言えない。由緒正しい日本の出版社が本のカバーに使っている紙も何枚かあって、大型の本にカバーとしてついてきた紙は包装紙としても使えそうだったが、その上品な柄をよくよく見ると古代ギリシャ美術からとっていて、日本的だと思ってもらえそうになかった。できれば和菓子屋さんが経木《きょうぎ》で包んだ団子を更に包んでくれる時に使うあの深緑色に白で蔓草《つるくさ》模様の抜いてあるような紙がいい。わたしは紙を探しながらも、階下で何か物音がしないか、時々耳をすましていた。桜模様の紙が出てきた。これはドイツの文房具店で買った紙だが、桜だから日本的だと思ってもらえそうだ。その紙を適当な大きさに切って、本を包んでセロテープでとめ、今度はリボンを捜した。リボンは確か紐《ひも》類を集めていれておいた大きな袋に入っていると思うのだが、その袋がなかなか見つからない。わたしは包み紙には関心があるが、紐というものにはどうも偏見をもっていて、紐などは役に立たないくせに大事な時にはこんがらがって結びたい時には結べない不便なものだと思い込んでいた。だいたいリボンはもともと日本にはなかったのだから、リボンで贈り物を飾り立てることなど品がない、とわたしが感じてもいいわけである。そんなことを考えているうちにリボンを捜すことが本当に面倒になってきて、贈り物に必ずしもリボンをかけなければいけないということもないのに自分は親切すぎる、と独り言を言いながら、ばたばたと階下に降りていくと、男は廊下の奥まで入り込んで待っていた。別にドアの側で待っていなければいけないということはなかったけれど、なぜそんなに奥まで家の中に入り込んだのか、この時ちょっと不思議に思った。「リボンが見あたらないんですが、つけなくてもいいですか」と訊くと、男は「リボンはやっぱりつけてください」と上唇を震わせながら変にきっぱりと答えた。わたしは少し機嫌をそこね、わざとゆっくりと階段を登って自分の部屋に戻った。プレゼントも持たないで誕生会に行くようないい加減な人間がリボンだけは欲しがるというのはずうずうしい。

わたしは目をつぶって意識を集中し、紐類の入っている袋がどこにあるか考えた。捜し物というのはやたら捜すから見つからないのであって、精神統一すれば大抵どこにあるか思い出すことができるものだ。少なくとも当時のわたしはそう信じていた。もしそれが本当なら、忘れてしまった出来事や忘れてしまった人のことだって、無限に星のちりばめられた脳味噌の宇宙から捜し出してくることができるはずだった。

紐類を入れた袋はたんすの奥にあった。使わなかった靴紐、荷物を縛る細い縄紐、ビニール紐、パンツに入れるゴム紐、チロリアンテープ、毛糸の残りなどにまじって、誰かにもらった贈り物にかけてあったリボンが一本だけ見つかった。金色の糸に赤が織り込んである幅の広いリボンで、両端がほつれ始めていた。包み紙の色には合わなかったが、他にリボンはなかったので、これを使うことにした。包みにリボンを十字に巻いて、蝶結びにして形を整えた。リボンのほつれが気になるが、文句を言わさずに渡してしまうつもりで階段を下りていった。

その時、机の上の電話が鳴った。出ないつもりだったが十回鳴っても鳴り止まないので仕方なく出ると、こちらが出た途端に切れた。

階段は弧を描いているので、下の方まで来て初めて男が階段のすぐ下でうなだれて立っているのが見えた。上から見ると、肩から腕にかけて筋肉が随分盛り上がっていた。それほど暑い日ではないのに、髪の毛がつむじから全部しっとり濡れるほど汗をかいていた。わたしはこのまま階段を下りて行けば下に立ちふさがった男にぶつかってしまうので、途中の段で立ち止まった。何かのにおいがした。あまり嗅いだことのないにおいだけれど、知らないにおいではない。

「お待たせしました。こんなリボンしかないので、これで勘弁してください」と言うと男は顔をあげずに、「すみません。財布を家に忘れたので、これから家へ戻って取ってきます」と一本調子で言って、わたしの顔を見ないでそのままますたすた廊下を戻り、ドアを開けて外に出て行ってしまった。

わたしはリボンをかけた本を両手で持ったまま、しばらく廊下で待っていた。忘れた財布を取りに帰るのだから家は近くなのだろうと思った。そのうち、本人は「家が近い」とも「すぐ戻る」とも言わなかったことを思い出した。二十五マルクという金額は若い人にとってはまだ大金だったので、「今、持ちあわせがない」というならありそうな話だが、今になって財布を忘れたことに気がついたというのはどうも変だった。たとえそれが本当だったとしてもわたしならば嘘をついて「今持っているお金が足りない」と言ったと思う。これだけ手間を取らせた後で財布を家に忘れたと正直に言ってしまうというのは、よほどあせっていたに違いない。一体なぜそんなにあせっていたのか。いろいろな解釈がわたしの頭の中で渦を巻いていた。

わたしは自分がさっきからずっとドアを内側から睨《にら》んでいることに気がついた。そんなことをするのは、閉じ込められて外に出たいのに出られない人間だけではないか。確かにあちら側が外で、こちら側は中に過ぎないかもしれない。でもわたしはここに住んでいるのであって、閉じ込められているわけではない。急にばかばかしくなって階段をばらばらと駆け上がり、二階の書斎に戻った。それから何をしたのか全く覚えていないが、心のどこか、耳のどこかで、さっきの人が戻ってくるのを待っていた。そのうち待つことにも疲れて、別に待たなくてもいいのだ、と自分に言い聞かせた。本はわたしの手元にある。何も取られたわけではない。もしも戻ってきたらお金を受け取って本を渡せばいいだけだ。夜になると雨が降り始めた。わたしは時々ぶるぶるっと身震いした。まるで傘を忘れて外を歩いてでもいるような気分だった。

男はその日は戻ってこなかった。翌日も、その翌日も戻ってこなかった。本を持って行ったのなら、騙し取られたということになるから納得できただろうけれど、本はわたしの手元に置いていったのだ。家の中のものを何か盗んでいったのかもしれないと思って、階下をくまなく捜したが何もなくなっていない。あの男は一体何のためにあんな面倒な芝居をうったのだろう。

会社の同僚や大学の友達にこの話をしてみた。「本当に何も盗まれていなかったのか」と念を押す人、「財布を取りにいく途中もっといいプレゼントを思いついて、戻るのをやめたんじゃないか」というような解釈をしてみる人、黙って首をかしげる人。反応はいろいろあったが、真実を言い当てることのできた人は一人もいなかった。

「トイレで一人歌っていると月がころがりこんできた。」これはこの本に入っている「月の逃走」という詩の一つの書き出しだが、ころがりこんでくるのも運のつき、何がころがりこんでくるか分からない。この頃のわたしはトイレにすわっている時、一番いいアイデアがころがりこんでくるような気がした。トイレでしか物を考える余裕がなかったのかもしれない。大学の勉強が面白くなってきたので、会社の仕事は週四十時間から十九時間に減らしたが、忙しさがゆるむことはなかった。大学の授業時間にあわせて出勤時間を自分で決めていい、と会社に言われていたので、朝八時頃家を出てから、会社と大学の間を毎日違ったリズムで行き来し、夕方家に帰ると机に向かって、「うろこもち」という小説の続きを書いた。せっかく一冊目の本を出すことができたのだからどんなことがあっても二冊目を出したいとむきになっていた時期でもあった。

それからしばらくして、こんなことも考えた。あの男は、恋人との終わりかけた関係にどうやって終止符を打とうかと考えながらエルベ川沿いを散歩していたのかもしれない。歩いているうちに急に終止符ではなくて曲の始めに戻れという記号を書きたくなった。贈り物を持って訪ねていって「僕たち、まだやりなおせる」とか何とか言ってみたくなった。その瞬間、あの貼り紙が目に飛び込んできて、恋人は日本語に興味のある人だったので、これも何かの縁だと思い、プレゼントとして本を買う決心をしたが、階下で一人待っているうちに、恋人と再出発するのはやっぱり無理だという気がしてきて、自分の中で曲を終わらせてしまった。それを他人のわたしに説明するのが恥ずかしかったので、あんなつまらない言い訳を考え出して逃げ出した。ちなみにこの時買われそこなった本の題名は「あなたのいるところだけなにもない」。無限に自由な鏡を思い描いてつけた題名だが、相手を否定する意味にとられてしまうことも稀ではなかった。もしもこの題名が恋人の台詞のように聞こえて、男が自信をなくしてしまったのだとしたら、わたしにも責任がある。

それから一年ほどしたある日、一通の手紙が届いた。封筒の妙に柔らかい手触りは今でも覚えている。差出人の名前には見覚えがなかったので、一体どういう手紙なのか全く見当がつかないまま きちんと折りたたまれた便箋を開いた。「自分はあの曇り日、ベルを鳴らしてあなたの本を買いたいからプレゼントらしく見えるように包んでほしいと頼んだ人間です」という書き出しを読んだ時には、あっと声を上げそうになった。「自分はあの時、警察に追われ、姿を隠す場所を探していました。多少怪しまれるかも知れないが、とにかくどこの家でもいいからベルを鳴らして、電話を貸してほしいと頼んで、家の中にしばらく身を隠すつもりでいたのですが、その時、奇蹟のように、ベルを鳴らしてください、という文章が目に飛びこんできたのです。あわてていたので、貼り紙の字を読んで内容をちゃんと理解できたことが自分でも不思議なくらいです。自分はそれほど震えていたのです。日本語という字が網膜に引っかかったおかげかも知れません。実は昔、日本人の女の子とつきあっていたことがあったのです。その話はあとで書きます。自分はあの日、お宅に身を隠させてもらったおかげで、追っ手の目をくらますことができて逃げおおせました。でも夜になって、近くの公園の茂みにしゃがんで雨に打たれて震えながらこれからのことを考えていると、むしろ捕まってしまいたいという気になってきました。お金は全く持っていませんでした。だからあの時、今お金を持っていないと言ったのは本当でした。自分は幸い、それから数日後に町中で逮捕されました。そして多分ご存じと思いますが、ハンブルグ市の北にあるO刑務所のお世話になることになりました。人の命を奪ったのですから仕方ありません。ご存じの通り、この刑務所は刑務所改善促進運動のモデルに選ばれています。日課はかなり厳しいものですが、囚人が尊厳をもって扱われていることは確かです。自分はこれまでこんなに丁重に『何々さん、これが今週の計画表ですから、今日のうちに目を通して、質問があったら申し出てください』などと言われたことは一度もありません。前に闇工員として雇ってもらったことがありますが、『お前、これやっとけ』という調子で仕事を押しつけられるのが普通でした。何かしくじれば、馬鹿扱いされるか、罵《ののし》られるかで、それは殴られるよりつらいことです。それとは雲泥の差で、刑務所では作業中に失敗を犯しても罵られることはありません。なぜそうしたのかと理由を訊かれ、これからどうすればいいかをいっしょに考えてくれますが、侮辱されることはありません。肩が痛くて与えられた仕事ができなかった時には、事情を話すと医者を呼んでくれました。仕事はもちろん休むことができました。もし自分が青少年の時からこんな環境で育っていたら刑務所には入らないですんだだろうという気さえします。監獄に入ってみて生まれて初めて人間的な扱いを受けた、という皮肉な台詞の一つも吐いてみたくなります。これというのも刑務所改善促進運動のおかげです。

自分にとって特に驚きでもあり喜びでもあったのは、所内に図書館があって、そこで自由に本を借りられることでした。蔵書は五万冊で、法律などの専門書もありますが小説もたくさんあります。そこにある本を読んでいるだけでも一生が終わってしまうでしょうが、自分の読みたい本が見つからない場合は、申請すると買ってくれます。『予算はあるのですが、申請があまり出されないので欲しい本があったらどんどん申請してください』と図書館員のBさんが言ってくれました。この人は去年、ギムナジウムの歴史の先生をやめて、自分からこの職場に移ってきた人です。

自分は本を読めば大人が嬉しそうに目を細めて見守ってくれるような環境で育ったわけではありません。大人の暴力から不器用に身を守るのが精一杯で、ゆっくり本を読んでいた記憶はありません。それが十四歳の頃、三つの偶然が重なって、本を読むことができました。一つは一時的に一人暮らしをしていたので大人のもめ事に巻き込まれず静かな環境で毎日を過ごせたこと、もう一つは自分に関心を持ってくれたのがたまたま学校の図書室の先生だったこと、三つめはさっき言った日本人の女の子と知り合ったことです。本を読んだおかげか高校卒業試験の成績もまあまあで、先生のほとんど強引とも言える勧めで半信半疑のまま大学に進んだのですが、そこでつまずき、結局、刑務所に向かって一本道を歩んできてしまいました。その辺の事情はこの手紙には書きませんが、図書室の先生のことをその間ずっと忘れていたことは確かです。

この監獄はヒューマニズムのお手本になるように指定されて努力しているようなところですから、映画に出てくるみたいな残飯を思わせる食事を出したり、体操とか労働の名の下に囚人をいじめたり、入浴時にわざと羞恥心を刺激して苦しめることなどは全くありません。ただ一つだけ耐えられないことがあります。それは監獄ならどこでもそうでしょうが、騒音です。入る前は、独房に入ったら静かすぎて息苦しくなるのかと思っていましたが実際はその逆で、金属のきしむ音や重い扉を閉めて鍵をかける音が絶えず聞こえてきます。長い廊下の壁に反響するせいで、それが終わりのない妄想のように鼓膜《こまく》を苦しめるのです。暖房は効いているのにそういう音が聞こえると寒気がして、熱が出てきます。また、時々人間の出す唸り声や罵り声も聞こえてきます。その度に心臓を刃物でさっと切られたような気がします。これはいつも聞こえてくるわけではないのですが、いつ聞こえてくるか分からないので心が安まらないのです。守られた場所にいる、自分の住み処にいる、という安心感が一時も持てず、夜も目を覚ましてしまいます。耳に指をつっこんでみても、蒲団を頭から被ってみても、一人になることができません。たった一つ、平和な世界で一人になれるのは、本を読んでいる時だけです。身体は活字でできた壁に暖かく守られ、気持ちは雀のように羽根をはやして、どこまでも自由に飛んでいきます。本を読んでいる間だけは本当に心が静かで、その静けさの中に暖かさが思い出されてくるのです。

週に一度、監視人に付き添われて本を借りに図書館に行って、前の週に借りた本を返し、新しい本を五冊まで借りることができます。図書館の職員のBさんは自分が近づいてくるのを見ると眼鏡をはずして目を細めて微笑み、本を返すと、『どうだった』と訊いてくれます。気のきいた答えを考えておいて『逆立ちして読んだ方が面白い本ですね』とか『いつエンジンがかかるのかなあと思いながら読んでいたら三十三ページで急にかかりましたねえ』などと生意気な答えを返すこともできます。そんな時の自分はすっかり十四歳に戻っていました。もしあの時点から人生をやり直すことができたら、という苦い思いがこみ上げてくることもありますが、これは感傷的な思考の流れなので極力断ち切るよう努めています。

Bさんの勧めで安部公房の『箱男』を借りて読んでいるうちに、ふとあの日のことを思い出しました。警察に追われてあの名前は何と言ったか思い出せないあの大きな公園の茂みの中をあの川に向かって駆け下り、川沿いの道に出てしまった瞬間、もう引き返せないと気がついたのです。一本道だから戻れば捕まってしまうし、そのまま海まで百キロ駆けていく自信もない。あの日、あなたをだまして家に入り込んだことは時々思い出していたのですが、隠れる言い訳に本を買うと言って嘘をついて買わなかったことは、逮捕されてからすっかり忘れていました。図書館のBさんにこの話をすると非常に興味を持ってくれて、『もしも本の題名を覚えているなら、その本を注文してみてはどうか』と言ってくれました。自分はそれを聞いた瞬間、中の世界と外の世界、以前の世界と今の世界が急に繋がったみたいでびっくりしました。本の題名はすぐには思い出せなかったのですが、確か、『あなたのいるところがすべて』というような題名だったとBさんに伝え、カタログで調べてもらっているうちに自分のまちがいに気がついて苦笑しました。

本は注文してもなかなか届きませんでした。そのうち頼んだことも忘れ、三島由紀夫を読み、谷崎潤一郎を読み、そうしてなぜか日本のものばかり読みながら毎週図書館に通っていると、ある日、Bさんがにやにやして待っていました。『いい作家でも発掘したんですか、それとも新しい彼女ができたとか』と訊くと、Bさんは棚から一冊の本を取り出して、わたしに手渡しました。『あなたのいるところだけなにもない』。それがどういう本なのか分かるまで、正直言ってしばらく時間がかかりました。

独房に戻って本を手に取り、しばらくはあけてみるだけの力もなく、題名ばかり見ていました。どうして自分のいるところには何もないのか。労働時間が終わって夕方また独房に戻ってから中を読み始めました。作者に向かってこんなことを正直に書くのは本当に申し訳ないのですが、すぐに共鳴するということはありませんでした。何度も読んだのですが、ドイツ語を読んでも、日本語を眺めている時と全く同じ気持ちで、中に入っていくことができませんでした。そのうち、遥香《はるか》のことを思い出しました。昔付き合っていた女性の名前です。女性と言うにはあまりにも少女に近い同い年で、ひらがなを教えてくれるというので一生懸命練習し始めた幸福な時期です。自分の書いた『あ』の字を見て、思わず笑ってしまった遥香の頬の独特の緩《ゆる》め方を思い出しました。それにしても一番初めの文字がこんなに難しいというのはいくらなんでも無茶だ。まず十字架を書けというのは、信仰の薄い自分でさえ受け入れることができました。でもその十字架にからみつく蛇がややこしすぎる。あ！　蛇のうねりは激しく、十字架の下の方が少しゆがんでいる。遥香ちゃんは蛇の誘いに乗ったらどういうことになるのか分かっていないみたいな澄ました顔をして、『あ』の字の練習をさせる。『あ』の字が書けないのでは話にならない、と言う。そんなこと言われても難し過ぎる。第二の字を先に練習したらだめかな？　そんなことを言ってすぐに後悔した。『い』の字は簡単すぎて、二本の線がどういうつもりでゆがんでいるのかが理解できない。それは円を描こうとして途中二ヵ所途切れてしまっているのか、それとも左右からの襲撃を防ぐための二枚の楯なのか。どちらでもない。むしろ鞠《まり》を両手にはさんで、首を四十五度傾けて腰を曲げた踊り子の両手の線かもしれない。しかし自分の身体は無骨な筋肉の塊に過ぎず、そんな踊り子のような格好はできない。第三の文字に辿り着いた時にはすでに何度も日が沈み、日が昇り、また日が沈み、『う』を練習し終った頃にはもうすでに遥香は冷たくなり始めていて、『え』はいじわるな蛇にしか見えなかった。そして『お』を覚える前に遥香は、もう二人だけで会うのは嫌だと言いだし、それっきり会っていない。『あ』の字の中では十字架に絡みついていた蛇が『お』の字の中で十字架の一部になっている。

そのことをBさんに話すと笑って、それなら今から勉強してみてはどうか、と言うのです。

自分は我が耳を疑いました。Bさんは『監獄にヒューマニズムを浸透させる会』に入っていることを話してくれました。外国語を学ぶ権利は基本的人権の一つであり、従って囚人にも外国語を学ぶ権利があるのだから、日本語の個人教授を受けたいという申請書を出すようにと勧められたのです。自分もだんだん行けるところまで行ってみようというやけっぱちなくらい積極的な気持ちになってきて、申請書を出すと受け入れられました。信じられない気持ちです。信じられない気持ちが湧き上がる熱気のように自分を包んで、うずうずする。この興奮をどこへ持って行けばいいのか分からなくなってきて、今この手紙を書いています。なんだかとりとめのない手紙になってしまいました。もし暇があったらきっと返事をください。まだ書きたいことがいろいろあるのですが、一方的に書くのも嫌なので返事を待ちます。」

2

手紙の返事を書こうとしてもなかなか書けない時、つい日記をひろげてしまう。悪い癖だと思う。手紙は一人の人間に向かって真っ直ぐ飛ばさなければならない紙飛行機のようなもので、紙とは言え、尖った先がもし眼球に刺さってしまったら大変。責任を持って書かなければならない。責任を気にかけすぎると、書きたいことが書けない。それで、とりあえず責任のない日記をひろげてしまうのかもしれない。日記を前にすると頬杖がつきたくなる。頬杖をつくと、顎がかくっと上に向けられ、窓ガラスを通して青い空が見える。

今日の西の空は白い鱗に覆われていて、「いわし」がひらがなで浮かんだ。まだ朝早いせいか、いつまで待っても漢字に変換されない。ひらがなの味も悪くない。火を通さないナマの味。ひらがなで「いわし」と書いてみると、まるでドイツ語で「ふぉれれ」と書いた時のように口の中で柔らかく崩れる。フォレレというのは鰯ではなく鱒《ます》のことだけれど、頭の中で魚を介さずに単語同士が互いに結びつき合っている。

わたしが心の中でひそかに「鱒男」と呼んでいたブレーメン出身の青年のことを思い出してしまうのは、今手紙を書こうとしている相手と彼が似ているからだろう。数ヵ月前、知人に頼まれてハンブルグ市の成人教育センターで日本語集中講座の手伝いをした。中級を受け持っている先生が喉の手術を受けてしばらく教えられなくなったということで、わたしはアルバイトで代理として雇われ、週に一度、大学の授業が終わってからセンターに足を運んだ。その時の教え子の一人が鱒男だった。言葉に対して繊細でかろやかな遊び心を持つ学生の多い中で、鱒男は口が重く、実直で無骨な印象を与えた。「赤い家の外に出ます」、「火曜日に、町から外に出ました」、「カエルが川から出ました」など、正しさがぎりぎり怪しい例文を作って文法を稽古するにあたっては、あることないこと文章にしてしまった方が練習になるのに、鱒男は「わたしは学生です」など最低限の守りの真実しか言わず、しかも、そんなことでさえ言うのがばかばかしい、といういらだちが声にも目元の表情にも出てしまう。その鱒男が急に顔をあげて「出たい」と言った時、わたしはどきっとした。前も後ろもなし、ただ「出たい」と言ったのである。どこから出たいと言う以前に、とにかく出たいのだ、という切実な気持ちだけが伝わった。

「書く」を例にすれば分かりやすい。学生たちは、「書きます」など、いわゆる「ですます形」を初級クラスで覚え、中級クラスでは「書きます」から「ます」を引き算して、「たい」を足して、「書きたい」と欲望を表現する。そういう意味では、「書きます」という形は、「書く」という形よりも直接的に欲望につながっていく。鱒を取り除いて鯛を入れれば欲望が現れる。

そういうわけで鱒男も「出ます」の「ます」を取って「たい」を付けたのだが、それにしても鱒男の「出たい」は突飛で、どこから出たいのか見当がつかない。「出たい、という文章は間違ってはいないけれど、もう少し言ってくれないと意味が分からない」とわたしが言うと、鱒男は眉間に皺を寄せてしばらく考えてから恥じらいもためらいも見せずに、「春が来ると、出たいです」という文章を作ってみせた。こうなってくるとどこから出たいのかだけでなく、誰があるいは何が出たいのかまで分からなくなってくる。

「と」を使ってある状況を仮定してから話者の希望を述べるのはまちがいだと日本語の教科書には書いてある。でもその理由を手早く説明するのは難しいだけでなく、わたしにはその瞬間、その文章が間違っているのかどうか、確信が持てなくなった。春が来ると出たい。鱒男は必死でこちらを見ていた。「春が来ると」という文節を他人の庭の木から折ってきて接《つ》ぎ木した。どうして春なんだ、と呆れてみせたい一方、何か本当に言ってみたい時の文章というのはそういう風な手触りなのかもしれない、とも思う。

　そしてその日の帰り道、気がつくとわたしは口ずさんでいた。春が来ると、出たいです。春が来ると、出るつもりです。春が来ると出ませんか。春が来ると、いっしょに出ましょうよ。

　しばらく歩いて行くと、信号が目の前で赤に変わって、その瞬間どうして「春が来たら」って言わないんだろうと思った。そうすれば、誰にも文句を言われないのに。「春が来たら」と言える人間は、春が来ることを確信している。べったりと確かな未来を今の続きとして感じている。その春を自分が体験できると単純に信じ切っている。つまり、自分が明日死ぬかも知れないということをうっかり忘れている。それに対して、「春が来ると」と言う人は、どこでもない場所から一般論を述べている。話し手の存在は薄い。声が小さい。何を恐れているのか。自分はどこにもいないのに、急に濃い欲望、出たい気持ちを述べている。そこに矛盾があるのかもしれない。「春が来ると、出たいです。」鱒男は今どこにいて、どこへ出たいのか。いずれにしても、鱒男が急に言葉の肌に触れてきた時の驚き、それは、わたしが手紙を書こうとしている例の犯人から来た手紙を読んだ時の驚きと少し似ていた。犯人が「い」の字や「あ」の字や「お」の字のことを親密に書いてきたその繊細な手。犯人は大抵の場合、手を使って犯行を行なうのではないのか。

あの人のことを「犯人」などと呼ぶのが滑稽であることは自分でも承知している。でも、「隼人」とか「風人」とか「和人」とか、そういう美しい名前の中に置いてみると、「犯人」の二文字も名前のように見えてきて、更にその名前の漢字の形の中から、独房の壁にもたれ、床に座って頭を少し垂れている人の姿が浮かび上がってくる。「犯」の字の中で、けものへんにもたれてしゃがんだ右側の人物「㔾」である。

犯人はなぜ手紙をくれたのか。自分がある事件の犯人になってしまったいきさつを語りたいと思っているのか。手紙を読み返してみると、どうやらそうでもないようだ。犯罪と聞くと自然と関心を持つようにできているわたしの俗な心も、実は過去に行われた犯罪のことよりも今監獄の中にある図書館や語学の授業のことの方が知りたい。これは新しい発見だった。

青い空の一部が白い鱗に覆われている。やっと手紙を書き終え、丁寧に折りたたんで封筒を捜し、O刑務所の住所を書いた。郵便で手紙を送るのがどこか不安だからか、封をする時に接着剤のチューブを強く押しすぎた。封書を鞄に入れて、お茶を飲もうと台所へ降りていった。湯を沸かしながらふと小窓に腕をかざしてみると、腕の一部に半透明の鱗が見える。引っ掻くとホロホロ落ちる。どうやら接着剤が付着し、乾燥したものらしい。

郵便物の口が道中あいてしまう夢を見たことが何度かあった。船の甲板に積まれた郵便物の山に波の飛沫《しぶき》がかかって糊がはがれて、封が開く。あるいは飛行場の片隅に積まれた郵便物の山に掃除の機械の排気がふきかかると、封筒が苦しそうに息をし始め、息を吐き出す度に封書の口が少しずつあいていく。闇雲に息をするのはやめなさい、とわたしは封書に話しかけるが、自分は本当にその場にいるのだろうか、自分の声は届くのだろうかという不安が襲ってくる。わたしはきっとそこにはいない。遠くにいる。

郵便が届かなかったことなどこれまで一度もなかった。少なくともその時点ではなかった。が、それから何年かして、わたしは郵便物を盗まれることになる。それは九〇年代に入ってからのことで、ドイツで例の二ヵ国語の本を出して四年後の一九九一年、日本でも本を出せるようになり、それと同時に何種類かの文芸誌が東京から遥か離れたハンブルグのわたしの家まで毎月届けられることになった。

わたしの家の前を通る細い道は遊歩道で自動車は入れなかった。従って郵便配達人は坂の上のエルベ街道にとめた郵便局の車から黄色い自転車に配達物を積みかえ、自転車を押して坂を降りてくる。大きな荷台に固定された箱には蓋《ふた》がなく、中にぎっしり手紙や小包が入っているのがまる見えである。配達人は自転車を各家の前にとめて、配達物を郵便受けに入れる。門と道が離れている家では配達人は、郵便物を積んだ自転車からしばらく目を離すことになる。

　わたしのうちには郵便受けと呼べるような箱が家の外に固定してあるわけでなく、ドアに口があいていて、郵便物はその口を通って、廊下にばっさり落ちる。家のドアは地面から階段を二段あがって三段目の高さにあり、半地下にある台所にいる時に配達人が来ると、地面と同じ高さにある小窓から、深緑色に塗られたすかし模様の鋼鉄製の階段を三段登る配達人の靴が見える。本人はまさか靴を見られているとは思ってもいないだろう。

　階《きざはし》を上がる靴音はひどく大きく聞こえ、それから郵便物が差し込まれ、床に落ちる音も怖いほど大きく聞こえる。差し入れ口に入らない分厚い小包などの場合は、郵便配達人がベルを鳴らして直接手渡してくれる。その頃そのあたりの地区を担当していたのは小柄な若い男性で、顔がひどく青ざめ、眼の周りの粘膜が炎症でも起こしているように赤かった。チチリチリンとあっさりしたベルの鳴らし方をする人だった。ところがこの日は長くけたたましく三度立て続けにベルが鳴ったので、二階にいたわたしは驚いて階段を駆け下りていった。郵便配達人は息をきらして、「今、泥棒がお宅宛ての郵便を盗んで走って逃げました」と咆《ほ》えるように報告し、北海の方角を指さした。わたしはそちらに眼をやったが、朝の小径にはコスモスが長い首を花壇から出して頷くばかりで、人影はなかった。椋鳥《むくどり》が飛んできて、道にいる虫をつつき始めた。「わたし宛の郵便ですか。どんなものですか。」わたしは全く危機感を持てないまま、仕方なく訊いた。郵便配達人は厚さと大きさを指でしめしながら、「何か雑誌のようなものです」と言った。その大きさでわたしのところへ届くものと言ったら、日本の月刊文芸誌しかなかった。「それは、なくなったら取り返しのつかないような物ではありません。日本語の純文学の雑誌ですよ。そんなものをわざわざ盗むなんて、随分変わった泥棒ですね。犯人は何歳くらいの人ですか。」「多分、十歳くらいだと思います。」わたしは思わず声を裏返して「十歳？」と訊き返してしまった。郵便配達人は冗談を言っている様子もなく、眉間を狭くして唇を嘗《な》め、「実は前にも被害にあったんです。犯人は、数軒先の家の子で、父親は弁護士です。母親はいません。母親の代わりに子供の世話をする人が通いで来ているんですが、眼を離すとすぐに逃げてしまうし、学校へ行った振りをして、その辺をうろつきまわって盗みをはたらくので、もしまた被害にあったらすぐに報告してください、と父親に頼まれています。盗まれた物については、父親が現金で弁償してくれるはずです。と言うのは、その子は盗んだ物を絶対に返さない、と言うか、処理してしまって返せないそうです。どうしますか。警察にも届けますか。」わたしは十歳の子供に日本の文芸誌を盗まれて警察に届けている自分を想像して声をあげて笑いそうになったが、郵便配達人が真剣な眼をこちらに向けているので、押し殺した声で「今回は警察には届けなくていいです」とだけ答えた。

　北海が近いので、上空をいつもドラゴンが飛び去って行くような風が吹いている。風は龍に従うそうだが、雲は誰に従うのだろう。風だろうか。重そうな雲が空を覆っている時でさえ、北海の風に吹かれればそこに切れ目ができて、青い色が姿を現す。青いと言っても、その青さには綿雲のようなはかなさがあり、いつまた消えてしまうか分からない。青がどんどん広がり、雲が地平線の縁に押しやられてしまっても、わずかな時間のうちに雲はまた成長して空を暗く覆い、その暗さの裏側から雨粒が落ちてくることさえある。この日も郵便配達人と話していた時には、のどかなよく晴れた日だったのが一時間後に外に出ると、エルベ川は空の鉛色を映し、細かい雨が風で飛ばされてきてコートや髪に貼りついて、ひんやりした。

わたしはすでに会社をやめ、小説を書くことで生活費を稼ぎながら、博士論文の準備に取りかかっていた。小説がさほど売れたわけではないが、ユーロ導入前のドイツの物価は安かったし、コンピューターやインターネットや携帯にお金を吸い取られることもまだなかったし、特に買いたい物もない時代だった。当時わたしが一番お金を使ったのは切手だった。原稿も原稿用紙に書いて郵便で送り、朗読会や講演に呼ばれる時も、そのやりとりはいちいち郵便で行われた。この日に来て朗読してください、と手紙が来て、その日はだめですが翌日なら、と返事する。翌日はだめですが、この日ではどうですか、とまた返事が来て、その日なら行けますが、出演料はいくらくらいですか、と返事を書く。何度も何度も封筒ののりしろを嘗めた。

わたしは電話では何度か痛い目に遭っていたので、たとえ面倒でもできる限り郵便で用件をすませようとした。電話でいかにも信用できそうな、親切そうな、仕事のできそうなしゃべり方をする人間が、実は無知無能なだけでなく、後ろ盾となる資金もないのにありそうに見せかけ、計画がはじけた時に自分の方から連絡もしてこないようないい加減な人間だったことが何度もあった。彼らは受話器の陰に身を隠して理想の自分像を演じ上げる。面と向かってはだませなくても、電話線の向こうの相手をだますなら得意である。電話している間だけは自分に自信が持てる。「実は今こういうプロジェクトを考えているんですが、ちょっと面白いでしょう？　それでマスコミがもう関心を持ってくれているわけなんですよお」などと話している間、自分で自分に酔っているが、実際にはテレビ局に知り合いがいるという人にあるパーティで自分の考えているプロジェクトを話したら、つまらないとは言われなかったというそれだけの話なのである。それをわたしに話し、こちらが「絶対に参加するつもりはない」と言わなければ、今度は「作家の誰々さんも、ぜひ参加したいと言っているんですよお」とふれてまわるのである。わたしの電話族に対する不信感は深かった。

それと違って手紙は、人の本性を暴き出す。便箋のデザイン、紙の選び方、文字の配置の仕方、文章、サインの字のバランスやスピード感などから、その人の顔が浮かび上がる。高級ぶった分厚い便箋に金色の線が入っていて、文章が格式張って礼儀正しい場合。飾り気のない便箋に手書きで、ところどころ癖のある言葉を混ぜながら書いている場合。特に言葉の選び方にそれぞれ、その人と文学との関係が見えてくる。手紙から受けた印象と実際にあってみた感じがずれていたことはないが、電話では反比例の関係にあった。

いずれにしても手紙で呼ばれ、手紙で詳細を決め、資料を送り、本をやりとりするわたしの稼いだお金は切手に変貌し、わたしの散歩の目的地はまず郵便局だった。その日、家を出たのはいつもより遅くなっていて、わたしは寄り道しながら歩いて行ったのに家に戻ってもまだ暗くはなかった。毎日ずんずん、日の暮れる時間が遅くなっていく。夜の十一時にならなければ日が暮れない夏至に向かって、太陽は思いっきり走って行く。

夜十時頃、ドアのベルが鳴り、本を読んでいたわたしはどきっとした。こんなに夜遅く一体誰が、と思ってドアについた窓から覗くと、背広姿の男が立っている。日本と違って勤め人がすべて背広を着ているわけではないので、背広を着ているだけで結構特殊な堅い印象を与える。「どなたでしょうか」とドアを開けないで訊く。「数軒先に住むMと申します。さっき帰宅すると、今朝うちの息子がお宅の郵便物を盗んだ、という手紙が入っていましたので伺いました。」わたしはなんだか昼間考えたフィクションが夜になって現実になって現れたのを見るような不思議さを感じながらドアを開けた。

男は額を指でさっとぬぐって、軽く頭をさげ、「本当に申し訳ありませんでした。弁償したいとおもうのですが、金額を言っていただけますか」ときた。「それは日本の文学の雑誌で、値段は千円くらいのものですが、別に弁償していただかなくても平気です。」「そんなことおっしゃらないでください。弁償します。」「それにしてもお宅のお子さんはどうしてそんなものを盗んだんでしょう。それに、盗んだものをどうしたんでしょう」とわたしが思わず問い詰める口調になると男はうなだれ、何か話したそうに口を動かした。「よろしかったら、どうぞ、お入りになってください。」

わたしは背広の中で堅くなっている男を家の中に入れ、居間に置かれたイケアの簡易ソファーにすわってもらった。向かい合ってみると、健康的に色の濃い肌はかすかな脂に覆われ、鼻の下にはやした茶色い髭はぴりっと手入れが行き届いている。肩の骨の位置をなおそうとでもするように男が上半身を動かす度にわたしの方は自分が何か間違ったことをしたような落ち着かない気分になる。「息子さんはおいくつですか。」「十一になったばかりです。早熟なところもある子ですが、まだ子供です。母親がいなくなってから問題を起こすようになりました。世話をしてくれる人を頼んでいるのですが、その人が学校まで朝送っていっても学校から逃げ出したりします。盗みも時々します。」「盗んだ物はどうしているんでしょう。」「エルベ川に投げ込んだ、と言うのですが、確かめようがありません。」男がうなだれると、全く曲がっていないつむじが見えた。それ以上話は進まなかった。男はわたしの口座番号を聞いて帰って行った。口座番号を教えてしまったことがほんの少し不安になった。

それからしばらくしてのこと、わたしは歯医者からの帰り道、市内でバスに乗っていた。昼下がりの眠たげな空気を泡立ててバスの前の方がなにやら騒がしくなってきた。わたしはだいぶ後ろの方に乗っていたが、首を伸ばすと、乳母車を片手で押さえ、もう一方の手をふりまわしながら怒っている女の姿が見えた。「お前みたいなガキにはバスを使って欲しくないね。降りて歩いていきな。」喧嘩の相手は他の客に隠れて見えなかったが、声は声変わり前の少年のものだった。「醜い女の生む子はやっぱり顔が醜い。遺伝子は残酷だなあ。」声が幼いわりに随分と生意気なことを言っている。好奇心を刺激されて、顔を左右に動かして人垣をすかし見ると、十歳くらいの子供で、顔は上品で静かだった。こんな小さな子供を相手に本気で腹を立てるなんて、それまでよほどのやりとりがあったのだろうと思っていると、母親の隣に立っていた年配の男性が少年に向かって、「もうやめなさい」と諭した。すると少年は臆するところもなく、「禿げは黙ってろよ」と言い返した。男は眼を丸くして口をあけたが、すぐには言葉が出て来なかった。「君はどういう教育を受けているんだ。君のお母さんはどこにいるんだ」と男がやっと言うと、「俺の母親の居場所を聞いてどうするのさ。やりたいのかよ」と返した。そう言われて、男は怒りに頰を火照《ほて》らせた。側に立っていた背の高い痩せた女性が助け船を出して、「君みたいな子は早く少年院に入るといいんだけどね。それとも病院かな。心の病気なんだね」と言った。「おまえが自分で入れよ。そんなに胸が小さいと入れてくれないかもしれないけどな。」わたしは自分のすわった席から少年の表情をちゃんと見極めることができないのを残念に思った。「本当に馬鹿な子供だ。だいたい口が臭いよ。もう黙りなさい」と別の男の声がした。「お前、そんなに痩せていたら結婚できないよ。」「お前はまだ小学生だからそういう事を言えば大人が驚くと思っているんだろう。」「あんたくらい顔が悪いと女に持てないだろう。」「わたしにはちゃんと恋人がいる。」「それじゃ、週に何回やるのか言ってみろよ。ほら、言えないだろう。いつも自分でやってるんだろう。顔見れば分かるんだよ、そういうことは。」子供は何を言われても弱らず、暴力を振るうこともなく、相手の傷つくことや驚くことを直感的に探り当てて口にした。これだけ大人がいても、たった一人の少年にかなわない。初めから諦めてうつむいてしまう大人、見て見ぬふりをする大人。少年は小さな肩で風を切って、後ろの座席に向かってゆっくり歩いて来た。手には大きな紙袋を持っている。こういう小さな存在が独裁政権を握って、大人たちを跪《ひざまず》かせて、後ろから次々首を切っていくこともあり得るんだろうか。もしそうなったら、その責任は、それをとめられなかった大人の側にあるのだろうか。

わたしは多少緊張していたが、心は静かだった。まるで自分が火星から落ちてきたばかりの調査員のような気がした。まわりの人たちは近づいてくる少年と眼をあわせないように窓の外を見たり、鞄をあけて何か捜したりしていたが、わたしは少年の方に視線を向け続けた。少年と眼が合った瞬間も、まっすぐその眼を見ながら、わざと反応を見せなかった。まるで相手がそこにいないかのように少年の身体を突き抜けて、その後ろの宙をみつめた。少年はびくっとして一瞬戸惑い、それからあわてて何か中国語の真似のような音韻を吐いて、「てめえ、中国に帰れ」と言った。わたしは無表情のまま少年の目を見続けた。やさしくならないように、怒らないように、自分をなくした目をまっすぐ少年に当てた。少年はたじろいだ。長い時間が過ぎた。わたしはふいに微笑んだ。自分の意志でしたことではなかった。すると少年がつられてにっこり笑って、「君、どこに住んでいるの」と訊いた。「エルベ川のほとり。君も川沿いに住んでいるの?」「違うよ。O地区の刑務所の側だよ。」わたしははっとした。この子も家の近くに住んでいると思った自分の心のどこかに、もしかしたらこれがわたし宛の小包を盗んだ子かもしれないという思いがあったことに気がついたのだった。O刑務所はエルベ川からあまりにも遠い。「その袋の中に何が入っているの」と訊くと、少年は気持ち悪いほど素直に袋を開いてみせて、「今日、学校で影絵を作ったんだ」と答えた。ボール紙を切り抜いて作った狼のお面だった。お面に触れる少年の指があまりにも短く、ふっくらしているので、わたしは唾をのんだ。

それから数日後の朝、わたしは河原を歩いていた。川沿いのバス停の近くに船が一艘浮かんでいてそれが喫茶店になっていた。その喫茶店でわたしはあるオーストリア人のドラマトゥルグと待ち合わせをしていた。もしかしたら芝居を書いてくれと頼まれるかもしれないと思うと胸が高鳴った。まだ芝居の脚本を書いたことはなかった。河原は雨がしばらく降らないと砂が乾いて一歩ごとに足が沈んで歩きにくいが、前の夜に雨が降ったようで、砂はじゃりじゃり湿っていた。カモメが一羽低空飛行してきて、首をかしげて横目でわたしを見た。船の中は空気が淀んでいた。かすかに揺れているので逆らわないように身を任せないと、気分が少しだけ狂ってくる。奥の窓際の席に腰掛けて、コーヒーを注文した。この席からだとかなり遠くまで白い砂に覆われた河原が見える。河原なのに小石ではなく砂に覆われているのは、山が遠く、海が近いからかもしれない。海だって百キロくらいは離れているのだけれど、山はその何倍も離れている。

苦いのに香りのないコーヒーが便器のように真っ白なカップに入って出てきた。約束の時間をもう十五分も過ぎている。ドラマトゥルグは来ないのかもしれない。窓から河原を歩く人たちの姿が見えた。恋人どうしらしい二人が身を寄せ合って歩いている。長身の男が一人犬を連れて歩いている。それからもう一組。父親と手をつないだ息子が近づいてくる。わたしは眼を凝らした。その父親がM氏に似ていたのだ。とすると、いっしょに歩いている子供が犯人だろうか。それはどうやらM氏に間違いないようだった。わたしは、子供の顔を見極めようとした。瓜型の顔が茶色い巻き毛に縁取られ、小さな唇が真っ赤に燃えている。うつむき加減に歩いているので、長い睫《まつげ》に隠れて目の玉は見えない。父親に手をあずけ、肩を落とし、不安定な足取りで無心に歩いている。そのあおざめた神妙な頬が曇り空を背景にそこだけ明るく浮かびあがって見えていた。

3

その後、犯人は一度わたしの家に訪ねてきたが、その日はちょうど家を留守にしていた。Aが代わりにドアを開けて、犯人と少し立ち話をした。Aは、わたしと同居していた女性だった。Aがその晩報告してくれた話をまとめてみると、次のようなことになる。犯人は三十三歳。フライムートという名前だということは手紙で知っていたが、Aの口から初めて音になったこの名前を聞くと、変になまなましかった。フライムートは過去に複数の人間を殺したため終身刑を言い渡されて刑務所に入っているが、この日は外出許可が出たので訪ねてきた。外出許可が出ることは事前に知らされていなかった。電車賃が足りないので、刑務所から二時間かけて歩いて来た。エルベ川が見たい一心で足の痛いのも忘れて歩いた。ボクシングをやっていた頃は足には自信があったが、しばらく監獄にいただけで足腰が弱くなったのを感じた。日本語の勉強はまだ続けている。あの日のことはよく思い出す。

Aは話を聞いてやってから、犯人をドアのところに待たせておいて、台所に引っ込んでサンドイッチを作り、それを帰りの電車賃とコーヒー代といっしょに犯人にもたせてやったそうだ。

眠りに落ちるきっかけが摑めない夜だった。わたしはドイツの刑法のことは何も知らなかったが、終身刑でも割合すぐに外出が許されるということに少しだけ驚きを感じた。そしてその驚きは夜が更けるに従って次第に安心感のようなものに変わっていった。

自分がコンクリートの壁に閉じ込められているところを想像してしまう。それは思春期からずっと治すことのできないわたしの癖だった。気がつくと、四方を裸の壁に囲まれていて、天井は高く、はるか上方に格子のはまった小さな窓がたった一つ見える。窓は青空を四角く切り取っているが、その四角形はあまりにも小さくて、雲が横切る可能性も小さそうだ。人の気配のしない空間に目覚め、他の人のたてる食器の音の聞こえないままに昼御飯を食べ、食欲もないまま夕食の時間を待つ。夜明け前と日暮れ後という二つの暗闇に挟まれていなければ一日という区切りさえ消えて蒼白の時間に押しつぶされてしまうかもしれない。たとえわたしが終身刑を言い渡されて、そんな独房に閉じ込められてしまったとしても、やがて外出許可が下り、語学の授業を受けることができる。人間をやっている限り自由はついてきてくれる。

日本にいた頃は、逮捕される可能性のある人間たちの範疇《はんちゅう》に自分を入れていなかった。監獄とは縁がないと思い込んでいた。国境を越えて外に出る時も、特に犯罪さえ犯していなければ、日本のパスポートを持っていることが何か安全保障でもあるかのように思い込んでいた。そもそも自分は悪いことなどしようとさえ思っていない、法を守るためなら空腹でも霜焼けでも我慢しようという心がけで生きている。そんな自分が逮捕されるはずはない。思い込みの根は深かった。

ためらいもなく「人を複数殺した」とAに話したところをみると、フライムートは心にやましいところがないのだろう。実際には殺していないからかもしれない。または、実際に人を殺してしまったけれど正当な理由があった、と思っているのかもしれない。

その年、ネオナチのグループが移民の住むアパートに放火する事件が起き、逃げ遅れて焼け死んだベトナム人の子供がいた。ゼミでは学生たちが休憩時間に興奮に鼻の穴をふくらましながらそんな話をしていて、犠牲者と同じアジア人なのによく落ち着いていられるものだ、と咎《とが》めるようにわたしの顔を見ることもあった。わたしが何も言わなかったのがいけなかったのだろう。

こんなシナリオだって考えられる。フライムートにはベトナム人の友達がいて、その人には五歳になる男の子がいた。フライムートはこの子供をとても可愛がって、いつも遊んでやっていた。ある日その友達の住むアパートが放火され、可愛がっていた子供が逃げ遅れて焼け死んだ。フライムートは電話で子供の死を知り、犯人はおそらくネオナチのグループだろうと聞いて頭の中が真っ白になり、無我夢中で外に駆けだし、ネオナチの溜まり場になっている飲み屋に飛び込み、そこにすわっていたハーケンクロイツのついたジャンパーをいきなり殴りつけた。正確に言えばジャンパーではなくて、そのすぐ上にあった顎を下からすくうように殴りつけた。殴られた若者は止まり木から斜め後ろに落っこち、運悪く後頭部を打って死んでしまう。それを見た仲間が後ろからフライムートの肩に手をかけて振り向かせて顔を殴ろうとしたが、逆上したフライムートは振り返りざま、思いっきり拳骨を飛ばした。拳骨は運悪く正面から相手の眼球に入り、殴られた方は床にうずくまる。それを見て三人目のネオナチがナイフを出して襲いかかってきた。ナイフを取り上げようともみあっている間に、そのナイフがネオナチの青年の首に刺さってしまう。計画性がない殺しなら普通は終身刑にはならないのだろうが、この件では、フライムートが以前ボクシングをやっていたことと、この日、上着のポケットにナイフを所持していたことが不利になった。実際に血を呼んだのはこのナイフではないが、ナイフを持っていたということが殺意のあった証拠とされてしまった。もちろん、これはすべてわたしの空想に過ぎない。わたしはフライムートのことは何も知らない。

現代文学の授業で、ナジム・ヒクメットの詩を読んだ。一九六三年にすでに雲の上の住人になってしまったトルコの詩人である。生きている作家の書いたものばかり扱うゼミなので、普通は雲の上の住人の作品の出る幕はない。それなのにこのヒクメットが登場したのにはわけがあった。

教員をしていたヒクメットは非合法だったトルコ共産党に入党し、三〇年代の終わりには逮捕され、二十八年の禁固刑を言い渡された。二十八年と聞いて、わたしの思考はそこでとまってしまい、ヒクメットの詩と八〇年代以降、ドイツで創作するトルコ人の移民作家たちの作品の比較を試みた学友の発表はここから先、わたしの耳に入ってこなかった。

人はあと二十八年くらい生きるのだと思った時、それが刑期のように感じられないだろうか。自由の身で、特に苦しいことがなくても、時間制限があるというだけの理由で、閉じ込められているような気持ちにならないだろうか。二十八年。囚人の場合は、その二十八年が終われば自由が待っている。それに比べてあと二十八年しか生きられない人間は、その二十八年をどんな風に過ごしても最後には死に迎えられるだけだ。いつか死ぬと考えるよりも、いっそのこと囚人になったつもりで、二十八年たったら自由になるのだと考えた方がいい。

ヒクメットは監獄の中でトルコ語で詩を書き、トルストイの「戦争と平和」をトルコ語に訳した。もしも死期がせまってきたら、あるいは監禁されたら、わたしも毎日詩を一つ書いて、他人の小説を毎日一ページ訳そう。そうすれば、息が苦しくなって、今をすぐに終わらせたくなったりしないような気がする。

ゼミの行われていた教室は、色彩に乏しく、薄汚れて寂しかった。「七〇年代に建てたものだから」と人はまるで七〇年代という名前の責任者がいるかのような言い方をして溜息をつく。監獄の壁も多分こういう壁なのだろうという気がしている。でも大学は監獄とは全く似たところがない。大学は教室が足りないので、ずっと同じ建物の中に閉じ込められているということはなく、グループ討議などは近くの喫茶店で行われ、授業も天気がよければ芝生の上で行われることがある。必修の授業というものはないし期末試験もない。出席はとらないので出たくなければ授業に出る必要はない。ドイツ文学科は学生が多すぎて困っていたから、むしろ学校に来ないでくれる学生が多い方がみんな助かる。すべての大学が国立で、すべての大学が授業料無料だった。監獄ももちろん滞在費は無料だろう。

「哲学塔」とよばれる建物は十四階建てのビルで、ドイツ文学科はその四階にあった。入り口にはガラスの重い扉が並んでいたが、その辺だけは風のない日も強い風が吹いていた。普段から風の強い港町ではあったが、町では吹いていない日でもここだけは風が吹いていて、しかもどちらからどちらへ吹くのか分からない、ただ激しいばかりの渦巻くような風だった。うつむいて顔を庇《かば》うように左の肘を上げ、右手で重い扉を押す。建物の中に入るとすぐにどこからともなく政治青年たちの手が伸びてきてビラを手渡されることが多かった。正面の重いガラスの扉をあけるとエレベーターの乗り場に出る。灰色の箱の中に閉じ込められて上昇しながら眺める壁は、一度貼られたポスターが破られたり剝がされたりしているうちに、ちぎれちぎれの緑や赤の背景の中で迷子になって、何が言いたいのか分からなくなった文字に覆い尽くされていた。

四階でエレベーターを降りてガラス戸を押し開け、掲示板のある狭い廊下に出る。教授たちの名前の札が壁に一列に並んでかけてあって、その下に連絡事項が画鋲《がびょう》でとめてある。この廊下は右に進むことも左に進むこともできる。哲学塔は、雲の上から見たらHの字の形をしているはずで、この廊下がちょうどHの真ん中の横棒に当たる。左に進んで右折すると突き当たりに図書室があった。中に入るとすぐに、図書室独特の癖のある静寂に包まれる。人間のからだから湿気になって蒸発する不安やいらだちを書物たちの紙の暖かさが吸い取ってくれている。

本棚と本棚の合間にするりと身をさしいれ、奥へ奥へと入っていって、やわらかい光に抱かれて眼を細め、びっしり並んだ本たちの背中を視線でさっと撫でる。すると、向こうからしきりと語りかけてくるタイトルがある。抜き出して、読書用の机に持って行ってむさぼるように拾い読みする。ゼミで必要な本を捜して読む前にわたしは必ずこういう方法で自分と関係のない本を読むことにしていた。不思議なことに、どんなに関係のない本を抜き出して読んでも、必ず後から「関係」が追いかけてきた。お神籤《みくじ》を引くのとどこか似ている。どの籤を引いても、どこか当たっている。お神籤のテキストは多分そういう風に書かれているのだろうし、本というものもそういう風に書かれているのだろう。

この日は、「監獄の中でさえ自由」というタイトルがわたしの網膜に羽虫のように引っかかった。抜き出してみると、表紙には独房の白黒写真が印刷されている。水墨画になってしまいそうなくらいぼやけた写真で、瞑想的でさえあった。カトリック修道院の僧房を思わせるアーチ型の天井。格子のついた小さな窓。壁に直接固定された脚のない小さなテーブル。折りたたみ式の金属のベッドはマットレスがない骸骨だ。誰かが出て行った後の、あるいは入る前の独房だ。小さな窓以外に光の入ってくる口はない。一筋の光は、ベッドと床の一部を濡らすように照らし出している。まるで寝ていた人がダリの灼熱に遭ってどろんと床に溶け出してしまったように見える。右の壁に、巨大な蛭《ひる》の形に光が浮かびあがっている。ところで左の壁にある黒い穴は何だろう。この穴が変に気になる。

「監獄文学と言えばドストエフスキーやジュネの名前がすぐに浮かぶが、ドイツ語圏の監獄文学が話題にならないのはなぜだろうか。」そんな疑問をこの本の前書きに投げかけられても、わたしには答えられない。ドイツ語圏にはフランス語圏よりも監獄が少なかったというわけではない。囚人たちが本の中から這い出してくる。十八世紀のプロイセンで、食物も与えられず、鉄の首輪をつけられてうずくまっているのは、王の怒りをかった大尉。確かに残酷だけれど過去の話だからと安心して読んでいくと、いつの間にか現代に滑り込んでいて、「Z」という名前が出てきた。雲の上の人ではない。死亡年月日のまだない人だ。わたしはそのZが急に本の中から飛び出してきそうな気がしてあわてて本を閉じた。それから安川杉夫さんのことを思い出した。数日前に学食で頼んだパスタがあまりにもまずいので気を紛らわすために岩波文庫を読みながら食べていると、日本人の留学生が話しかけてきた。これが安川さんだった。いろいろ話しているうちに安川さんが薄く笑いながら、「滞在許可が切れちゃっているんですけど、そのうち暇を見て外人局に行けば許してもらえますよね」と言った。わたしはあわてて、「いえ、それはまずいですよ」と答えたものの、その時、脇を通りがかったゼミでいっしょのトルコ人の友達が声をかけてきたので話が中断され、結局、滞在許可が切れていては大変なことになるかもしれない、と安川さんに伝えそこねたことを思い出した。連絡先は聞いてない。もし安川さんが強制送還になったら、わたしの責任だ。

その時、Zの詩の一節が眼に飛び込んで来た。「わかったよ、と俺は言う・あんたたちにとって俺たち囚人は・とっくに死んでないとだめなんだな・それでないと何もしてくれないんだな・してくれるって言ってもせいぜい劇場の中でのことだが」。ジュネが好きな人もドストエフスキーが好きな人も、いざ自分の友人が監獄に「ぶちこまれる」ことになると、できることならかかわりたくないという態度をとる。無罪なのに不当に監禁されているのか、それとも一応法律を犯しているのか、あるいは道徳的に見ても弁解の余地がないのか、それはとりあえず関係ない。友人は友人である。それなのに見て見ぬふりをする。

わたしはZのことをもっと知りたくなって、作者名のアルファベット順に並んだ現代文学の最後の文字の棚のところに行って、Zに関する本がないか捜した。本と言えるかどうか分からないが、シュミットというよくある名前の卒業生が書いた修士論文があった。修士論文は図書室に一部、献本することになっていた。タイプライターの字がコピー機のせいで擦れて、とぎれ、息を切らして、不器用に何か言おうとしている感じがかえって読書欲をそそった。

Zはフライブルグで生まれ、家出してルール地方に住み、二十歳になると兵役を拒否するためにベルリンに引っ越した。兵役を拒否したところですでに、「危険人物Z」のイメージができあがってしまったのではないか、とシュミットさんは書いている。当時はまだ兵役拒否は基本的人権だと考える人が少なかったのだそうだ。

Zは兵役を黙って拒否したわけでなく、「自分にはボンの帝国主義政府に従う義務はない」と公言した。そういう小さなエピソードも後に危険人物の像を作り上げることにすべて利用される、とシュミットさんはいきりたって書いている。

Zが初めに犯した罪は、ポスターを印刷した罪だった。ポスターを印刷したことが犯罪になることもある。言論の自由があるのだから、どんなポスターを印刷しても自由ではないのか、と思えばそうではなく、禁止されていることを公の場で奨励するのも犯罪なのだそうだ。Zは「あらゆる囚人に自由を」というポスターを印刷したことで、西ドイツ赤軍を間接的に応援することになった、とシュミットさんは書いている。

Zはある日、偽の身分証明書を使って車を借りようとして警察に追われ、警官二人とピストルの撃ち合いになり、そのうち一人が重傷を負ったため、殺人未遂で十五年禁固刑を言い渡される。独房では読書にふけり、詩を書いた。そのうち独房からは出してもらえたが、これがありがた迷惑で、独房にいた時のようには原稿が書けなくなった。やがて外出許可も出るようになり、十年もすると、監獄からの「通い」でシャオビューネ劇場の研修職員として働けるようになり、それから完全に自由な身になった、と書いてある。ああ、よかった、とわたしは自分のことのように胸を撫で下ろす。自由になると、Zはジャマイカに移住し、今もジャマイカで暮らしているそうだ。

わたしはその頃はまだドイツの永住権をとっていなかったので、毎年一度は早朝真っ暗なうちから外人局の前に並んで、滞在許可を延長しなければならなかった。運悪く初めに滞在許可を取ったのが二月だったので、毎年真っ暗で寒い二月の朝、滞在許可延長のために並ぶことになった。朝六時に着いても、すでに長い列ができていた。だからと言って五時に行けば、三時間も寒さの中に立ち続けなければならない。外人局の建物は、朝八時にならなければドアが開かない。八時に行ったのでは遅すぎてその日のうちに順番がまわってこない。だから二時間前に行って、外にできた列に並んで待つことにし、六時に着くようにしていた。雪の日は比較的気温が高いのでいいが、空気がきんと張りつめて気温が零下二十度までさがると、骨も肌も自分のものではなくなっていった。

八時になると、わたしの並んでいる列は少しずつ確実に建物に吸い込まれ始めるが、隣の列は凍りついたようにほとんど動かない。被り物と襟巻きの間に埋もれたうつむき加減の顔が数珠《じゅず》なりになってどこまでも続いている。凍りついた列は、自分の国にパスポートを出してもらえないまま逃げてくるしかなかった無国籍の人たちの列だった。

外人局の建物の中に入るとまず受付があって、そこで申請書類をもらって必要事項を書き入れ、それから国名のアルファベット別に分かれた待合室に行って、番号を呼ばれるまで何時間も待つ。イランと日本は初めの文字がIとJで隣り合わせなので待合室がいっしょだった。待合室の長椅子に座っていると、隣に腰をかけた青年が話しかけてきた。「どこから来たの」ではなく、「この町で何をしているの」と訊かれ、「文学」と答えると、「好きな作家は誰?」とすぐ返ってきた。わたしは好きな作家はたくさんいたけれど無難なところで「カフカ」と答えると、「イランでもカフカは人気がある。僕も好きだ」と言って笑ったその顔が、よく知られている写真の中のカフカとかなり似ていた。そんなはずないと思ってもう一度見直すと、似ているのは大きく見開かれた眼と大きな耳だけで、顔の骨格は違っていた。わたしが思わず「イスラム教徒?」と訊くと、相手は濃い睫をゆっくり動かしてまばたきし、「どうしてそんなこと訊くの? ユダヤ人作家が好きだから変だと思った?」と訊き返した。「そういうわけじゃないけど。」「僕はクリスチャンだよ。それでもまだ変か。でも君だって仏教徒なのにカフカが好きなんだろう。変だ。」「仏教徒じゃない。」「絶対違う？　神に誓う？」「神なんていないでしょう。」「ほら、やっぱり仏教徒だ。」「違うってば。」話していると時間が四倍くらい速く過ぎていく。しかも、いつもと違って一刻ごとに神経がすり減っていく感じがなかった。外人局の建物の中は、ドイツにそのまま滞在できるかどうかで生きるか死ぬかが決まる人たちの不安が空中を漂っている。黙ってすわって空気を吸っているとぐったり疲れてしまう。職員にも、上司と移民の板挟みになってノイローゼにかかっているのがいる。「どうしてあたしの後ろに立つのよ、あんたたち、あたしの後ろに立つのはやめてよ」と絹を裂くような声で叫びながら両手をトカゲの前足のように上に伸ばして廊下を駆けて行く職員。彼女の後ろにはもちろん誰も立っていなかった。

どこの国の人間でも滞在許可を延ばし忘れれば不法滞在になり、犯罪者になってしまう。安川さんはなぜか、日本人ならある程度は甘く見てもらえるだろうと信じているようだった。犯罪者にされるというのはとても簡単なことなのだ。誰にも危害を与えなくても、生きているということ自体が不法滞在という犯罪になることがある。Zはジャマイカに移住してから、ドイツ大使館に無断でジャマイカの市民権を取得していたことが分かり、ドイツ国籍を剝奪された。まだドイツでも二重国籍の許されない時代だった。

わたしがZと顔を合わせることになったのは、それからしばらくしてからのことだった。エルベ川がいつの間にかムール川に変貌している。オーストリアのグラーツ駅で夜行列車を降りてから、なんとなく知らない人のあとをついて歩いていくと町中を川が流れていた。絵はがきで見たムール川に違いなかった。丘の上に時計台が見える。これも絵はがきの通りだ。ムール川沿いに歩いて行くと「城山ホテル」があった。ああ、主催者はこんなお城みたいに立派なホテルに部屋を取ってくれたんだ、でもわたしはそこに泊まれる身分の人間ではない、一日早すぎたというだけの理由で、余計者なのだ。わたしは惨《みじ》めさを振り落とすように頭を激しく揺って方向転換し、また町の中心に戻る方向に歩き始めた。

ハンブルグから十四時間列車に乗って、スロベニア国境に近いオーストリアのグラーツの町に辿り着いた。グラーツで毎年行われる国際文化フェスティバル「シュタイエルマルクの秋」で文学を担当している二人の青年が、ドイツで二冊目の本を出したばかりの無名のわたしを招待してくれた。わたしは招待状を読んで驚き、あまり興奮し過ぎたためか間違えて一日早すぎる夜行列車の寝台を予約してしまったのだった。夜行列車の暗闇の中で指を折りながら何度計算してみても日付があわない。ドイツとオーストリアの国境がまさか日付変更線になっているわけもなし、切符を買う時わたしは一体どういう計算をしたのだろう。大き過ぎる花束をもらって目の前が見えなくなって舞台から落ちてしまった役者のように、招待されたことが嬉しくて夢中で早すぎる夜行列車の切符を買って乗ってしまった。今夜わたしはどこで夜を過ごせばいいのか。マリア・テレジアの名前が思い浮かんでしかたがない。どこかに泊まらなければならないのだけれど、舞台の書き割りのような町並みに足がすくむばかりで、自分の入っていける建物があるとは思えない。空の破れ目から一本の線になって妙に意味ありげにさす太陽の光も美術館で立派な額縁におさまった宗教画のように見えた。バックパックを背負った若者の姿などもちろん見あたらない。財布の中のドイツマルクを両替してシリングを手にすれば自信が出てくるかもしれないと思って辺りを見回すが、両替所など見あたらない。

二階の涼しげな格子のついた木戸がみんな開け放してあって地中海を思わせる。外壁のあの明るいブルーを照らし出す太陽もくぐもって緩く暖かく、イタリアの近さを感じたとたん、北海とバルト海から遠く離れてしまったことに不安を感じた。それでもちょっと横道に入るとなんとはなしにスラブ風の煙草屋の看板があって、その隣でレストランのガラス戸を拭いていたスカーフをかぶった女が首をまわしてこちらを見た。見られた途端、ユーゴスラビアを思い出した。いろいろな記憶が交差するが、今どうしていいのか分からない。

わたしには解決できない問題があるとやたらと歩き回る癖があった。いいアイデアが浮かぶまで立ち止まることができない。町中でもまだ人通りは少なかった。その時、前から歩いて来た金髪の若い女性が「あ」と声を上げて、わたしの名前を呼んだ。話をしてみると、フェスティバルの事務を手伝っていて、手紙をくれたこともあるエリザベートという名の学生だった。わたしは救いの天使にすがるように事情を説明した。「つまり一口で言えば、間違って一日早く来てしまったんです。それですごく困っているんです。」エリザベートは理解できない、と言うように首をかしげて、「どうして困っているんですか」と訊き返した。「だって今夜泊まるところがないわけですから。」「城山ホテル、今夜は満員なんですか。」「いいえ、ホテルにはまだ訊いてません。前を通りましたが、あんな立派なホテルでは、わたしには一泊分でも払えないと思うんです。」「それはフェスティバルが払ってくれますよ、当然。一日早く来てくださったんですもの。喜ぶ理由はあっても、困る理由は全くないじゃないですか。」

翌日は「海老の地下室」という名前のレストランで顔合わせのランチがあった。チェコから亡命してきたモニコヴァ、労働者アバンギャルドのヒルビッヒ、性転換して間もない元女性作家シュッティングなど、全国紙の書評や大学の授業で名前を聞いていた作家たちが血も肉もある同僚として同じテーブルにすわっていた。わたしの隣に席をとったのは存在感の濃い中年男性で、わたしは無視していたがワインを勧めてきたので無視し続けることができなくなった。遠慮すると、「え、飲まないんですか」とゆっくりと嚙みしめるように厳しい声で訊いた。「飲みません、弱いので。」「ピルものんでないの？」「のんでません。」「ワインもピルものまなくていい人生は楽だね。」わたしが啞然としていると、主催者の青年の一人が「ブーフさん、」と呼びかけたので、この男があの「ポルトープランスの結婚式」の作者だということが分かった。よく知っている本の作者本人が急に現実に姿を現したりすると収拾がつかなくなる。

サラダが出るまでの時間が長かった。みんなワイングラスにかけた片手を離さずに、とぎれがちな雑談で時間をつぶしている。ふと、向かい側にすわった男と眼が合った。髪が短くて、日に焼けた男だった。筋肉質で、他の作家たちと違って身体も頬も引き締まった感じだった。「ドイツには今回はどのくらい滞在するんでしたっけ」と主催側の若い男に訊かれるとその男は、「三週間滞在の予定ですが、講演や朗読の予定がたくさん入っていて、あいている日は全部で二日しかありません」と答えた。ドイツに滞在すると言っているけれど、他の言語から来る訛《なま》りはわたしの耳には聞こえない。少し離れたところに座っていた地元の作家が、「それは大変ですね。休む暇もない。時差は平気なんですか」と訊いた。時差があるところから来たということは、カナダ、アメリカあるいは中南米、それともニュージーランドの人だろうか。

　サラダは茹で野菜と生野菜を混ぜた農村風のもので、続いてターフェルシュピッツが出た。カボチャの種から取った油は焦げたように黒かった。黙ってうつむいて食べていると、「ジャマイカとの時差は何時間なんですか」と訊く地元の作家の声が耳に入った。わたしは息をのみ、ナイフとフォークをそっと置いて、ハンドバッグからプログラムを出して、参加者たちの名前を確認した。Ｚの名前があった。わたしは眼を挙げた。髪を短く刈り込んだ男の陰のない表情、悩みのなさそうな、傷ついたことがなさそうな、その顔の中には、みんなに愛される自信たっぷりの子供がいた。これで本当に何年も監獄に入っていたのだろうか。「時差？　時差のことなんか僕は考えても見ない。計算もしない。考えたって仕方ないことだからね。ところで、時差と言えば、ジャマイカに着いてすぐにセックスしないと損だと思って、はりきって地元の若い男とベッドに入るのに、時差のせいでセックスの途中で居眠りしてしまう北欧の女たちの話、聞いたことありますか。僕も個人的に一人知っているんですけど」と言ってＺは、あるデンマーク人の女性の話を始めた。「色がなまっちろくて、肉が軟らかい金髪のむっちりした女ですよ。年はまだ四十だが、そのわりにひどく貫禄があって落ち着いていてね。現地の若い男の方は二十そこそこかな。すらっとして日に焼けていて、思いっきりお洒落しています。北ヨーロッパから来た女性客に結婚してもらって故郷に連れて帰ってもらえば一生苦労しないで暮らせると思いこんでいる。ドイツ人女性もけっこう来るけど、デンマーク女性の方がドイツ女性より人気がある。ドイツに行くとネオナチに殺されるんじゃないかって心配している子が多いからね。そんなのは偏見だって僕も昔は反論していたんですが、今ではもう反論しませんよ。」Zはまるで自分自身の過去については敢えて話すほど面白いことなど何もないとでもいうように、ジャマイカの少年やデンマークの女性のことばかり夢中で話している。まわりの作家たちは「それがどうした」というちょっと軽蔑を交えた表情を残しながらも、耳だけはどんどん長く伸びて、すっかりZの話に聞き入っているのが傍目《はため》にも分かる。

わたしはZに顔を読まれないようにうつむいたまま食事を続けた。Zについて図書室で調べたことを知られたくなかった。もちろんわたしの読んだことなど、ここにいる人たちはみんな知っているに違いない。新聞や雑誌を騒がせた公のスキャンダルばかりなのだから。でもわたしは、もうそれがニュースでなくなってしまった時代にドイツに来て、図書室でこっそり読んだのだ。そのことがなぜか後ろめたかった。しかも読んだ話がわたしの頭の中で輪郭を変えながら語り継がれ、現れては薄れ消え、また浮かび上がっては流れていって、夢の中で再生産され、練られ、ゆがんで、なまなましい終わりのない物語になってしまっている。Zにそのことを知られたくない。ずっとうつむいたまま牛肉をかんでいて、ふと目をあげるとZと目が合った。Zは怖い目をして、唇の片端だけを引き上げて笑った。

Zは車を借りるためにレンタカーの会社の受付カウンターで身分証明書を出す。いつもは適当に形だけ身分証明書を点検している受付嬢ミランダの心臓がはたと止まる。昔、職業訓練を受けていた頃、偽物の身分証明書を見抜く練習をしたが、実際に仕事についてから偽物に出遭ったことは一度もなかった。それが今、あきらかに偽物だと分かる偽造身分証明書が目の前にある。顔をあげると客の顔が目の前にある。どこかで見た顔だ。そう思うのは気のせいかもしれない。受付嬢ミランダはにっこり笑ってみせ、「形式上、コピーを取らせていただきますので、そこのソファーでお待ちください」と言って受付カウンターの前にあるソファーを指さし、奥に引っ込んだ。Zは特にいらいらしているようには見えず、素直にソファーに腰を下ろした。

奥に引っ込んだミランダは、ふりかえって、客のすわっている位置から自分の姿が見えないことを確認してから、机に向かって仕事していた同僚の男の耳に、「今ソファーで待っている男、この偽の身分証明書、出したの。どこかで見た顔。指名手配中かも。すぐ警察に電話で知らせて」と鋭くささやいた。同僚の項《うなじ》と肩が緊張してこわばった。ミランダは更に奥の部屋に入っていった。壁の時計を見る。三分くらいしたら出て行って客に、「コピー機の調子が悪いからもう少しだけ待ってください」と言おう、などと頭の中ではしっかりと計画を練っているが、ふと壁の時計を見ると秒針がない。

声が震えないか心配である。声が震え、騙していることが分かってしまったら、犯人は自分に向けて発砲するかもしれない、などと大げさなことをつい考えてしまう。ミランダはまだZがピストルを持っていることなど知らなかった。同僚は声を殺して警察と話している。あの時計には秒針がないのだ。どうしてそのことに今日まで気がつかなかったのだろう。分針を見るのを忘れたが、もう三分たったに違いない。いや、こういう時は時間の流れが遅くなる。もう少し待とう。同僚は電話を終えてミランダにうなずいて見せた。

ミランダは身分証明書を奥の机の上に置いて、上に書類を載せて隠し、そのまま手ぶらで受付カウンターに出た。さっきの客は脚を大きく広げ、ビキニ姿のモデルが表紙に載った雑誌を顔の前に広げて読むふりをしながら待っている。顔は見えないが、大きく広げた股の間が気になる。膨らんでいるような気がする。「コピー機のインクがなくなっていて入れ替えたので、一度電源を切らなくてはならなくなってしまいました。本当にすみません、また電源が入るまであと二分くらいかかります。」ミランダは自分が媚《こ》びるように笑っていることに驚いた。Zはその笑いに答えて微笑み、「別に急ぎませんから」と低い、すがすがしい青年のような声で言って、ミランダの額から胸、腰へと視線を這わせた。客は自分の身体に気をとられ危険を忘れている、警察が到着するまで自分の身体を餌食《えじき》にしてでも犯人を引き留めておこう。そういうポルノがかったサスペンス映画を観たことがあった。あれは何と言う映画だったろう。

ミランダはこの事件があってから何年もの間、何ヵ月おきかに犯人の夢を見た。犯人が急に部屋に飛び込んで来てコピー機を見て、「この機械のどこが壊れているんだ、説明してみろ」と怒鳴って、ミランダの顔をいきなり機械に押しつける。息ができなくなり、尻を持ち上げた不自然な姿勢のまま身体をよじる。スイッチが入って、ガラス板の下をゆっくりとバーが移動してくる。フラッシュの何倍も強い光が当たって、胸の中が全部照らし出される。あがいても遅い、胸の中が全部写ってしまう。

あるいはこんな夢もあった。犯人がコピー機の前に立って腕を組んで監視している。機械が壊れていることを信じてもらわなければならない。中のコードを一つくらい引っ張れば壊れるだろうとミランダが裏からそっと機械の内臓に腕を突っ込む。すると、電気が流れてきて腕がビリビリしびれる。それでも犯人に感づかれないように平気な顔をし続けなければならない。うなされて自分で漏らした濡れた声にはっと眼が醒めると、腕を下に敷いて寝ていたために肘がしびれていた。犯人がミランダの首を後ろから片腕で締め上げて人質にしている夢もあった。不思議なことにピストルは胸ではなく、右の耳の穴に突きつけられている。更に不思議なことに恐怖感はあまりなく、その位置からカレンダーが見えないことがひどく気にかかった。

実際には警官がやってくるまでそれほど時間はかからなかった。外で叫び声がして、ミランダが出てみると警官が二人外へ飛び出していく後ろ姿が見えた。ミランダはぐったり椅子に腰を下ろした。近づいてきて、「大丈夫?」と訊いてくれた同僚の顔が紙のように白かった。

Zは商店街のアーケードを走りながら発砲した。ガラスが砕け、通行人が叫び、警官の一人が倒れた。もう一人はZを追い続け、お互いにピストルを撃ち合ううちにZは追い詰められ、とめてあった自動車の下に転がり込んだところで、抵抗しながらも逮捕されてしまった。

Zは四発撃ち、そのうち一発が当たった警官は医者に「重傷」と診断された。四発発砲したので、殺人未遂の罪を四重に犯したことになってしまった。少なくとも第一審ではそうだったが、後になって調べなおすと事実はそうではなかったようだ。裁判というのは作家がシナリオを書くのと同じで、書き直すこともあるんだと知って、わたしは本当に驚いた。第一審で作られたシナリオでは、Zが追ってくる警官を狙って一発目を撃つと、それが当たり、従って二発目も狙って撃ったが偶然はずれてショーウインドウに当たったということになる。ところが弁護側が上訴したので調べ直してみると、一発目はショーウインドウに向かって撃たれ、二発目が警官に命中している。当たったのが二発目だったことについては、捜してみると証人も出てきた。更にショーウインドウにできた銃弾の穴をよく調べてみると、弾の入った角度から判断する限り、かなり近くから撃っていることが分かった。遠くから流れてきた弾ではない。すると威嚇《いかく》のために近くのガラスを狙って撃ったというZの証言に本当らしさが出てくる。また、二発目は確かに警官に当たってしまったが、歩道を狙って撃ったのに弾がはねあがって警官に当たってしまった、というZの説明も、引き金を引いた瞬間にピストルが上を向いてしまうというこの型のピストルにはよくある現象で、撃ち慣れてない人間は大抵そうなってしまうと銃の専門家が証言したために納得のいくものとなった。また、三発目は二人目の警官を狙って撃ったと言うことになっていたが、この警官の証言によると、追いかけ始めてすぐに自分の方が足が速く、Zを軽く追い抜けることが分かったので、歩行者のいない反対側の歩道に移り、一度追い抜いて正面からZを捕まえるつもりだった、ということだった。Zは警官が反対側の歩道に移ったことに気づかないまま夢中で逃げ続けた。反対側の歩道に向かって二度発砲したのは、そこには人がいないように見えたからだった。つまり、四発とも人を撃つつもりはなかったのだ。

　Zの証言にはわたしのような素人が聞いても説得力がある。それでもZの弁護が難航したのは、Zが憎まれ口をきき続けたからだった。Zをテロリストとして根っから憎んでいた人たちだけでなく、Zの側についていた人たちも育ちが良すぎたせいか、Zの言葉の選び方に不快感を覚えて離れて行った。Zは気に入らなければ誰にでも噛みつく。味方なら権威も認めるというのでなく、威張る奴、上から命令する奴は味方でもすべて厳しくこき下ろす。そのためZを弁護できたはずの人たちが顔をそむけて離れていった。それから十年以上もたってZ個人への反感が薄まってきたところで、「お前の態度は悪いから反省しろ、みんなへの見せしめのために特別重い刑を負わせてやる、という判決の出し方は法律違反である。そんなことは誰でも知っている。それなのになぜあの裁判では、そうなってしまったのか。また、思想の自由はどこへ行ってしまったのか。どんな思想を持つことも自由であり、人を傷つけなければ犯罪ではない。たとえその思想のせいで人を傷つけてしまった場合でも、その思想なしで傷つけた犯人よりも重い刑を言い渡すのは法律違反である」と書くジャーナリストがやっと出てきた。

　わたしはZと二度と目が合わないように願いながら不自然にうつむいたままデザートをスプーンですくっては口に運んでいた。Zはみんなを楽しませるためジャマイカにやってくるヨーロッパ人たちの話を面白おかしく語り続けていたが、誰か特定の一人に話しかけるということはなかった。

フライムートに会いに行くべきだ、とAは言う。昔は家族しか面会が許されなかったが、刑務所の民主化によって友人でも他人でも申請書を出せば面会できるようになっていた。向こうからわざわざ訪ねてきてくれたのだ。会いたくないわけではなかったが、どこか納得できなかった。わたしは玄関に立って、彼が訪ねてきた時の様子を思い浮かべてみようとした。うんざりするほど目になじんだ玄関の敷物の模様。たくさんの靴で踏まれてつるつるになったあぶらじみた繊維質の表面から、甘苦しく煮詰まった汗のにおいがたちのぼってくるような気がした。新鮮な空気がほしくなってドアを開け放つと、北海のにおいのする風が吹き込んできた。若いシェパード犬、そしてその犬に引っ張られるようにして白いハイヒールの女が通り過ぎていった。

昔、終身刑を言い渡されて服役中の年上の男と文通していたことがある、とその晩Aが話してくれた。そんな話を聞くのは初めてだった。手紙は三十通くらいあって、全部とってあるのだそうだ。ちょっとためらってから、その手紙を見せて欲しいと頼んでみた。「いつかね」とAはためらいがちに答えた。

4

森は黒く濡れ、空は灰の色、空気はしらじらとしている。白黒写真だから当たり前だと言ってしまえばそれまでだが、実際の風景も白黒写真そっくりだったように記憶している。冬の雲が一枚の紙になってしまうと、下界の風景は色彩を忘れ、白黒写真の振りをする。

写真は全部で四枚あった。一枚目では、わたしが幹の太い樹木の隣に立っている。その目は写真には写っていない地面に向けられて好奇心に輝き、口元が何か言いたげにもごめいている。樹木にはポスターが貼ってあるが、何が写っているのか、ぼやけていてよく分からない。シェパードが鹿を殺しているように見えないこともない。鹿などを襲って怪我をさせる危険があるから森の中で大型犬を自由に走らせてはいけない、というのが手作りのように見えるこのポスターの言いたいこと、だったのだろうか。

二枚目の写真には、高さ一メートル半、幅一メートルくらいの立て札に、もしあの事件がなかったら二度と耳にすることもなかっただろう「バイエンローデ」という町の名前が書かれている。立て札のまわりには、ウォーターハウス、ツュルダ、リハ、インゴルトといっしょにわたしが「借りてきた詩人」のように立っている。この人たちと会うのはこの時が初めてだった。それから十年の間、何度も仕事でいっしょになったが、初めて顔をあわせたのがこういう土地だったのが今思うと不思議だ。写真を撮ったのはヘルという名前の詩人で、写真の裏には彼のウィーンの住所のシールが貼ってある。そして、その下にわたし自身の字で、ボールペンで「1990年」と書いてある。

フォルクスワーゲンの町ヴォルフスブルグで開かれた文学祭に招待された時の写真だということははっきり覚えている。ヴォルフスブルグに行ったはずなのに、なぜバイエンローデで写真を撮っているのか、すぐには思い出せなかった。

これらの写真のちょっと変わっているところは、一枚の写真に同じ場面が左右に一つずつ写っていることだ。鏡あわせではなく、同じ方向に並んでいる。いつの間にか左右見比べて違いを捜している自分に気がつく。いくら捜しても違いはない。

普通は右目に見えている像と左目に見えている像が全く同じであったなら、二つ合わせれば立体的に見える。でももしも右目の見ているものと左目の見ているものが重なり合わなくて、世界が二回見えたら、どうなるのだろう。かえって気が楽になるかもしれない。腹を食いちぎられて倒れている鹿など見たくない光景を目の前につきつけられても、隣に同じ光景がもう一度見えていて、どちらが本物か分からなかったら、心をそっくり持って行かれないでもすむような気がする。

文学祭を企画したのはヴォルフスブルグにある高校の先生たちだった。文学祭と言っても一日だけで、高校の小ホールで招待された詩人たちが夕方から次々と自作を朗読するだけで、お祭りらしい華やかな音楽や飲み食いがあるわけではない。

男と女の二人の先生が自家用車二台、赤いポロと青いゴルフに乗って駅に迎えに来てくれた。男の先生は鷹の絵の編み込まれたもったりと厚い羊毛のセーターを着ていた。なんということなしにその鷹を凝視していると、先生はにっと笑って「ハゲタカではありませんから安心してください」と言った。

招待されたわたしたちは住んでいるところがスイス、オーストリア、北ドイツと離ればなれだったので、ヴォルフスブルグの駅には別々に到着したのだが、だいたい同じ時間に着くようにあらかじめ手紙で乗る列車を指定され、駅の構内にあった喫茶店で待っているように手紙で指示されていた。鷹先生のものの言い方は丁寧でもどこか生徒たちに指示するような、暖かく決めつけるようなところがあった。

わたしたちを乗せた車二台は、駅前の駐車場を出発すると町をスルッとすり抜けて、森の多い風景を貫いて速度をあげた。麦は刈り入れられ、並木は葉を落とし、森の常緑樹の緑が気の滅入るような暗さで視線を吸い込む。車はやがて地味な建物の前にとまった。

ドアを開けてくれた女性はがっしりした体格をしていて、挑発的に見えるくらい真っ白く洗いあげたマエカケで武装していた。大きな両手でむずとつかんだ鍵をさしだす顔は厳しく、わたしたちが客なのに鷹先生はその人には頭が上がらないようでへこへこしていた。鷹先生に「三十分後に入り口に集合します」と言われ、わたしたちはそれぞれ鍵を受け取って自分の部屋を探した。

ドアが薄いので部屋に入ってからも廊下で話す詩人仲間の声がはっきり聞こえてきた。「別に不平を言うわけじゃないんですけれどね、何と言うか僕はこういうの苦手なんです。今日だけのことだってことは分かっているんですけれど駄目なんです。気分が沈みます、ここにいるだけで。それもちょっと気が滅入る程度ではなくて、ぐっと深いところまで落ちていってしまう感じなんです。」ねばっこく甘く恨みがましい声だった。「すみません。ここが快適なホテルでないことはわたしたちも認めます。でもご存じの通り、予算もほとんどない状態で今回の文学祭を企画したんで、ホテル代までは出ないんです。スポンサーになってくれないかと何軒もホテルを当たって頼んでみたんですけれど断られました。」丁寧だがきっぱりした教育者の口調で答えているのは、セーターに鷹を羽ばたかせている先生だろう。不平を述べている詩人仲間は、わたしより二十歳くらいは歳が上であるように見えたし、育ちもよさそうだったので、宿泊所の粗末さに自尊心が傷ついたのだろう。

寒々とした灰色の壁、スチール製の寝台、色あせた寝具。カンゴクとまではいかないけれど、最低限のものを顔のない入居者のために揃えたという感じがする。

寝台にすわっていても何もすることがないし気が滅入るので、用もないのに廊下に出てみると、暖房を節約しているのか温度は低めで、それがかすかに漂う消毒剤、洗剤、アンモニアのにおいと混ざって寂しかった。

廊下の突き当たりにユースホステルの食堂のような部屋があった。紙でできた赤いテーブルクロスの真ん中にそれぞれ季節外れのクロッカスの造花が飾ってある。「お客さんですね」という声がしたので振り返ると、車椅子に乗ったツヤツヤの白髪の女性が、ドアの陰からわたしの方を見ていた。「高校の先生方から頼まれたんです。詩人さんたちが来るから泊めてくださいって。大歓迎ですよ。このアルタースハイムの歴史をご存じですか。」

この時わたしは、小さいながら釘のような手触りの驚きを隠せずに息をのんだ。この建物はアルタースハイム、つまり老人たちが暮らす施設だったのだ。「この町にはとても立派な牧師さんがいらしてね、その奥様という人がまたそれ以上に立派な方で、いろいろな社会事業を手がけていらっしゃる。この施設もその奥様がお金を集めて建てられたもので、わたしたちはここで暮らしていることをとても誇りに思っています。お二人は信仰も深く、みんなに尊敬され、慕われています。」わたしは、立派な牧師さんとか更に立派な牧師の奥様とかいう話題をもてあまして、あわてて礼を言って自分にあてがわれた部屋に戻った。

ちょっとだまされたような感じもした。アルタースハイムだと初めから言ってくれればいいのにホテルだと思わせるような手紙を書くなんて。わたしは腹をたててみようかどうしようか迷いながら、鞄の奥から主催者からの手紙を出してもう一度読み返してみた。手紙には、宿泊施設は「助ける手の家」という名前で、郊外のバイエンローデというところにある、と書いてあった。どうやらだまされたわけではないようだ。ホテルだとは書いてないし、「助ける手の家」は確かにホテルの名前らしくない。自動車産業で栄え、「ポルシェ通り」という名前の通りまであるような町にそういう名前のホテルがあったらそれもいいかなとは思う。

わたしは、ひとつかみの好奇心と、理由の分からないひとたばの不安を抱えて、もう一度部屋を出た。廊下の壁に額縁に入れられた大きな写真が貼られていた。カメラマンがうまい冗談でも言ったのか、写っている人たちはみんな笑っている。テーブルに蠟燭《ろうそく》の刺さった丸いケーキがのっているところをみると、誰かの誕生パーティだったのかもしれない。わたしの視線は、一人の上品な婦人の顔の上にとまり、そこに釘付けになる。顔の彫りが深く姿勢がよい。深緑色のドレスも茶色い上着も品がよく活力を秘めているが、オーソドックスな真珠のネックレスだけがなぜか嫌々かけられているようにふてくされて見えた。

　時計を見て「もう集合時間だ」と思ったのと、自分の上着に珈琲のしみがあることに気がついたのが同時だった。いつものことだ。あわてて部屋に戻って石鹼を塗って湿らせたハンカチで叩いたが、しみは落ちるかわりに広がっていく。自分の家ならば、「しみ悪魔《フレッケントイフェル》」という名前のしみを落とすための製品を使えば落ちるのだけれど今はそれもない。「しみ悪魔」という商品名が一度思い浮かぶと、そのスペルがしみのように脳にこびりついて消えない。そもそもなぜ悪魔が出てくるのか。まさか、あらゆるしみは悪魔の精液であるとでも言うのか。いつの間にかドレスにしみがついていることに気がついた時、人は恥じる。悪魔と交わってしまったことを秘密にしていたと思われるのが怖くて恥じる。

「時間ですよ」という声が遠くから聞こえたので、あわてて行ってみると、入り口にはさっきの二人の先生が立っているだけで詩人たちはまだ来ていなかった。「確かイベントは八時からですよね」とわたしが尋ねると、「早めに出発時間を定めたのは、実はこの辺の風景をお見せしようと思ったからなんです。工業都市のまわりにこんなに自然が残っているのを見るとみんな驚きます。いい体験になると思います。生徒とも時間の許す限り散歩に出るようにしているんです」などと嬉しそうに話してくれる。そこに草色のドレスに茶色い肩掛けをしゃっと掛けた女性が姿を現わした。さっき写真に写っていた女性だった。姿勢がよく、髪や爪の手入れがいきとどいていたが、どこか不釣り合いに壊れた雰囲気があった。「この施設を建てられた方です」と鷹先生が言うと、「わたくしが建てたのではなく、協力させていただいただけです」と謙虚にやんわり否定した。

夜の朗読会には高校生とその親たちを初めとして町の人たちが大勢来ていて、ぎらぎらと楽しかった。先生は、鷹のついたセーターに枯葉色のコールテンのジャケットをひっかけて百人ほどの聴衆を前に、「言葉の実験とは何か」、「実験文学は社会の役にたつのか」、「詩の面白さはどこにあるのか」などについて舌を熱くして語った。途中からは勢いがつきすぎて呼吸を乱し、切るべきでないところで文章をぶつぶつ切って息をつぎながら話していた。

終わった後の飲み会でも鷹先生の頭に昇った血はなかなか下に降りていこうとしないようで、句読点なしでしゃべり続けていた。詩人たちはもうその話は聞き飽きたとでも言いたそうな顔をして相手にしてくれないので、隣にすわってしまったわたしをつかまえ、「ここは自動車工業一色の町で、高校生たちも大人たちも、同時代の文学に触れる機会はほとんどないんです。それは残念だということで、前から何か文化事業をやってやろうって同僚たちと案を練っていたんです。この町には産業があるだけで文化がないとベルリンの友人たちなどは思ってますからね。このまま放っておけないと思ったわけです。」わたしの真向かいに座っていた女の先生が神経質そうにぴりっと反応して、「もちろん文化が全くないわけではなくて、現代美術は盛んで、みなさんご存じの有名な前衛美術館もあります」と言い訳するように付け加えた。「でも、文学に関しては耕されてない畑みたいなものです」と言って鷹先生は自分のびりびりした声に興奮し、「文化のない町だなんて思われてたまるか」と腕まくりして立ち上がったので、悪酔いしたのかと思って思わず鷹先生のグラスを見ると、まわりがみんなワインを飲んでいるのに、鷹先生は初めからずっと水しか飲んでいなかった。女の先生も飲んでいなかった。「お二人とも飲まれないんですね。やっぱり車の町ですね」とわたしは冗談を言ってみたが、鷹先生はそのまま厠《かわや》に行ってしまったし、女の先生は外の駐車場の方を心配そうな顔で見ていて、わたしの言ったことなど耳に入らなかったようだった。つられて見ると、駐車場では大柄の男が女性の肩を抱いて、夜より黒い車にもぐり込むところだった。わたしはその時、この女の先生にどうしても話しかけたかったのに言葉が見あたらず、目が合った瞬間、全く関心のないことを訊いてしまった。「あの高級車、どういう車なんですか。」「フォルクスヴァーゲンのフエートンです。」「え、フェートンって、あの『変身物語』のパエトンですか。フォルクスワーゲンではなくて、お父さんの 車《ヴァーゲン》 を運転しようとしてハンドルを切り損ねて墜落しちゃった子でしょう。大変な火事を引き起こして。車の名前としてふさわしくないんじゃないですか。」女の先生は口だけ笑う形になったが、魚の腹のように光る白目は笑っていないまま、「運転できなかったら本当の息子じゃないという神話にだまされるなって、生徒たちにくれぐれも言って聞かせています」と答えた。変に噛み合わない会話だったので今でも覚えている。

車で送ってもらって施設に着いた時には夜の真ん中を少しまわっていた。鷹先生は興奮にほてった顔をくしゃくしゃにして微笑んで何度も礼を言って、女の先生に手を引かれるようにしてやっと帰っていった。わたしはすぐに部屋に引っ込んだが、廊下で詩人仲間が二人立ち話している声が歯を磨いている間も聞こえてきていた。「いくら予算がないからって自分たちを養老院に泊めるなんてひどいですよ。」「いや、養老院に泊めたわけではなくて、施設の空き部屋が宿泊施設として使われているということでしょう。」

風変わりな宿泊の思い出も数年後にバイエンローデという地名を新聞で目にしなければとっくに忘れていただろう。ある日、特急列車の網棚に置いてあった新聞を退屈しのぎに手に取ってめくっていると、この地名が突風のようにわたしの脳に吹き込んできて、ひからびていた脳の襞《ひだ》がぱらっと一枚めくれそうになった。ニーダーザクセン州のバイエンローデで人望の厚い牧師が自分の妻を殺した、犯人が分かったのは蟻のおかげだった、というような主旨のことが書いてあった。

バイエンローデ、だったかどうか自信がない。立て札のまわりに集まった人たち、鹿の色をした晩秋。ヘルが撮った写真。家に帰ってすぐに部屋をかきまわして写真を捜し出して見ると、写真に写った立て札には確かに「バイエンローデ」の地名が書かれていた。わたしたちはそこのアルタースハイムに宿泊したのだった。もしかしたら殺されたのは、わたしたちの宿泊した施設を建てたあの女性だろうか。牧師の妻だと言っていた。みんなに慕われていると言っていた。そう、ほんの一瞬だったけれどわたしは彼女に紹介されて、その姿をこの目で見たのだった。きれぎれの映像が降ってくる。胸の中でぼこぼこ湯が沸いてきて息苦しい。新聞を電車の中に置いてきたことが悔やまれた。蟻がどうのこうのと書いてあったが、あれはどういうことだったのだろう。床に伏しても脳の片隅でその「蟻」が数匹ちょろちょろして気になって、なかなか寝つけなかった。

海風が吹いてくる。四方に山がない上、高い建物もないので、見回す限り平地がどこまでも広がっていて、しかもその一部が満開の菜の花で真っ黄色にもえている。わたしとAはある日曜日、キールに引っ越したジモーネという名前の友達を訪ねた。ジモーネは仕事柄、日曜に休むわけにはいかないので、わたしたちが遠足気分で彼女の職場であるキール郊外にあるアルタースハイムに遊びにいくことになったのだった。

「菜の花畑がきれい」とAが言った。Aは菜の花にはなぜか特別な思い入れがあるようだった。出された珈琲はとても苦かった。ジモーネはまばたきして、「こういう場所の方が都会の真ん中よりも、高齢者は気持ちが和らぐみたい。でも、あたしは、たまに買い物したり喫茶店に行ったりして気を紛らわしたいこともある」とこぼした。「都会に帰りたい?」「そうねえ、帰りたいかと訊かれると正直言ってあんまり帰りたくない。都会は疲れるから。外でいつも車の音がしているし、セールスマンも来るし、一人暮らしだとどうしても孤立してしまうしね。毎朝マンションのドアの鍵を開ける時に、世話している老人がもしも中で死んでいたらどうしようって思う。台所に蝿の死骸が落ちていたりしたら、刺蝿《さしばえ》じゃないって分かっているのに、パニックになって慌てて片付けたり。刺蝿のおかげで老人が放置されていたことが判明した事件、覚えているでしょう?」わたしとAは黙って首を横に振った。ジモーネが教えてくれたところによると、寝たきりの一人暮らしの老人が自宅で死体として発見された事件があったそうで、介護会社は契約通り毎日人を送って世話をしていたと主張したが、刺蝿の死骸が部屋から見つかったことで、老人が長期にわたって放置されていたことが明らかになり、介護会社の法的責任が問われることになったそうだ。

「事件を解決したのは生物学を使って事件の捜査を行う人で、生物犯罪学者って言うんだって。そういう仕事があることさえ知らなかった。」「生物犯罪学? 動物の犯した犯罪を調べるの? 鶏を盗んだのはどの狐か、つきとめるとか?」「そんなの犯罪じゃないでしょう。」「どうして?」「犯罪は人間にしか犯せないんだから。」「動物はどんなに悪いことをしてもいいの?」「動物は悪いことなんかできないでしょう。結果的に人間に悪いと言われることはあるけれど、本人は悪いことと正しいことを区別していないんだから。」「人間だって分かってない連中がいるんだから同じでしょう。」「でも人間の場合はたとえ悪ぶっていても、何が悪いことか心の底では分かっているでしょう。だから責任を負う義務があるの。」「じゃあ生物犯罪学って何?」「生物学の知識を使って事件を解決するってこと。その人、アメリカのエフビーアイでも教育受けたんだって。」「怖そう。」「怖くないわよ。寝たきり老人の味方よ。」「蝿の死骸なら、うちにも時々ころがっているけれど。ほら、特に秋も深まってくると窓の下とかに、よく落ちているじゃない。」「でも、刺蠅は普通の蠅じゃなくて、特殊な種類の蠅らしい。」「排泄物が長いこと放置されていないと発生しないとか、そういうことなの？」「さあ。刺蠅は、馬や人を刺すから、蠅の胃の中に残っている血を調べたら、何か分かるのかも。」「昆虫って種類が多くて個性が強いのよ。」「でもたとえその件は納得できたとしても、生物学で事件が解決することなんて、そう頻繁にあるのかな。そんな特殊な仕事していて生活なりたつの？　五年に一度くらいしか出番がないとか？」わたしたちは、あることないこと思いつくままに脳に嵐をふかせてしゃべるのが楽しいのだった。「殺人現場にたまたま居合わせた猫の脳を調べたら、確かに血を見てショックを受けた形跡がみられた、とか、インコがどのくらい餌を食べたかでその晩被告が家にいたか分かる、なんてね。」「まさか。」「哺乳類や鳥類はむしろ役に立たなくて、証人としては、やっぱり虫が一番信用できるらしい。」そんな事を言い合ってわたしたちがひとつかみの不安を吹き飛ばすように笑った途端、春風が頬を撫でて通り、遠くから杖をついた痩せた女性が細い脚を重そうに引きずりながら近づいてきた。ワンピースの花柄も笑っているし目尻も笑っている。「どうしたんですか。」ジモーネはすぐに仕事顔にもどって椅子からバネの入った人形のように立ちあがり、両手を前に伸ばしてその女性に近づいていった。

珈琲がとても苦いと毒が入っているのではないかと思ってしまうので、苦い珈琲を出された時のことはよく覚えている。アルスター湖はハンブルグの町の真ん中にある人造湖で、土曜なので色を叩《はた》くようにたくさんのヨットが浮かんでいた。湖の見える喫茶店のテラスで、わたしはその日、東京から訪ねてきた知人と苦い珈琲を飲んでいた。同級生の同僚で、よく知っている人ではなかった。ゲーム機を造る会社に勤めていて今回は出張のついでに脚を伸ばした。娘が今度、幼稚園に入るそうだ。近くの玩具屋で買ったお土産の大きな熊のぬいぐるみの頭がぬっと紙袋からのぞいている。通行人の流れが一時途絶え、カモメたちが拍手するように飛び去ると、隣のテーブルにすわった二人の若い男の会話がはっきりと聞こえ始めた。最近読んだ本の話をしている。東京から来た知人は無口で、わたしの質問にも短い答えしか返してこないので、わたしは言葉でみっちり埋まった隣のおしゃべりに耳を傾けていた。

水の上を滑るように音も立てずに白鳥が二羽移動していく。見えない水の中では必死でみずかきを動かしているのだろうが、そんな苦労は顔に出さずに嘴《くちばし》を少し上に向けてすましている。白鳥を見て、「本物なんだ」と驚いたように言う知人の発した日本語が、主語のないまま舞い上がって春の日差しに吸われて消え、わたしの耳はすぐにまた隣の席の男たちの会話に傾いた。「蟻が決め手になった例の殺人事件はすごく有名になったから誰でも知っているけど、他にも虫が決め手になって犯人が分かった事件があったことがこの本に書いてあって面白かったよ。老人放置の地味な事件だけれど、事件解決の決め手が刺蝿の死骸だったというから驚く。」「蟻の事件って、あの牧師が奥さんを殺した事件？」「その通り。」「虫に注目するところが面白い。」「土を調べていて、蟻の死骸が混ざっていたところから、自然とそういうことになったんだろう。もし狐の糞が混ざっていたら、その狐を追ったりするのかもしれない。土は多くを語る。」「犯人は驚いただろうな。そんな意外なところに証人がいたなんて思ってもみなかったろう。」「蟻みたいに無口で小さくて目立たない働き者を馬鹿にしてはいけないってことだ。」「刑期八年くらったそうだ。」

秋になるとブラームス広場にむっちり腰をすえた音楽堂の煉瓦の色と夏は冷淡に見えるまわりの樹木の葉の色が和解して歩み寄る。日々切り詰められていく日照時間に追われるように通行人は忙しそうに踵《かかと》をめくりながら通り過ぎて行くが、音楽堂の向かい側にあるこぢんまりした通りだけは、昔から時間がとまっているのか、通りの名前にドラゴンがじっと身を動かさずに隠れ住んでいる。肩をすくめて並ぶ煉瓦造りの家並みが夕日を浴びると映画のセットのように見えないこともない。そこに「喫茶やっと」という変わった名前の店があった。「やっと重荷から解放された」と言う時の「やっと」だ。肌を切る薄い刃のような秋の光を背にして店ににゅっと身を入れると、カウンターの向かい側の空間は昼間でもパブ風の落ち着いた天鵞絨《ビロード》質の暗さに包まれている。そこに抱かれるように留まることもできるし、突き抜けて、狭いが日当たりのいい中庭に出ることもできる。この日、中庭には女性が二人すわっていて、ストローをくわえてかがむ姿が、花の甘い蜜を吸う蜂のように見えた。冬が近づくにつれて灰色と黒で身体を隠す人たちの増えていく中、二人はオレンジと紫と黄色を着ている。わたしはエスプレッソを注文し、壁に背中を押しつけた。エスプレッソを出してカウンターに戻るとウエイトレスはグラスを磨き始めた。色白で、坊主刈りで、乳房の大きな若い女性だった。

しばらくすると学生風の女が二人、手をつないで入って来た。一人はごわい髪をざっくり刈り込み、もう一人は細い髪をなよなよと長く伸ばしている。二人とも髪の毛は真っ黒に染め、服も上下真っ黒に固めている。「いつもの席にしましょう。」「まんねりは性愛力を弱める。」「わたしは政治以外は保守派。いつもと同じ席でいつもと同じものが飲みたいの。」にこりともしないでそんな会話を交わしながら、いつの間にか隣のテーブルに陣取って、カプチーノを頼んでいる。珈琲が来ると、ただ飲めばいいのに、いかにも飲んでいるということをまわりに誇示するような何かが二人の身体から溢《あふ》れて、うるさい。おしゃべりの内容には少しの自己欺瞞も甘えもないのに、身体に出てしまう自己顕示が隣に座っているだけでわずらわしい。そのせいか、初めはおしゃべりの内容そのものはわたしの耳に入ってこなかったが、たった一つ、「牧師」という単語をきっかけに、するするっと話が脳に入ってきた。「牧師の浮気をあたしたちが道徳的に批判したら、それこそお笑いね。」「でも人を殺した夜にハンブルグから恋人を呼び寄せて、いつもは奥さんと使っているベッドで寝たのよ。」「気持ち悪い。テレビドラマみたい。」「どうして？」「だってテレビドラマでは、人を殺した後で犯人が必ず女と寝るじゃない。」「必ずじゃないでしょう。」「でも、大抵はそうよ。」「テレビ持ってないのにどうしてそんなことが分かるの？」「分かるわよ、そのくらい。」「とにかく信じられない。牧師は、その翌日は別の彼女と寝て、その翌日はまたハンブルグの彼女を呼び寄せたんだって。」「何人いたの、全部で？」「たくさんいたらしい。奥さんの方にもたくさん恋人がいて、それは双方合意の上だったって、牧師は証言している。もっと変な言い方だったな。この問題についてはわたしたちは成熟した夫婦の大人の意識で向かい合っていた、とか。でも奥さんの親友だったヴォルフスブルグの高校の先生の証言によると、奥さんは思いつめていて離婚を考えていたみたい。今の時代、三割以上の夫婦は離婚するのだから、普通の人の場合なら浮気も離婚も驚くに値しない出来事なんだけれど、何しろ町の守護神みたいな夫婦だから、離婚となったらみんな驚いて原因を追及するでしょう。一度だけ浮気したとかじゃなくて、たくさんの女性と交代で長期にわたって関係していたわけだから、信者の人たちにとってはスキャンダルになるだろうし、舅《しゅうと》が教会の権威だから、この人を怒らせたら大変だし。」「奥さんに離婚したいって言われて、それで殺したの?」「マスコミでは、そういう筋書きになってる。でも許せないのはジャーナリストたちよ。みんな蟻のことばかり面白そうに書いていて、肝心の二人の関係については、どう書いていると思う?」「さあ。」「夫婦は戦いである、夫が妻を殺す、妻が夫を殺す、これは一種の原風景であって、どちらがどちらを殺すかは偶然に過ぎない、だってさ。事実をゆがめているでしょう。奥さんの方は離婚したいとは思っても、夫を殺そうとしたことなんて一度もないのに。」「それ聞いて今、思い出した。あたしもこの間、歯医者さんの待合室でくだらない雑誌を読んでいて、その事件についての記事をひとつ読んだような気がしてきた。」「どんな記事?」「妻は夫と同じく大学で神学を学んでいて、社会事業に力を入れているんで町の人たちには夫以上に愛され尊敬を集めていた、とか書いてあった。」「夫以上ってところがよくなかった、って書いてあった?」「もっとずっとすごいこと、書いてあった。奥さんは、自分の父親がいなければ夫が出世できないことをいつも口にしていたらしい。この女は夫を励まして助ける代わりに、夫の神経を逆なでするようなことを絶えず口にしていた、なんて書いてあった。」「そんな奥さんじゃ殺されても仕方ないわね。殺した夫は当然、無罪でしょ。」わたしはこの時あまり驚いたので思わず顔をあげて話し手の顔を見てしまった。二人は淡々と会話しているので、どの部分が皮肉や冗談なのか、声を聞いていただけでは分からない。その分からなさは、顔の表情を見ても変わらなかった。ただ、話の流れから判断すると、やっぱり牧師を批判しているんだろうなあ、と思った。「でも神経を逆なでしてもらうと性欲が高まるんでしょ。牧師は内心ありがたく思っていたんじゃないかなあ。」「それは違うでしょう。自尊心が傷ついて、奥さんとはもう不、可、能になっていたの。浮気して傷ついた自尊心を癒したんでしょ。たくさん女がいるというのは、内心、女性が嫌いな証拠なんだから。」「だから牧師になったの？」「それは直接の理由ではないでしょう多分。まだ女が嫌いかどうかはっきりしないときに職業を選択したみたいだから。聖書に隠されている秘密に関心があったんじゃないかな。そして、それが自分を救ってくれると思ったんでしょう。思春期にすごく苦しんでいて。その気持ちは、あたしにも分かる。」「そう言えば奥さんの葬式で挨拶した時、聖書の引用をしていたって書いてあった。」「どういう引用？」「神はわたしにとって残酷な者に変わった、だったかな。」「でもそれじゃあ自分が犯人だって言っているみたいじゃない。その時はまだ犯行を認めていなかったんでしょう。」「今でも認めてないでしょう。」「証拠があっても？」「犯行現場にいたことは証明されたけれど、だからって殺したかどうかは完全にはわからないでしょう。凶器も見つかってないんだって。」「でも有罪になって服役しているんでしょう。」「それは裁判の結果、そういう判決が下りたからでしょう。本人は自白してなくても有罪になるらしい。」

「それは当たり前かな。」「なんだか当たり前じゃないような気もする。」「そう言われると、あたしも何だか分からなくなってきた。」

その時、約束の人があらわれたので、わたしはその先を聞くことができなかった。

それから数年たって、バイエンローデのことはすっかり忘れていたわたしは、わけあって癌についての本を読みあさっていた。評判になっていた本を読んでいると、「癌は明らかにストレスが原因でかかる」と著者が前書で様々な例を挙げて繰り返し主張している中で、次のような文章に行き当たった。「妻を殺した罪に問われ、八年の刑を言い渡され最後まで無罪を主張した牧師が、六十二歳の若さで獄中で癌に命を奪われたのも、極端なストレスのせいである。」手の平で額をぱんと叩かれたような気がした。死んでしまったのだ。「凶器も見つかってない上、殺したところを見ていた人もいなかったというのだから、ひょっとしたら無罪だったのかもしれない。確かに犯行現場の側で夫婦喧嘩をしていたところを人に見られてはいる。しかも目撃者に黙っていてくれと頼んだかもしれない。しかし夫婦喧嘩は誰でもするし、疑われるのを恐れて黙っていてくれと目撃者に頼んでしまうのも人間らしい弱さに過ぎない。だから罪を犯したとは限らない。蟻を証人に仕立て上げて人間を有罪にするのは、自然科学に魂をむしばまれた現代人の病であろう。しかし有罪であっても無罪であってもストレスの大きさには違いがない。ストレスは事実とは必ずしも関係ない。妄想が現実以上にストレスになることもあるのである。」

わたしは、これまでこの事件について耳にしたいろいろな情報を思い返してみた。夫婦関係のこと、奥さんがお金を集めて建てた施設、町の人たちの尊敬の念。喫茶店で女性二人のおしゃべりを盗み聞きしていた時、確か、奥さんの葬式の挨拶で牧師が「神はわたしにとって残酷な者に変わった」という言葉を聖書から引用していたと言っていた。その言葉がわたしにとっては唯一、手でさわることのできる証拠品のように思われた。わたしは聖書のキーワードをアルファベット順に並べた「聖書ABC」という辞典で「グラオザム（残酷な）」という言葉を調べてみた。日常生活ではみんなが胡椒《こしょう》でもふるように気楽に使っている言葉だ。ところが「聖書ABC」を見ると驚いたことに聖書ではたった一度しか使われていない。まさに牧師が引用したという文章がそっくりそのまま、旧約聖書のヨブ記にあった。無数の文章の氾濫している何千年という時間を貫いて、何万キロも旅して、翻訳という変身を経ても、たった一つの同じ文章を見つけることができるのだと思うと鳥肌が立った。

わたしのまわりには目には見えない意識の糸が張り巡らされている。一つ気になるテーマができると、どこへ行って何をしていても必ずそのテーマが聞こえてくる。ある日のこと、日本人の振り付け師が演出して中近東のダンサーたちが踊る舞台が港の倉庫劇場で上演されるから観に行かないかと、友達に誘われた。何の予備知識もなしにふらっと観に行ってみると、それが「ヨブ記」から題材を取った作品だった。

ヨブは金色の衣を着た億万長者として現れ、膝をついて長々と神に祈っている。ところがこの衣はどういう材質のものか分からないが金色の表面にライトの当たり方が変わると影が現れ、どんどん暗い色になっていく。衣を暗くしたヨブは悪魔の仮面を被って変装し、神様のところへ出かけていき、「お前の信者ヨブの持っている株を暴落させてみろ」と挑発する。「もしそれでもヨブが神を信じ続けたら、その信仰は本物だが、そうでなければヨブは株で儲かっていることを神に感謝しているだけで信仰があるわけではない」と言うことなのだろう。それにしてもヨブはどうして悪魔に変装してまで自分を追いつめてみるのだろう。聖書にはそんなことは書いてなかったはずだ。この振り付け師は何を考えているのだろう。二幕目では、株が暴落し、ヨブは財産を失い、海辺の掘っ立て小屋で暮らしているが、それでも子供たちに囲まれて大きな鍋を囲んで楽しそうにしている。食事を終えて、一人海辺に出ると穏やかなヨブの顔に急に陰が出たかと思えば再び悪魔に変装し、神様のところへ出かけていって、子供たちがみんな海で溺れ死ぬよう仕掛けてくれと頼む。「もしそれでも神を信じ続けるのでなければヨブは自分自身の幸福を愛しているだけであって神を信じているのではない」と言うことなのだろう。神様は子供たちに波を巻きつけて殺してしまう。ヨブはそれでもまだ自分の不幸に満足しないで、また悪魔の仮面を被って神様のところへ出かけていって、「ヨブはすべて失っても自分は健康だから神に感謝しているだけで、神を本当に信じているのではないだろう」と挑発する。神様はヨブを病に陥れる。頭、胸、腹、脚に裂けるような痛みを感じるだけでなく、顔の肌からネジのようなものが生えてきて、これを見た人はみんな悲鳴を上げて逃げていってしまう。ものを食べれば口の中の粘膜が破れて血が出て歯が粉々に砕ける。食べなければ空腹で胃が内側から焼け、喉が渇いて貼り付いて息が苦しい。奥さんに「こんな目にあってまで神を信じるのか」と言われて、ヨブはやっと神ではなく妻の言葉に従って、吐き出すように神を罵倒し始める。ガラス戸を殴りつけて割り、花を踏みつけ、林檎を壁に投げつける。

「あれは変わった演出でしたね」と終わってから振り付け師に紹介されたので遠慮がちに言ってみると、相手は非難されたと思ったのか、ぎろっとわたしを睨んだ。わたしはあわてて、「聖書とは違っていて興味深かったです」と付け加えた。振り付け師は前置きもなしに日本のある死刑囚の名前を挙げ、「彼の手記を読んだことがありますか」とぶっきらぼうに聞いた。わたしは手記のことは知っていたが実際に読んだことはなかった。「あの本を読むと、僕たちがいいことをするのは、いいことをすれば親や先生が愛してくれる環境に育ったからに過ぎないってことが分かりますよ。もしその逆だったらどうなるのか。いいことをしようとすると馬鹿にされ、殴られ、いじめられる。そういう環境だったら、当然いいことなんかしないでしょう。」

わたしは牧師の事件を思い出して、その話をしてみた。あの牧師が自分が殺した奥さんの葬式の挨拶でヨブ記から引用したのは理解できない、牧師は殺さなければならない環境に育ったわけではないのだから、と言ってみた。振り付け師はうなずいて、「あ、あの事件ね。あれはうちから遠くない町で起きた事件だからよく覚えている。確かにヨブとは関係ないのに、ヨブを葬式で引用していた。あれは僕も理解できなかったな。あの犯人は依存症だったんだろう。」「どんな依存症ですか？」「どんなって依存症は依存症で、どんなもこんなもないよ。酒を飲みたいだけ飲んだかもしれないし、激しいセックスを毎日むさぼっていたかもしれない。威張り散らしていたかもしれないし、仕事中毒だったかもしれない。とにかくナマの感情が膨張してきて、はどめがきかなくなって、罪の意識にさいなまれて。僕もそういう状態だったことあるよ、誰かを殺せるかもしれない状態。と言うか、自分が殺人犯になってもならなくても、そんなことはどうでもよくなってしまう状態。」わたしは息苦しくなってきたので、軽い方へ話題を持って行きたくなって、「ところで、あの時の蟻って何だったのか知ってますか？」と訊いてみた。「蟻？　ああ、あれか。あれはね、すごく稀にしかいない種類の蟻の巣の出口が犯行現場に偶然あって、その種類の蟻の死骸が牧師の長靴についていたそうだ。」振り付け師はそう答えながらも、なんだか上の空だった。他に話したいことがあるのにわたしが蟻のことなど訊くので仕方なく答えているのかもしれなかった。わたしはあくまで蟻にこだわった。「でも、蟻を踏んだのは偶然だったってこともあるでしょう。牧師は無罪なのかもしれないんですね。」「いや、あの辺に住んでいる人でも、散歩とか農作業していて、あの蟻を踏む可能性は天文学的に稀なんだそうだ。でも犯行現場にはその蟻の巣があった。統計学的に見れば絶対に犯人だ。」「でも統計学的に有罪って何だか変じゃないですか。」

わたしに昔手紙をくれた犯人は一体どんな犯行をなぜ起こしたのだろう。急にそのことが気になり始めた。まさか奥さんを殺したわけではないだろう。若いのに妻帯している雰囲気の人ではなかった。わたしは手紙をもらった当時、カンゴク改善運動には関心を感じたが、犯行そのものには興味を感じなかった。一度、本人に訊いてみたい。本人の話を聞かないということが一番いけないんじゃないだろうか。急にそんな気がしてきたのだ。もう何年もたっているけれど、終身刑だからまだ入っているだろうと思って、手紙を捜すために屋根裏にあがってみた。手紙の内容ではなく、名前が思い出せなかったので手紙が必要になったのだった。屋根裏には昔のノートや手紙を入れた箱がいくつも積み重ねてあった。わたしは物を捨てない方だ。ボール箱は濡れて乾いてばりばりになっていた。しゃがんで上を見上げると、屋根の瓦が一ヵ所はずれていて、できた隙間から青空が見え、綿雲が浮いていた。神は別の光の中にいるからわたしたちの目には見えないのだそうだ。だから本当にいるのかどうか目で見ただけでは分からない。それでも神はどうしても姿を現さないといけない時にはフォルクスワーゲンではなくて雲の車に乗って、雲で身体を隠して現れるのだそうだ。

5

あなたの夢は色がついているかそれとも白黒かと訊かれて、一つだけ真っ赤に色のついた夢があったのを思い出した。着物姿の姿勢のよい女性が廊下をすり足でこちらへ向かって歩いてくる。後ろに数人、弟子をひきつれている。不意にその女性の目が大きく見開かれ、ヒトデのように開いた両手が顔を守ろうとした。ナイフの刃が優雅な曲線を描いて、首筋に達し、その皮をつううううっと切り裂いた。ナイフの柄は、なんとわたしの手で握られている。赤い線はたちまち膨らんで、わたしの眼球を包む透明な膜があるのか、それとも夢のレンズなのか、目の前のガラス全体が真っ赤に染まって目が醒めた。

それはマボロシさんが投獄される時の映像だったと思う。投獄というのは、地「獄」に「投」げ込まれるのかと錯覚させるくらいすごい言葉だが、マボロシさんは明るい顔をしている。報道陣とカメラの波間に見え隠れする花のような笑い顔。その顔に向かって、刑務所の中ではどんなことをしたいのかとよく通る声で訊いたジャーナリストがいた。投げられたナイフの柄をつかむ曲芸師の落ち着きと自信を持ってマボロシさんはこの質問を受け止めて、「義務教育の勉強をしっかりしたいと思います」と針のある声で答えた。「ぎむ」という言葉を大声ではっきり発音するのは簡単そうで難しい。嘘だと思ったら五十メートル離れたところにいる人に聞こえるように「ぎむ」とどなってみるといい。

マボロシさんは毒をこんもり盛って、苦みの効いた皮肉で味付けして、この文章を言ってのけた。「義務教育の勉強をしっかりしたいと思います。」子供に教育を受けさせるのは大人の「義務」で、だから義務教育と言われるのである。もし受けられなければそれは子供が悪いのではない。だからマボロシさんは少しも恥ずかしそうにしていない。とっくに成人した女が自分の力でこれから小学校の勉強からやりなおそうと明るく言い放っているのだ。しかも最終目標は司法試験だと言う。

この時、別のジャーナリストがマイクを松明《たいまつ》みたいにかかげて、「今回の事件については後悔していますか」と尋ねた。「全くしておりません」とマボロシさんが明るく答えた。報道陣がどよめいて、「全く後悔していないんですか」という質問が追うようにいくつか重なって飛んできた。「全く後悔していません。」

エルベ川の水面からはねかえされてくる光なのだろう。欠片《かけら》がきらきら、バルコニーのガラス戸を通して部屋の中まで入ってきて、白い壁の表面をくすぐっている。カーテンを閉めた方がビデオは見やすいのだろうけれど、外の景色までも画面に写ってしまっていると、映画にひたっていても自分のまわりには別の世界があることを忘れないですむ。それもいいかもしれない。

さっきまで屋根裏であの手紙を捜していたくせに、ガムテープをはがしていくつか箱を開けているうちにビデオがごっそり入っている箱を見つけ、漠然とした好奇心から中をごそごそ探っていると、このビデオが出てきた。急に観たくなってビデオを持って部屋に戻り、一度映画が流れ始めると、もう目が離せなくなっていた。この映画が完成してハンブルグで上映されたのを観たのは確か一九九〇年のこと、あの事件が起こったのはそれより十年も前のことで、事件の起こった当時はわたしはまだ日本で暮らしていたが、この事件の報道を日本のテレビで観た記憶はない。映画を作ったのはブリギッテ・クラウゼというハンブルグ在住の映画監督で、わたしは大学の近くの映画館でその映画を観た。その後、マボロシさんがハンブルグに来た時には本人に会った。と言うことは、やっぱり実在する人なのだから本名で呼んだ方がいいのだろうか。でも本名で呼んだ途端にマボロシさんが誰かに連れて行かれてしまうような気がしてならない。

マボロシさんが鏡に向かっている。目のまわりにはきつねの赤い気が漂っている。マボロシさんは、その炎を筆でかきたてて目張りを入れる。涙のたまるところに血の池をためようとでもいうように。田舎の押し入れの行李の中から出てきた赤ん坊の着物の赤だ。口紅をさす筆先は鋭く、観ている側の唇がかゆくなってくる。

マボロシさんはもう覚えていないだろう。ハンブルグで映画の上映があって、その後、関係者たちといっしょにノイミューレンの船着き場のレストランでお茶を飲んだ時のこと。関係者が二十人くらいいたので、席が遠くて話ができなかった。レストランの外に出ると風が強く、潮っぽい香りがした。マボロシさんは背の高い人たちに取り囲まれて姿が見えなかった。わたしはなぜか気後れしてその輪の中に入っていく決心がつかず、少し離れたところに立ってボブと呼ばれているやたら背の高い学生と話していた。マボロシさんは法律の勉強をしていて、司法試験を受けるつもりだったのに、前科のある人は裁判官になれないと聞いてショックを受け、今それが「どの程度」本当なのか調べているところなのだ、とボブが教えてくれた。マボロシさんに直接話しかける勇気はなかった。「司法試験を受けようとしているそうですね」と話しかけてみたいがただの興味本位で言っているように聞こえてしまうかもしれないと思った。他の人たちは外国語である英語を使っているからこそ、無邪気な好奇心と好意を剝き出しにして話せるのだ。わたしはその場にいた唯一の日本人だったので日本語を話した途端に何もかも駄目になってしまいそうな気がしてならなかった。

　ところがその時ふいに一匹のシェパード犬が現れ、マボロシさんを囲んでいた人たちの輪がちぎれた。犬はみんながすうっと引いてしまうと真っ直ぐわたしの方へ向かって歩いてきた。鎖をはずして勝手に歩かせている飼い主は一体どこにいるのだろう。あたりを見回すわたしとマボロシさんの目が偶然のようにばたっと合った。マボロシさんは確かこの時、「犬は怖くないのですか」というようなことを日本語で訊いた。わたしは言葉をかけられて緊張したので何を訊かれたのかうまく摑み取ることができなかった。「犬は怖くないんですけれど、でも怖いものはたくさんあります」というようなことを答えたような気がする。このへんから記憶があやしくなってくる。犬は怖くなかったが、怖いのは何も起こらない日常だった。間違ったことをしないようにどんなに気をつけて生きていても、ある日突然、逮捕されたという話は小説で読んだことがある。逮捕されるのはいつなのか分からない。ずっと先かもしれない。たとえずっと先であっても、いつなのか分からないということは、毎日が「その日」である可能性を含むということだった。わたしは何も「わるいこと」はしていないのだから逮捕の理由はもちろんわたしには分からない。そんな漠然とした消極的な捕まり方への怯えに捕らえられていたわたしには、ちゃんと計算して法を破って自覚的に逮捕されるというパフォーマンスをやり遂げて監獄の中で勉強し、更に勉強を続けて司法試験をめざす小学校中退のマボロシさんは眩しかった。

監獄の中の様子なんて誰でも知っている。テレビドラマや映画で嫌というほど見たことがある。でも、もし本当に自分がそこに入っていったら、テレビで観るのとは違ってやっぱり怖いんだろうか。

独房の窓際でマボロシさんがぼんやりしていると、女看守が回ってきて「スチームの上にすわると減点よ」と小学校の先生のような厳しいけれど暖かい口調で注意する。それから外部から届いた手紙をマボロシさんに渡す。もらった手紙に心を温められた、という内容の演歌が急に流れる。看守の女性が妙に美人なのが不思議でならない。

マボロシさんが鏡に向かって、スポンジでぽんぽんと顔を叩いている。真剣な顔をしているけれど、手慣れているし、観ているとなんだか気が軽くなってくる。こうして手際よくスポンジで湿り気をとっていけば、涙という水分も、血という液体も、この世から姿を消すのだろうか。白塗りは粉っぽい。映画に慣れた目には、この化粧のつくる肌は少し乾きすぎている。カメラの精密なレンズのせいで、毛穴から産毛まで全部見えるので、風雨に身をさらしてきた建物の外壁のように見える。

画面の中のマボロシさんの顔の中にわたしの同級生の顔が見え隠れする。わたしは、みんなとどこか毛色の違った子にすぐに惹きつけられる癖があった。誰とも口をきかなかったり、目立つ服を着ていたり、途中から特殊な学級に移っていったり、授業中に大人が迎えに来て連れて行かれてもう戻って来なかったり、施設で暮らしていたり、そんな子と何度か友達になった。

マボロシさんは一度結婚したこともあったそうで、諍《いさか》いが起こると姑に、「うちの息子は普通の家庭の大学出の娘さんと結婚することもできたというのに（あなたのような人と結婚してしまった）」と言われた。

普通の家庭の子というのは、わたしに言わせれば大福みたいな肌をした子のことなのだろう。大福ならまだいいが、マシュマロみたいな子もいて、外から指で押されればへこんでしまうし、目や口はその柔らかさの中に沈んで消えていきそうだった。「普通」という名のマシュマロが母親の手で丹念に服を着せられて、雨の日も風の日も学校に通ってくる。それとは対照的にクラスには必ず一人はよく学校を休んでそのうち転校していってしまう子供というのがいて、そういう子は時に不安そうに顔を陰らせていることもあったが、それでいて怖いものは何もないような大胆なところもあって、たとえば誰かが怪我をして大量に血を流したりすると、みんなひるんでしまって、泣き出す子さえいるのに、その子は平気な顔をして怪我をした子に肩を貸してさっさと保健室に連れて行ったりした。普通の子はテストの日などはあおざめた顔をして神経質そうな細い指で答案用紙を隠している。きれいに洗濯された襟によく梳《と》かされた髪の毛がさらっとかかったりする。そんな中で、わたしの気にしていた転校生の子は、子供のくせに大人の女優みたいに人の目を惹きつける表情を目元に浮かべて、テストなんか少しも怖くないみたいで、鉛筆を口にくわえて答案から顔をあげ、みんなの様子を観察したりしていて、わたしと目が合った。テストがあった後の休み時間はみんなげっそりした顔をしているのに、転校生のその子だけは幽霊の話か何かを始めて、その勢いと声の艶に引き込まれて、思わずみんな聞き入っていると、いつの間にか休み時間から足がはみ出してしまって、先生が教室に入ってきたのにも気づかず叱られることになる。叱られるのはその子だけである。

「普通」の子たちは、二週間くらいすると転校生の子を避け始め、話しかけられないようにそっぽを向いてしまう。マボロシさんは「普通」という言葉に傷ついたのだから、わたしももうこの言葉を使うのはやめよう。わたしは小学校の頃から「普通でない」方がいいと思っていたけれど、それこそがわたしの驕りでもあった。

鏡の前を離れたマボロシさんは襦袢《じゅばん》の上に刺し子の胸当てをぴたりと当てて後ろで紐を結んで固定する。手縫いの糸の描き出す句読点が胸のふくらみを平らに押さえ込む。「着物を着る時は胸が出ていたり腰がくびれていたりするとおかしいんです」と説明する。カメラの向こうにいる人たちが、着物のことを全く知らない人たちだということを意識して話している。内輪だけで話しているなら、こういう言い方はしないだろう。

胸当ては柔らかい布製だけれども、目で見た限り、野球のキャッチャーの防具を思い出させないこともない。マボロシさんはおどけてキャッチャーが腰をかがめて指で合図を送るポーズをしてみせる。ドイツの人は野球は観たことはないし、キャッチャーが何なのかも知らないから、この冗談は空振りだったかと言えばそうでもない。ふざけていることは誰が見ても分かる。ふざけることのできる人は脳味噌が大きくて、中にたくさん部屋がある。もし部屋が一つしかなかったら、その部屋は道成寺の蛇で一杯になってしまって、ふざける余裕なんかなかっただろうから。

マボロシさんは、衣装に関しては自分で縫えるものは自分で縫うと言う。踊りのお師匠さんなど偉くなるとそんなものは自分では縫わないものだが、業者に頼むと身体に完全には合わなかったりして踊っていて息が苦しくなったりするそうだ。自分で縫うから自分の思うように踊れるのだと言う。

雪が痛い。雪が痛い。マボロシさんが雪の中に立っている。その顔は雪と同じく白い。よく見ると無数の見えない傷に覆われて、ひくひく痙攣《けいれん》している。青いのは空。高いところにある梢にきつく結ばれた赤い帯。誰かが首を吊っていて、マボロシさんは下からそれを見ている。映画だから切り取られた四角しか見えない。首を吊ってぶらさがっているのは誰。

あおびかりするほど黒い髪でできた鬘《かつら》。「椿油」という言葉が思い浮かぶ。みっしり重そうな鬘の鬢《びん》を櫛で整えるマボロシさん。二本の指で髪をつまんで、まるで重力の方向でも確かめるみたいに念入りに下へ引っ張って、それからハサミでちょんと鬘の毛先を切った。鬘の毛を切るということもあるのかとわたしは驚く。鬘の毛も伸びることがあるのか。土葬の場合、死人の髪が地中で伸びたと言う話を時々聞くけれど。

「普通わたしくらいの地位の人は自分で鬘を結ったりはしません」とマボロシさんは淡々と語る。それから、「わたしくらいの地位の人と言っても別に自慢しているわけじゃありませんよ」とさりげなく付け加えた。

髪は油で濡れて光る。冥土の「冥」という字が思い浮かぶ。髪をいじくっているうちに指が髪に絡まれて、下界に引っ張り込まれていきそうになる。髪を触る仕事、身体を触る仕事は、恐れられ崇められていたに違いない。そこから手を洗って高い地位に昇ったと信じる人たち。踊り人たちは、着物、鬘、自分の肌までも、偉くなればなるほど自分では触らないということらしかった。

わたしはぼんやりビデオの中のマボロシさんのすることを眺め、マボロシさんの言うことに耳を傾けているだけで、ずいぶん勉強になるような気がした。マボロシさんは「勉強」という言葉が好きなので、わたしまで勉強が好きになってきた。それでも勉強になりすぎて疲れてきたので一度スイッチを切って散歩に出た。

散歩と言えば家の前を通る遊歩道をエルベ川に沿ってまっすぐ芸もなく歩いて行くことが多かったが、この日は階段を登っていって、エルプショッセーと呼ばれる上の街道に出た。八キロ以上の長さにわたって立派なお屋敷の建ち並ぶこの街道は川に沿って走ってはいるが、水はかなり下の方にあって、本当に水に身を寄せている下の古い狭い通りとは雰囲気が違う。わたしは下の通りに住んでいたし、下の通りが好きだった。

川には死んだ魚もあがる。人間の遺体があがったこともあったという。自分で見たわけではないけれど、この辺を舞台にしたローカルな推理小説には、早朝、ジョギング走者がふと川の方を見ると、うつぶせで川にぷかぷか死体が浮いていた、と書いてあった。

死体があがれば弔いの儀式もしなければならない。「河原乞食」という言葉がマボロシさんの口から出た時、「こじき」が「古事記」に聞こえ、やっぱり何か繋がりがあるんだろうなと思った。歩きながらわたしはずっと幸せな思いで空想の中のマボロシさんとの対話を続けていた。ふと見ると前から近づいて来るのは、ハンブルグ大学でインド舞踊の研究をしているブルーメンヴァイデ先生ではないか。わたしはインド学の授業に出たことはなかったが、あるパーティで先生と知り合ってから親しくしてもらっていた。先生はアジアの古典芸能のことならインド以外の国のことでもよく知っていた。「珈琲を飲もうと散歩に出たところです。いっしょにどうですか」と誘われて、すぐに喜んで承諾した。

古いテーブルの木目が手のひらに快い。壁につるされた新聞の見出しの中の「爆発」という単語だけが目に飛び込んできた。林檎ケーキと珈琲が来ると、わたしは早速、さっきまでビデオで見ていた映画の話をした。マボロシさんが自分で鬘も結うし、衣装もつくるという話を少し興奮気味にすると、ブルーメンヴァイデ先生は首をかしげて、「でも分業は必要なんじゃないですか」と反論してきた。「中世の昔から衣装だけを担当してきた人たちは、それだけで一家が食べていけるからこそ熱心に技術を継承してきたのです。鬘をつくる人、下着を縫う人、着物を着せる人、いろいろな専門に分かれていて、他の人にはその技術は教えないで後継者にだけ教えるから、技術が遺産になったのです。たとえばもし、鬘を結う仕事がなくなってしまったら、その人たちは工場労働者になってしまうのではないですか」と先生は言うのである。ブルーメンヴァイデ先生は政治の話も好きな人なので、わたしがもし「工場労働者だって労働条件がよくて生活が保障されていればいいじゃないですか」などと言いかえせば、またその方面の議論に火がついて話が長くなりそうなのでわたしは黙って聞いていた。「オペラ座だって衣装専門の人がいるでしょう。オペラ歌手が自分でアイーダの衣装が作れますか。エウリディーチェの衣装が作れますか。蝶々夫人の衣装が作れますか。コンスタンツェの衣装が作れますか」とオペラに出てくる女性たちの名前を並べているうちに、先生は拍子木《ひょうしぎ》の音がどんどん間隔を狭めていくみたいに早口になっていって、あきらかに興奮してきた。先生はアジアの舞台芸術だけでなく、オペラにも目がないのだった。「衣装をつくる仕事だってオペラを歌うのと同じくらい立派な仕事ですよ。」

ミュンヘン育ちの先生は小さい頃から両親とよくオペラに行ったそうだ。子供の頃からオペラに連れて行ってもらえる子ともらえない子とでは環境がちがう。シューベルトの歌をトイレの中で大声で歌えば親が喜ぶ家もあれば、叱られる家もある。生まれが違うということですでに人は平等ではない。でも平等でなくてよかったという場合もあるかもしれない。マボロシさんは親が旅芸人だったから、自分で着物も縫えるし、髪も結えるし、言葉も操れるし、踊りもできるし、歌も歌える。サラリーマンの家に育ったのではこうはいかないだろう。

マボロシさんの覚えている最初の光景は、母親が髪を結っているところなのだそうだ。擦り切れた着物を着て汚いマエカケをして母が髪を結っている。やはり擦り切れた着物を着て、父が芝居の台本を書いている。

巨大なきのこがいくつも生えたスタジオ。テーブルもきのこ、椅子もきのこで、きのこの上にすわった人たちががやがや笑っている。どうやらテレビ番組らしい。拍手に迎えられて、スーツに身を固めたゲストのマボロシさんが出てきて、司会をしているお笑い芸人といきのいい言葉を交わし始める。マッシュルームカットのお笑い芸人は何度も殴られたみたいなぼこぼこの顔をしているが、卑屈でもなければ傲慢でもない。びしびし的に当たる気持ちのいい関西の言語がドイツ語字幕になって画面に立ち上がってくる。「戦う女は肥らない」と言うマボロシさんの姿をあらためてよく見ると、見事にセットされたカリフラワー頭は大きいが、四肢は確かにかなり瘦せている。「わたしも一応戦ってはいるのですが」と言って脂肪のついたお腹に目をやって笑う司会者に対してマボロシさんは、「戦うと言っても、わたしは実力行使ですから」と言う。ここですでに吐く息にまぜてそっと笑った観客は、マボロシさんが更に、「何しろドス持って行きますから」と言うと、こらえきれなくなって、どっと笑いを爆発させる。もしこれがただの冗談ならば何ということもないが、実際に出刃包丁で人の肌を切ってみせ、監獄に入れられた後でさわやかに冗談を言ってのけるのは、そう簡単なことではない。

マボロシさんの語りが流れる水なら、司会者は流れる水を導き両脇を固める地面だ。マボロシさんは力まずにすらすらと話す。出世競争はどの世界にもあるが、お金や血筋で争うのはおかしい。この世界はお金がないと前へ進めない。髷を結ってもらうのも、化粧してもらうのも、着物を着せてもらうのも、お金がたくさんかかる。そのお金は役者の財布から出て、最終的には一番上の人の財布に全部入ってしまう。その「龍歯」のエンペラーが一番儲かるようになっている、とマボロシさんは言うのである。わたしは漢字変換を間違えて、「龍歯のエンペラー」なんて、中国を舞台にしたファンタジー映画みたいで楽しい、などと勝手に思っている。「エンペラー」という言葉を使ったのはマボロシさん自身である。エンペラーという単語は、ペラペラしていて軽い。業界の人たちは多分そうは言わないんだろうけれど、マボロシさんはわざと英語のようなものに翻訳してみせることで戦っているんだろうなあ。

わたしはここでビデオを切ってブルーメンヴァイデ先生にすぐに電話して、さっきの話の続きをしたくなった。「分業はいいことだって言いますけどね、でも役者が自分で衣装代や鬘代や照明代や小道具代などを払うなんて変じゃないですか。しかも最後には一番上の人に全部お金が流れていってしまうんだそうですよ」とマボロシさんの受け売りだけれどもそう言ってみたかった。「お金は公共機関が管理して、役者や衣装や技術の人に平等に分けるのが一番いいんじゃないですか。」先生は「公共機関って、文化をとりしきるお役所のことですか。あなた、そういう機関を信用しているんですか」と言って皮肉な笑いを浮かべるだろう。「でも資金がないというだけの理由でダンサーになれない人がいていいんですか。」

わたしは一人勝手に頭の中で先生との会話をでっちあげている。これではいけない。映画を最後まで観なおしてから、先生に電話しよう。さっきは途中まで観て散歩に出たのがいけなかった。

マボロシさんは言葉を一つ一つ選んで話している。「実力ではなくて、血筋や名前やお金で競争するのはおかしい」と言う時にも、血筋、名前、お金と単語をピンセットでつまんで一つずつランプにかざして吟味してから口にしているのが分かる。「実力で勝負」とマボロシさんに言われて、わたしは曖昧にうなずく。そう言えば、「実力」という言葉を日本ではよく耳にした。でも、それをうまくドイツ語に訳すことができない。だからというわけではないが、もう長いことわたしは「実力」という言葉は使っていなかったし、その意味もよく分からない。まず実力という単語が先にあって、そこにみんな自分の経験を積み上げて貯金していくのだろう。貯金のないわたしには、実力という言葉の意味が分からない。ある人に実力という名前の力が備わっていて、何をやってもいい作品になる。そんな力が存在するんだろうか。仮にマボロシさんが過去何十年続けてよい舞台を生み出していたとしても、そのことから逆算してマボロシさんになにか不思議な力が備わっているんじゃないかと思うだけで、筋肉なら見ればあるのかないのか分かるけれど、芸術を生み出す力なんて一体身体のどの部分に宿るんだろう。それとも才能と経験をあわせたものを実力と呼んでいるんだろうか。

藍色の縞《しま》のはいった浴衣姿でマボロシさんが一人鏡の前で稽古している。口紅や着物の赤がないと、すっきりしたマボロシさんの顔も身体も青年のように見える。するっと手を前にのばし、すました顔をして、何百年もの間、いろいろな人が探し当ててきた腰の場所を捜している。腰の位置がぴたっと決まる。寂しさは型に宿るものか、顎は思い出を斜め上に捜し、手のひらを空に向ければ雪ひらが舞い落ちてくる。

はい、それではもう一度初めから。指示してくれる師匠の声が澄んでいるならいい。拒み守る脳の働きをとめて、外から指示される通りに動く練習をするのも楽しい。コントロールを失う練習だ。でも、もしも師匠が貪欲な蛇で、妬《ねた》みやいらだちから気まぐれを言うかもしれないとしたら修業時代はどうなるんだろう。もしも師匠がくやしさが胃につまった、がめつくて欲の深い口をした蛇だったら。そいつは不純な理由から教え子に向かって意味もなく、岩に頭をぶつけろ、断食しろ、滝に飛び込めなどと無茶な要求をしてくるかもしれない。教え子はすべてを預けて無防備になって稽古しているのだから言われるままに滝に飛び込んで溺れ死んでしまうかもしれない。

はたと頭に手をやると、尼さんのようにつるんとしている。どうやらわたしは、髪をごっそり持っていかれてしまったらしい。返してください、と叫ぼうとするが声が出ない。譜面台にわたしの頭をのせて整えているのは、小学校の時に通った散髪屋の奥さんで、「今、ちゃんとしてあげますからね」と親切そうだけれども一歩も譲らない頑固そうな声で言った。奥さんと顔の似た少し年若の男が、ししゃもが三匹のった皿を持ってきてわたしの前に置いた。思わず溜息が漏れた。そうだった、日本では頼まなくてもこういうものがつき出されて、それがあとでちゃんと伝票に書いてあって、お金を取られるんだった。床屋の代金だってどれだけ取られるか分からない。わたしは心配になってこう言ってみる。「髪は適当でいいですよ。一番安いカテゴリーでお願いします。松竹梅なら梅ですね。それとも床屋では松竹梅とは言いませんか。」「わたくしども、床屋ではなくて、床山と言うんです。頭はやっぱりちゃんとつくらないとだめですよ。頭を使うお仕事でしょう。」「いえいえ、ナボコフについてちょっと講演するだけですから、髪の毛なんて別にどうでもいいんです」と言ってしまってから、わたしは嘘をついてしまったことを後悔した。ナボコフと言えば向こうも諦めるだろうと思ったのだ。ところがどっこい、向こうは櫛を動かす手をゆるめることもなく、「それはご苦労様です」と答えただけだった。その時、後ろから狐のしっぽで造ったような房房《ふさふさ》した筆が出てきて、手の甲が白く塗りつぶされていった。そうか、手も白く塗らないといけないんだ。わたしはもともと小麦色の肌が好きで白いのは苦手なのだけれど、顔だけ白塗りで手の甲が茶色では赤ずきんちゃんの狼になってしまうから、これでいいのかもしれない。「自分で塗れますから」と言って手を引っ込めながら振りかえると、そこには泣きそうな顔の女がいて、「うちにやらせてくださ い」と言う。「うち」というのは古い言葉で「私」という意味なのか、それとも家全体をさしているのか分からない。わたしが断われば一家が飢え死にする、というニュアンスが感じられる。仕方ないので両手を出すと、楽屋の奥で「注文のお着物が届きました」と言う声がする。「注文してないんですけど」と意地悪く言うと、顔は見せないで手を長く伸ばして伝票を突き出して、「ハンコお願いします」と言う。ハンコを押すと「ほら、やっぱり注文しているじゃないですか」と言う。詐欺である。しかも「お着物」というのは普通の着物ではなくて、何百本もの絹の紐がからまったもので「これが衣装になるんですか」と訊くと、「着せる人が着せれば衣装になりますよ」と言う。「なんだか罠《わな》にかけられた気分ですよ。」「まあいいから、専門的なことはわたしたちに任せて、あなたは芸のことだけ考えていてください」と励まされる。しかし衣装を着せると言ったのは口実で、人の胸をさわって円錐《えんすい》形のオブジェを造ろうとする。「やめてください。」「でもこれはしきたりですから。」「わたしはコウエンするだけです。生け贄《いにえ》の儀式じゃないんですよ。」「わかってます、儀式じゃなくて芸術ですね。」「自分でできますから。」「そういう問題じゃないでしょう」と相手は急に怖い声になって言った。「あんた、欲張って髪も衣装も化粧も着付けも全部自分でしていいと思ってんの？　なんか誤解してんじゃないの？」さっきの紐はやっぱり衣装なんかじゃなくて、わたしを縛る紐だったのだ。わたしたちは義務教育で伝統芸能について全く習わなかったので、どんなものを見せられても「これが道成寺の衣装だ」と言われればすぐに信じてしまうのだった。縛られ叱られながらしょっぴかれていつの間にか丸の内のビルの十三階で弁護士の前に立たされている。しかもその弁護士はわたしの弁護士であるはずなのに、一束の請求書をばさっと目の前に置いて、「払ってないでしょう。そういうことされると、こちらも困るんですよ」と言う。背広は高級なのに子音にも母音にも品がない。壁に貼ってある写真の中で、女社長が肩と太股を剝き出しにして写っている。そうか、組織全体がこの色気に誘惑されてこういう風になってしまったんだ。人間、性欲のためには随分エネルギーが出るから、色気を武器に戦う女にはとてもかなわない。でもあの女社長、確か色気で勝負するようなタイプではなかったのに、何かのまちがいではないかな。もっと冷たくて、確か名前も氷山とか言った。目をこすると、確かにわたしの思い違いで、氷山は襟を正して胸を張って、社長らしく写真に写っている。

ここで目が醒めた。ビデオを見ながら寝てしまうのは最低だ。ビデオはとっくに終わっていて、画面は曇り空をうつす北の海の色をしていた。わたしだって自分の考えをまず言葉で伝えようとした。石頭でもまじめそうなあの氷山女社長がわたしの言うことを聞いてくれるのを期待して。マボロシさんだってもちろん、それは何度も何度も試みたのだろう。

その時、映画の終わってしまった画面からマボロシさんが突然飛び出してきてわたしを睨んだ。手に包丁を持っている。わたしはあわてて、「わたしはエンペラーじゃありません」と言い訳しようとした。ところがどういうわけか声がでなかった。マボロシさんは包丁を掲げて、小さいがはっきりした声で、「イエモト制度反対！」とささやいた。

6

目の前に男の顔がある。肌の色はくすんでいるが、瞳の中では滝に打たれる石のように飛沫が激しく動いている。わたしと目が合うと、幼友達でも見つけたようにその表情がパッと開いた。初対面である。誰かに似た顔。思い出せない。乾いて紅色に燃える唇が開いて、息といっしょに、ぽっぽっと音節をぶつけてくる。口のまわり、目尻、額の皺たちの活動も活発で、小刻みに小さな波が岸に打ち寄せてはまた引いていく。中国語は分からないし、相手もそのことは分かっているはずなのに、そんなこととは関係なく相手はしゃべり続ける。あなたには分かるはずだ、と言われ続けているような気分になる。

音節が脳味噌の中で漢字になりかけてなれないまま、重い温もりになって蓄積していく。白髪が黒髪の間に見え隠れしながら揺れる。白いのは白髪ではなくて、飛沫かもしれない。白毛の獅子が乱れる、踊る。暗い岩山にかぶさっては白く砕ける波。背後には空と海が遮るものなくのっぺりと鉛色に広がっている。遠方に黒い線がうっすらみえる。もしそれが向こう岸だとしたら、この水は海ではなくて湖だということになるのかもしれない。これまで見たことのないくらい大きな湖。それとも、とてつもなく幅の広い川。はっと我にかえると、それは鉛色の壁紙で、水平線のように見えるのは壁紙の継ぎ目にすぎなかった。壁紙の前にある男の上半身は、まだ話し続けている。

男は亡命詩人で、その右隣にすわっている女性はその奥さんだとさっき詩祭主催者の一人に紹介されたばかりだった。詩人が一度口をつぐむと奥さんは頷いて、自分の右隣にすわっている眼鏡をかけた青年にそれを伝える。その仕草は、通訳しているようにも見えるが、詩人の話す言葉も奥さんの話す言葉もどちらも中国語だと思う。ただ響きが随分と違う。詩人の声を聞いていると、わたしはいつの間にか波がごおごお唸り、葦がざわざわ鳴る夜の海辺を歩いている。奥さんの声はそれとは全く対照的で、絹織物のようにつるっとしていたが冷たくはなかった。奥さんが話し終わると、眼鏡の青年はわたしの顔を見て都会的な微笑みを浮かべて言った。「お会いできて嬉しい、あなたとは以前どこか不思議な場所で会ったことがあるような気がしてならないが、まさかそういうことはありえないですよね、と詩人は言ってます」とすらすらと英語に訳した。多分わたしの顔が困惑の雲に包まれたのだろう。何も訊かないのに、眼鏡の青年が説明してくれた。「このように二重の通訳が必要であることを不思議に思われるかもしれませんが、詩人は十年以上も独房に入れられていたので、人に分かる言葉を話すことができなくなってしまったのです。彼の言語は奥さんにしか理解できません。だから奥さんが僕に伝え、僕が英語に訳すのです。」名前を言わないで「詩人」と言うところに敬意が感じられた。

眼鏡の青年は、アメリカ東海岸の大学で現代中国文学を研究し教えているそうだ。「もう長いことアメリカに住んでいます」と言ったが、まだ二十代終わりくらいにしか見えない。

　わたしはもう一度詩人の顔を見た。こちらは五十歳くらいだろうか。眼のまわりがへこんで、頬がこけているので、顔の角度によっては老いているようにも見えるが、しゃべりの活力は相当なもので、皮膚の下では骨が今にも踊りだしそうに動いていて、口を開けると舌が真っ赤で目が輝いているので、二十代の人と話をしているような錯覚に陥り、重心を失って、あれ、自分は何歳くらいの人間で、今はいつだったったっけなどと思ってしまう。

「人に分かる言葉を話すことができないというのはどういう意味ですか」とわたしは好奇心を抑えきれずに訊いてみた。青年は表情を変えずに詩人の奥さんの方を向いてわたしの質問を訳した。奥さんはわたしに向かってにっこり笑いかけてから、ほとんど聞こえないくらい小さな声で夫の耳元でささやいた。それを聞いて詩人の表情は雲間から太陽が出てくる時のように急に晴れた。詩人の大きく開かれた口から鉄砲水のように言葉が飛び出してきたので、わたしの両隣でそれぞれ静かに会話を交わしていた他の詩人たちが驚いて話すのをやめた。まわりのテーブルで食事していた人たちもおしゃべりをやめて、遠慮がちにこちらを観察し始めた。

　詩人はまわりの空気の変化には全く気を配らずに、わたしに向かってざあざあ滝のように語った。奥さんはやさしく時々頷きながらその声に耳を傾けていた。わたしも頷きながら聞いていたが、もちろん意味が分かったわけではなく、あなたの言葉を受けとめていますよ、という意味で頷いているだけだった。

　語りの花火がひとしきり飛び終わると、奥さんが眼鏡の青年の耳に口を寄せるようにして言葉を渡した。眼鏡の青年が英語に訳し始めると、まわりのひとたちの耳がひらひらと好奇心蝶になって集まってくる。眼鏡の青年は声を小さくしたが、そうすると耳たちはますます近づいてきて、一言も聞き漏らすまいとするのだった。

「わたしは岸壁の独房に何年も閉じ込められていた。波と風と樹木としか話をすることができなかった。鳥さえわたしと口をきこうとしなかった。」

数秒の間、息をのむような完全な静寂があった。それから又ざわめきが始まったが、わたしは一度止めたビデオが又動き出すように食事を続けることはできず、そのまま肩をこわばらせていた。詩人はわたしの方を見て元気づけるように顎を動かし、奥さんに何か言ったが奥さんは首を横に振って、その言葉を訳す代わりに自分でのみこんでしまった。わたしはここで詩人との会話を拒むことはできないと決心して何が言いたいのか分からないまま「波と風と樹木と話をしたんですね」と今聞いたことを繰り返した。青年が三つの単語を区切っていうのがはっきり分かった。奥さんの方も三つのそっくりな単語を全く違った高さと柔らかさで発音した。「雲とは話さなかったんですか」とわたしが思いつきで言うと、その「雲」が青年と奥さんの口を通って詩人の耳に達し、詩人は子供のような顔になって笑って、しきりと頷いた。話したよ、話したとも。

食事が終わるとわたしたちは、ばらばらとレストランから出て、生暖かい夜の大気に触れた。わたしたちはまるで結婚式場から出てきた親族のようにまとまりの悪い一つの塊になって、ホテルに向かって歩いて行った。車が一台ゆっくりと脇を通りすぎていったが、歩道を歩いているのはわたしたちだけだった。

気がつくとパリから来た詩人がすぐ隣に立って少女のような目でこちらをじっと見ていた。何も言うことがないので、「いつ、ついたの」と訊くと、「おとつい」と答えた。「それじゃ、昨日は何をしたの？」「買いたい靴を探しにいった。」「靴？　どうしてパリで買わないでオクラホマで買うの？」「カウボーイのブーツが欲しかったから。」「それで気に入った靴が見つかったの？」「見つからなかった。」

そのままぽろぽろと話をしながら歩き始めた。彼女の名前は、さっき聞いたばかりなのにもう思い出せなかった。そう言えば、中国の詩人と奥さんと青年の名前もレストランに入る時に聞いたはずなのに忘れてしまったことを思い出した。脳の中で名前を覚える部分が凍りついてしまって、それとは一番遠い部分が今、しきりと活動しているのだった。

黄色とオレンジの絡み合う色のサリーを着た詩人と、野球帽を被って半袖の紺色のポロシャツを着た詩人が大きな声で話しながらわたしたちのすぐ前を歩いていた。この二人の名前も思い出せなかった。わたしは歩きながらハンドバッグからパンフレットを出して名前のリストを見て名前を一通り確認した。パリから来た詩人の名前はナタリーだった。「何を見ているの」と本人に訊かれて、「みんなの名前が覚えられないから」と笑いながら答えた。「わたしの名前も忘れたの？」「忘れた。」彼女に対しては正直にそう言っても何も壊れるものはないような気がした。実際その通りで、忘れたと言われると彼女はにやっと笑って、「わたしの名前簡単でしょう？」と訊いた。「簡単すぎてすぐ忘れた。」「名前は大切ではないと思う？」「その人の物語と顔だけ分かれば充分だと時々思う。」「でも名前を忘れたらもう二度と会えないし。」「どうしてカウボーイのはくブーツなんか買いたいの?」「それは秘密。」

さっきパンフレットを出した時に中国の詩人の名前も見たのに、しばらくナタリーとたわいもないことを話しながら歩いているうちに又忘れてしまった。中国人の名前がアルファベットで書かれていると覚えられない。だからと言って、漢字で書かれていたら発音できない。日本人の名前もアルファベットで書かれていると蟻の行列のようで覚えられない。当て字でもいいから漢字にすると覚えられる。ただし、漢字が自分が思っていたのと違っていた場合、本当の名前を掲げて本人が現れた時、それが誰なのか分からないかもしれない。

すぐ前を歩く二人の足取りがわたしとナタリーのそれより遅かったので、時々足を止めて調節しなければならなかった。しばらくそうして歩いて行くと、後ろから肩に大きな手がかかった。ふりかえる寸前にすでに中国語が始まっていた。どうやらわたしはこの詩人の信頼を得たらしい。ナタリーはすぐにわたしの側を離れて後の方を歩いている人たちの方へ戻っていった。すると詩人はナタリーを追うように後方に姿を消してしまった。詩人の奥さんがあわててわたしの前に出て謝り、「すみません。わたしがもっと英語が得意だったら、すぐに通訳するんですけれど、夫の話はとても複雑なのです」と英語で言った。青年の姿は見えなかった。もちろん通訳の青年の方が彼女よりも英語の語彙《ごい》も多く、表現も豊かであるに違いないが、奥さんにでも充分通訳は勤まるのではないかと思った。

もしかしたら詩人は、奥さんが直接英語の世界に繋がってしまうことを望んでいないので通訳をさせないのかもしれない。でもそれならば詩人が直接青年に話せばいい。青年は本当に詩人の話す中国語が分からないのだろうか。それともわたしの考えている「分かる」とか「分からない」ということとは全く別の壁が詩人と彼を囲む世界の間にできていて、その壁が何重にもなっているので、何度か翻訳を繰り返して一枚ずつ壁を破っていかないと、外部と話をする気になれないのだろうか。

「今わたしたちはアメリカ東海岸の大学に滞在しているのですが、この先どうなるか分からないんです」と奥さんがわたしに言った。これは訳したのではなく、奥さんが自分の思っていることを言ったのだと理解するまで数秒かかった。詩人は街頭にある新聞の自動販売機に気を取られたようでしばらく遅れた。「大学はどうですか。」「安全な場所だと思います。学生たちも優秀だし。」話しているうちに、詩人の名前も奥さんの名前も青年の名前も忘れてしまったことを思い出したが、そのことを言いにくかったので、発音が正確にできないだけだというふりをして奥さんに、「名前の正確な発音を教えてください」と頼んでみると、奥さんはにっこりして鮮やかな口紅を塗った口を開きかけた。ところがその奥さんを押しのけて詩人自身がにゅっと顔を出して、「あいあむ、ポエット・オブ・ファイアー!」と英語で名乗って、笑うように息をふあっと吐いた。

「来週アメリカに行くの。」「アメリカのどこ?」「オクラホマ・シティ。」「どこでもない場所の真ん中に行くんだね。」みんなの話題になることのない場所、誰も行かない場所、面白いものの何もない場所、という意味だろうけれども、どの定義も当たっていない。話題になることは結構あるし、面白いものもあるだろうし、誰も行かないということはない。わたし自身が行くのだから。

　それでも飛行場に着いた途端にこの「どこでもない場所の真ん中」という言い方を思い出してしまった。つい数時間前のことだ。飛行場なのに人影はまばらで、迎えに来てくれるはずのボランティアのエミリーという人の姿も見あたらない。空気が薄くて、地球の引力があまり感じられない。どちらへ歩いていったらいいのか分からないので立ちすくんでいると、場内放送の声が響き渡り、わたしの名前を呼んでいる。自分の名前だとすぐに分かったのが不思議なくらいだった。旅行鞄を胸にぎゅっと抱え、取りあえず左の方へ駆け足で進んでいくと幸い「インフォメーション」という字が見えて、その下にがっしりした体格の女性が半袖サンダル姿で立っていた。こちらに顔を向けて、手を振っている。「エミリーですか」と聞くと、相手は当たり前だと言いたげな笑いを浮かべてうなずき、「飛行機は遅れましたね。ホテルに車で直行しましょう。それから他の参加者たちといっしょに食事することになっています。レストランはホテルのすぐ側です」と言った。なんだか学校の先生みたいな話し方でもあった。わたしはやたらと「ありがとう」を繰り返していた。

　駐車場まで並んで歩きながら、エミリーは「旅はどうだった？　疲れてない？」など親切に訊いてくれるが、肉体からはみ出してこちらに流れてくるはずの「気」のようなものが感じられないので、気が合うのか合わないのか分からない。エミリーの顔の表面に形成される表情は立体的で、声ははっきりと前へ向かって出ているが、なんだかアンドロイドとしゃべっているような感じがしてならない。それでも、「エミリー」という名前だけはしっかり頭に入っていた。この名前がなくなってしまったら、わたしはどこへも行けなくなってしまう。パスポートとかクレジットカードを失くしてはならないのと同じ意味で、わたしの中の事務脳がこの名前を管理しているのだった。

車に乗り込んでエンジンがかかった途端に、車の喉からバッハが流れてきた。エミリーはレンジやトースターをいじるような家庭的な指使いで車を操作していた。

エミリーの着ている地味な花模様のブラウスを何度盗み見ても、どういう仕事をしている人なのか見当がつかない。当てずっぽうで、「あなたは大学のプロフェッサーですか」と訊いてみる。「いいえ。以前は大学の研究所に勤めて、細胞の研究をしていました。でも自然科学だけに関心を持っているわけではありません。趣味は音楽と読書で、毎年ボランティアで文学関係のイベントのお手伝いをしています。」「バッハが好きなんですか。」「はい。あなたは？」わたしは顔を見られて、あわてて首振り人形のようにコックリうなずいた。本当のことを言うのにどうして嘘をつく人のような身体の動かし方をしてしまったのか、自分でも不思議だった。

飛行場と町を結ぶ高速道路には他に車は走っていなかった。緩やかなカーブを描いて方角を変えると、どこまでも続く麦畑のはるか向こうの地平線にふいに大きなオレンジ色の夕日が現れた。ごろっと豪快に空にある。その大きさはわたしの知っている太陽より直径が三倍くらい長かった。「太陽がすごく大きいですね。」「大きい太陽を見たことないんですか？」「ありません。」エミリーはわたしが興奮しているのが理解できないようで、「収穫の前には太陽が大きくなることがあります」とこともなげに答えた。それを聞くとわたしは碾《ひ》きたての麦のにおいをかいだ時のような寂しさを感じた。

ホテルに着く頃にはあたりはもう暗くなっていて、明るく照らし出されたロビーに十人くらい人が集まっているのがホテル正面のガラスの壁を通して駐車場から見えた。「もうみんな集まっているようですね」とエミリーが言った。近づいていくと、まだドアまでは大分離れているのに、栗毛の髪を長く伸ばした小柄な女性がじっとこちらを見ている。昔からの知り合いのように濃い微笑みさえ浮かべている。年はわたしより少し若いようだ。ドアを押して中に入るなり、その女性が近づいてきて、「ナタリーです」と自己紹介した。わたしは参加者の略歴には一度目を通していたが、そこに何が書いてあったかは思い出せなかった。「いつもは主にどこに住んでいるんですか」と訊くと、相手はそんなことにはあまり意味がないというように「パリ」と早口で答えてから、「あなたはハンブルグから最近ベルリンに引っ越したのですね」と言った。どうしてそんなことまで知っているのだろう。彼女の身体から匂い立つものがこちらに流れ込んできて、こちらの情緒の色を変化させた。これだ。わたしがさっき「気」と呼んだものは。エミリーにはそれがないが、ナタリーにはそれがある。どこでもない場所が急に一つの場所になった。

わたしたちはレストランまでぞろぞろと歩いて行った。詩祭の手伝いをしている地元の若者が近づいてきて、「『怒りの葡萄』を読んだことがありますか」と訊いた。聞き慣れた題名が英語に戻って現れたので、わたしはすぐに頷いたが、頷いてから「怒り」という言葉と「葡萄」という言葉がくっついていることに初めて驚きを感じた。

スタインベックの小説の話から、凶作の時、オクラホマの人たちがどんどん西へ移住してしまって人口がぐっと減ったという話になった。カリフォルニアに行けば仕事があると言われて、西に移動していったのだが、途中で死んでしまった人も多いし、西海岸についてから仕事が見つけられなかった人も多かった。つまり移動しないで留まった方がよかったと言いたいのかな、とわたしは思った。そんなことをまるで最近の話のように遠来の客に向かって熱心に語りながら青年は、今「どこでもない場所の真ん中」に住んでいることの意味を考えているのかもしれなかった。

レストランに入る時にナタリーがわたしの脇に来て腕に手をかけたが、後から入ってくる人たちに押されてその姿はいつの間にか身体の大きな男たちの間に消えてしまった。長いテーブルの真ん中に「予約」の札が立っていた。みんながばたばたと席についていき、気がつくと目の前の席があいていた。腰かけると、正面に中国の詩人の顔があったのだった。

食事が終わってホテルに戻り、嗅ぎ慣れない洗剤のにおいのするベッドに横になった。首をひねると斜め上にある小さな窓を通して月が見える。夜空はのっぺりと黒く、雲がその黒に濃淡をつけるということさえない。月はとても小さい。今日は太陽が大きかった分、月が小さいんだろうな、と思った。月の中には兎が一匹入っている。兎は二匹いるはずなのにどうして一匹しかいないんだろう。窓に近づいて亀のように首を伸ばしてみるが、兎はやっぱり一匹しかいない。**夜光何徳、死則又育？　厥利維何、而顧菟在腹？**　突然、兎がそう言った。え、どういうこと？　夜の光は死んでもすぐにまた育つ？　夜の光って何のこと？　月？　月は一度沈んでもまた昇る。それは、どんな徳があるおかげ？　徳ってそもそも何？　苦労して得る道徳、それとも生まれつき持っているもの？　どんな利益があって、月は兎を飼っているの？くさかんむりを被っていても兎は兎？

問いを発し続けて疲れを知らない幼な子。どうして、どうして、どうして、と問い続け、親がいちいち答えてくれる。どうして、どうして、どうして、と訊くことが大切だと小学校の先生が教えてくれた。幼児に戻って、わたしはどうして、どうして、と訊き続ける。大人になってもまだ、どうして、どうして、と問い続ける。いつの間にか自分のまわりが独裁政権になってしまったことに気がつかないまま、どうして、どうして、と訊き続けたせいで、わたしは独房に閉じ込められてしまった。どこで逮捕されたのかさえ思い出せない。ホテルに泊まっているつもりでいたのが急に独房になっている。窓かもしれない四角い額縁がうっすら浮かび上がって見えるので近づいていって外を覗くと、暗くてもはるか下の方に月が輪切りになって揺れているので水があることが分かる。窓枠から奈落まで垂直にコンクリートの壁が続いている。窓は開いているから飛び降りることはできる。自殺したければしてください。その分、部屋が一つあくから助かります、とでも言いたげだ。ドアにおそるおそる近づいてノブをひねってみる。やっぱり外から鍵がかけられている。チェックインする時にそれがホテルなのか監獄なのか確認しなかったわたしも浅はかだった。そもそもこの国の名前は何というのだろう。わたしは質問をぶつけただけで、人を殺したり傷つけたりしていない。**遂古之初、誰傳循之？　上下未形、何由考之？**　世界の始まりを誰が見ていて今の時代に言い伝えたのですか。天と地がまだ分かれていなかったと何を根拠に考えたのですか。

有名な先生に向かって、有名な本に書いてあることを疑って、そんな風に質問したのがいけなかった。聖書という名前のその本には世界の始まりのことがちゃんと書いてあるのに、わたしのような何も知らない人間が、「一体、誰が世界の始まりを見ていたのか」などと生意気な質問をしたのがいけなかった。

でもそういういきさつで逮捕されたというのはわたしの思い込みに過ぎないかもしれない。ひょっとしたらわたしの脳がねじれて、しびれて、別の状況を曲解しているだけではないか。思い出せそうで思い出せない。ものを考えようとしても、機械の音に中断されて、うまく考えられない。枕元の電話が鳴った。頼んでおいたモーニングコールだった。

わたしは水着に着替え、部屋にあったバスローブを上から引っかけて部屋を出た。ホテルの裏には長さ十メートルほどのプールがあって、食堂の脇の廊下から直接プールサイドに出られるようになっていた。家から持ってきたスリッパはもらいもので、大きすぎて脱げそうで、軽すぎて履いているのか分からないが、妙にしつこく足にくっついてくる。日本の家庭のトイレを思い出させるふわふわのタオル地で何のためにそんなものを履かなければならないのか自分でもわからないし、赤いチェックも気に入らない。でも自分がなんだか気に入らない格好のまま泳ぎたくもないのにプールに行こうとしているということに安心感を覚えた。コンクリートは白っぽい残酷そうな光を反射していた。

プールの水はペンキでも塗ったみたいに青かった。上を見上げると、プールの虚像に過ぎないような退屈で青い空が広がっていた。天に問う、なぜ今日も雲がないのか。砂漠にでも来た気分だった。

一人寝椅子を出してサングラスをかけて日よけ帽を目深に被って本を読んでいる女性がいる。黄色い本。本から目をあげて、わたしを見るとあわててサングラスをはずした。ナタリーだった。ナタリーは読んでいた本をさっと額の高さに上げた。それはわたしの書いた小説のフランス語訳だった。わたしは逃げるようにその場を去り、バスローブを脱いで、足先からゆっくり水に入った。足の指先、踝《くるぶし》、脹《ふく》ら脛《はぎ》、と身体が下から順番にわたしを裏切って、冷たさの中に溶け込んでいった。肘を心持ち上げて、水の中をゆっくりと歩いて行く。水面に蜜蜂がぐったり浮かんでいたので死体かと思ってすくってプールサイドに投げると、落ちる前にぶるぶるっと羽根をふるわして飛んでいった。「恐くないの？」とプールサイドから声がした。「何が？」「昆虫。」「昨夜の夢の方がずっと恐かった。」「何の夢を見たの？」「逮捕された夢。」「誰を殺したの？」「誰も。質問をしすぎたら、政府が怒ったの。」「どの国の政府？」「分からない。今はまだない国の政府。」「自分が生きている間にどこかの独裁政権に逮捕されることがあると思う?」「あると思う。」

　しばらく水の中で身体を動かしていたが、プールに入るといつも自分というものをもてあましてしまう。そのうち、プールの縁に手をかけて、ナタリーの名を呼び、サイドに向かって「カフカの『アメリカ』、読んだ?」と訊いてみた。「読んでない。」「カフカはアメリカ行ったことないのに、アメリカに渡った話を書いたでしょう?　最後に辿り着いたのがここ。」「ここ?」「オクラホマ。もっと正確に言えば、オクラハマ。ハマは日本語で浜という意味だから、わたしはオクラ浜だと思ってる。でもカフカは日本語ができなかったから、何か別のこと考えていたんでしょう。」「ミスプリじゃなかったの?」「ミスプリだって作品の一部でしょ。ミスプリには作家が隠そうとしている秘密が現れることがあるんだから。とにかく、そのオクラハマには、世界中の人が来て仕事をもらえるユートピアみたいな劇場があるの。」

　オクラホマ・シティの舞台は、どんな人が来てどんなことをしても受け入れてくれる理想の舞台だったろうか。詩そのものよりもがちゃがちゃした説明の方が多い詩人もいる。眼鏡の向こうに隠れて、きまじめに文字を声に変換させていくだけの詩人もいる。手の平を何度も見せて顎を突き出して、聴衆に訴えかける詩人もいる。

　わたしたちは、それぞれ自由にプレゼンテーションをした。自由という言葉は場違いかもしれない。犯したらいけない規則のとりあえず見えない中で、わたしは自由をめざそうとなどしていなかった。わたしは舞台の上で何をしたいか正直なところをきかせて欲しい、と言われたら、「できれば舞台に上がりたくない」と答えてしまうかもしれない。仕事であり義務であるから舞台に上がる。恥をかきたくない。客に来てよかったと思わせたい。その程度の人任せで受け身な希望しかない。健康を冒す草が毒草なら、毒にも薬にもならない草は何と言うのだろう。

火の詩人が舞台に上がった。自分は何も恐れない、だから何も隠さない、という顔を観客に向けたが、ふっと顔をそむけると、肩のあたりが、そして腰のひねり方や、変に頼りない脚が、まるで岸壁に一人立っている人のように孤独に見えた。今、これだけたくさんの人たちが火の詩人の言葉を聞くために集まってきていても、誰もいない風景の真ん中にたった一人立っているのと変わりない。火の詩人は、檻に閉じ込められたライオンのように舞台の右端から左端へ、左端から右端へと肩をいからせて歩いた。それから急に両手を振り上げて、ぐおおおっと叫んだ。それから膝を折るようにして、驚くほど高く飛び上がった。地に足がついた瞬間、うめくような声を出した。それから背をそりかえらせて、天に向かって叫んだ。天に問う、と言ったのかもしれない。天とは宇宙飛行士の行く場所なのか、それとも権力者が姿を隠している場所なのか。詩人はもしかしたら監禁されていた年月、空に向かって怒鳴ることで正気を保っていたかもしれない。雷雨の空は答えてくれているようで慰めになったかもしれない。穏やかな青空には無視されているようで苦しかったかもしれない。

詩人はいつの間にか詩と思われるものを暗唱し始めた。マイクがあるのに無視して、観客はそれほど離れたところにいるわけでもないのに、大きな声を出し、声を出すことで自分の気持ちをどこかへ持って行こうとしていた。でもその詩の朗読が続くうちに、わたしの心はさめていき、昨日向かい合ってしゃべっていた時の衝撃がむしろ薄れていった。傍若無人さを高めていけばいくほど、詩人は舞台の上の出来事になっていった。ここはどこでもない場所なのだ。誰も怒る人はいないし、まして逮捕される危険などない。オクラ浜の世界劇場では、世界中からアーチストが集まってきて、どんなことをしてもいいことになっている。

ひとしきり叫び終わると詩人は舞台裏に一度引っ込んで、背丈の倍くらいある筆を抱えて出てきた。地平線と絶壁に挟まれて一人立つ人は、つかみどころのない広さと呼吸を許さない狭さの間に閉じ込められているようなものではないか。その圧迫の大きさに対抗するために、横縦何メートルくらいの漢字を書けばいいのか。

巨大な筆を見て観客がどっと沸き、詩人はにやっと笑って見せた。それから肩に筆を背負って、舞台後方の白い壁に巨大な漢字を書き始めた。見たことのない字だった。わたしは詩人の書く字が読めないことに動揺していた。簡体字でもなさそうだ。画数がやたら多かったり少なかったりする。大きすぎるから読めないということもあるんだろうか。読めないくせになぜそれが漢字だとわたしは思うのだろう。

数年前に出逢った別の亡命詩人に教えてもらった屈原《くつげん》の詩を思い出した。今から二千三百五十年くらい前に生まれた詩人だ、と彼が自慢げに言っても、まわりにいた人たちは特に感心したようには見えなかった。わたしだけが自分のことのように喜んで、「二千三百五十年」と繰り返した。屈原の詩は、日本の高校の漢文の授業で習った覚えがなかったが、授業中に居眠りでもしていて出逢い損ねただけかもしれない。空に向かって問いを放つ、しかも恋人は今どこにいるのですか、というような問いではなくて、とてつもない問いを放つ。わたしにも時々雲に話しかけることくらいはできるが、天に問いかける人がいると思う度にどきっとするのである。

劇場の外に出ると、詩祭の手伝いをしている若者が近づいてきて、「今のパフォーマンスをどう思いましたか」と訊いた。声を聞いてそれがスタインベックの話をした若者であることは分かったが、名前は思い出せなかった。「わたしにとっては強い風みたいなパフォーマンスでした。」「自然現象ですか。でも彼は自然の一部ではありません。個人の自由を主張する運動をして政府に目をつけられたのです。」わたしは痛いところをつかれて黙った。

わあああっと声を上げて自分の席からとび上がったのは、中学校の同級生の小林君だった。先生はぎょっとして話をやめ警戒するように唇をぎゅっと結んだ。小林君は箒《ほうき》を右手に持って振り回しながら教壇の方に進んでいった。何か叫んでいるが、何と言っているのか分からない。先生はゆっくりと右の方に身体を寄せていった。小林君は先生を襲うつもりはないようで、むしろ左の方から黒板に近づいていって、箒で黒板にさわっさわっと新出漢字を書き始めた。

プレゼンテーションがいくつか終わって、休み時間でわたしが庭に立っていると、火の詩人がライオンの真似をしながらこちらに走ってくるのが見えた。目は笑っている。「あなたはライオンですか」と英語で聞くと、詩人はおどけた感じで大きく頷いて、「あいあむネイチャー」と答えた。直接英語で話をしているところを見られては大変なので、そっとまわりを見回した。誰もいないようだったので、わたしは詩人に向かってこんなことを言ってみた。「あなたはネイチャーではないでしょう。あなたは政治を変える動きでしょう。だから自然風景の中に閉じ込められてしまったんでしょう。」

7

双子だとは知らなかったので、しばらくは混乱させられた。今から考えると、初めに見たのはオスワルドだったということになる。わたしはフリードリッヒ通り駅で路面電車に乗った。駆け込み乗車してきた女性の荒い息、線路のきしむ音、窓枠に切り取られる町並み。

電車はめずらしくすいていた。真向かいに若い男が一人すわっている以外はまわりに人がいない。くびれたお腹の下で、だぶだぶとシルク風に光る布が長い足にまといついて揺れている。古風なベレー帽のフェルトは埃を含んだ深緑色。襟巻きの模様がどこか変わっているのでよく見ると戦車の模様だ。麻でできた靴の右の足先に穴があいていて、繊維のほつれに縁取られて親指の爪がのぞいている。それが変に挑発的に見えた。ベレー帽に隠された脳味噌は一体何を考えているのだろう。骨の透けて見えるような立体的な顔、人なつこさと人を信じない冷やかな表情が同居している。初めの印象は二十代だったが、顔を見ているうちに複雑な皺が現れてきて、三十代かもしれないという気がしてきた。

次の駅で語学学校の生徒の一団がどっと乗って来て、その次の駅では買い物袋をさげた脂肪のついた男女が何人か乗って来て、気がつくと席はみんなふさがっていた。

大柄な男が二人、何食わぬ顔をして乗り込んできた。ドアの閉まった瞬間、顔を鬼にして、「乗車券を拝見します」と言う。わたしはふるえる手でハンドバッグの中から切符を取りだし、うつむいたまま見せた。車内は凍りついているが、わたしと同じでみんなちゃんと乗車券を持っている。ところが、初めから乗っていたあのベレー帽の男は切符を見せろと言われても、手を動かそうとしない。「乗車券を拝見します」と繰り返す声にはすでにトゲがあらわれている。「乗車券は高すぎるよ」とベレー帽の男はぼろっとこぼした。そんな言い訳は聞いたことがなかったので、わたしは内心ぷっと吹き出した。「切符、持ってないんですか。」「持っているかいないかの問題じゃない。高すぎるよ。」「それなら乗らなければいいでしょう。」「電車はみんなのものだ。誰でも乗る権利がある。」「次の駅でいっしょに降りてください。」「きのうまで無料に近かったのに、急にそんな高い金を払えなんて詐欺だ。」「東の人間か。東の人間だって規則は守らないといけないって知らなかったのか。次の駅でいっしょに降りてください。」乱暴な言い方がマニュアルで決められた言い方と混ざって、ぎこちなかった。まわりの乗客たちが二人のやりとりに耳をすましているのが分かる。ベレー帽の男がさっと立ち上がったので、とっくみあいになったら席を立ってその場を離れようとわたしは身構えた。ところが、ただ乗り男は立ち上がったまま動かず、電車が次の駅にとまると、切符を調べにきた男といっしょにすなおに降りていった。首筋から肩胛骨《けんこうこつ》のあたりがひょろっとおどけて見えた。

ドイツでは、バスや路面電車に乗る時に定期券や切符を見せる必要はないし、改札はない。その代わり、抜き打ち検査がまわってきた時に切符を持っていなければ、乗車券の三十倍くらいの罰金をはらわなければならない。うっかりしていた、という言い訳は通らない。「ただ乗りの会」という地下組織もあり、彼らは常に無賃乗車をしていて、抜き打ちの時に罰金を払うのと、いつも切符を買うのとどちらが得か絶えず計算している。噂によるとただ乗りしている方がいつもほんの少しだが損になるようにできているらしい。交通会社側もちゃんと計算しているのだ。すべての駅に改札機を置いたら多分その経費の方が多くなってしまうことまで計算しているのだろう。抜き打ち検査にまわって来る人たちは別に暴力を生業《なりわい》とする人々ではないが、交通会社の社員でもなく、切符を調べるためだけに雇われている。普段着を着て、複数で組んで乗って来て、ドアのしまった瞬間に「切符を拝見します」と言う。切符を持っていないところを見つかれば、次の駅でいっしょに降ろされ、身分証明書を提出させられ、後で請求書が家に届く。

普通の乗客のふりをして乗ってくる人たちが実は取り調べをする側の人間だと分かる瞬間ぞっとする。わたしは独裁政治を背景にした小説を読み過ぎたせいで妄想が生まれやすい体質になっているのかもしれない。

その日、切符を持っていなかったのは、瘦せた首がくしゃくしゃの襟からぬっと伸びた小柄な女性だった。女はドイツ語がよく分からないようで首をかしげて斜め上の方向から言葉を紡ぎだそうとするがなかなか思いつかないようだった。そのひきずるような目つきが調べ人をますますいらだたせる。もしかしたら、その女性は、たった一枚の切符が原因でこの国に留まる手続きが済んでいないことが分かってしまい、国を追い出されてしまうかもしれない。道を歩いている人をいちいち調べるわけにはいかないから、電車に乗っている人が切符を持っているか調べるとか、車を運転している人がお酒を飲んでいないか調べるとか、そういう理由をつけて普通に生活している人間を調べて、逮捕しようと国家は狙っているのかもしれない。たかが切符を持っていないだけで、身分証明書まで出させるなんて、どう考えてもおかしい。そんな罠に絶対にかからないようにするには、ある友人のように雨に濡れても、すべって倒れて氷に叩きつけられても、太陽に焼かれても、いつも自転車に乗ってスパイのはりめぐらせた網の目をくぐって町を移動していくしかないのかもしれないが、わたしはやっぱり電車に乗ってしまう。

わたし自身、一度、恐ろしい思いをしたことがある。その頃はアルバイトの関係で定期券を買っていた。調べが来たので定期券を出すと、定期券に書かれた数字をどう読み間違えたのか、相手は軽蔑と憎しみをこねあわせたような目でこちらを睨んで、「これは先月の定期でしょう」と怒鳴った。その目は、「そんな単純なトリックで俺をだませると思っているのか。馬鹿にするな。それともお前は数字も読めないのか。どうせ違法滞在だろう」と言っていた。あまりの恐ろしさにわたしは、それがまぎれもなく今月の定期であることを自分の方から言い出せなかった。相手はわたしを生ゴミでも見るような目で見下ろしながら、もう一度ちらっと定期券に目をやり、やっと自分の間違いに気がついたようで、「おや、これは失礼」と言ってあわてて定期券を返し、足早に去って行った。たとえそれが先月の定期だったとしても、ただ乗りしただけで人間が生ゴミにされて、調べ人が唾を吐く標的にされていいはずがない。

切符を見せる時は無表情がいい。これはルーマニアの暴力的独裁政権を生き延びた作家から授かった知恵である。取り調べの時には、熊に遭った時と同じで目をあわさないようにする。目からこぼれでてしまういらだち、不安、軽蔑などが斜め下に流れて誰にも気がつかれないうちに地面に吸いこまれていくようにうつむく。

わたしたちは彼らにとってお客様なんかではない。儲かるから仮にお客様と呼んでへらへらしているだけで、実際は獲物である。たくさん捕まえれば捕まえるほど肉が食える。

それから何ヵ月かして雪が降り始め、夏にあったことはみんな忘れてしまった。わたしは「雲と蜘蛛」という演劇プロジェクトのオーディションに立ち会うことになった。ドイツ語の芝居なので、「雲」と「蜘蛛」は洒落になっていない。無関係のものが翻訳の中で持っているかもしれない関係について考える時、夏にあったことと冬にあったことの間にもやはり関係があるかもしれないと思ってしまう。

自分が書いたテキストが使われていることは分かっていたが、オーディションに口を出すつもりはなかった。一度わたしの手を離れてしまえばテキストはもう俳優と演出家のものである。ただ、この日はスポンサーが一時間ほど見学に来たいと言うので、挨拶がてら一緒にオーディションを見ることになった。

場所は昔小学校だった建物で、今は教室のほとんどが芝居やダンスの稽古などに使われている。外から見ると、ごつくてなじみにくい巨体に窓が並んでいて、その一つ一つからカラフルな衣服が軽やかに見え隠れしている。冷戦中は違法だった遊びが今は芸術になっている。演出家は、「いかにも芝居がかった台詞の言い方をする役者ではなく、どこか面白みのある役者を選びたい。素人でもいい」と言っている。それでも応募してきた人のほとんどが俳優学校の卒業生や演劇経験者だった。みんな上手い。聞いていて居心地が悪くなってくる。自分が書いたテキストなので、「それらしく」しゃべられると、いや、そうではなくて「それらしくないように」しゃべれないものかと思ってしまう。演出家もわたしと同じようなことを感じているのか、眉間が寄って唇の両端が若干、下がり気味だった。

課題として短いテキストを三つ、あらかじめ応募者に送ってあって、その中の一つを自由に選ぶことになっていた。驚いたことに応募してきた人は百人以上いたそうで、これから何日も続くオーディションのこの日が初日だった。スポンサーから演出家の携帯に電話があって飛行機が欠航になって朝パリから家に帰れなくなったので今日はオーディションには顔を出せないということだった。わたしはせっかく来たのでもう少し見てから帰ることにした。

十人くらい続けて見てしまうと、三次元のはずの舞台が二次元になって、壁紙模様の見本を見ているように思えてきてしまう。俳優の声も電車で聞く隣の人のおしゃべりのように近いのに遠い。もう帰ろうかと思っていると、痩せた男が目の前に出てきて、「ヴェルナーです」と自己紹介し、まわりを見回した。目があった。「僕は実は舞台よりも舞台衣装の方に関心があって、舞台に立ったことはないんですけれど、衣装にしゃべらせるというのもいいかなと思って応募しました。」そう言うなり、着ていた割烹着《かっぽうぎ》のような服の裾をつまみ上げて、その布に向かって台詞をしゃべり始めた。蛸のように唇をとがらせ、目を細め、しゃべっているうちに頭が首から独立して蛇の頭のように動き始めた。頭と首の分離にあわせて、腰と脚の関係も他人のようになってきた。ふと見ると麻の靴をはいていて、右の足先に穴があいている。わたしは息をのんだ。ぐっと踏み出した途端、穴から親指が見えた。わたしはあっと声を上げて演出家の顔を見たが、演出家は吸い込まれるように蛸の口を見つめていて、わたしの驚きには気がつかないようだった。

あの時、無賃乗車をしていた男に違いない。骨の透けて見えるような立体的な顔立ち、冷たいような人なつこいような不思議な目。応募した人たちは自分の演技を終えると次々帰っていく。わたしは部屋の外へ飛び出して、ヴェルナーという名のその男をつかまえて、この間、路面電車で見かけたことを言ってみたくなったが、思いとどまった。窓際にすわっていたので、ヴェルナーの後ろ姿が建物から出て来て、敷地を囲む樹木の向こうに消えていくのがよく見えた。話しかけなくてよかったと思った。

わたしはそれからしばらくアメリカに行っていたので、芝居にヴェルナーが採用されるかもしれないことさえ忘れていた。それから芝居の稽古が始まったようで進行状況についても連絡がきていたが、あまりの忙しさに頭に入ってこなかった。忙しい時は溺れそうになっている時と同じで、やたらと意味のない動きをして体力を消耗してしまう。大事な手紙は読まないで冷蔵庫の上に置いたままで忘れてしまっていることもある。その代わり、間違って届いた電話会社の催促状に怒りをぶつける抗議の手紙を一日費やして書いたりする。

クロッカスが咲き始めた頃、「芝居のポスターはこの写真を使おうと思っている」という連絡が来て、一枚の写真が送られてきた。よく知っている劇団メンバーの三人の女優たちに囲まれて、ヴェルナーが写っている。採用されたのだ。

八重桜が咲いた。稽古は見にいかないで、初演で驚かされるのを楽しみに待つのがわたしの流儀だったが、たまたま一度だけ稽古場に行くことになった。フリードリッヒ通り駅から路面電車に乗ると、あの日のことが思い出され、向かい側の席にヴェルナーがゆったりしたズボンをはいてすわっているように思えてならなかった。

稽古場につくと、ちょうど稽古が終わったところだった。どういうわけか時間を間違えていたようだ。せっかく来たのだからこれから食事につきあわないか、と誘われた。汗を拭きながら、外部の人間にはわからない快い身体の言葉を発散し合いながら、女優たちが小道具や服をまとめて片付けを始めている。ヴェルナーは着替えをするために別の部屋に消えてしまった。どこかで何か食べて帰ろうということになり、わたしもつきあわせてもらうことにした。

膝を直角に曲げ、足をあげてそれぞれ長いテーブルの縁と長いベンチの間にするりと入り込む。気がつくと隣にすわったのはヴェルナーだった。みんなが飲み物を注文し始めるとヴェルナーが自己紹介してきたので、わたしは「前にもお会いしたことがありますね」と言ってみた。言った途端に自信がなくなった。正面から顔を見た時は、あの時、無賃乗車でつかまった人に間違いないと思ったのだが、今こうして隣にすわってみると、妙にのんびりした雰囲気があって別人のようだった。自信は消えていたがそれでも一度こちらから言い出してしまったのでもう少し頑張ってみた。「電車の中でお会いしたでしょう。ほら、切符を調べに来た人に向かって、切符が高すぎるから払わない、と言っていたでしょう。高いなら乗るなと言われて、電車はみんなのものだから乗る権利があるって言ったでしょう。その発想にわたしは初めは驚いたけれど、そのうち納得できて、なるほどと思ったんです。でも人違いかもしれませんね。人違いだったらごめんなさい。」ヴェルナーは鼻のまわりに皺を寄せて笑って、「それは多分、僕の双子の片割れのオスワルドでしょう」と言った。その時、口からニコチンのにおいが漏れた。「オスワルドはいつもわざと無賃乗車していますが、何度か見つかって、しかも罰金を一度も払ったことがないんです。」「なぜです。」「罰金を払う理由はないと考えているんです。高すぎる切符を買う必要はないと考えているわけですから、その罰金なんてとんでもないというわけです。」「なるほどね。」「ただ乗りくらい、と思うかもしれませんが、罰金を払わないで放っておけば刑法違反ですからね。ちょっと心配です。逮捕されたりしないといいんですが。」「お金がなくて罰金が払えない場合は?」「罰金を払う代わりに労働を提供するのだと思います。弟は本当にお金がないんです。」「双子でも似ているのは顔だけですか。」「似ないように努力しているんですよ。」「でも心配ですね。」「あなたこそ随分心配してくれているみたいですね。」「逮捕と聞くと気になるんです。」「それはまたどうしてですか?」「終身刑の人と知り合いになったことがあるんです。でももう名前も忘れてしまって、もらった手紙がどこかにいってしまったんで、その手紙が見つかるまで、わたしはこの説明できない気持ちから解放されることはないと思うんです。」

それからしばらくの間、路面電車に乗ると、近くにいる人が乗車券を持っているかどうかが気になって仕方なかった。特にちょっとはずれたことをしている人が気になる。はずれていること自体は許されていても、切符を持っていないという理由で連れ去られて世の中から姿を消してしまうかもしれない。剝いた皮をすでに捨ててしまっていて、すっかり皮を剝いてしまった裸のバナナを真っ赤に塗った鋭い爪先でそっとつかんで食べている女。バナナは途中まで皮を剝いて、まだ剝いていない皮の部分を持って食べるのが常識なのにそんな食べ方を公の場でしながら周りの目など全く気にしているようすもない。もしも今、切符を調べる人がまわってきたらバナナでべとつく指でバッグから切符を取り出し、べとつく切符を手渡すつもりなんだろうか。

頭を掻いている男がいる。頭を掻くと言っても、ふさふさの髪の毛を大胆にかきまわして、こな吹雪のようにフケをふりまいているわけではない。髪がうっすらと頭皮を覆う頭のてっぺんの一点を右の人差し指で注意深く掻いているのだ。その一点だけで、それ以外は全く触らない。そんなに一点だけ掻いていたら穴が開いてしまわないか。なぜその一点にこだわって掻き続けるのか。ふっくら脂肪のついた頬も、赤い襟も、金色の体毛に覆われた腕も、指輪にしめつけられた太い指も、すべて存在しないかのように無視して、脳天の一点だけに注意を注いでいる。もし今切符を調べる人が現れたらどうするのか。

わたしは電車が停車する度に、乗ってくる人の中に切符を調べようという目的を懐に隠し持っているスパイがいるかどうか見極めようとじっと顔を睨んだ。

しばらく人の乗り降りのない駅が続いた。わたしは隣の車両に移った。お腹の出た二人の男が缶ビールを飲みながら、しゃべっている。小麦色の太股をあらわに二人の若い女が隣に立っているが、そちらには見向きもしない。女の一人は携帯電話を持った手で銀色の支柱に捕まっているが、わたしの方を向いたディスプレイで漫画の顔がしきりと何か話しかけているのに、女は一緒にいる友達に仕事場での腹立たしい出来事を報告することに夢中で、自分が携帯電話を手に持っていることも忘れているようだった。

路面電車は元々共産圏に属していた東ベルリンを走っていて、西ベルリンにはなかった。壁が崩れてから、西にまで延びていった路線もあるが、今でもほとんどが東である。わたしがオスワルドを初めて見かけた一番線は、フリードリッヒ通り駅を出て、シュプレー川を渡り、社会主義時代の雰囲気を残す大衆劇場の脇を走って行く。そのうちにブラウス、焼きソーセージ、薔薇、テーブルクロス、鞄、携帯電話、週刊誌、トマトなどが店先に溢れ、硬貨一枚で世界が買えるような気がしてくる。元秘密警察のあったあたりも商品に溢れて抑えようがない。それがふいに途切れて、わけもなく陰険で暗い区域が何ブロックか続いたあと、誇らしげにパンコウの市庁舎が現れ、向かい側にはどこにでもあるようなショッピングセンターがうすら寒そうにそびえ建っている。路面電車はますます混んでくるが、車内には手ぶらの二十代の人たちがいなくなっていて、荷物の多い三十代の女性たち、特に子供を連れた人が増えてくる。そこから電車は更に東の奥地へ、集合住宅のある地区へと突き進んでいく。

それから何ヵ月かたって、芝居の初演があって、わたしはクロイツベルグの果てにある劇場に出かけていった。夜なので背後に横たわる川がとてつもなく深く見える。その辺りは川沿いに散歩道があったりレストランがあったりするわけでなくこの川が国境だった時代の雰囲気を残していて不安をかき立てる。早い時間に着いたので劇場の裏にまわって川を見ていると、向こうからヴェルナーが近づいてきた。「出演の準備、しないでいいの?」とからかうように訊いてみると、相手は困ったような笑いを顔に浮かべ、いきなり手を差し出して、「オスワルドです」と自己紹介した。「きょうはヴェルナーの初舞台を観に来たんです。」ヴェルナーと顔の造りはそっくりだが、頬がこけ、髪の毛が枯れ草みたいに乾いていて、顔色が青黒い。肩幅は広いが肉が薄く、指が少し震えている。「そう言えば、双子のきょうだいがいるって聞いてました。当たり前かもしれませんが、そっくりですね。でも、やっぱりどこか違いますね。」わたしがあわてて意味もないことをしゃべっているのをオスワルドは少し警戒するように聞いていた。

芝居が終わり、お辞儀してまぶしそうに顔をあげたヴェルナーは観客の中の誰かを必死で捜しているような目をしていた。わたしは一番前にすわっていたが立ち上がってみまわすと、オスワルドは一番後ろの出口に近いところにすわっていた。わたしはオスワルドのところにとんでいって、「すばらしかったですね。俳優としてのデビューですね。きょうだいとしての感想は?」と訊いてみた。オスワルドは何か言いたげなまなざしをこちらに向けているが何も言わない。仕方ないのであの日のことを言ってみた。「実はあなたのことも見たことがあるんです。路面電車の中で。電車はわたしたちが使うためにある公共交通機関なのに高いお金をとるのはおかしいと言ってましたね。」オスワルドは目を大きく見開いた。「見ていたんですか。」わたしは頷いてから少し恥ずかしくなった。オスワルドは逆にほっとしたような顔になって、「あれからまた三回、見つかりました」と言った。「わざとただ乗りしているんですね。」オスワルドはそうだとも違うとも言わなかった。その代わり、「罰金が払えないんでそのままにしてあります。」何回もただ乗りすれば罰金だけで何百ユーロにもなってしまう。オスワルドが生活に困っているとしたら、払う余裕はないだろう。「それで、どうするんです。」オスワルドは気まずそうに笑っただけだった。

オスワルドは初演にしか顔を出さなかったが、わたしは毎日劇場に通った。ある日わたしは芝居の帰りに何年か前に一度だけ行ったことのある喫茶店にもう一度行ってみたくなった。中は映画館の中のような雰囲気で、来ているのは一人客ばかりだったのを覚えている。確か、あの墓地の角を曲がって少し入っていって、更に横道に入ったところにあった。悲しく赤い看板が見える横道だ。ところが、右の通りを覗いても左を覗いても捜している看板は現れない。最後に覗いた道は、まるく落ちる街灯の光が遠近法に忠実に次第に小さくなりながら緩やかな弧を描いて遠くに向かって消えていく。やせた男たちがばらばらと立っていた。みんなお腹がひきしまっていて、白い半袖から腕の筋肉がわざとのように盛り上がって見える。誰も顔をこちらに向けようとはしない。結局捜している店が見つからないまま家に帰った。

路面電車の中で乗っている人たちを丹念に観察する癖はなかなかなくならなかった。乳房のすぐ下についたボタンがはちきれそうに張っている白髪の女性。半分にちぎったフランスパンを片手に他には荷物のない若者。パンの白い部分に少し口紅がついている。風もないのに横の髪の毛が後ろになびいて揺れている少女。みかんの木の生えた植木鉢を顔の前にかかげ持って立っている女性。なぜか運動靴の紐をわざとほどいてから紐をひきずるようにして電車を降りる少年。

オスワルドは郵便受けに役所から手紙が来ていると、後で読むつもりで冷蔵庫の上にぽいと置いて、そのまま忘れてしまうことがよくあった。机の上に郵便物がのっているのを見るのが嫌いで、郵便受けから出してきた物は冷蔵庫の上にぽいと載せたまま、山になって崩れるまで放っておく。机は紙を一枚ひらっと置いて絵を描くためにある。

オスワルドは子どもの頃、「君は何の絵を描くのが好きなの?」と訊かれて、「人間の絵」と答えて笑われたことがあった。そう訊いたのは父親の幼なじみだという人で一時は頻繁に訪ねてきたが、ある日ばったり来なくなった。「あの友達、もう来ないの?」とオスワルドが訊くと、父親は口を変な風に動かして、「あの人は友達のふりをしていただけなんだよ」と答えた。

オスワルドの父親は職業画家で、主に子供の教科書や絵本の挿絵を描いていた。オスワルドは初めて父親の描いた鶏の絵を見た時には驚いた。市場で農婦の手を逃れて、走り回る鶏は、羽毛が赤く燃えて、紙の表面から浮き上がって見えた。オスワルドはそれが絵であることが信じられなくて指でさわってみた。「この絵、気に入ったか」と訊きながら父親があまり嬉しそうでない顔をしているので、オスワルドはうなずくのをためらった。「この絵は頼まれて仕方なく描いた。本当の絵はこっちだ。」そう言って、台所のテーブルの裏に貼り付けた大きな封筒を剝がして、中から鉛筆で描いた絵を出して見せてくれた。毛の生えた大きな唇のようなものが描いてあった。色は塗ってないのに、なぜか赤くみえる。唇の中では歯が刃物のように光っている。目玉の絵もあった。眼球の表面を血管が文字のように走っている。オタマジャクシが無数に泳いでいて、見ているだけで体中がかゆくなってくるような絵もあった。三枚も見るともう疲れてしまって、オスワルドは外に遊びに行こうとした。「この絵のことは誰にも言ったらだめだ」と父親がまじめな声で言った。オスワルドは信用されて秘密をたくされたのが嬉しかった。母親も絵のことは知らないのか、その日も工場から帰ってきて、夫がテーブル上で上手な挿絵を描いているとにっこりと満足そうに笑った。父親は机よりも台所のテーブルの上の方が仕事がはかどるのだとよく言っていた。

オスワルドはその頃はまだ自分が一人っ子だと思い込んでいて、「弟がほしい」と言い張って母を困らせたこともあった。

ある土曜日のことだった。オスワルドは前の夜になかなか父親が帰って来ないのが心配でいつまでも起きていたが、何度も母親に催促されてそのうち寝床に入って眠ってしまった。翌朝五時に目が醒めて起き出し、両親の寝室の鍵穴から中をそっと覗き込んでみると母が一人うつぶせに寝ていて、かけぶとんは床に落ちていた。オスワルドは台所に行って水を飲んで、窓の外で栗鼠《りす》が二匹木を登ったり降りたりしているのを眺めていた。母親は八時頃起きてきてオスワルドに「もう起きたの?」と声をかけたが心はどこか別のところを彷徨《さまよ》っているようで、台所の窓から何度も神経質そうに外の様子をうかがっていた。それから急に身をかがめてテーブルの下に貼り付けられた封筒を剝がして取って、「ちょっと隣に行ってくるから」と言い残して封筒を持って家を出た。なんだ、かあさんも絵のことを知っていたのか。オスワルドはがっかりした。絵が隠してあることは、自分と父親と二人だけの秘密だとばかり思っていたのだ。母親はすぐに帰ってきたが封筒は持っていなかった。隣の人にあげてしまったんだろうか。とうさんが余所《よそ》に泊まって帰ってこなかったから怒っているのかもしれない。しばらくすると戸を激しく敲《たた》く音がして、知らない男が三人入って来たが、母親は三人の前に立ちはだかって、何かしきりと説明しながらその場を動かず、男たちを中に入れまいと頑張っているようだった。しばらくやりとりが続いてから、三人の男たちのうち並外れて小柄な男が、片手で母親の肩を押しのけて家の中へ入ってくるのをオスワルドは廊下から見ていた。三人はまず寝室に入っていって、ベッドの下を覗いたり、書き物机の引き出しをあけて中をかきまわしたりしていた。そのうち箪笥の中にきちんとたたんで入れてある下着を次々引っ張り出して日の光にすかしてみては、何も縫い込んでないと分かると、部屋の隅に放り投げた。箪笥が空になると、窓際においてあった植木鉢からゼラニウムの花を根ごと引き抜いて、床に泥を振り落とした。土の中に何か隠してないか捜しているのだろうが一体何だろう。秘密の地下室の鍵か。それから三人は台所に入ってきて、壁に背中を押しつけて立っているオスワルドをぎろっと睨んでから、食器棚を開けたり、買物かごの中を探ったりし始めた。三人はだんだん鼻息が荒くなってきて、そのうち台所にあった椅子を四つともに倒し、テーブルまでひっくり返した。こんなんだ、とオスワルドは納得した。この人たちに取られないようにかあさんはさっきとうさんの描いた絵を隣の人に預けに行ったんだ。そのことは絶対に人に知られないようにしなければいけない。そのためには「隣の人」という言葉を口にしてはいけないし、そちらの方向を見てもいけない。「君、何か知っているの」と訊かれた時、オスワルドは喉をしめられたように驚いた。幸い、恐ろしさのあまり声が出なかったので、余計なことを言わないですんだ。男たちが帰って行くと母親は居間の古ぼけたソファーにぐったり腰をおろし、そのまますっと動かなかった。いつもなら少しでも部屋が散らかっているとすぐに片づけ始めるのに、この日はまるで他人の家にでもいるようにじっとしていた。オスワルドは椅子をひっくり返すのが好きだったが、この日は楽しいという気持ちが湧いてこなかった。子供時代がふいに終わってしまったかのように、何も楽しく感じられなくなった。

父親はそれから二日ほどして帰ってきた。外見は同じだったが、どこか違ってしまっている。髭を毎日剃るようになり、絵は自分の部屋にこもって描いた。オスワルドが見に行くと教科書の挿絵のような絵ばかり描いていた。それでもオスワルドは父親の描く絵が好きだった。画家の指の隙間から、トラクターや麦畑や乳牛が現れる。自分の目で農場を見たことがなかった頃からオスワルドは父の絵を真似して、農場の絵を描くことができた。学校の美術の授業ではよく誉められ、担任教師には何度か、美大に進むように言われた。

　ある日ヴェルナーが家に戻ってきた。オスワルドとヴェルナーは双子として生まれたが、当時、一卵性双生児を使って遺伝子と環境の研究をしていた国の研究所が別の町にあって、双子を施設に引き取って観察していた。本当は二人とも研究所に取られそうだったのをせめて片方だけでも手元に置くことができないかと研究所にコネのある友人にオスワルドの両親は頼んでみた。その友人は知恵を絞って、双子の片割れを普通の家庭環境で育て、もう一方に例えばエリート教育を受けさせて比較すればより有益な研究になると主張してくれたので、オスワルドだけ家に残ることになった。

　ヴェルナーは幼児の時からその研究所で当時開発され始めた「二十四時間言語ドーム」に入って外国語を学んだり、筋肉を鍛える機械に固定されたり、酸素の濃い部屋で眠ったり、食事を取るかわりにビタミン剤をのんだりして育った。機械のことは少し覚えているが、孤独だったかと訊かれてもどう答えたらいいのか分からない。泣いた記憶はない。いじめられた記憶もない。研究所は、普通の家で育つオスワルドと比べて何がどのくらい効果的かを長年かけて研究するつもりだったようだが、そのうち予算が急に削られて研究が続けられなくなったのでヴェルナーは家に帰された。両親は、昔話に出てくる老夫婦が妖精から子供をもらった時のように喜び、オスワルドも自分と同じ年の少年が同じ家に住むようになった興奮がなかなか醒めなかった。双子だと聞いていても信じられなかった。この頃の二人は一卵性双生児にしては顔が似ていなかった。肉の付き方、表情などがあまりにも違っていた。

オスワルドが外に飛び出すとヴェルナーもついてきた。オスワルドが空缶を垣根の上に置いて石を投げて当てる遊びを始めると、ヴェルナーもすぐに同じ事をした。木の枝を拾ってフェンシングの格好をしてみせると、すぐ真似するので、試合の真似事をして遊ぶことができた。これはいい仲間ができたとオスワルドは弾む心を抑えることができず、めちゃくちゃに枝を振り回した。ところがヴェルナーは途中で動きをとめて、「本当はうまいのにわざと負けてみせる騎士をやってみてよ」とか「別のことが気になってなかなか試合に集中できない男の真似をしてみて」とか「僕は右足が麻痺している男をやってみる」などと難しい状況を設定し始めるのだった。それはフェンシングに限ったことではない。オスワルドは何も考えないで暴れ回って遊ぶのが好きだったので、いろいろな設定を考え出そうとするヴェルナーが面倒くさくて、ついかっとなって怒鳴ってしまうこともあった。ある時、ヴェルナーとオスワルドは家の隣に立っていた木に登って、台所の中をのぞきこんだ。台所のテーブルで向かい合って楽しそうに話をしている両親をヴェルナーが指さして、「仮にあの二人が本当に僕らの親だと想定して、これから家に帰って息子のふりをしてみようよ」とささやいた時には、オスワルドはぎょっとした。

オスワルドは怠け者ではなかったが、書類を期限内に提出するのが苦手だった。書類に自分に関する情報を書き込むのが何より嫌いで、細かい線で紙の表面が区切られているのを見ているだけでいらいらしてきて、その線を無視して、斜めの線を何本も引きたくなってくる。縦横の線のこちら側に閉じ込められてたまるか。格子のように見える葦だって、風が吹けばなびくだろう。なびいてみんな斜線になれ。

書類が苦手だったせいでオスワルドはこれまでかなり損をしてきた。美大に進もうと思って中込書をもらって来た時も、そのうち書き込んで送ろうと思って冷蔵庫の上に放っておくと、いつの間にか締め切りを過ぎてしまった。来年また受ければいいだろうと思ってアルバイトを捜して暮らし始めたが、気がつくとまた締め切りが過ぎていた。初めてガールフレンドができた時も、郵便局へ行って出しておいてと頼まれた願書を出さないで冷蔵庫の上に放っておいたため、研修旅行から帰ってきた彼女はダンス学校の試験を受けられなくなり、口げんかになった。以後、そのことを言われる度に怒りに強く首をしめられるような気がして、最後には彼女の顔を見るのが苦痛になった。

しかしオスワルドは自分のそういう癖についてあらためて考えてみたことは一度もなく、何もかもうまく行かないのは父親から受け継いだ失敗者の遺伝子のせいだと思い始めるようになった。父親はベルリンの壁が崩れた月には、「これで何も恐れるものはなくなった」とほっとしたように言っていたくせに、しばらくすると瞳の光がくすんで猫背になった。そのうち目のまわりがへこんできて、髭に囲まれた乾いた唇からは言葉が出なくなってきた。オスワルドは一人暮らしをするようになってから両親の顔を見る回数が減った代わりにヴェルナーのところに頻繁に足を運ぶようになった。

オスワルドはヴェルナーの顔を見る度に優秀な学生なんだろうなと思ったが、一つだけ不思議なのは専攻が次々変わっていくことだった。初めは法律を勉強すると言っていたのに、それが政治になり、それから哲学になり、いつの間にか演劇論ということになっていた。オスワルドはヴェルナーに本を借りて読むようになった。父親が初めて自殺未遂で入院した頃から、双子の絆は臍《へそ》の緒のように蘇り、一卵性とは思えないくらい似ていなかった顔がこの頃から似てきた。

無賃乗車の罰金を払えと言う通知が来た時も冷蔵庫の上に投げだしたまま忘れていた。催促状が来た時も同じだった。わざと通知を無視したわけではなかった。うるさく飛び回る蚊を片手で払い除《の》けながら生きているようなものだ。催促状は何度か来たような気がしたが、どうせ払えないのだから通知を開けても仕方ないと思った。

ある日、ベルの音にびりびりといらだち、乱暴に戸を開けると男が三人、目の前に立っていた。前にも同じ事があった、あの時はどうやって逃れたんだっけ、と必死で考えるが、思い出せない。よくしゃべる連中だ。でも言っていることがこちらには全くつかめない。出頭しなかっただろう、というようなことを言っている。「そんな通知は来ていません」と答えると、「最後の通知は書留で届いているはずです」と言う。「そう言えばそんな気もするけれど、その日は用があって行けなかった」と言い逃れようとしたが、そういう場合は事前に知らせるよう書いてあったはずで、何も言わないで欠席すれば法律違反だ、と言う。

オスワルドはその時、自分が自分ではなくて、怒りのゴム人形になったような気がした。腕がふっと伸びて、腕の長さより先まで伸びて、まだしゃべり続けている男の唇を殴った。目の前の遠いところでどよめきが起こったので、一歩引いてから、目の前の壁を蹴り、押しのけ、もがいたが、いつの間にかねじふせられていた。

そこまで話してオスワルドは黙ってしまった。わたしはすでにヴェルナーから事情を聞いていたので、「それで二ヵ月身柄を拘束されたのでしょう」と言ってみた。オスワルドが何も言わないので、わたしはあわてて、無賃乗車がそんな風に罰せられるのは間違っていると思う理由をあれこれいじりながら展開してみる。オスワルドのうつろな顔が少しずつ晴れてきた。そのうちやっと、「それほどひどいところじゃなかった」とオスワルドは話し始めた。

牢屋と言っても、入ったばかりの頃は学生寮にでも入れてもらった気分だった。狭い部屋でも机と椅子と寝台がある。日程表と規則が印刷された紙が壁に貼ってある。何か欲しいものがあるかと訊かれたので紙が欲しいと言ってみた。トイレットペーパーなら便器の隣に置いてあると言われ、そうではなくて白い紙だと言ってみた。デッサンをするのだと言うと、二十枚くらい紙をくれた。自由時間はデッサンに費やした。と言っても、描く対象がなかったので、初めは壁の高いところにある小さな窓を描き、それにも飽きると今度は床にすわって椅子を描写した。椅子とは何か、という問題についてこれほど深く考えてみたのは初めてだった。

それから一週間ほどすると、明日から野外作業が始まると言う通知があった。朝五時に起こされ、格子のついたミニバスに乗せられ、野外作業に連れ出された。同じグループに入れられた連中は年はみな若かったが、幼児が顔をつねられて大人になったような顔のもいれば、岩を組み合わせて作ったようなごつい顔のもいた。ミニバスから降ろされるとそこは公園で、監視指導係のソーシャルワーカーが二人、大きな透明の袋と作業用手袋を配り、ゴミを集め、雑草を抜くように指示した。軽い罪を犯した連中ばかりなのだろう。ソーシャルワーカーは二人とも小柄でやさしそうな顔をしていた。オスワルドは久しぶりで植物の息を感じながら、公園の隅まで歩いて行った。小さなゴミくずみたいな白い花が咲いていた。お前は花か、ゴミか。その花の姿を心に焼きつけておいて、あとで紙に描こうと思った。煙草の吸い殻と飴の包み紙が落ちていた。煙草は吸ったことがなかったし、飴は好きだった覚えもないのに、なんだかそんなものが懐かしく感じられた。

そのうち仲間の一人がゴミを拾いながら近づいてくるのに気がついた。一週間も人と話していないので人恋しくて、「やあ、仕事ははかどってるか」と声をかけてみた。相手は顔をあげて警戒するような目をした。「この公園、来たことないよ。君は?」と言ってみると、相手は眉をひそめて、「来たことないから、だから、どうだっていうんだ」と愛想がなかった。これでは会話にならない。他の連中もみんな、話しかけると蹴り返すような表情を見せた。仕方がない、三ヵ月の間、友達を作るのは諦めて、絵を描いて過ごそう、と思った。毎日いろいろな公園に通っているうちに慣れてきて、面白いゴミが落ちていないか捜したり、顔をあげて誰かいないか見回すことが増えた。ある日、ゴミを拾って顔をあげると、まぶしいくらい白く光るワンピースを着た女性がすぐ近くを通り過ぎていった。心臓がどっくり喉元まで登ってきて、気がつくと「あの、すみません、」と声をかけていた。その女性は驚いたように立ち止まって振り返り、オスワルドの作業服を眺め、それから同じ作業服を着て少し離れたところで作業をさぼって立ち話している連中と見比べ、状況を察したようにうつむいて足早に立ち去っていった。

そのことがあってから一年以上、ヴェルナーにもオスワルドにも会わなかった。やがてわたしは新しい脚本を書きあげ、上演の資金も集まり、しばらくぶりで演出家に会うと、次の芝居にもまたヴェルナーが出演することになった、と言う。おかげで初演の打ち上げパーティでヴェルナーと話をすることができた。

オスワルドは元気かと訊くと、ヴェルナーはぎょっとした顔をして、実はまた三ヵ月監獄に入って、今やっと出てきたのだけれどひどいことがあったみたいで全く元気がない、心配している、今度ぜひ会ってやってほしい、と言われた。わたしは電話番号をもらってオスワルドに電話をかけ、路面電車がガラスの壁を通して間近に見える喫茶店で待ち合わせることにした。

一年ぶりで会うオスワルドの肩と首は山猫のような警戒心に貫かれていた。鼻が細く高くなり、目が輝き、耳が大きくなっている。髪の毛が少なくなっているから耳が大きく見えるだけかもしれない。顔が青ざめ、声が不釣り合いに大きい。待ち合わせた喫茶店はまだ昼だったので人も少なく静かだった。ウエイターがカウンターの向こうでグラスを床に落とし、ガラスの砕ける音がすると、オスワルドは全身をふるわせた。「元気なさそうだけれど平気?」「ヴェルナーから聞いたと思うけど。」「また入っていたんでしょう。」「今度はひどかった。独房じゃなかったし。」「それじゃ絵が描けなかった?」オスワルドは初めて嬉しそうな表情を見せた。「描けなかった。自分の身を守るだけで大変だった。耳栓が欲しかった。」「耳栓?」「みんなのしゃべっている言葉を一日聞いていなければならないのが一番の刑罰だった。みんな、自分がいつか投げつけられた泥みたいな言葉を他人に投げ返しているだけで、それは血のまざった泥だ。」わたしは聞いているのが苦痛になって遮った。「どうしてまた無賃乗車をしたの?」オスワルドは答えなかった。わたしははっとして言い直した。「無賃乗車だけでどうしてそんなことに。」「脅しだよ。これで最後にしろって。なにしろ殺人犯たちといっしょに入れられていたんだから。そのくらいしないと、またわざと無賃乗車して、そういうことを繰り返すと思ったんだろう。真似をする人間たちも出てくるかもしれないし。」「監獄の経営費が増えるから?」「それもあるけれど、そういう連中がいるということ自体、国家は許せないんだろう。」わたしが黙ってしまうと、オスワルドは急に元気になって、「でも君はどうして僕が逮捕されたことにそんなに興味を持つんだい? 変じゃないか? ヴェルナーに頼まれて心配してくれているのか」と訊いた。「そうではないのだけれど、昔、監獄に入っていた人がいて、その人から来た手紙を失くしてしまったことが、気になって。」「その手紙が見つかったらどうする?」「それより、どうして美大を受けないの?」「もう遅いよ。」「去年、七十歳で美大に入った人がいたでしょう。」「熟していく人間もいれば、ただ年とっていく人間もいる。」「応募要項、もらって来てあげようか。」「自分でもらうよ。」「それじゃあ、冷蔵庫を捨てる方の手続き手伝ってあげる。粗大ゴミとして引き取りに来てもらえばいいんだから簡単。」

　その夜ヴェルナーから電話があった。オスワルドの様子はどうだったかと訊くので、疲れてはいるようだったけれど前に進めるかもしれない、と簡単に報告すると、すごく心配しているのだと重い声で言う。最近はヴェルナーが訪ねていっても戸を開けてくれないことがあるし、あまりものを食べていないようだし、どうしたらいいのか分からないのでぜひ助けてやって欲しいと言う声は切羽詰まって震えていた。「ご両親も心配しているでしょう」とわたしが言うと、「母は入院している。父はオスワルドが入っていた三ヵ月の間に自殺した」という答えがぼそっと返ってきた。

8

タクシーの運転手は客の顔を正面から見ない。近づいてくる客の姿がサイドミラーに映り、その客が上半身を横倒しに折り曲げて、後ろの座席に入り込んでくる。それから尻の下にくしゃくしゃに入ってしまったコートの裾を引き出すために、もぞもぞ下半身を動かし、車の低い天井に頭をぶつけたりして、やっと上半身を縦にして落ち着く。その瞬間、バックミラーに顔が映る。横長の鏡の枠に縁取られ、切り取られた顔は写真のよう。その方がなまの顔よりも記憶しやすいのだろう。後でたまたまその客が警察に追われていることがわかり、証言する段になると、運転手は確信を持って答える。額と頰がこんもり盛り上がり目尻が垂れて団子鼻でした。まぶたが腫れて目にかぶさるようで、尖った耳は目より上についていました。もしわたしの顔はどんな風だったかと訊かれたら、この運転手は何と答えるのだろうと思って、バックミラーを見るが、もちろんそこにはわたしは映っていない。

運転手は鼻先をつんと上にあげて鏡の中のわたしを目で吟味し、「どこまで?」と乱暴に訊いた。通りの名前を答えると、うなずきもしないで走りだした。

デュッセルドルフの駅前を出た時にはまだ冬の太陽が斜めから淡いながらもはっきりした光を投げかけ、工事現場のトラクターもデパートの飾り窓のガラスも歩道の両脇にかきよせられた雪も同じように静かな明るい心で祝日を迎えようとしているように見えた。ところが空が鈍《にび》色《いろ》に変わったとたん、暗くなる速度がつかめなくなり、どんどん落ちていく気分に襲われた。ショーウインドウの中で寒々と照らし出された三人のマネキン人形たちにはなぜ目も口もないのだろう。

タクシーは両脇に積まれた雪のせいで狭くなった道をのろのろと進んだ。前も後も車にきっちりはさまれている。町の中心にいやに工事現場が多い。クリスマス前夜祭の日は午後から休日なので、もう作業している人間はいないが、鉄パイプに被せたビニールシートの隅が風でばたばた手を振っている。歩道を行く人たちは、持ちきれないくらいたくさんの袋をさげ、その袋に印刷された靴屋やデパートの名前に埋もれて自分が広告塔になってしまっていることには気がついていないようだった。手ぶらの女性が一人歩いて行く。一歩踏み出す度に、短い赤いコートとブーツの間に大胆につきだされる膝。この女の人、ハンドバッグ一つ持っていないのはやっぱり変ではないか。強盗にでも遭ったのか、と顔の表情を見極めようとして首をまわしたが、信号が変わって車が走り出した途端、人混みに紛れてもう見えなくなってしまった。

町中を出て視界が開けると、空は一面濁った色に覆われているが思ったほど夜ではない。曇るつもりなのか、暮れるつもりなのか。雪のせいか郊外の方が町中より明るく感じられた。走れば走るほど雪は大胆に風景の支配者となりすまし、屋根の形も樹木の立ち姿も鉛筆でいたずら書きした程度にしか見えなくなった。波形を描いて好き勝手に道の左右に塀をなす。すっぽり雪に埋まって、踏み込んだらどこまで脚が沈んでしまうか見当もつかないくらい深く積もっている。畑という名前さえ奪われた広がり。ただの白紙と言うには何か下に隠しているという印象をぬぐいきれない。

家の屋根がまばらに現れ始めた。車は速度を落とし、前に大きく揺れてとまった。運転手は、「ここから先は入れませんから」と不愉快そうに言い放った。わたしが固まったまま無言でいると、運転手はいかり肩を少し落として仕方なく説明を付け加えた。「この道は行き止りで、Uターンできなくなっているんですよ。雪で場所が狭くなっていて。」除雪車にかき寄せられた左右の雪の山が門になっている。その門をくぐれば、出たい道に出るのだろう。でもその道がどれくらい長いのか、道は雪かきしてあるのか、どれくらい歩けば目指す家があるのか見当もつかない。わたしが財布を開けようとしないので運転手はいらだちのこもった溜息をついて、「わたしのせいじゃありません。仕方ないでしょう。自分で歩いて行ってくださいよ」と言った。バックミラーの中で視線が合うと、すねた子供のような表情にヒラっと挑戦的な色が加わった。わたしはわざとゆっくりと財布を開けて、できるだけたくさんの小銭をかき集めて、総額まで這い上がっていこうとした。そのくらいしか復讐の手段が思い浮かばなかったのだ。運転手は大きな札を出されるより小銭の方が嬉しいと言うことが多いが、ここまで細かく出されれば自分の人格がどのくらい小さく見られているかきっと感じてくれるだろう。

指先で小銭を鳴らしているうちに少し気持ちが落ち着いてきた。雪の中に一人降り立ってもいいような気がしてきた。今更不安を感じる理由なんかない。何しろ、この「わたし」という人物は、ほとんど知らない人のところでクリスマス前夜を過ごそうとしているのだ。迷子になることを心配するより、どんな他人の家に迷い込んでも歓迎されるように努力した方がいい。

小銭を握った拳骨を突き出すと、首を五十度くらい後ろにひねった運転手の浅黒い顎が生々しく目の前にあった。もう夕方なので髭が芽ぶいている。こういう男は髭の長さを測って時計代わりに使えばいい。髭の勢いはすごくても肌は疲れている。面倒なことはなるべく避けて、仕事は最小限に義務を果たすだけにおさえて、なるべく早く家に帰って、ビールを飲んでテレビを見て寝たいと思っているのだろう。

ついてない日の不運は雪でも洗い流せないものらしい。まずベルリンからデュッセルドルフへ向かう列車が雪の中でとまってしまって一時間動かなかった。小さな遅れだと「ただいま電車は四分遅れています」などという放送が何度もあるのに、一時間も遅れが出ると車内放送が全くなくなる。わたしはとまってしまった列車に乗っているのは得意な方だった。いつもなら図書館にでも来たみたいに読書や音楽を楽しんで時計など見ないで何時間も過ごすことだってできる。ところがこの日は、列車がとまってしまって数分たつと、もう喉から怒りが飛び出しそうになった。到着が遅れることを連絡しようとして携帯を捜したが見つからない。着てこなかった方のコートのポケットに入れっぱなしにして来たに違いない。

ブリッタと知り合ったのは一月前のことだった。人と知り合うことはめずらしいことではないが、この場合とても変わっていたのは、わたしは自分が作家であることを言いそびれたことだった。腰痛がひどくなって参加した週末の背骨体操教室で、年齢も年格好もまちまちの参加者十二人が集まり、まず自己紹介することになった。小説家だと言うと必ず「実は自分も小説を書いている」という人が後で話しかけてきて、せっかく楽になった背骨が又痛み始める。それを避けるために、わざと誰も話題にしたがらないような仕事を口にしたいと思ったが、もし何か訊かれた時に答えられないような仕事では困る。みんながそれ以上知りたいと思わないような仕事、しかももし訊かれたらそれなりに何か答えられる仕事は何か考え、「日本語の文法を教えています」と自己紹介した。どこで教えているのかと訊かれたら、企業で個人教授をしているが今月は仕事がなくて困っている、と答えるつもりでいた。実際アルバイトで大学や企業で教えた経験もあったので万が一何か訊かれてもそれほど困らないだろうと軽く考えていた。名前も本名を名乗らないで、「あやこ」という名前にしておいた。

ところが早速初めの休み時間に目を輝かせて近づいてきて、「日本語文法の専門家ですか。素敵ですね」と言う子がいたので、しまった、と思った。「形容動詞を動詞と言うのがどうも分からないんですけど、あれは名詞にダがついただけではないですか。ダを変化させればどれでもいいんじゃないですか。そのことが昔から気になっていたんですけど」などと息を弾ませて訊いてくる。「昔から気になっていた」と言うが、二十代にしか見えない。赤ちゃんの時から日本語の形容動詞が気になっていたとでも言うのか。その子はブリッタという名で、体つきはすらっとしていて、赤みがかった髪はいい香りがした。発音がきれいで、歯並びは完璧だった。わたしは後ろめたさに脳膜を覆われながらやっと、「形容動詞は存在しないと考えてもいいわけだけれど」などと適当なことを答えながら、何か他の話題はないかと探しながら宙を漂わせた視線がカレンダーにぶつかったので、「クリスマスもうすぐね」と意味もなく言ってしまった。それが更に大きなまちがいだったことが後で分かった。

ブリッタは、わたしが何を話しても緑色の葡萄粒のような目を輝かせてうなずく。わたしの嘘は植木鉢に植えた途端に芽が出て、世話をし続けなければならなくなった。休み時間ごとにブリッタが話しかけてくるので、翌日の休み時間はトイレに隠れ、やっと週末が終わってほっとしていたら、次の週、家の近くにある果物屋の店先でばったり顔を合わせてしまった。「この辺に住んでいるんですか」と訊かれて嘘をつく余裕もなく、住所を教えてしまった。そのまま誘われてお茶を飲むことになったが、向かい合っていると鼻から嘘がこぼれそうで、とにかく何か言おうと、「でも規則変化をする動詞だって、変化していくのは語尾だけでしょう。語幹を名詞扱いして、語尾だけ動詞にしたらどうかな。つまり語尾だけが動物で動く要素。残りは植物。動かない。でも不規則動詞の場合はどうしたらいいのかな。じっとすわって瞑想していたら下半身が植物になってしまった人っていなかったっけ」などと思いつきでしゃべっていると、ブリッタは、「それなら形容詞も存在しないと言えますね。語尾だけを動物にすれば」とつぶやいた。わたしは話題を変えようと思って「もうすぐクリスマスね。クリスマスには何をするの」と訊いてみた。ブリッタは顔をしかめて「実家に帰る」とだけ答えたが、急にまた顔を輝かせて、「来るが来ないになってもKは変わらないでしょう。日本にはまだアルファベットがなかったのにどうして文法にはKという要素が存在するのかなあ」と言った。ブリッタの頭の中で夢文法は無限に空想の輪を広げ、わたしの意に反して話がどんどん盛り上がっていく。どうやらクリスマスや家族のことを考えるのは楽しくないけれど文法のことを考えるのは楽しいらしい。

その時、やっといいことを思いついた。実は自分は文法のことを考えると背骨が痛くなる。これが仕事だから仕方ないかもしれないが、意見の合わない同僚と口争いになったことなど思い出され、とても耐えられない。自由時間くらいは仕事のことは忘れたいので、もう文法の話はしないでくれ、と頼んだ。ブリッタはあっさり承知してくれた。

これでもうブリッタとは顔を合わせないですむかと思っていると、次の週に郵便受けに手紙が入っていて、いっしょに映画に行かないかと書いてある。無視しようかと思ったが、家が近いから偶然道で顔を合わせる可能性がある。これは諦めて一度映画につきあい、帰りに真実を告白するしかないだろう、と思った。

ブリッタが日本映画だというだけの理由で選んだのはとんでもない映画で、髪を短く刈りあげた筋肉質の男たちが駐車場で腹を殴り合ったり靴で股を蹴り上げたりしていたかと思うと、今度は縄で縛られた男の胸毛に包まれた小さな乳首が裁縫ばさみで切り取られたりして、それでもまだ満足できないのか、風呂に入っている男の腹が刺され、腸が湯の中にこぼれ出たところで、ブリッタがうっと吐きそうになって口を手の平で押さえて、映画館から飛び出してしまった。わたしはせっかく払った入場料がもったいないのでブリッタの後を追わずに映画を最後まで観てから家に帰った。

これでブリッタも日本に関係あるものにはうんざりしただろうし、わたしの冷淡さに呆れただろうと思って安心していると、次の日曜の午後、直接うちに訪ねてきた。

恋人に捨てられて一人ではいられない気分だと言う。どんな人かと訊くと、話したくないと言う。泣いているので、そのまま追い返すわけにもいかない。お茶を沸かし、慰めのつもりで世間話をし、それでもまだ帰らないので夕飯を作り、いっしょに食べていると、クリスマスに実家に来ないかと誘われた。一人暮らしの母のところへ行くと必ず喧嘩になるが、三人なら楽しく過ごせるはずだから、と誘うブリッタの顔は、涙でしみた化粧が海洋図になってしまっていた。その顔を見ると、その時、断ることはできなかったが、数日したら電話で断わろうと思った。ところが急に忙しくなって断るのを忘れていたら、列車の切符が送られてきた。

タクシーに見捨てられ、雪の中に一人放り出され、これからブリッタの母親の住む家まで一人歩いて行かなければならないのだと思った。真夜中に雪に埋もれたシベリアの荒野を歩いて行く自分を思い浮かべたが、実はまだ夕方で、両脇には家が並んでいた。雪が物音を吸い取ってしまうのでとても静かだが、どの家も台所を覗けば、ばたばたと忙しげな足音、皿の触れあう音、時には罵り合いなども聞こえてくるのだろう。雪のせいでトランクを転がすことができない。無理に引きずるとずっぽりと雪に入ってしまう。引き上げるとその度に重くなっていった。

家の番号は十九番と聞いていた。奇数列の十七番の家の次が二十一番の家になっている。どういうことなのか。向かいの家は番号が見えない家が多かったが、少し戻ってみると八番と十番があったから、偶数列であることは間違いない。ベルリンでは時に偶数奇数に分かれてない通りもあるが、ここはきれいに分かれている。それなのに十九番がない。もう一度十七番の家までもどって敷地に入り、ドアのすぐ前まで行ってみた。すると少し奥まったところに家が一軒隠れるように建っていて、窓にはオレンジ色の明かりが灯っていた。姿は見えないが近くで犬が吠え始めたので、あわてて外の通りに出て、あらためて十九番に至る小径を捜した。

ドアを開けてくれたのはブリッタだった。雪の結晶を編み込んだとっくりセーターはなんだか似合っていない。思春期の引き出しから引っ張り出してきて着ているように見える。わたしはこんな子供に振り回されているのか。ブリッタの頬はふくらんで赤らみ、べったり付けた口紅が唇からはみだしている。玄関口にはブーツが三足、兵隊のように並んでいた。

何歩か踏み込むと、居間の片隅で腰を曲げてジャージを脱いでいる女性がいた。下着の白が目をさした。「あ、ごめんなさい」とあわてて玄関の方に戻ろうとすると、着替え中の女性は、「いいんですよ」と答えながら、むっちりした両足をむきだしにして、こちらに向かって華やかに微笑んだ。それからスカートを魔法の輪のように広げ、その中に片足ずつ入れた。スカートをはいている最中の女性を見るのは小学校以来かもしれない。

スラックスと違ってスカートは腰のまわりをくるくるまわすことができる。その人はスカートを腰のまわりで半回転させて脇のホックをとめ、こちらに向かってもう一度微笑んだ。黒い巻き毛、真冬なのに半袖の白いブラウスからぬっと出た日焼けした腕。ブリッタがわたしを「あやこ」という名前で紹介したので、どきっとした。名前が嘘であることもまだ告白していなかった。「こちらが、ベアトリーチェ。」スカートをはき終わった女性は、わたしと違って何も後ろめたさのなさそうな顔をまっすぐこちらに向けて近づいてきて片手を差し出した。握ると肉が厚く、あたたかかった。ベアトリーチェは握手の手をゆっくりほどくと鞄にジャージをしまい込み、黒々とした睫をばたばたっと動かして、「よいクリスマスを」と言った。喋り方の感じからすると、多分イタリア人なのだろう。

ベアトリーチェがブーツを履いていると、奥から背の高い痩せた女性が出てきた。わたしを見るといきなり近づいてきて、「あら、お客さん、もう来ていたの。いらっしゃい」と言って、手をさしだしたが、それは摑むことのできないほど細い手で、冷えきっていた。「母です」とブリッタが言った。

居間は五〇年代の茶色い家具で固められていて、ソファーに座っているだけで気が滅入ってくる。「散らかっていてごめんなさい」と言いながら、ブリッタの母親が置いてある雑誌を忙しそうに片付け始めた。この冬の流行、中世フランスの城、防げる癌。雑誌の間に一冊だけ紛れていた分厚い本の題名が「凶悪犯の告白」だった。「ちっとも散らかってなんかいないじゃないですか」とわたしはなるべく緩い言い方をし、わたしの部屋なんか、と言おうとしてやめた。この種の冗談を少しも面白いと感じない人間がいる。「ベアが掃除してくれたばかりだから、これでもましなのよ。」

ベアというのはどうやらベアトリーチェを短くした呼び名のようだったが、短くすることでダンテの恋人の名前の華やかさが一気に切り取られて、お手伝いさんらしい名前になってしまった。「ベアは自分の家に帰ったの？」とブリッタが訊く。「これからお隣のフルトミュラーさんの家を掃除して、それから帰るんですって。でもベアのことだから、もう今夜のご馳走は全部準備してあるんでしょう。明日の午後またイヴの後片付けに来てくれるそうよ。助かるわ。ケーキを焼いた後は台所が汚れるから、午後四時頃に来てって頼んだの。」「ケーキなんか焼かないでいい」とブリッタが急に怒ったように言い放ったが、母親は無視して話し続けた。「ベアが戻ってきてくれて、ご近所ではみんなどれほどほっとしていることか。ベアが監獄に入っていた間は、斡旋所《あっせんじょ》に頼んでいろんなお手伝いさんに来てもらったけれど、ベアみたいに完璧な人は他にいなかったわ。掃除はうまくても人柄がよくない人もいたし。」

振り返るとわたしが置いたトランクと脱いだブーツについていた雪が溶けて、廊下を灰色に汚している。あわてて駆け寄るが、汚れを拭き取る雑巾もない。「どうしたの、急にあわてて」とブリッタに言われて、「雑巾ある？」と訊いた時にはブリッタの母親がもうキッチンペーパーを一枚手にして近づいてきた。思わず「雑巾」などと口走ってしまったわたしは時代遅れだったかもしれない。雑巾は使ったらすすいで干さなければいけない。外は零下だから、室内に干すしかない。あるいは乾燥機をまわして騒音を招くか。どちらも大いなる祝日にはふさわしくない。ブリッタの母親は、汚れを紙でさっと拭いて、台所にある蓋のついたゴミ箱にさりげなく捨てた。家の仕事をいつもしている者だけに見られるさりげなくて器用な身体の動かし方をした。この人は自分の手を汚さないためにお手伝いさんを雇っているのではない。自分がいつも家を片付けていて、いくら片付けても満足できないくらいきれい好きだから、更にお手伝いさんの手助けが必要になるんだ。

それに比べるとブリッタの動きはのんびりしている。家の仕事などしないのだろう。自分のアパートの部屋だって散らかしっぱなしで、洗い物も洗濯もしないのだろう。ブリッタはお客を迎える子供のようにはしゃいでわたしの手を握って引っ張って、廊下の奥から始まる螺旋《らせん》階段を上り始めた。それは玩具の消えた後の子供部屋だった。入った途端、寒気がした。「ここには一年に二回くらいしか来ないから」とブリッタが言い訳がましく言った。「帰る」とは言わないで、「来る」と言った。「クリスマスに読みかけてそのまま部屋に置いていった本もね、復活祭に戻ってみるともうないの。もう読み終わったのかと思ったんで捨てた、なんて母は言うのよ。」

部屋の中にあるのは、ダブルにしては幅の狭いベッドと硬くなって色あせたタオル一式とコートかけと椅子と箪笥が一つだけ。「殺風景でしょう。一度デュッセルドルフで展覧会に行った帰りにポスターを買ってきてこの部屋の壁に貼ったこともあったけれど、次に来た時にはそれも剝がされて捨てられていた。この部屋には親戚が来て泊まることもあるから自分の趣味で濃い色づけをするのではなくて、ホテルのようにしておかなければいけないっていうの。」「この部屋に泊まる人、そんなに多いの?」「多い。母はあたしと違ってとても社交的なの。でも、この部屋、ホテルというよりも監獄みたいでしょう」と言ってブリッタは悲しそうに微笑んだ。「監獄と言えばさっきベアトリーチェのこと何か言っていたでしょう?」「うん、彼女、夫を殺して、何年か入っていたみたい。でも、出てきたら、前に雇ってくれていた人たちがみんなまた雇ってくれた。彼女、前よりずっと明るくなって幸せそうに見える。」「どうして夫を殺したの?」わたしはためらいもなく「殺した」という言葉を口にしている自分自身に違和感を覚えた。新聞で読んだ事件の話なら分かるが、顔を見てしまった人のことなのに。「どうして殺したのかなんて知らない。母に訊いてみたら?」「いいの?」「もちろんよ。」

ブリッタは殺人事件には全く関心がないようだった。わたしも事件そのものにはそれほど関心はなかったが、出獄してきたベアをみんながすぐにまた雇ってくれた、というところが気に入っていた。「お母様は神経質そうに見えるけれど、そういう事件について質問しても平気なの?」「全然問題ないと思う。訊かれなくてもよく自分からその話しているくらいだから。どうしてそんなに知りたいの? 推理小説でも書くつもり?」わたしはどきっとした。作家だと知らないのにどうしてそんなことを訊くのだろう。落ち着きを装って、庭を眺める振りをして窓ガラスに顔を近づけ、「入獄に関心がある」と答えた。外気の冷たさが頬に伝わってきた。「どうして?」わたしはフライムートの話をしそうになって唇を噛んだ。彼の話をすれば、自分が作家であることがばれてしまう。「だって不思議でしょう。人が人を閉じ込めるという現象。アメリカのある町では若い男性の三分の一が格子の向こう側で暮らしているんだって。そのうちに外にいるのは住民のほんの一部で、大多数が昼間は強制労働させられ、夜は閉じ込められる、そんな社会になるかもしれないでしょう。」「それはありえないと思う。」「どうして？」「だって、物を買う人間がいなくなったら経済はどうなるの。」「わたしたちは物を買うためだけに自由を与えられているの？」「今、鳥肌がたった。」「オーブンの中の七面鳥も鳥肌たってるか、見に行こうか？」

その頃のわたしは、仕事で旅することがあまりにも多いので、それ以外は極力、旅をしないようにしていた。クリスマスもベルリンに住む友達のところで軽く祝うだけにしていたし、正月を日本で過ごすために日本へ飛んだこともない。こみあった電車にデュッセルドルフまで何時間も閉じ込められて、しかもそこからまたタクシーでこんな遠いところへ来てしまった自分が不思議でならなかった。

クリスマスツリーが少し傾いているように思えてならない。ブリッタが物置から出してきた箱を開けると、中にしまってある飾りが金、銀、赤に輝いている。天使を手に取って、翼から出ている細いひもでツリーの枝に結びつける。針葉樹の針がわたしの指を刺した。金髪巻き毛の天使は剣をふりかざしている。ドラゴンでも退治しようというのだろうか。ツリーの向こう側で床に座って星を結びつけているブリッタの髪の毛が揺れているのが見える。顔は見えない。次にサンタクロースを手に取ると、なぜかこれも剣を振りかざしている。ちょっと変だとは思ったが、気にしないことにした。次にトナカイを手に取ると、ぬるっと手から逃げ、床に落ちて、するするっと走って簞笥の裏に隠れた。「トカゲ」と非難をこめて叫ぶと、わたしの背後でブリッタが落ち着いた声で、「この辺にはよくいるのよ。沼地だったから」と言った。ブリッタは目の前のクリスマスツリーの向こう側にいるのに、なぜ背後から声がしたのだろう。

おそるおそる振り返ると、青い血管がストッキングをとおして見える。そこに立っているのはブリッタの母親だった。二人は顔は似ていないが声は全く同じなのだった。「子供の頃は尻尾を切って遊んだものだけれど」とブリッタの母親は悪びれずに付け加えた。こんなに清潔好きな人でも、爬虫《はちゅう》類がいるのは別に気にならないらしい。クリスマスツリーの向こう側でブリッタがけたたましく笑い出した。「どうしたの?」ブリッタが立ち上がって、わたしの側に寄ってきて突き出して見せたのが、サンタクロースの帽子を被った猫の指人形だった。アーモンド型の目に真っ青な目の玉。人形を見ると母親の方も笑い出した。二人がどうして笑っているのかわたしには見当もつかない。それが親子ってものだ、と誰かがわたしの頭の中で言った。

皿の上に取り分けられた七面鳥の肉は、皮を剝いたナスのように見えた。かみしめるとやっぱり肉だった。肉を生け贄にして祝う儀式なのだな、と思った。ジャガ芋はゴッホのひまわりのように真っ黄色で、サヤエンドウはニスでも塗ったように光っていた。ブリッタの母親は背中にもお腹にも少しも贅肉がついていない。髪の毛は昨日セットしたばかり、爪は磨き上げられていた。

主菜を半分くらい食べたところで、何を話したらいいのか分からなくなって三人とも黙ってしまった。ワイングラスを持つブリッタの母親の指にはダイヤらしき石が輝いていて、喉元の皺はとても深くて羽根をむしられて市場に吊されている鶏肉みたいだった。蠟燭の炎が腰をひねるように揺れた。ブリッタはわたしの方を見て、満足そうに微笑んだ。緩いけれど同時に濃い微笑だった。わたしはこの家に迎え入れられている。なぜブリッタは招待してくれたのか。嘘をついたことを認めるチャンスを与えてくれたのだ。そう思った途端、食べ物が喉につまりそうになって、咳き込んだ。「どうしたの？　平気？」「実は、あやこっていうのは本名じゃないの。」一気にそう言ってしまうと、ほっとした。ブリッタはとても不思議そうにわたしの顔を眺め、「どうして本当の名前を言わなかったの」と言ったが、言い終わった途端に傷ついたような表情に変わった。わたしは、「警察に追われているから」と身近な題材を使った冗談を言ってごまかした。それを聞いてブリッタの母親が場違いに軽い笑いを放ち、「それにしてもベアが帰ってきてくれてとてもよかったわ」と言った。わたしは話題をすり替えるいい機会を逃すまいとして、「ベアは何年、いなかったんですか」と訊いてみた。さりげなく訊いてみるつもりが声が割れるように大きくなり、ブリッタがぎょっとしたような顔をした。本当はわたしはベアのことが知りたくて、それだけの理由でここにいるのだという気がした。母親の方は平然として答えた。「八年よ。終身刑で十五年を言い渡されていたのだけれど、普通は八年で出られるでしょう。」まるで他にも入った人たちをたくさん知っているような言い方だった。「終身刑が十五年なんですか。」「ベアがそう言ってたわ。」「イタリアでも？」「ベアはドイツ国籍なの。ずっとこの国で働いてきたんだから。」

ベアの夫はアイスクリーム工場で働いていたそうだ。まだ大会社がアイスクリーム市場を独占する前の話で、この辺の子供たちはみんな「雪娘」というローカルな会社の作るアイスを食べて育った。色水を固めた円錐型のキャンディが棒についているものが一番安くて人気があった。名前は「初恋」。「そのオレンジ色が好きだった」とブリッタが五十年前の話でもするみたいにしみじみ語った。いつの間にかアイスの話になっていた。同じ色水を固めたアイスキャンディでも、色が緑、黄色、オレンジと三色で、石鹼みたいな形のもあって、ブリッタはテストの結果がいいと、それを買ってもらったそうだ。「雪景色」という名前のカップに入ったアイスクリームは買ってもらえなかった。「小さな子供に贅沢をさせないのが普通だった時代だから」とブリッタの母親が言い訳がましく註を付けた。「おかげであたしは節約することを覚えて、今でも借金もないし、肥満にもなってないし」とブリッタが冗談を言うと母親はにこりともしないで頷いた。そうか痩せていて借金のないことが人間の理想なんだ、とわたしは納得した。ブリッタはアイスの話をしているうちに気分が晴れてきたようだった。「お小遣いをためて、初めて雪景色を買った日のことは忘れられない。絶対にこの日に買おうって決めていた日がたまたま大雨で、でも楽しみにしていたから計画変更できなくて、傘をさして買いに行って、ふるえながら食べた。今でも雨が降ると雪みたいなアイスが食べたくなるの。」アイスクリームの話をしていると、わたしたちが今でも気の合う幼友達であるような気がしてきた。紙カップに入ったアイスクリームを食べ、おまけでついてきた木の平らな匙《さじ》を舌が痛くなるまで嘗めたとか、チョコレートの皮に包まれたアイスを初めて買った時、それを前歯で割って果物の皮を剝くみたいにチョコレートだけどんどん食べていったとか、ぽったり地面に落としてしまったアイスをくやしくてずっと見つめていたら蟻が次々集まってきて、真っ黒い山になってしまったとか話しながら、確かめ合うようにさやさや笑いを交わす。

ベアの夫はマリオという名前で、アイスクリーム工場で働きながら、週に二度デュッセルドルフの夜間学校に通っていた。高校卒業の資格を取って、管理職に出世するつもりらしかった。大柄で髪がふさふさし、浅黒い肌には艶があって、長い睫に守られた瞳はよく光っていた。彼に色目を使う女たちもいたが、ベアはあまり気にしていなかった。

ベアはシチリアからドイツに出稼ぎに来た両親の間に生まれ、デュッセルドルフで義務教育を終えるとしばらくパン屋の売り子をしていた。毎朝パンを買いに来たマリオと視線を絡ませるようになり、二人はマリオの両親の住む南イタリアの村で豪勢な式を挙げ、貯金を使い果たしてドイツに戻ってきた。マリオはアイスクリーム工場で働き始め、ベアはパン屋を首になって、友達の紹介で時々事務所の掃除の手伝いをするようになった。ホテルで働かないかという話もあったが、ホテルは危ないという噂があったのでやめておいた。そのうち娘のフランチェスカが生まれた。それが華々しい美人に育って、まだ十六歳なのにある日、妊娠した。それを聞いて、父親のマリオは「この売女《ばいた》が」と罵った。それを聞いてベアはマリオを包丁で刺して殺した。ブリッタの母親が知っているのはそれだけだった。

わたしはその夜、眠れなかった。理解できない。どうして殺してしまったのか。「この売女が」と叫ぶ気持ちも分からないし、それを聞いて逆立つ感情も分からない。何年もかけて積もった憎しみが爆発したとか、マリオは実は浮気していたとか、どうにか理由を考え出そうと思うのだが、思い浮かぶのは安っぽいドラマの筋ばかりで、どれもありそうな話であるだけに説得力がない。たったこれだけの情報で満足しているブリッタの母親の気持ちが分からない。殺人の動機については本人の話す以上のことは訊かないで、とにかくまた雇った、ということになる。ひょっとしたら、そのことの方がずっと大切であるということをクリスマスの雪は言おうとしているのだろうか。でも宗教のないわたしにそれが理解できるだろうか。わたしには、咎めることも許すこともできない。話を聞き取って書き記すだけだ。ベアは明日も来ると言っていた。その時、もし二人だけになれたら、訊いてみようか。それにしても、こんな理由で眠れないわたしはどうかしている。あやこという名前が嘘であることをブリッタに告白した時はすっとした。でもわたしにはまだもう一つ隠し事がある。

殺人の事情がどんな風であったとしても、人を殺したことを認め、罪をつぐなって戻ってきたベアをまるで何事もなかったかのように迎え入れた人たちは、今夜キリストの誕生を祝う。わたしは、ベッドから出てカーテンを少し開け、雪明かりに浮かび上がる樹木の枝に雲のように乗った雪をしばらく眺めていた。

9

あの時、フライムートから手紙をもらって、なぜすぐに刑務所に逢いに行かなかったのかと今になって悔やまれる。あれから二十三年もたってしまった。

わたしは何度か自分が密室でフライムートと面会している夢を見た。ある夢の中では、わたしは背中が一枚の板になってしまっていて、身体をよじることができないまま、椅子にすわっていた。机をはさんで真向かいにはフライムートがすわっていて、その背後にドアが見え、ドアの隣には監視人がすわっていた。フライムートの顔は、はっきり見えているはずなのに、どういう顔なのか把握できない。目が二つあって、そのまわりに肉がしっかりついているというだけで、表情が分からない。その目は青い炎のようだと思いながら見ていると、フライムートはさっと手を出して、わたしの手首をきつく握って自分の方に引き寄せた。わたしの上半身はスチールの机の上をすうっと滑って、あちら側に滑っていった。あわてて助けを求めるように監視の人の方を見ると、居眠りしている振りをしている。気を使っているつもりなのだろうが、わたしは監視していてほしいのだ。自分が持っていかれないように踏ん張ろうとするのだけれど、椅子が高いので足は床についていないし、安定が悪いので、引っ張られただけで向こう側へ行ってしまった。そんなことをするのはきっと法律違反なのに、監視の人はなぜ注意してくれないのだろう。相手は終身刑なのだから、そういう男に引っ張られ、終わりのないあちら側へ引っ張られていってしまったら、わたしはもうこちら側に戻れなくなってしまうだけではなくて、終わりがなくなってしまう。いいことでも悪いことでもわたしは終わりがほしい。けじめとまではいかなくてもいい。ただ終わってくれればいい。そんな風にいろいろごちゃごちゃと考えているうちに、ドイツには終身刑などというものはもうないのだということを突然思い出し、頬でも叩かれたみたいに目が醒めた。

また、こんな夢を見たこともある。わたしはやはり面会室にいるのだが、フライムートがなかなか現れない。監視の人は時々、カクッと首を曲げて、まるで腕時計でも見るように手首を睨むが、実際は腕時計をはめているわけでなく、その手首にはあおじろい肌に貧しい体毛がちょろちょろ生えているだけだ。囚人は一体いつになったら現れるのだろう。わたしは一日中、用事がなかったので急いで家に帰らなければならないわけではないが、待っていることに耐えられなくなる瞬間があり、その度に息がつまりそうになって深呼吸する。フライムートはなぜ現れないのか。そのうち監視人が「時間です」と言って立ち上がり、わたしは家へ帰らなければならなくなるのだろう、と思う。そうなったらどんなに残念だろう、と自分では思っているつもりなのに、本当は早く家に帰りたいという気持ちで一杯で、ここでずっと待っていれば、それだけが生きていることの内容になってしまうような気がしてくる。フライムートが現れる瞬間というのが死神の現れる瞬間のように思えてしまう。つまり死刑ということではないか。

でもどうしてわたしが死刑になるのか。あ、死刑なんてないんだ、ここはハンブルグだ、と思った途端、目が醒める。

目が醒めてから、ああでもない、こうでもない、と無駄なことを考えている。消化できない夢を抱えて、もう閉じられない眼球をぐるぐるさせながら、寝返りを打っている。さっさと毛布を蹴り落として、いさぎよく起きてしまった方がいいのに。起きれば小説を書くことになるだろうし、書き始めれば、登場人物たちが舞台に立つから、そちらに目がいって、暗くなった観客席にいる死刑囚の自分を忘れることができるのではないか。でも起きて机に向かって小説を書き始める前に、頭の中にゴミのように溜まったごちゃごちゃをどうにかしなければいけない。そうしてからでなければ小説も書けない、という気がしているけれど、そのごちゃごちゃにあんまり関わり合っていると、そのうち昼になって、めちゃくちゃに絡みついてくるベッドのごちゃごちゃの中に紛れ込んで消えてしまった。あの手紙を受け取った日に、さっと起きて服を着て電車に乗って、何も考えないで、刑務所に直行すればよかったのだ。

もしまだ終身刑というものがあったら、今からでもフライムートに逢いに行くことができたはずだ。会い損ねた囚人たちをわたしが面会に行くまでずっと閉じ込めておいてくれればいいのに。きっともうとっくに自由の身になって、どこかでぼんやり暮らしているのだろう。せめて名字が思い出せれば、インターネットで何か情報を見つけることができるかもしれないが、壁の中に塗り込まれてしまった名前はどうしても思い出せない。もらった手紙もどうしても見つからない。

ところがそんなある日、わたしはフライムートの件とは関係なく、ハンブルグの刑務所に行かなければならないことになった。わたしとの面会を希望して手紙をくれたのはマヤという名前の女性で、よく知っているわけではない。彼女がナイフで刺した相手の女性、ベニータならよく知っている。ベニータと知り合いになったいきさつはここでは省くが、いつだか、「わたしの名前を漢字で書いて」と頼まれて、「紅田」と書いたことがあった。名前なのに名字のようになってしまったが、それ以来わたしの中でこのドイツ人女性は「紅田」になった。

紅田がマヤにナイフで刺されて怪我をした、と聞いた時、すぐにマヤが思い浮かんだが、それはあるいはわたしが勝手に作り上げた顔だったかもしれない。どちらかと言えばふっくらした頬に金髪の巻き毛が戯れ、ちょっと驚いたような大きな目と薔薇の花びらのような唇のせいで、お人形さんみたいな第一印象を与えるが、かわいらしさを意識的に前に押し出すこともなく、のんびり微笑んでいた。

なぜわたしがマヤの面会に行かなければいけないのかということは手紙を何度読んでもよくは分からなかった。もしもあの時フライムートに会いに行けばよかった、という思いがなかったら、マヤの手紙も無視していたかもしれない。

もし紅田と頻繁にメールを交換し合っていたら、行くべきかどうか彼女に尋ねていたかもしれない。しかしここ何年か紅田からは連絡がなかったし、紅田はマヤに刺されたわけだから、わたしがマヤに会いに行くと言えば、反対するだろう。反対されればますます行きたくなるだろう。初めから紅田には訊かないのが一番いいだろうと思った。

紅田はハンブルグ生まれ、マヤはフライブルグの生まれで、二人は留学先のアメリカのハーバード大学でルームメイトだった。マヤの家は裕福だったが、美人で派手な社交生活を送っていた母親と思春期に激しい喧嘩を繰り返した末、十七歳で家を出た。そのあと、どのようにしてアメリカに渡ることになったのか詳しい事情は知らない。わたしがマヤについて知っていることはすべて紅田が話してくれたことばかりだ。紅田の家も裕福だったが、極端な節約家だったようで、クラスの友達で紅田の着ている服を見て、紅田の家が裕福だと思う人はいなかったし、風呂場のタオルは洗濯に洗濯を重ねて木の皮のようになっていた。家はいつも暖房があまり効いていなくて、部屋の電気をつけたままトイレに行くと叱られた。そういう話を苦笑しながらわたしにしてくれたことがある。

ハーバード大学の新入生は、大学宿舎で生活しなければならない規則があって、かなり狭い四人部屋に必要最低限の寝台、机、椅子があるだけだった。「監獄みたい」とマヤがあまり何度も言うので、紅田が冗談で「監獄、入っていたことあるの？」と訊くと、マヤはその冗談が笑ったり答えたりするに値しないと感じたのか無視した。

学生は持ち物も少なかった。服が何枚かと本と文房具と洗面用具。装飾品などは何もなかったが、紅田は趣味のいい小物を安く手に入れるのが得意で、たとえばちょっと洒落た古風な爪切りなど蚤《のみ》の市で見つけて買ってきて、一人満足げに微笑みながら愛用していたりする。すると、いつの間にかそれがマヤの机の上にある。紅田が遠慮がちに、「それ、あたしのだけれど」と言うと、マヤは「ちょっと借りたの」と言ってすましている。まさか爪切りくらいのことで文句を言うこともできないので、紅田はそれ以上何も言わないで返してもらった爪切りをむっとして引き出しに入れる。返す時マヤはなんだか不満そうな顔をしている。まるで自分の物を奪われたような顔だ。紅田はもう少しで、「どうしてそんな顔するのよ。これ、あたしのよ」と言いそうになったが、大人げないのでやめた。マヤは何でも人の物を勝手に使うというわけではない。紅田が気にかけている小物だけを奪うのだ。紅田は何も話さないのにどうしてマヤには分かるのだろう。叔父にもらった櫛もそうだ。その叔父は哲学科の教授で、紅田の両親が家でその叔父のことをいつも尊敬をこめて話していたので紅田も子供の時から気にしていて、親戚の集まりなどがある時もなるべく近くに行くようにしていた。それでも向こうから話しかけてくることがなかったので、思春期の自意識過剰で多分自分を軽蔑して嫌っているのだろうと思い込んでいた。その叔父が何の説明もなく突然くれたのがその櫛だった。

ある日、大学から帰ってみると、なぜかマヤの化粧鏡の前にその櫛が置いてある。手にとって見ると、紅田の栗毛に混ざって、マヤの金髪の髪の毛が入り込んでいる。二種類の髪の毛が絡み合っているのを見ているうちに紅田は軽い吐き気がしてきた。櫛を使われたくらいで怒るのは心が狭すぎる、と自分を落ち着かせようとするのだが、どうしても身体が熱くなってくる。マヤはその夜遅く寮に帰って来た。ベッドに入って電気を消しても眠れないでいた紅田は、他の二人も寝ていることだし、こんな夜中に櫛を使われたからと言って喧嘩をふっかけることはできない、と思って寝たふりをしていたが、なかなか眠れなかった。翌朝目が醒めるとマヤはぐっすり寝ている。わざわざ起こして櫛のことを訊くのも変なので、諦めて授業に出かけていった。マヤは夜遅く帰ってきて、紅田が大学に行かなければならない時間にはまだ寝ていた。二日ほどたってやっと午後顔をあわせたので、腕をつかんで、「この頃、あたしの櫛を使っているでしょう。自分の櫛はどうしたの」とちょっとだけきつく訊いてみると、「あたしの櫛、見つからないの。新しい櫛を買いに行っている暇もないし」とすましている。謝ろうともしない。紅田は顔に熱が上ってくるのを感じ、「あれは家族の形見だからあまり使って欲しくないの」と言うと、マヤは「あ、そうなの。知らなかった」と怒ったように答えた。紅田は毎日部屋に戻る度にマヤが何か自分のものを勝手に使ったのではないかという気がして、持ち物を調べるようになった。万年筆にはマヤの手の脂がついているような気がする。辞書はマヤに覗きこまれ、単語をごっそり奪われて痩せてしまったように見える。鏡を覗き込むと、そういう妄想が自分の髪の毛や肩の上にたかっているようでぞっとする。実際にマヤがまた何か無断で使ったというならいいが、マヤがしばらく大人しくしていたので、紅田は自分自身と戦い続けなければならなくなった。

数ヵ月してやっとマヤが気にならなくなった頃、ゼミの友達に勧められ図書館で借りて「ドリアン・グレイの肖像」を読んだ。読み終わってみると肌に金箔がくっついてしまったようでそれがなかなか取れず、本を図書館に返してしまうと、どうしても本を手元におきたくなった。ハーバード通りの本屋の地下で古本を売っているのを思い出して、行ってみた。背表紙の文字は薄れ、表紙に折れ目が入ったその本がなんだか自分に買われるのを何年もそこで待っていてくれたような気がした。早速大学キャンパスの芝生で初めの部分を読み返してみると、初めに読んだ時と全く違って本が身をすり寄せてくるような感じがした。読んでいると前の週にパーティで知り合った学生が通りかかって声をかけ、何を読んでいるのかと訊くので、表紙を見せ、面白いかと訊かれ、カーニバルの衣装みたいで合意の上でだまされているみたいな気がしないでもないんだけれど、でも読みやめることができない、と答えた。その本は三日くらい鞄に入っていたが、その日、ゼミに持って行かなければならない本があまりに多かったので、ドリアン・グレイは出して机の上にある本の山の一番上に置いた。寮に帰ってくるとその本だけなくなっている。背筋を血の暖かさが引いていって、その代わり、こめかみに苦い熱さが上ってくるのが分かった。マヤの机のまわりを捜すが見つからない。いけないとは思ったが引き出しまで開けて中を捜した。やっぱり自分はノイローゼにかかっているのではないかと思う。どうしてマヤが取ったと決めつけるのだろう。

　ふと見ると、マヤの乱れたベッドの枕と掛け布団の間からなんとドリアン・グレイの顔がはみ出して見えているではないか。あわてて手に取り、中をめくると、偶然開いた真ん中辺のページに血がついている。と思った途端、頭の中が朦朧として、自分がどこにいるのかという感覚を失いかけた。ゆっくり霧が晴れ、ふらふら揺れていた身体がとまると、目の前にあるのは、どう見てもコーヒーのしみだ。マヤはコーヒーを飲みながらこの本を読んで、しみをつけたのだ。マヤが帰ってきたら飛びついて問いただそうと思うのだが、マヤは深夜をすぎても帰って来ない。いつの間にか眠ってしまった。

翌朝目が醒めるとマヤが肌の透けて見えるくらい薄い化繊のワンピースを着たまま掛け布団の上に倒れて寝ていた。花模様の裾がめくれて太股が剝き出しになっている辺りを見ているとますます腹がたってくる。頰を叩いて起こして文句を言いたいくらいだった。いくら睨んでもマヤはやすらかな呼吸に護られて眠りの世界から出てこようとはしない。紅田は本当なら出たかったゼミを休むことにして、椅子をマヤの寝台の隣に置いて股を大きく開いてその椅子に座り、マヤの起きるのをじっと待っていた。しかし十時半頃にマヤが目を醒まし、理科室にあった模型のような眼球を向けると、紅田はぎょっとして口ごもった。人の本を勝手に読んだでしょう、などと声を荒らげて罵るなんて、滑稽すぎて自分でも笑えない。とっさの思いつきで、本の表紙をマヤの鼻先に突きだして、「読みながらコーヒー飲んだの?」と嚙みつくように訊いてみたがマヤは平然として、「何のこと?」とすましている。「あたしの本にコーヒーのしみをつけたでしょう」と言うと、「そんな本、読んだ覚えないけど」と面倒くさそうに言う。

紅田は読書家で、毎週違う本を読んでいる。紅田の借りてきた本、買ってきた本になどこれまで関心を見せたことのないマヤが、どうしてこの一冊だけには目をつけたのだろう。しかも読んだことを認めないのはどういうつもりなのだろう。紅田はこの一冊だけは汚してほしくなかった、という気がしてきて、そう思ったとたんに涙が出て来た。その夜、初めてマヤをナイフで刺す夢を見て、目が醒めた途端、自分に呆れてしまった。裁判にかけられて、必死で犯行の動機を説明している自分を思い浮かべてみる。「マヤはわたしの大切にしているペーパーバックの本を人の留守中に勝手に借りて読んで、しかもコーヒーのしみをつけたんです。え？値段？　古本屋で三ドルで買いました。え？　初めからしみがついていなかったという証拠？」自分は病気なのかもしれないと思うとむしろほっとした。こういう時、普通の人なら精神分析医のところに行くのではないのか。しかし医者だというだけで実際は見も知らぬ人の所へ出かけていって、こんな話をすればよほどおかしいと思われてしまうだろう。もちろんおかしいと自分で思うから医者に行くのではあるが、それが分かっているそれほどおかしくはない自分もいることをもし見逃されてしまったらどうするのだろう。しかも第三者に話すことで自分が病気であるということが現実になってしまって、マヤはその犠牲者ということになってしまうのは不公平だ。それでは、一番大切な点が消えてしまう。紅田にとって一番大切な点というのは、マヤという人間が紅田の上についた大きなしみであるということ。紅田は本にしみをつけられて怒っているわけではない。でも、これは紅田の立ち位置からしか見えないことなので、他の人に訴えても分かってはもらえないだろう。あと何ヵ月かの辛抱だ。かっとして本当にマヤをナイフで傷つけるようなことのないうちに寮から出る日を迎えることができれば自分は救われる。まさか逆にマヤがナイフで斬りつけてくるとは思ってもみなかった。

　やっと学部の一年目が終わって、今度は寮の二人部屋に入り、ルームメイトはイランから来た女性で、さらさらと楽しい一年を過ごした。きっとマヤが訪ねてきて何か腹の立つことをするだろうとずっと待っていたのだが、現れなかったので、かえって気になった。

三年生になるとそのルームメイトとも別れて一人暮らしをすることになった。ケンブリッジそのものではなく郊外のウォータータウンというところで、バスに乗らないと大学へは行かれないが、その代わり、学生にしては広い部屋を借りることができた。いつも椅子やテーブルにぶつからないように腰をくねくねさせながら部屋の中を移動する必要はなくなった。久しぶりで場所にゆとりができてほっとしたと同時に、なんだか物足りないような感じもしてきた。そこに本来いるべきもう一人がいない。イラン出身の学生にまた同居しないかと提案してみようかと思ったこともあるが、なんだかずれているようで思いとどまった。

ある時、マヤがグレッグと恋人同士であるという噂を小耳にはさんだ。グレッグとは前にいっしょのゼミだったことがある。この噂を聞いた途端、紅田は自分がグレッグに恋していたことに気がついた。向こうが全く関心を見せないので、恋していたことに自分自身気がつく前に恋するのをやめてしまったが、今マヤの噂が耳に入って来た途端、自分の心がはっきり見えた。

マヤは紅田がグレッグに憧れていることを知っていてわざとグレッグを誘惑していっしょになったのだとしか思えなかった。それ以外にマヤがグレッグと恋人同士になりたがる理由は考えられない。紅田は、グレッグの味はとても特殊で、自分にしか分からないものだ、という気がしていた。マヤにそれが分かるはずがない。それからしばらくして、グレッグとマヤが別れたという噂を聞いた。当然のことだと胸をなでおろしたのも束の間、ある日曜日の午後、自分だけのために特大のホットケーキを焼いて、コーヒーをいれ、今日はコーヒーの香りが強く薫る、ホットケーキの焦げ目がきれいについた、などと考えながら、かける音楽を選んでいるとベルが鳴った。隣の人が何かちょっとした用があって来たのかと思って戸を開けると、大きなトランクを両脇に置いてマヤが立っていた。「久しぶりね。元気？　実はお願いがあるの。とにかく入るだけ入ってもいい？　コーヒーある？」紅田は自分の心臓が胸の肉を内側から押して鼓動しているのをはっきり感じた。追い返すことはできない。紅田は「もちろんよ、中に入って」などと嬉しそうにうわずった声で言っている自分を他人のように観察していた。マヤはトランクを面倒くさそうに引きずって中に入れ、その時、木の床がたてた悲鳴が紅田は気にならなかったわけではないが押し黙ってコーヒーを入れた。テーブルを挟んで向かい合うと、背筋のぞっとするような感じと懐かしいような感じが入り交じって、「どうしたの、一体？」と昔からの親友のようにいきなり質問をぶつけてしまい、すぐに後悔した。どうして二人の間の距離のようなものを演出できなかったのだろう。

マヤは他人の話でもするようにすらすらと自分自身の話をした。グレッグと喧嘩して同居していた家を出て、とりあえずジムの家に住んでいたのだけれどもそこも追い出されたと言う。ジムに追い出された事情を訊く気にもなれないのは、マヤを追い出す人の気持ちが分かりすぎるほど分かってしまうからだった。数日でいいから泊めてほしい、と頼むマヤの目には嫌だとは言わせない力があった。紅田は断れない自分の愚かさを自分自身に対して弁明するために、「マヤのような人間は何をしているのか分からないまま泳がせておくのではなく、手元において観察していた方が安全なのだ」と思った。「数日だけよ。急いで新しい住み処を捜すのよ。」と念を押すことさえしないで、「いいわよ。遠慮しないで客間を使って」と言っている紅田をあきれて観察しているもう一人の紅田がいた。そうして二人は再び同居することになった。

初めのうちマヤは、結婚したての主婦のようにレンジをきれいにしたり、ゴミ袋を外に出したり、美味しい林檎やグレープフルーツを選んで買ってきて籠にもったりした。紅田はそんなことで機嫌を取ろうとするマヤを初めは軽蔑したが、しばらくすると不安になってきた。マヤは紅田の機嫌を取ろうとしているのではなく、紅田などそこにいないかのように、堂々と楽しげに自分の家を飾っているのだ。紅田はテーブルに置かれた完璧な薔薇の花瓶をわざと部屋の隅の床に置いて、「薔薇のにおい苦手なの、特にもの食べてる時は」とわざとぞんざいに言ったりした。

マヤは寝坊でどういう授業の取り方をしているのか知らないが、紅田より先に家を出ることがない。紅田は授業が終わってからワイドナー図書館で調べ物をして、それからハーバードスクエア近くにあるカフェでアルバイトしてから家に帰る。ある時、紅田は授業中に気分が悪くなって図書館に寄らないで午後の早い時間に家に帰るとマヤは家にいた。その時ちょっと変だなという印象を持った。「いつも家にいるのね。いつ授業に出ているの」と皮肉を言うと、週の日程表を見せてくれて、そこには何も不思議な部分はなく、授業は昼に集中していた。

　ある日、紅田はたんすを開けた途端、自分のものではない香水のにおいをかぎつけた。不思議に思って調べてみるとにおいが一番強くついているのはどうやら絹のスカーフ。マヤの香水だ、と思った途端、紅田の頭の中で土砂が崩れ始めた。「スカーフを使われたくらいで腹を立てるなんてケチね」と紅田はあわてて声を出して自分自身に向かって言った。よく考えてみると、それは去年までとても気に入っていたスカーフだった。においは消えていくものだが、数日するとまた香水がぷんとにおった。調べてみると、たんすの中に吊してある薄手のジャケットのポケットからメモ用紙が出て来た。マヤの字で「午後三時、スターバックス、グレッグ」と書いてある。それを見てすぐ、マヤが家に戻ってきたので、心を落ち着ける暇がなかった。紅田はジャケットをマヤの鼻先に突きつけて、「このメモがなぜかわたしのジャケットのポケットに入っていたんだけれど」と叫んだ。マヤはそんな大きな声を出さなくてもいいのにというように眉をひそめ、メモ用紙を手にとって眺め、「そうだ、グレッグと会う約束していたのに忘れた。電話しないと」などと独り言を言っている。紅田はマヤにつかみかかりそうになっている自分をあわてて引き戻して、台所で水を一杯飲んだが、ふと見るとそこに包丁が置いてある。前の夜にマヤを刺しそうになった夢を見たことを思い出した。それはとても不思議である。前の日にはこの事件はまだ起こっていなかったのにどうしてそんな夢をみたのだろう。散歩に出て面白くもない住宅街をものすごい勢いで歩いて行った。しばらくすると気分がよくなってきたが、足をとめた瞬間、あることを思いつき、また怒りがこみあげてきた。もしかしたらマヤはジャケットを勝手に着たのではなく、グレッグと会っているふりをするためにメモをわざとポケットに入れたのではないのか。

マヤはこのままいつまでも自分のところにとどまるのではないかと思うと目の前が暗くなったが、意外なことにマヤはその事件があって一週間後、住むところが見つかったから出ていくと言い出した。お礼にボストン港近くの魚貝レストランに招待したいと言う。紅田は迷ったが、これがマヤと話す最後になるかもしれないのだからと自分自身を納得させて招待を受けた。テラスにすわって学生には似合わない贅沢な雰囲気の中、気持ちは和らいできた。ワイングラスの触れあう音は澄み、夏の夜のいつまでも暖かい空気が肌を撫でた。自分のことはあまり話さないようにいつも気を付けてきた紅田はこの日は油断して、もし自分に子供が生まれたらアルベルトという名前をつけたいことだとか、ナボコフと蝶について本を書きたいということなどを話してしまった。

それから十年ほど二人は顔を合わせなかった。紅田はマヤがグレッグといっしょになって子供を産んでアルベルトという名前をつけ、「ナボコフと蝶」という本を書いたという噂を聞いた。自分には子供は産めないことを医者に告げられた上、ナボコフ研究も思うようにはできないままデパートで働いていた紅田は、この噂を聞いた途端、鼻を殴られたような気がして、しかもしばらくすると鼻血でも出たみたいに血のにおいがした。

わたしはその時にはもうベルリンに住んでいたが、月に一度はハンブルグへ行く用事があった。そのことを知っているはずのないマヤがわざわざハンブルグの監獄に逢いに来いというのはずうずうしいような気もしたが、わたしの持ち合わせる感情の中で一番強いのは不安でも怒りでも喜びでもなく、どうやら好奇心らしい。マヤにもらった手紙に書いてあった電話番号にかけて、面会手続きについて問い合わせたその日の夕方、紅田から電話があった。今たまたまベルリンに来ているからこれから逢おうというのである。多分マヤがわたしに手紙を書いたことを知って、あわててとめに来るのだろうと思った。

わたしたちは、動物園駅の前で待ち合わせた。目が合った途端に、紅田の目のまわりに苦しげな表情が浮かんだので、わたしがマヤに逢いに行くのをどうやってやめさせようか悩んでいるのだろうなと思った。そのためにわざわざベルリンにまで来たのだから、よほど気になるのだろう。わたしたちは黙って、閉園後の動物園の檻に沿って散歩道を歩き始めた。格子と垣根を通して、山羊やロバが見えた。あの辺は確か子供農園だ。嘴の長い瓶のような身体をした白い鳥が見えた。あれはコウノトリの一種ではなかったろうか。ハイエナがすうっと檻の方に寄ってくる。わたしは時々見える動物で気を紛らわせようとしたが、次第に落ち着きを失っていった。紅田はおかしなことになかなか用件を切り出さない。とうとうこちらが我慢できなくなって、「マヤのこと、聞いたでしょう？　ハンブルグにたまたま用があるから、職業柄好奇心を抑えられなくて、行ってみようかなと思って面会手続きについて聞いてみただけ」とこちらから切り出してみた。紅田は、わたしが何を言っているのか分からないというようにぼんやりした顔をしている。「でも本当に行くかどうかは分からないし、マヤと話をしたからって、マヤの言うことを信じるわけではないから」と付け加えると、やっと分かってきたようで、紅田の目、鼻、口に驚きの波紋が広がっていった。どうやらマヤがわたしに手紙を書いたなどとは考えてもみなかったようだ。

わたしたちは大通りに出る代わりに、逃げ込むようにそこにあったレストランに入った。紅田は食事の間ずっと話し続けていた。わたしがマヤのことをこんなにくわしく知っているのはこの時、紅田がすべて話してくれたからだ。「あの日のことは話すとわたしの妄想だと思われてしまう。もしも白いブラウスを着ていなかったら、もしも胸に血が染みているのが見えなかったら、警察の人もわたしが妄想にとりつかれていると思ったかもしれない。」

その頃、紅田はマヤがどこで暮らしているのかさえ知らなかった。紅田はフライブルグで行われていたある学会に参加した。参加者の名前はインターネットで調べることができたから、マヤに分かってしまっても不思議はない。しかし、マヤは学会に紅田の発表を聞きに来たわけではない。夜、ホテルに戻って紅田がくつろいでいると、ドアをノックする人がいる。誰だろうと不思議に思って訪ねると、「マヤ」という答えが聞こえた。信じられずにドアに近づいておそるおそる覗き窓から見ると、確かに自分の記憶の中にいるマヤだった。学生時代と全く変わっていない。そんなはずはないと思うのだが、そっくりそのまま紅田の記憶から切り取ってきたような姿なのである。マヤはドアを押して中に入ってくると、「久しぶりね。元気？　喉が渇いた。冷蔵庫の中のトマトジュース飲ませて」と言う。紅田は気味が悪くなったが、幽霊なら飲み物は飲めないだろうと思って、冷蔵庫を開けてジュースを手渡した。「瓶なの？　栓抜きはどこ？」と弱々しい声で言うのでやはり幽霊なんだなと思って、テレビの上においてあった栓抜きを手渡すと、「コップに注いで」とまた注文がついた途端、昔の怒りがふいに喉元によみがえってきた。紅田は声をつまらせながら、アルベルトという名前を盗んで、息子に付けたというのは本当なのか、ナボコフと蝶について発表したのは本当なのか、と問い詰めた。マヤは薄く笑いながらかすかにうなずき、コップを手に取ってトマトジュースの瓶を紅田の手から奪ってゆっくりとコップに注ぎ始めた。紅田は液体のたてる音のピッチが高まってくるのに合わせて呼吸がどんどん苦しくなっていって、「名前は盗めても、テーマは盗めても、スカーフは盗めても、櫛は盗めても、あたしになりかわることはできないんだから。人間泥棒みたいなあなたの生き方には何の意味もないのよ。なりかわりたいと思ったら、あたし自身を殺して、この場所に入ってみたら。入れないでしょう」と叫びながら自分の胸を指さした。マヤはあおくなって、顔をひきつらせ、コップを静かにサイドテーブルに置いて、ハンドバッグからナイフを出し、そのナイフをまるで鍵穴に鍵でも入れるように紅田の胸に差し入れたのだった。

10

わたしたちは、透明のガラスでできた低いテーブルを挟んで向かい合ってすわっていたような気がする。ソファーは骨が疲れて痩せているようで、腰がどこまでも沈んでいってしまう。マヤは脚を組んで、指を組んだ両手を上にある右膝の上に置いていた。半透明の皮を通して骨が透けて見える膝がまっすぐこちらに向けられていて挑発的に見えた。ホテルのロビーのような場所だった。でも、まわりで立ち話している人たちは、全くの他人ではない。わたしは記憶のピントを合わせながら、もっとよく見えないものかと思った。聞いたことのある声、見たことのある顔、胸に付けられた名札。学会の休憩時間か何かではないか。マヤの後に立っているのは今発表を終えた人、その人と話しているのは、どこかの大学の比較文学の先生だ。少しずつ思い出してきた。初めはわたしの隣に紅田がすわっていたが、真っ青なネクタイをした背の高い男性が通りがかりに紅田に気がついて声をかけた。紅田は顔を輝かせて立ち上がり、二人は向かい合って小さな声で立ち話を始め、そのうち男が腕時計を見て何か言うと、紅田はわたしとマヤにいつもより高い声で「すぐ戻ってくるから」と断って、その男と並んで速歩で姿を消してしまった。あとに残されたマヤとわたしは、紹介されたばかりで、お互いのことはまだ何も知らなかった。

紅田とはどこで知り合ったのかという質問をまずマヤがしてきたのは自然すぎるくらい自然だったかもしれない。ところが、ふわふわした社交的な口調の裏に何か硬い意図があるように感じ、わたしは警戒し緊張しすぎたせいか、紅田といつどこで知り合ったのか、とっさには思い出せなくなってしまった。マヤがすぐにきつい口調で、「話したくないなら別に話さなくてもいいです」と言った。わたしは、何か隠しているように思われるのが嫌だったので、「初めて顔を合わせたのがいつだったのかは思い出せないんですけれど、何度か学会で顔を合わせるうちに友達になったんです」と答えた。思いつきで言ったことだが、言った瞬間、案外それが真実ではないかという気もした。マヤは眉をひそめ、不満そうに顎をほんの少し斜め上に持ち上げた。

わたしは小説や詩を書くことで生活していたので研究者ではなかったが、文学論に近いエッセイをいくつか発表して以来、番外編のようにして学会に呼ばれるようになった。紅田とは学会で偶然何度か顔を合わせ、連絡先を交換し合った。そして紅田がある夏のこと、今ベルリンにいると急に電話してきて、近くの公園のベンチで待ち合わせて話をした。こういう時にレストランではなく公園で会うところにわたしたちの性格が表れていたかもしれない。スパイのように用心深く行動する必要があったわけではない。しかし全く証拠が残らないような時間をなるべく作りたいという気持ちがどこかにある。国際電話はすべて盗み聴きされているというし、メールはみんな第三者に読まれているという時代に、公園で会って直に話をするのは気持ちよかった。紅田は毎年二度くらいは学会に出るためドイツに来ていて、その度にわたしに電話をくれるようになった。

学会学会といつも嬉しそうに言うので、「山登りが好きな人とか芝居が好きな人はいるけれど、学会が好きな人なんてめずらしいね」とある時からかってみると、紅田は真面目な顔をして、まだ学部生だった頃から学会に参加して発表するのが趣味だった、と教えてくれた。「趣味」と言う時、紅田は寂しげに笑った。将来大学で職を得ることはもうとっくにあきらめていると言う。大学は自分には向かない、とあっさり言ってのける紅田はそれでも、人文学関係の雑誌には広く目を通していたし、こんなテーマで学会をやります、発表を希望する方は内容の概略を送ってください、というようないわゆるコール・フォー・ペーパーを見ると胸がどきどきすると言う。学会の開催場所とテーマから、これは自分の舞台だという第六感がうずくと、もう、大勢の聴衆を前に発表している自分を想像しないではいられない。その時点では、特に発表したい内容があるわけではない。キーワードから時代の震えのようなものを感じ取り、それをうまくつかんで錬金術師のように試験管の中で、持ち合わせの薬と混ぜ合わせると火花が散る。学会の主催者たちは紅田から送られてきた発表の概要の字面を見ただけで、鼻を刺す火薬のにおいを吸い込み、夜空に咲く光の菊を見て、紅田の発表を採用する。わたしは勝手にそんな想像を広げていることを本人に向かって冗談で言ってみたことがある。紅田は嬉しそうに話に乗ってきて、「その通り。わたしは学会詐欺だけれど、発表の内容は一行も盗んでいないし、お金をだまし取るわけでもなくて、ただ手品師や軽業師のように芸を見せ、聴衆に色のついた夢を見させる。学会は自分にとっては人生のお祭りだから」とくったくなく答えた。学会の開かれるのがジュネーブだ、ミラノだ、シュトラスブルグだ、と聞いたとたん、町のイメージに合った服を買い、髪をそれに合った色に染め直し、まだつけたことのない香水を買い、旅行案内書で雰囲気の濃いバーや水辺の喫茶店、由緒ある古本屋、などの情報を調べてノートを創り、はりきって出かけていく。観衆を前にして立った瞬間、ショーが始まる。発表の中味が聴衆の関心を全く惹かない場合もあるが、それはあまり気にならないそうだ。他の参加者たちが将来よい職を得るためにやっとテーマを絞り出し、溜息をつきながら発表原稿を書き上げて、寝不足で目の下に影のできたあおざめた顔で会場に現れ、マイクに口を近づけすぎて不快な雑音をたてながら、あまりにも長すぎる前置きを四方にふりまきながら、なかなか本題に入らないのとは違って、紅田はにっこり微笑んで、「みなさん、こんにちは」と言って聴衆をゆっくりと眺め回す。まるで自分が一番言いたいのはこの「みなさん、こんにちは」なのだとでも言うように。

紅田は大学で助手をやっていたこともあったが、大学から完全に離れてしまってからも学会熱は冷めなかった。大学に籍がなければ学会で発表できないわけではない。今たまたま大学には勤めていない、家で研究している、という顔をして何年も通した。多分、生活に困らないだけの遺産を相続し就職しなくても構わない身分なのだろうと思って内心うらやんでいた人もいただろう。実際は紅田は遺産も親からの仕送りもなく、知人の紹介で小都市にあるデパートに勤め、朝早く出勤し毎日残業して週末は残った仕事を家に持ち帰って生活費を稼がなければならなかった。夢の中では裸のマネキン人形に足を踏まれ、ぬいぐるみの熊が顔の上にどっしり座って息を苦しくする。今年のクリスマスは流行にならって熊の自動人形を使って飾りつけをするのがいいのではないのか、パディントンなどではなく独自の熊をデザインさせた方が安上がりではないのか、安くやってくれるようなコネはないのか、またその勢いに乗って一月には子ども向けのイベントをやれば最近あまり来ない小さな子どものいる家族客をまた惹きつけることができるのだろうが、その場合新しいスポンサーをうまく見つけて経済的負担なしでやるにはどうすればいいのか、熊には引き続き登場してもらってスキーウェアを着せたらどうか、不景気でも客の減らないスポーツ用品にこれから力を入れていくにあたって、デパートが専門店に負けず品を揃えていることをどうすれば知ってもらえるのか、これが春に向けての最大の課題である、などなど紅田は次々と課題を押しつけられる。それでも自分一人でそういう課題と取り組んでいる方がチームに縛られている時よりも能率が上がるし気持ちが楽だった。時間を食うだけで効果の乏しい会議で求められるのは紅田のきびきびした脳味噌だったが、上からの期待も同僚の妬みも大きすぎ、紅田は黙っていても発言しても見えない針で神経を刺された。給料は露骨に上がったり下がったりした。給料が上がると、自分はビジネスのために生まれたんじゃない、と拳骨を握りしめ、下がると自分は何一つできないのだと思い、うなだれた。

仕事を終えて家に帰ると、まず胃がからっぽであることに気がつく。冷蔵庫にあるものをよく見もしないで次々パンにはさんでサンドイッチをつくって頰張る間はまだ瞼は軽いが、ワイングラスを片手に机に向かって本を開いて読み始めると、目の玉が重くなってきて、本の上に置いた指の関節にばかり力が入る。文字にしがみついて、眠りの暗黒に落ちないようにするのがやっとだ。そんなことを月曜から金曜まで繰り返していると鏡を見るのも嫌になってくるが、週末ぐっすり昼まで眠ると、そのあと頭が冴えることがあった。そんな時には日曜の深夜まで机に向かい続けて一日半で発表を書き上げてしまうこともあった。すると、自分のまわりに見えない膜ができあがっていて、まだじゅくじゅくしているけれどやがて鳥になって飛行するのだ、という気がして気分が高揚し、月曜日に向かって眠ることができなくなった。充分眠れても眠れなくても月曜日の目覚まし時計がいつもより大きな音で鳴ると、何も考えないで寝間着を脱いで、シャワーの下に立つ。前日までの自分を洗い流して駅に向かう時、「あなたは一体どこへ行くの」と自分自身に二人称で話しかけたくなる。たいして人口も多くない地方都市なのに住宅街とダウンタウンを結ぶ通勤電車は混んでいて、しかも乗っている人たちはみんな自分よりずっと若いし、小麦色から炭色の肌はどれもつるつるだ。あおざめて目尻に皺の表れはじめた顔など一つもない。はるか上にあるプラットホームをめざして錆《さ》びてがたがたの階段をむきだしのふくらはぎの筋肉を波打たせどんどん上がっていく、その速度に自分はついていけるのか。似合わない役だ。それは自分ではなくて、自分の役を奪われてしまったので、たまたま余っていた役を演じさせられているのだという気がしてくる。役を奪った犯人はどこにいる。

職場ではもちろん学会の話などせず、誕生日パーティや出版パーティへの招待なども、すべて器用に断って家に直行すると、誰に見つかるわけでもないのに洋服簞笥の引き出しの下着の下に隠してある本やノートを取り出して机に向かうのである。もしも学会に参加する人という役までも盗まれてしまったら、自分にはもう何も残らない。だから隠しているのだ。職場ではテレビを持っていない、とつい漏らしてしまって怪しまれたことはあったが、それ以外には特に怪しまれている様子はない。人付き合いが悪いことのもっともらしい言い訳が一つくらいあればその方がいいかもしれないと思うこともあった。たとえば障害のある子どもを抱えているとか。

一度だけ断り切れずに職場の遊び人に誘われてパーティに出て帰りにバーにつきあったことがある。カクテルをあけているうち、目眩《めまい》がしてきたので「気分が悪いから家に帰る」と断って立ち上がり、よろめいた。「どうして家に帰る必要がある」と腕をつかまれ問い詰められたので、「障害のある小学生を抱えているから」と妙にあらたまった言い方で答えてしまった。嘘はするする口から出てきた。相手はそれまで出していた誘惑者の顔をすっとひっこめて謝り、罪滅ぼしでもするように、「名前は」と訊いた。紅田はためらわずに「アルベルト」と答えた。そうだ、アルベルトは生まれていたかもしれないのだ。生まれていて本当に障害があったかもしれない。歩くことのできないアルベルトに暖かい服を着せ、帽子をまぶかにかぶせて乳母車に乗せて押していく。保育園に預けるために。でもあの駅の階段を乳母車を持ち上げて上るのはとても無理だ。すると仕事に行けなくなる。生活費はどうすればいいのだろう。そもそもこの子が歩けないのは、同じ名前の偽者の子どもがこの世のどこかに生まれていて、この子の歩く能力を奪ってしまっているからなのだ。その子が消えれば、この子に能力が戻ってくるはずだった。でもそんなことを考えて頭の中が煮詰まって焦げくさくなってくる前に、気持ちを次の学会に向けて、本を取り出す。すると窓でも開けたみたいにさわやかな空気が脳の中に吹き込んでくる。

紅田のそういう不思議な学会熱についてマヤと話したい衝動を感じたが、マヤにはどこか信頼できないところがあり、心を開かない方がいいような気がした。わたしはマヤに、今アメリカのどこの大学に勤めているのか、ドイツには年に何度くらい来るのかなど聞いてみた。マヤはわたしの質問には答えずに、逆にわたしにアメリカには年に何度くらい来るのか、訊いた。その時マヤの目がずるそうに光ったように見えた。

紅田はなかなか戻ってこなかった。初めは三分くらいのことだろうと思っていたのに、十分しても十五分たっても帰って来ない。長期戦になりそうだった。マヤに「お忙しいんでしょう。遠慮なさらないでどうぞ用事があったら言ってください」と言ってみると、「いいえ、何も用事はありません」というはっきりした返事がすぐに返ってきた。

マヤは小柄だが爆発物のような力を秘めているように見え、ひょろっと上に伸びてどこか頼りないところのある紅田とは対照的だった。マヤの真っ赤に塗った唇は遠くから見ると花びらのようだが近くでみればペンキのべた塗りと変わらない。その唇が自在に動くはっきりした眉と組になって、どんな風に攻められても撃ち返せるのだと言いたげにこちらを向いていた。しばらく、マヤが次々質問を発砲してきて、わたしは足を踏み外してよろけて撃たれたりしないように気をつけながら答えていた。喉が渇いて仕方なかったが、マヤの視線に縛られて動きが取れず、立ち上がって飲み物を取りに行くことができなかった。

話がハンブルグのことになった。ハンブルグの町なら自分もよく知っている、とマヤは罠でも仕掛けるような目つきでこちらをうかがいながら言ったが、それがどういう罠なのか、わたしには見当もつかなかった。こちらが黙っているとマヤは話し始めた。「無罪なのに何年も監獄に入れられている恋人に定期的に逢いに行きながらそのうち浮気を始める女の出てくる映画をこの間観たけれど、逆の場合もあるでしょう。」マヤにそう言われてもわたしには「逆」というのがどういう意味なのか分からなかった。「逆って?」「無罪で捕まってしまったというだけでその人と恋人になってしまう場合。」そう言ってマヤはわたしの目の中を覗き込んだ。作り話をしてわたしを追いつめようとしているのかもしれないが、一体どこへ追いつめようとしているのか見当もつかない。これから聞く話がたとえ作り話であったとしても聞いて損をすることはないだろう、とわたしは居直った。すべての物語が作り物であり、また贈り物であるとしたら受け取っておけばいい。こちらは気に入らなければ、そのまま捨ててしまってもいい。マヤは嘘をついて、それに騙されて踊るわたしの心を笑うつもりかもしれない。嘘は承知でポーカーフェイスで聞いていればいいか。嘘だと頭から決めてかかるのではなく、また、引っ張り回されるのでもなく、どちらでもない状態で、マヤの意図はどこにあるのかと考えることさえやめて、保留のまま気持ちを集中して、隅々まで聞き漏らすことなく耳を傾けたい。

この時聞いたマヤの話を書くのはあとまわしにしたい。

マヤに手紙をもらった時、ほとんど知らない人だけれど留置所に訪ねて行ってみようかと思ったのはそのためである。まさかマヤは自分が「入る」ことをその時から計算していたはずはないのだが、まるであの時に話してくれたハンブルグの留置所に入った同級生の話を前奏曲としてあらかじめわたしに聞かせたかのように演出が完結している。

マヤは紅田を計画的に刺し、刺す前にも、アイデンティティを盗む罪を犯しているのだという情報をインターネットで見つけた。もちろんその情報を鵜呑みにしたわけではないが、マリアという筆名を持つ書き手は、自分もアイデンティティ剝奪犯罪の犠牲者だそうで、そういう罪を犯している人たちのことをできるだけ詳しく調べ続けているようだ。ある人の名前、誕生日、住所、電話番号などを知るのは比較的簡単だろう。それからパスポートの番号、クレジットカードの番号、メールアドレスとパスワードなども探り出していく。多分、インターネットの網の目を破って情報をつかみ取るプロのやり方があるのだろう。人が思うよりも簡単らしい。マリアはその頃、自分で始めた事業が軌道に乗り始めて、あまりにも忙しかったし、お金もこれまでにない速度で回転し始めていたので、誰かが自分のカードで買い物をして暮らしていたことには気がつかなかった。犯人はダイヤの指輪を突然買ったりしたわけではなく、時々マリアの好きな専門店でシャンペンを買ったり、マリアの好きなデザイナーの服を買ったりしたのだった。つまり他人の金を盗んで自分の欲望を満たしていたというよりは、他人の欲望の中に無断で入り込もうとしていたのだった。そのうち、犯人はマリアのメールに入り込むことにも成功したようで、友人関係を探り、友人に成り代わって偽のメールを書くようになる。初めのうちはどうでもいいことを書いているのでマリアは自分がもらうメールが友人の手で書かれていないとは気がつかないし、友人の方も偽のマリアからメールが来ていることには気付かない。内容にも嘘はなく、最近ローマで学会に出た、など本当のことも書いてある。しばらく逢っていないからまた逢いたいね、などと書いてあることもある。それほど逢いたいわけではなくても、そのくらいのことを書くことは誰でもあるし、怪しむ理由はない。しかし、それが少しずつずれてきて、あてこすりやほのめかしが目立ってくる。マリアにはむしろ自分の方が疲れて神経質になっているのではないかという気がしてくる。メールは激しく脱線し、鋭さを増していく。何の前触れもなく、「あなたの傲慢さには呆れて開いた口がふさがりません」というメールがくる。何のことを言っているのか分からない。「あなたと寝てみたいといつも思っていたけれど、最近あまり綺麗ではなくなってきたね」と書いてある。え、あの人が。マリアは信じられない思いでメールの中味を何度も噛み直すが、送り手に直接聞きかえす勇気は出ない。

注文した覚えはないけれども前から欲しいと思っていた高価な香水が届き始める。どこかでネジがはずれてしまったような感触があるが、機械そのものが見えないので実際ネジがはずれたのかどうか分からない。自分が何を求め、何を買い、誰に何を言ったのかを忘れてしまっている。全部忘れたわけではないが、あちこちに穴があいている。歩き回れば自分が落とし穴に落ちてしまいそうだし、人を招けば、あけっぱなしの穴を相手にさらしだし、好きなようにしてください、と言っているようなことになる。そんな弱みを握って、遊んでいる残酷な誰かがどこかにいる。もう誰とも交わりたくない。窓もドアも全部しめて、雨戸をしめて、鎧戸《よろいど》をおろして、蒲団の中に潜り込んでしまいたい。ところが、ベルは鳴り続け、配達人が次々ドアの覗き窓の向こうに姿を現す。注文した商品が送られてくる。注文していないのだが、いかにも自分が注文しそうな物や、前から欲しかった物ばかりだから、注文していないと強く主張する自信がない。

マリアの話を読んでいるうちにわたしは喉が渇いてきた。マヤは紅田にそういういたずらをして苦しめたあげく紅田を刺したのだろうか。しかも何年も入れられることになったということは、計画性が強くて、反省の心がないということではないのか。わたしでなくてもそう思うだろう。それを見透かしてか、マヤの手紙には「実際はみんなが思っているのとは全く違っていたのだ」ということが何度も書かれている。

そのいきさつは大変複雑で説明しても普通の人には分からないと思うが、あなたは特殊な人間観の持ち主だと紅田によく聞いていたので、あなたならきっと分かってくれるだろうと思ってこの手紙を書いているのだ、というくだりを読んで苦笑が漏れた。わたしになら文学センター宛てにでも送れば転送してくれるだろうと思って書いたに違いない。それに「特殊な人間観」という表現はマヤはお世辞のつもりで書いているのかもしれないが、言われた側はめずらしい昆虫にでもされてしまったようで嬉しくも何ともない。

マヤの手紙は長かった。時々うんざりして飛ばして読もうとすると、ねばねばと言葉が足にくっついてきて、上手く飛べない。自分は文句を言わないで刑期を務め上げるつもりだけれども、無罪なのにこんな目にあうのはやっぱりおかしい。誰かそれを知っていてくれる人が一人でもいると思えば気が軽くなるのかもしれないが、そうでないともうつかまるところもないような気分になってしまう。黙っていると一日がどんどん長くなってくる。昔からの友人たちはかえって自分の言うことを信じてくれないような気がするので、あなたに話したい。聞いてくれるだけでいいのだ。初めて逢ったあの時にあの話をして、わたしが聞き手としてふさわしいと判断したのだろうか。それともわたしがこの話をいつか小説に書くことを期待しているのだろうか。実際、今わたしはこの話を書いているわけで、それこそマヤの望んでいることだとしたら、わたしはみごとにマヤのかけた罠にはまったことになる。ただのフィクションだから法的な力はないが、マヤは無罪になりたいわけではなく、自分の話が話している間そのまま聞き手に受け入れられることを望んでいるだけだ。

面会室はわたしが想像していたのとは全く違っていた。もしフライムートを訪ねていたらどうなっていたかを何度も想像していたので馴染みのある部屋に通されるかと思っていると、そうではなかった。そもそもわたしの想像などは映画などを参考にして練り上げたお粗末なものに過ぎず、現実の方がずっと夢想的な理想に近づいてしまっていることに気がつかなかった。面会室は「地平線」という名前の喫茶店になっていて、注文をききに来たウエイトレスはよく見るとエプロンの下に囚われ人の青い服を着ていて、窓には格子がはまっていた。ほとんど聞こえないくらい小さな音でバロックの弦楽器の音楽がかかっていて、それとは対照的に壁には七〇年代ロックのレコードジャケットが画鋲でとめてあった。店の隅で背をまるめて新聞を読んでいる身体の大きな男が実は店内を監視しているのかもしれない。コーヒーに唇をつけただけで飲まずに待っていると、やがてカウンターの隣の戸が開いて、マヤが現れた。顔色が悪く、目だけがぎらぎら光っている。後にもう一人誰か立っているようだったが、その人はいっしょについては来なかった。

罠だった、とマヤは言う。そしてその罠は、紅田とマヤが大学寮の同じ部屋に入った瞬間からかけられていたのだ、と言う。ルームメイトは全部で四人だったが、マヤの他の三人は紅田もリジーもエイミーもみなすらっと背が高かった。マヤは自分の背が低いことなど気にしたことさえなかったが、四人が部屋に揃って輪になって立った時、紅田が左右の二人と肩を組んで壁を作って、マヤと向かいあい、その身体を頭の先からつま先まで視線で撫でたので、輪は壊れて、すぐに半円プラス点になってしまった。背が低いのは祖先が十何代にわたって栄養が足りなかったからだ、といじわるいことを子どもの頃に言われたことを思い出した。成績がよく、鏡の中の顔にも自信があり、男の子に小さいからといって冷たくされたこともなかったので、そんなことはいつの間にか全く気にならなくなっていたのに、今、そのような目で紅田に見られて、マヤの自尊心は背中を突かれ、鼻から地面に倒れた。

寮の洗面所にある鏡は小さくて顔と喉くらいしか映らない。大学のホールに壁が一部、鏡になっているところがある。その鏡に映った自分の姿を翌日見つめると、がっしりして、背は低く、腰の位置が低めで、首が太い。これは家具をどけてはその下の床をモップで磨いたり、窓を拭いたり、買い物にでかけて缶詰をたくさん買い込んで重い籠をさげて家まで徒歩で帰ってきたり、そういうシーンの似合う身体だ。

紅田は贅沢品を見せびらかすような素人の成金ではない。ちょっとした小物で趣味の良さを見せびらかすのだ。蚤の市などで価値のある物を見分け、安い値段で手に入れてくるところにこそ、育ちの良さ、趣味の良さ、教養が表れているのだ、ということなのだろう。学生用の本当に安い歯ブラシと、蚤の市で見つけて学食のランチ百回分くらいお金を出して買ったに違いない櫛とを一緒にうがい用のコップに突っ込んでいるところが嫌みだ。マヤにはどうせ見分けがつかない、と思っているのだ。価値のあるものだけ上手く見つけ出して取り上げて鼻をあかしてやろう。まさか「それは値段の張るものだから返して」と言うわけにもいかず紅田は苦しむだろう。でも、わたしなんかに、実は高価だけれど安そうに見える物と本当に安い物の区別がつくだろうか。そこでマヤが思い出したのは、高校生の時にアンネッテという友達が飼っていたドブネズミのことだった。細面で目が大きく、美人薄命の諺《ことわざ》の通り二年しか生きなかったが、価値ある物を選《え》り抜く能力はたいしたものだとアンネッテが自慢げに話していた。犬猫にはそういう能力はない。ドブネズミが人間に保護されるどころか迫害されても繁殖し続けていけた理由の一つはそのへんにあるかもしれない。アンネッテが年上のビジネスマンと付き合っていた時期に、誕生日に高価な指輪をもらったことがあった。夜も眺め回し、手放せない気持ちでいたが、そのまま机の上に置いて寝ると、翌朝なくなっていた。窓も開いてないし、ドアも壊れてない。密室犯罪である。はたと思いついて机の下にあるドブネズミの巣をのぞくと、その真ん中に指輪はちゃんとあった。また、返すのを忘れないようにと机の上に家の鍵束を重石として置いて寝たお札が夜のうちになくなっていたこともあった。指輪のことがあったので、もしやと思って覗くと、巣の中に蒲団のように広げてあった。ドブネズミはいつも何かを盗むわけではない。本を齧《かじ》るという悪癖もなかったのに、なぜかアンネッテが試験のために徹夜で読み、すっかり惹きこまれた「パルツィヴァール」の現代語訳だけが、一晩のうちにくりぬくように齧られ、紙が雪のように山積みになっていた。ドブネズミには、なぜ価値のあるものが分かるのだろう。いろいろ考えた結果、アンネッテが注目したのは、においだった。一生懸命になると指からある種の汗が出て、それが物に付着する。犬は怖がっている人がいると、独特の汗のにおいで分かるというではないか。人の気持ちはにおいになって漏れ出しているのではないのか。そんな話をアンネッテがしてくれたことを思い出した。

そのことを思い出して、マヤは紅田が部屋にいない時にこっそり紅田の持ち物のにおいを嗅いでみた。櫛はかすかにシャンプーと頭皮の脂のにおいがする。歯ブラシは歯磨き粉に入ったミントのにおいがする。ボールペンはプラスチックのにおいがする。でもそれだけのことで、気持ちがにおってくるというところまでいかない。第六感のようなものを使ってみてはどうかと思い、じっと櫛を見つめて、においを嗅ぎ、触っていると、なんだかそれは紅田にとって価値のあるものだということが分かってきた。なぜ分かったのかは分からないが自信はあった。そこでわざとその櫛を使って髪を丹念に梳かしてみた。紅田は櫛を使われて動揺しているのが分かった。痛快だった。

しかし櫛の喜びもすぐに消えてしまった。翌日アイスホッケー部のパーティがあってリジーがクッキーをもらってきて、紅田とマヤとエイミーにも一枚ずつ分けてくれた。クッキーは手の平より大きく、金貨のように重く、マヤの舌と口蓋の間でゆっくりと甘く溶けていった。一口、また一口と食べていくうちに、マヤの中でささくれ立っていたものが慰められていくような気がした。見るともなく見ていると、紅田は一口囓っただけでずっと机の上に置いたままにしていたクッキーを夜寝る前に無造作にゴミ箱にまるごと捨てた。リジーは寝息をたて、机に向かって本を読んでいたマヤの視界にゴミ箱は入っていた。紅田はそれを承知で捨てたのだろう。部屋の電気がすべて消えてからマヤが跪いてゴミ箱の中からクッキーを拾い出して食べるとでも思っているのだろうか。ベッドに入って眼をつぶっても、マヤは頭の中の電気を消すことができなかった。うっすら眼をあけてみると、ゴミ箱の中にほんのり光っているものがある。それが捨てられたクッキーであることは分かる。拾ってたまるか。口の中に甘みが広がっていく。もしかしたら自分はもう拾って口に頬張ってしまったのかもしれない。そうでなければ甘い味がするはずがない。それとも急いでベッドに飛び込んだために、歯を磨くのを忘れたのか。その時、ひとつ思い出したことがあった。もらったクッキーをゴミ箱に捨てられ、床に膝をついて拾った思い出。子どもの頃の自分の身体のにおいがした。もっと甘く、ちょっとしょっぱい。いきなり頭を上から靴で踏みつけられ、顎が床にあたって舌をかみそうになった。鼻の奥で血のにおいがする。

翌日マヤは財布をはたいて紫色のジュースを買った。学生の間で当時人気が出ていたミックスジュースで、値段が高いので滅多に買えない。紅田が帰って来ると、マヤは二つのグラスに注ぎわけて勧めた。紅田は厳しい目を向けたが、礼も言わずに飲んだ。こんなものをおごってくれたくらいで恩にきせるつもり、とでも言いたげに飲み終わると唇をゆがめて、ありがとうも言わないで背を向けて本を読み始めた。マヤはジュースに自分の尿をほんの少しだけ混ぜておいたのだった。紅田の分だけでなく両方に入れておいた。なぜ自分の分にも入れたのか、後で考えてみると不思議でもあった。

紅田はこのいたずらに気がついたはずはないのに、翌日、正面から攻撃をかけてきた。マヤが夕方ベッドに横になっていると、その顔の上にタオルをぱっと投げ捨て、それが顔を覆って一瞬息ができなくなった。「あら、ご免なさい」と笑いながら紅田は乱暴にタオルを取ったが、その時、唇がざっと擦られて痛かった。「このタオル、乾いていたからベッドの上に置いておこうと思ったのだけれど、いないと思っていたから、良く見もしないでごめん。」見もしないで「いないと思った」と言うのは、自分はいないも同然だということだ。それにこちらをよく見ないでタオルを投げつける仕草が、不要になった皮を脱いで投げつけるようで不快だった。その時、紅田の腕の皮膚が変に明るく輝いていた。自分はどんどん綺麗になっていって、脱皮した古い皮をわたしの顔に投げつける、そういうつもりだったのだろう。だから、ドリアン・グレイの名前をわざとらしくこちらに見せて読書している紅田の心を読むのはたやすかった。紅田が若々しく決して疲れをしらない姿のままでいるために、マヤはその疲れを背負って毎日醜くなっていく、そうなるべきだと紅田は言いたいのだろう。マヤはドリアン・グレイはそういう風に解釈するものではないのだ、と言ってやることにした。大学に入ってやっとこの本を知った紅田と、子どもの頃から図書館しか行き場のなかったわたしでは読書歴が違うんだ、と思った。こんな本は子どもの頃から何度も読み返している。どういう本なのか、この機会に思い知らせてやろう。

いつだか、ぷつんと切れてしまって、紅田は消えてしまった。マヤにとって耐えられなかったのは、紅田があんたなんかいなくても全く平気という信号を送り始めたことだった。そんなはずはない、自分の方が無視していれば、紅田は必ずまたおかしな行為を始めるだろう、と思った。ところがそんなことはない。そして、いつの間にか寮の一年生の部屋を出て、大学を出て、家を出て、人々に追い出され、時は過ぎていった。紅田はきっとある一瞬を待ちかまえているに違いないのに、その一瞬がなかなか来ない。全く足音が聞こえてこないのである。まるで鼓膜を破られたみたいに、マヤは何も聞こえなくなってしまった。もちろん普通の音は聞こえている。でも、紅田がなんのサインも送ってこない。

それからどのくらい長い時間マヤは待っていたのか。何年もの間、待つ以外のことをしていた記憶がない。ある日、やっと来た。使者を送ってきた。ルームメイトのリジーが、逢わないか、と急にメールで連絡してきたのだった。リジーは仕事でいろいろな町を飛び回っていてハワイからニューヨークまでどこでも会いに行けるから逃げられないわよ、と書いている。マヤは怪しまれては困ると思って、ぜひ逢いたいと答え、本気でそう言っていることを示すために、日にちまで提案した。

それから何ヵ月か待たなければならなかったが、リジーは本当にやってきた。顔を合わせても何の感慨もこみあげてこなかったが、向こうはチアガールのように盛り上がっている。「子どもは元気？」と聞くので、妙な冗談を言うようになったなと思いながら、あっさり「子どもなんて生んでない」と答えるとリジーは取り乱して謝った。なんだか変だった。リジーが来年結婚することになったと言うので、それが言いたかったんだな、と分かった。それから思った通り、こちらが何も訊いてないのに、紅田の話を始めた。「この間逢ったら、あなたに逢いたがっていた。また逢って、ハートを開き合って、いろいろ話がしたいって言ってた。」リジーは英語しか話せないので、ハートと言ったのだが、マヤは紅田にはハートなど無い、と思った。あるとしたらそれは二人が二人だけの時に使っていたヘルツだろう。しかしそのヘルツは開いていなくて開くつもりもなくて、ハートを開きたいと言うなら開いてやろうじゃないか、とそう思うと身体が震えてきた。リジーが紅田に頼まれて来ていることはあきらかだった。「あなた、あれから同居していたこともあるんでしょう。それから全く、連絡していないの？」とリジーに訊かれ、マヤはぎょっとした。紅田と同居していたなんて一体なぜそんな作り話を紅田はリジーに話したのだろうか。それとも妄想に取り憑かれていて、自分でそういうことがあったと信じているんだろうか。いや、妄想に取り憑かれるような繊細さは紅田にはないと思う。こちらを混乱させて、呼び寄せようとしているだけだ。リジーは愉快そうに紅田の話を始める。叔母が離婚してそれまで住んでいた家は人に貸してしばらく南フランスへ行ってみることにしたとかで、借りたいという希望者に会ってみると姪と同じ大学の学部を出ていることが分かり、話を聞いていると姪とルームメイトだった事が分かったと興奮して電話してきた。叔母の家はP市の郊外にあって、警官が殺人の罪を着せられたのが実は高校生の企んだ事件だったというあの事件の起こった工場のすぐ隣に建てられた青い木造の家だと言う。そんなくわしいことを聞きたいとこちらは言っていないのに話してくるところがおかしい。マヤは「どうしてそんなことをわたしに話すのよ」と今にも言いそうになったが、リジーはこちらが口をはさむ余地もない勢いで言いたいことだけ言うと急に時計を見て「あら、大変、婚約者に今から見捨てられるわけにはいかない。あの人、時間守る人だから」と言ってコートを着始めた。ドアを閉める時マヤは「あなたが帰ってくれて嬉しいわ」と言いそうになって唾をのんだ。一人になると、これだけの信号を紅田が送ってきたのに答えないのはどうか、自分だってずっと待っていたのだ、という気がした。またハートを開きあって話がしたい、と言ってきているのだ。ハートは切り開いてしまったら使い物にならなくなってしまうのに、わざわざそんなことを言ってきているのだ。

11

なぜあのとてつもなく青いソラという場所へ出なければいけないのですか、と誰かに訊いてみたくなる。答えは簡単、地面から離れれば速度が増すからだろう。どんなに優れた超特急でも車輪と線路の摩擦のせいで、思うように速くは走れない。空気の摩擦は小さい。飛行機で移動し続ければ、時間を追い越すことだってできそうだ。しかし一月から十二月まで突風のように移動しているうちに、自分はもしかしたらすでにあの世の人なのかもしれないという気がしてくる。生きていると思っているのは本人だけで、みんなの目にはわたしはもう見えなくなっている。

飛行機の中で過ごす時間が毎年増えていく。しかも長距離の国際便である。見も知らぬ人とぴったり身体を寄せ合うようにして寝て、口と口が三十センチも離れていない位置で食事して唾液の音を聞き合い、歯と歯のぶつかる音を聞き合い、腕や腿をちょっと持ち上げる度にたちのぼってくる身体のにおいをお互いにかぎあって、途中で降りることもできないまま十時間以上の時間を過ごす。すぐ隣の人との近さはもちろんのこと、すぐ前にすわっている人間が背筋を伸ばせば体重がのしかかってくるし、すぐ後の人間の膝が座席にぶつかると直接お尻を蹴られたように感じる。通路をはさんだ向こう側にすわっている人が雑誌をぺらっとめくった瞬間あらわれたバイオリニストの顔に思わずいっしょに見とれてしまう。向こうもそのことには気がついているらしいことが横顔を見れば分かる。それでも気がついていないふりをして、のぞかれていることは覚悟の上でめくる雑誌のページは角度によってはライトの光をまともに浴び、まぶしい白の中にまた一つ顔が消える。

それにしても、あかの他人たちとの共同生活を強いられるのでは監獄と同じではないか。外に逃げられないところも監獄と似ている。監獄ならば隣にいる人間も法に触れたことが初めから分かるので、「お前は一体何をやらかして入ったんだ」というような話がしやすいのではないか。飛行機の場合、そういう話はしにくいが、隣にすわった男が人を殺したことがある可能性は意外に大きい。過去十年をふりかえってみても、たくさんの戦争があった。

一番いいのは隣にすわっている人間の存在を無視することで、あたかもそこに誰もすわっていないかのようにふるまうことだ。

搭乗の案内放送があってもわたしは膝の上にのせたコンピューターをしまおうともしないで連載小説の続きを書き続ける。早く機内に乗り込んでも何もいいことはないので外で最後までねばる。その日も自分の席にたどりついた時にはもう窓際の席も真ん中の席も埋まっていて、通路側のわたしの座席の上にはビニール袋に入った毛布とイヤホーンの上に蛇のようなシートベルトの頭がくったり横たわっていた。

左隣の席にすわっているのは体格のがっしりした栗毛のふさふさした男性で、右腕を肘掛けの上に置いているので、色つきの細い毛糸を縒《よ》り合わせたものを結んだ日焼けした手首が嫌でも視界に入ってくる。いつだか南米を何ヵ月も旅して帰ってきた友達にそういう紐をもらったことがあった。魔除けというには細くて柔らかすぎる。遠い国でできた恋人と再会しようと誓い合って手首に結び合ったのかもしれない。男は左手で携帯電話を鼻先にかざし、ほじくるように執拗な手つきで文字を打ち込んでいる。すべての電気機器と携帯の電源を切ってください、という放送が聞こえてきても、太い指でキーを打ち続けている。吸い込まれるようにして思わずディスプレイに目をやると、男が書いているのは文字ではなく長い数字の列だった。

わたしは鞄を前の座席の下に入れ、中腰のままビニールを破って紺色の薄い毛布を出し、それを小さく畳んで座席に敷いてその上に腰をおろした。イヤホーンを前の座席ポケットに入れると、また中腰になって毛布の位置をなおした。すると前の席にすわっている女性三人の栗毛、赤毛、黒髪が目に入った。わたしのすぐ前の席にすわっている栗毛にその左隣にすわった赤毛が早口の英語で話しかけた。髪はみんな生まれつきの色ではない。二人はいっしょに旅行しているようだったが遊びではなく何か会議のようなものに参加するつもりらしかった。初めは英語で話していたのが話しているうちに急にフランス語に変わっていった。何を話しているのか分からないが、赤毛の方が栗毛の気を惹こうとして媚びているように聞こえる。しかもその媚びの中には目に見えないナイフが握られている。さっと刺して逃げるというのではなく、抱き合って背中を刃先で何度もねちねち刺す。刺されても本当に傷ついて血を流すわけではない。神経の痛みに疲れていくだけだ。

まわってきた乗務員が隣の男に「携帯の電源を切って下さい」と英語で言った。声は柔らかく顔は笑っているが、きっぱりした言い方だった。男は首をすぼめて愛嬌たっぷりにうなずいた。悪いことをして、いたずらっ子の愛らしさとマフィアのふてぶてしさを交互に出して女性の気を惹こうとしているようにも見えた。

もう左を見るのはやめようと思うが、真っ正面を見続けるのは難しい。目の前は狭くて、そこには映画の始まる前のけちなディスプレイがあって、薄闇の中にかすかに見える影は自分の顔だ。通路をはさんで右隣には、身だしなみのいい背広姿の老紳士がすわっていた。その横顔には自分が咲かせた庭の花でも見るような満足げな穏やかな表情が浮かんでいるが、向こう隣にすわった女性の声がすると、顔がさっと曇り、鼻の先から優越感だけが前のめりに転んで飛び出してきて、メルヘンの中の悪人のような顔になっている。それからぶつぶつっと言葉にならない声を口元で泡立たせて、悔しそうに歯を見せる。女性の声は全く臆さずに同じ調子でたたみかけてくる。多分長年結婚しているのだろう。ふと見ると、男はぴかぴかに磨かれた子鹿色の革靴を履き、色調をうまく合わせた焦げ茶の化学繊維の靴下をはいている。数時間後にはその中で足がむれ嫌なにおいを発するに違いない。

飛行機は地上をゆっくりすべり始めた。隣の男がもぞもぞ腰を動かし始め、荒くなった呼吸が鼻毛を乱す音が聞こえる。右手の骨太の指が肘掛けをしっかり握っている。つかまる物が他にないのだから仕方ないが、飛行機が墜落する時には肘掛けにしっかりつかまっていてもあまり役にたたない。地上にいる時には、大きな身体を頼りにして生きているのだろう。敵が襲ってきたら腕力で追い返せばいいと思っている。ところが今は敵はいない。見えない力によって宙に釣り上げられ、いつ一万メートル下の地上に落とされても抵抗できない。

さっきまで夢中で携帯の表面で貪欲におどっていた指先が、誰とも通信できなくなった今、肘掛けの先を不規則なリズムで叩いている。いつも他人と電波で繋がっている人が、離陸の時には携帯を使ってはいけないと言われて急に孤独になり、自分自身と向かい合うことになる。目の前にあらわれたもう一人の自分は殺人者かもしれない。

そんなことを戯れに考えながらシートベルトをこっそりはずして腰を浮かせた瞬間、上着の裾が隣の男の尻に敷かれていることに気がついた。これから何時間かは席を立つこともないのだから、別にそれで困ると言うことはない。しかし、一度気がついてしまうと、身体をちょっと右にひねっただけで、きゅっと裾を引かれる感じがなんとも不快で気になって仕方がない。身体をひねる必要などないのだけれど、まるで不快さを再確認するようにやっぱり時々ひねってしまう。

声が聞こえたので右を見ると、通路を挟んで隣にすわっている紳士が眉間に皺を寄せてドイツ語で、「そんなところからは何も見えないよ。無駄だ」と怒ったような口調で言っている。正面を向いて空気に向かって話しているので独り言かと思ったが、実際は向こう側にすわっている女性に向けて言葉を放っていることが分かった。妻とおぼしきその女性が窓の外を見ようと前屈みになったので顔が見えた。夫の方は顎を引っ込めて妻が窓の方を見やすいようにしてやりながら、迷惑そうにおおげさに眉をひそめて、「どうせ何も見えないだろう」と言った。

窓が遠いので外はやっぱりよく見えないようだったが、妻は特に不満そうな様子も見せず、好奇心に満ちた若々しい微笑がしなやかなバランスを保ったまま、見えないなら仕方ない、というような成熟した表情に移行していった。夫が、「俺の言った通りだろう。何も見えないだろう」と言って、頰をひきつらせた。妻がまた顔を傾けた。穏やかな表情は崩れていない。もしかしたら平穏な心でい続けることで、わざと夫をいらだたせているのかもしれない。とするとこれも一種の攻撃方法なのだ。「もうやめなさい」と夫は吐くように言った。「聖書にも書いてあるだろう」と前置きして何か引用したので、わたしは驚いた。引用はもごもごした言い方でよく聞こえなかったけれどもこんな時に聖書を引用するなんて変わり者だ。すると妻の方も負けずに「でも、こういう一節もあります」と言いかえして別の箇所を引用していた。

後の席からは女一人、男二人の朗《ほが》らかな議論の声が聞こえてくる。飛行機が離陸の準備を始めたことなど彼らにとっては何の意味もないし、飛行機がもし落ちたらどうしようなどと考えてみることさえ全く無駄だと思っているようだった。芸術家風のくったくのなさで英語の単語をつかみ取ってぶつけあわせては笑っている。内容ははっきり分からないが、芸術家になってもいいような人が役人になって自分と素質の似た人を憎む場合は特に危ないとか、そういう話で盛り上がっている。頭上の収納棚の蓋のがたがた揺れる音と、間を置いて三ヵ国語で同じ内容を繰りかえす機内放送とに邪魔されながら、ばらばらと即興で話す不思議な英語がなぜ明確に理解できるのか不思議である。よく知っている人たちがいつも話していることだから分かったのかもしれない。立ち上がって振り返って顔を見なくても、声だけから三人の顔が思い浮かぶ。わたしのすぐ後は日本人の女性で舞踏家、その隣は中国人の詩人、その向こうはドイツ人の左翼作家。多分、そんなところだろう、と勝手に想像する。この人たちは放って置いてもちゃんと生き延びることができる。法を破り、追いかけられ、裸足だったり草履をはいていたりするために転んでつかまって殴られてしまったりするし、不当に逮捕されることもあるが、それでも簡単にへたばったりはしない。しかし隣の席の体格の良い若い男は、このまま放っておいたらだめになってしまいそうな不安を感じさせる。また右隣の紳士はあれほど積もった妻への敵意を一体どこへ吐き出すつもりなのか。

窓ガラスを大きな水滴が叩き始め、すべてが灰色になって、飛行場の奥行きは消えた。もしもこの世の終わりみたいな大洪水が来るとしたら、そうなる前にあらゆる犯罪例を一つずつサンプルとして拾ってノアの方舟に乗せて救おうと考える悪魔がいてもおかしくない。それがこの飛行機なのかもしれない。そう思ってもう一度まわりをみまわすと、どの人も犯罪を犯す理由を抱えていそうだった。そう言うわたしもこの飛行機に乗っているのだ。

前の座席からほんの二、三本、ゆるやかにカールした長い栗毛が光って見えた。柔らかい髪は静電気のせいで立ち上がることがある。その隣の席からはこれもゆるやかにカールした赤毛が一本立っている。赤毛の持ち主が何か面白いことでも言ったのか、栗毛がきんきん声で笑った。赤毛が満足げに追加サービスをすると、栗毛はまた笑う。面白そうに心から笑っているのではなく、何か嫌な笑いだった。わたしの位置から見れば時々ちらつく髪の毛と声の断片以外の何ものでもないのだが、どんな髪の毛の下にも人間がいて、それぞれすでに何十年か生きてきたしがらみと傷と沈殿物と疲れとを抱えているのだと思う。

その時、赤毛がそのまま窓の方に顔を向けて窓際にすわっている黒い髪の女性に英語で「休暇ですか」と尋ねた。話しかけられた方は使用人のような遠慮した口調で「いいえ、バンコクで働いている息子が招待してくれたので行って来ました」と答えた。ラテン系のなまりがあるかすれた声だった。少し間をおいてから、「息子はホテルで働いているんです」と思い切った調子で言った。この人と似た喋り方をする家政婦をしている人を知っている。赤毛は「それはすばらしいですね」とあっさり受けた。「何日くらいいらしたんですか」と赤毛が訊くと、訊かれた方は急に声をとがらせて「どうしてそんなこと訊くんですか」と言い返した。

法律を犯して許可なく長く滞在していた人がいてもわたしは個人的には全く悪いとは思わない。もしロンドンで夫を殺してしばらく国外に逃げていたのだとしたら？　もしそうならロンドンには戻らないだろう。事情はもっと複雑で、実はタイで今ホテルでうまくやっている息子がロンドンから逃げたのには別の理由がある。そんな風に勝手なドラマをどんどん次々作り上げていく。映画がまだ始まらないのだから仕方ない。まわりの人たちのドラマをすべて捏《こ》ね上げてしまったあとで、実はどの話も妄想ではなくて実際にあった話から来ていることを思い出した。

飛行機は定位置についたようで、一度停止した。これから高跳び選手みたいに助走して飛ぶのだろう。機体が息を深く吸い込んだのが分かった。思い詰めた感じでゆっくりと走り出す。飛行機のタイヤはぞっとするほど小さいが、中に乗っていると幸いその小ささを見ないですむ。速度が上がっていくと機体全体のネジがゆるんでいるのではないかと不安になるような音が聞こえてくる。この音は多分棚や座席やテーブルがたてる音なのだろうが、どの飛行機会社も毎年音が大きくなっていくのはどういうわけか。

その時、膝の上に置いていた左手を突然ぎゅっと握られた。かっと左斜め上を睨むと、隣の男はどろどろの表情をして、「すみません、怖いんです」と英語で囁いた。離陸が怖くて、つい隣の席にすわった人の手を握ってしまうビジネスマンがいるという話は聞いたことがあるが、この人の場合、どちらかというと無職という肩書きが似合いそうだ。恥ずかしがっている人を見ると、見ている方が恥ずかしくなる。わたし自身は飛行機で飛ぶのが怖いことは少しも恥ずかしいとは思わないが、それを恥ずかしいと思う人がこの恐怖症にかかりやすいのだそうだ。いつもは怖い物なしで何でも自分の力で解決できると感じている人が、幼児のように誰かに手を握ってもらわないと怖くて我慢できなくなる。手は握られて減るものでもないし、これも人助けだと、ぬるぬるした感触を我慢し続ける。苦痛を分かち合おうと思うがそれはできない。できるはずがない。わたしにとっては、離陸できないことだけが苦痛なのだ。「飛行機が地を離れる瞬間がとても好きなんです」とわたしは声に出して言ってしまってから、こんなことを言うのは意地悪かなと後悔した。隣の男は目を伏せて頷いた。英語なので変に明るく肯定的なことを言っても恥ずかしくなかった。「地を走っている時はとても飛べるわけないって思うのに、ある瞬間、突然、地を離れることができる。奇跡みたいで好きなんです。不可能だと思えることに挑戦する時には、いつも飛行機の離陸の瞬間を思い出します。」男は自分を慰めるつもりでそんなことを言ってくれていると誤解したのか、「よく分かります、よく分かります」と言って、不自然なくらい何度も頷いた。分かるはずない、分かれば怖くないでしょう、とわたしは内心思った。機内の物体はすべて死霊にとりつかれた家具みたいに騒ぎ、飛行機はごおっごおっと台風のように地面を走っていく。もう耐えられないというところまで来た時、すっと地面がなくなった。「今です！」とわたしが囁くと、男は青ざめて前歯で唇を噛んだ。機体が雲を掘るようにゆっくり右に左に揺れながら宙に舞い上がっていく。背中がうずうずするくらい気持ちがいい。

早く雲の中から出られないものか。通路をはさんだ斜め後の席からはわたしの腿や膝が見えるはずだが、膝の上に置かれた手はどうだろう。手を握られていることを変に思われていないだろうかと心配になって振り返ると、ひょろっとした男がこちらを見ようともしないでペーパーバックの本を読んでいる。ところが驚いたことにその隣にもやはり本を読んでいる男がすわっていて、二人の顔はそっくりなのだった。

機体は雲を突き抜けて、真っ青な空間に出た。くもりなく明るく、変に冷たい感じのするところだ。隣の男は熱がさめて乾いてきた手をやっと離して、「すみません」とあっさり謝った。ポケットから名刺を一枚出してわたしに手渡すので、名刺なんて似合わないなと思う。わたしが日本人だと読んで名刺など手渡すのだろうが、明らかに駅にある自動販売機にコインをいれて作った簡易名刺だった。「これは本名ではないですよね」とさりげなく言ってみると、男は鯉のように口を開けたが、言葉は一つも出て来なかった。「まあ、いいです。本名なんて知りたがるのは警察だけでしょうから。」わたしは席を立って、前方の洗面所へ向かった。通路を挟んで斜め前の席には、小学生と父親らしき男がすわっていた。どちらも目を刺すような明るい金髪だった。前から来た人が先に洗面所に入ってしまったので、わたしはドアの前で順番を待ちながら、さりげなく父と子を観察した。十歳くらいだろうか。親の隣にちょこんとすわる時の顔は純真だが、ちょっと親が目を離すともう目を細めてにやっと笑うその目には邪悪な光がある。こちらに向けられた視線がわたしの腰元で揺れる小さなハンドバッグに刺さる。盗むつもりかと思えばそうではなくて、馬鹿にして笑っているのだった。にらみ返すと、さっと舌を出した。父親は悪魔の子を押しつけられて育てていることに気がついていないのだろう。息子の横顔をやさしく覗き込んで、「喉、渇いたか」と声をかけている。

洗面所の戸が真ん中で折れて開き、唇にかさぶたのできた男が出て来た。入れ替わり中へ入って戸を閉める時、外を通りがかった乗務員が不思議そうにわたしの顔を見た。わたし自身には何も怪しいところはないのだが、周りの人たちの隠していることがわたしの脳の鏡に映ってしまうせいか、わたし自身が怪しげに見えてしまう。

わたしは、ナイフを取り出し、便器の上で丁寧に鉛筆を削り、十五センチくらいの長さのトイレットペーパーをのばして鏡に押し当てて座席の見取り図を描いてみた。わたしの左隣にはフライトが怖い男、フライトの頭文字を取ってFと書く。前の席はマロン色の髪のM、その隣は紅花色に髪を染めたB、その隣の窓際の席にすわっているのはバンコクにいる息子を訪ねた

B。そういうわけでBが二つ並んでしまったが、わたしさえどの人をさしているのか忘れなければ別に構わないだろう。わたしの背後には、舞踏家、詩人、作家が並んですわっているが、彼らには仮にH、X、Zという名前を与えておこう。通路を挟んで右隣は上品な風貌で憎み合っている夫婦、仮にW夫妻としておこう。その前には金髪の父親と悪魔からもらった息子がすわっている。仮にM家の人々としておこう。通路を挟んで斜め後は顔が同じ二人の若い男。クローンのはずはないから、多分双子だろう。O兄弟とでもしておこうか。三つの二人組W、O、Mの人間たちは、通路の向こう側の存在である。

わたしの見取り図の中でまだ空白なのはFの隣の窓際の席だ。空席でないことは確かだったが、男がすわっていたのか女がすわっていたのかさえ思い出すことができない。

見取り図をたたんでポケットに入れる。ボタンを押すと、ぐっと拳骨を握るような沈黙があって、それから一気に空が個室全体をのみ込む勢いで、しゅっと便器の中味を吸い込む。ロックをはずして戸の真ん中を押して外に出ると、そこにたまたま立っていたような感じを装った乗務員がわたしの顔から靴まですばやく探るような視線を滑らせた。やっぱりわたしはどこか怪しげに見えるのだろうか。

席に戻ると、隣の男は寝たふりをしている。それが一番楽だ。自分の部屋にこもってしまうというひきこもり戦略の使えない機内だから、眠ったふりをするのだろう。それでも鳥肉の脂の焦げる甘いにおいには我慢できなくなったのか、食事の時間が近づいてくると、身体をもぞもぞさせ始める。

食事が配られる。前菜から主菜を通ってデザートに至るのが常道だろうが、わたしはまず後から攻める。ぺらぺらのプラスチックでできたナイフを透明の袋を破いて取り出して、デザートのプリンに刺し、すくい取って嘗めてみる。案の定、舌を刺すようなにがみを一瞬感じる。前菜のサラダのニンジンはプラスチックでできているように見える。主菜に覆い被さったアルミフォイルにそっと音がしないようにナイフを差し込んでみる。隣の人がこっそりわたしの手を観察しているのが分かる。ごちゃごちゃと混み合ったお盆の隅にナイフを置いて、触ることもできないくらい熱いアルミフォイルを爪の先でやっとめくりあげると、中から溶けかけた人の顔のようなグラタンの表面があらわれ、それが知っている顔なので息がとまりそうになる。これは「電子レンジは近くにいる人の脳に悪影響を及ぼす。特に鬱病や突発性凶暴病の原因になる」といつまでも言い張ってマスコミの笑い物になった有名人の顔ではないか。もともとは電子物理学の研究者で、大学でもめ事があって研究をやめ、家電の会社に勤め始めてまもなく、電子レンジは電子が漏れて危険だという説を唱えて、会社を首になった。初めの頃はテレビや雑誌でとりあげられていたが、やがて新しい機種が出ると、時代遅れの変わり者として扱われ始めた。当時は、新しい機種さえ出れば、爆弾でも安全であるというような風潮があった。あの説は正しかったんだろうか、それとも正しくなかったんだろうか。いずれにしても彼の顔そのものがこのようにグラタン用の容器に入れられて調理され、頬が溶け、唇などは熱を加えられたトマトのように表面の皮だけ半透明に硬く乾いてはがれかけ、その下の肉は血の色にじゅくじゅく溶けてしまっている状態だから、もう本人の口から話を聞くことはできないだろう。それにしてもわたしはどうしてこんな料理を選んでしまったのだろう。「パスタにしますか、それともチキンにしますか」と訊かれた時に、パスタという単語にかちんときた。「それはマカロニですか」とむきになって聞きかえすと、マカロニという言葉の響きの中にずっと忘れていた薄暗い部屋がふっと表れて消えた。その部屋にはコンセントが一ヵ所しかなくて、裸電球の下でわたしはゆでたてのとろっと美味しいマカロニを食べているのだった。ただのマカロニで、ソースもペストも何もからめてないのに、マカロニは自分の空洞の中で自家発電してむっちり輝いている。「え、マカロニ？」乗務員はとんでもない物を目の前に突き出されたという顔をした。もしマカロニではないのなら、トルテリーニです、とか、ラザニアです、とか言えばいいのに、マニュアル通りに「パスタです」と頬を叩くように言われた。

ホワイトソースと溶けたチーズのにおいをかいだだけで食べないで、そのままアルミフォイルで蓋をしてしまった。機内食には睡眠薬がちょっとだけ入っていて客がおとなしく眠くなるようになっているという噂もある。一方、配られたものを全く疑わないで食べる人間もいる。

隣の男はわたしが何も食べていないことに気がついて、「チキンを頼んだのにそれはパスタですね」と話しかけてきた。「そんなことありません、パスタでいいんです」とあわてて答えたが、「でもさっきチキンって言ったでしょう」と相手は折れない。わたしは自分がチキンと答えた覚えが全くないが、パスタと答えた覚えもない。急にどういうわけか忘れてしまった。さっきまで覚えていたのに。機内でせっかく与えられたわずかな選択の自由、パスタかチキンか。自分で答えたのにどう答えたのか覚えてないことが腹立たしい。

隣の男は長い腕をさっと伸ばして、通りかかった乗務員の上着の裾を掴んで無理矢理ひきとめ、「この人、チキンを注文したのにパスタが来て食べられないでいるみたいです」と告げ口している。乗務員は無表情のままお辞儀して後方に消え、新しくお盆に載せてチキンを持ってくる。蓋を一度開けられた傷物のパスタの顔はそのまま持ち去られる。これではチキンを食べないわけにはいかない。これも罠なのだと薄々気付いてはいたが、隣の人が見張っているので仕方なくぺらぺらのナイフを乾いた肉につきたてると、ぼっきり折れてしまう。仕方なくハンドバッグからナイフを出して肉を切る。隣の男が、あっと声をあげた。そう言えばどうしてこのナイフはセキュリティでひっかからなかったのだろう。「ナイフなんか、持っていてはいけないんですよ。隠しなさい」と言って、隣の男はわたしの手首を握った。「どうしてですか。セキュリティを通ったんだから許されたってことでしょう。鉛筆を削るためのナイフですよ。それがテロリズムだって言えますか。」テロリズムという言葉だけが大きく響き渡り、まわりがしんとなった。男は声を殺してわたしの耳元で囁いた。「でも見つかったら大変ですよ。逮捕されますよ。」余計なお節介を焼いてチキンなど押しつけるから見なくてもいい隣人のテロ性を目にすることになるのだ、と思った。

わたしは男の見守る中、ゆっくりと肉を角切りにし終えるとナイフを丁寧に紙ナプキンで拭いてハンドバッグに戻し、スプーンで食事を続けた。どうしてフォークを使わないんです、と言いたくて仕方ないけれど言えないでいる隣人のいらだちを頬に感じながら、ゆっくりと肉を噛んだ。
食事が終わると免税品の機内販売です、と言ってワゴンがまわってきて、その後、機内の電気が消えて、みんな映画でも見始めるのかと思えば、見渡す限り全員、毛布を被って闇の中に溶け込んでいってしまう。わたしは寝ろと言われると、どうしても本が読みたくなる。これは小学校の修学旅行の頃からそうだった。みんなが寝ている時に一人だけ読書していると近眼になると言われた。彼らは何か理由があって、わたしが本を読まないように仕向けるのだ。そう思うと逆にどうしても本が読みたくなる。ところが鞄を引き上げて中を見ると、三冊は入れたはずの文庫本が全部姿を消している。

雪のようにふわふわ積もった雲を上から見下ろして、飛び降りてしまいたいと思うこともある。気持ちよさそうだ。雲の上に住むようになったら、「曇り」とか「雨」とかいう天気はもうなくて、台風も、もちろん地震も津波もなくて、いつも晴れなんだろうなあと思う。しかしひょっとしたら寒くて寂しいところなのかもしれない。飛行機の窓の外を一様に照らし出す太陽の光はどこか寂しさを越えてとてつもなく冷たい。もしもこんな光の中に一生さらされていたら感情などなくなってしまうかもしれない。飛行機は下降し始め、雲の中に入る。入ってしまうと、白くはないし、ふわふわでもない。ただの灰色の繊維のもつれだ。その時、機体が激しく揺れ始めた。電車が揺れる時は地面に重力で縛られたまま左右に揺れるが、飛行機は地面と接触していない。気流に乗って誤魔化しながらすべっていくだけで、もし気流に見捨てられたら、機体はぼろっと落ちるのだろうか。それでも構わないような気もする。地上にいる時は、包丁で切ってしまった親指のぱっかり開いた傷口から血が流れるのを見るだけでも恐ろしいのに、雲の層よりも高いところにいると自分がすでに死んでしまっているような気がして死が変に抽象的に見える。

空の階段を一段ずつ降りていく。距離感を吸い込んでしまうような青が、灰色という雑音にかき乱され、邪魔がぶつかって揺れが始まり、揺すぶられる度に、やり残した小さな仕事が次々頭に浮かんでくる。ウイスキーのにおいがぷんぷんする。左隣から小さな鼾《いびき》が聞こえてくる。怖いなどと言って着陸時には寝ているのだ。

飛行機は着陸の準備に入ります。雲の下の世界に降りていく、それがとても長い時間に思え、わたしは死をも恐れない透明な存在から、小石にもつまずくただの人間に戻っていく。飛行機の出入り口が開いて、地球の表面独特の草と糞のまじったにおいを含む湿り気が流れ込んでくると、一つ一つの気持ちを言葉に置き換えていく余裕もなく、もう地球の一部になっている。

地球の一部ではあっても、ある国の一部としてすぐに受け入れられるとは限らない。仙台からわざわざバンコクに飛んで、用もないのにしばらく滞在してからロンドンに飛んだのも、疑われないようにと用心を重ねた結果だった。わたしは欧州連合のパスポートを持っているわけだから、すっとパスポート審査をパスできるかと思えば、向こうはわたしの顔をじっと見てパスポートの出生地の欄に「東京」と書かれているのを発見して眉をひそめ、「アジアですね」

と注意深く言う。これが第一の罠だ。出生地が東京ですね、と言うのでもなく、今バンコクから来たんですね、と言うのでもない。アジアという場所があるわけではないのに、わざと曖昧な言葉を使って泳がせて尻尾を出させて捕まえようとしているのだ。「タイへ行って来ました。休暇です。」あまりにも明るく答えたのがかえっていけなかったかもしれない。スタンプがたくさん押してあるページをめくりながら、「行ったのはタイだけですか」と男は訊く。日本へは行かなかったのかとはっきり訊けばいいのに。そういう曖昧な質問が罠なのだ。嘘をつかせて、嘘つきを作って、嘘つきを逮捕しようと考えているに違いない。わたしは質問の意味が分からなかった振りをして、「タイは海が青かったです」と答える。

男はぺらぺらとわたしのパスポートのページをめくっている。入国出国のスタンプを押す人はなぜどの国でも初めのページから順番に押していかないのだろう。みんな好きなページの好きな場所に押す。そのくらいしか彼らの仕事には選択の自由がないからだろうか。そうやってみんなが勝手なところにスタンプを押しているうちに、どのページも雑草がぼうぼうと茂り、隙間がなくなって、しかも何の秩序もないので、隠れたいスタンプにとっては都合がいいということもあるかと思ってしまいそうになるが、これも罠に違いない。パスポート審査官の目が成田のスタンプにとまったのが分かった。眉が寄せられ、わたしを見る目が豹変した。机の上にあるボタンを探って右手で押しているのが肩の動きで分かる。審査官のしていることを低い位置から予測する技は八〇年代にソビエト連邦に入る度に磨いてきたので自信がある。

案の定、制服の女性が二人すぐにあらわれた。身体が触れないように左右からわたしを連行する二人の緊張した表情には、哀れみのようなものも混ざっていた。Rと書かれたドアの前まで来ると、英語で書かれた説明書を持たされ、部屋に一人で入るように言われた。中には機械があって、どのようにその機械を使えばいいのかは説明書に書いてある、と言うのだ。読まなくても分かる。身体に放射性物質がついていないか調べる機械なのだろう。一人その部屋に入れば、外から鍵をかけられてしまうかもしれない。しかも調べた数値は外からしか読めないようになっているかもしれない。そしてもしも数値が高かった場合は監禁されて、その後いったいどうなるのか。

頭の中でふくらんでいくものをすべて妄想と名付けてしまえば話は早いが、そう簡単なものではない。逃げろ、という声がどこかから聞こえてくる。説明書に書いてある通りにしてはいけない。制服の女たちの腕を打ち払って、お腹を蹴ってでも逃げなければいけない。逃げ始めた瞬間、わたしはフライムートと同じになる。警察から逃げることで、逆に逃げなければならない犯罪を犯したことになる。機内で隣にすわっていたあの男はフライムートだった。そう思いついた途端、電気ショックを受けたようになった。もう彼を捜して歩く必要はなくなった。今度はわたしの番が回ってきたのだ。

12

それは、ほんの小さな出来事だったけれども、どんな殺人事件よりもわたしを驚かせた。その日、わたしはある女医と二人でエルベ川のほとりを歩いていた。川幅がかなり広いせいか、海のようにゆっくりと水が寄せては引く。そのリズムがわたしの呼吸を辛抱強く誘い入れ、いつの間にかこちらの呼吸もゆっくりしたものに変わってきている。わたしにはつま先から、ずずずと地面を擦るようにして、鰹節を削るように靴底を削りながら歩く癖がある。「歩く時には、つま先ではなく、かかとを先に地面につくように」と今朝、女医に言われたばかりなのに、気がつくとやっぱり、つま先から擦るように足を下ろしている。あわてて、かかとを前方に突き出そうとして身をそらし、後に倒れそうになって一歩後退し、どうにかバランスは取り戻したものの自分でも何をしているのか分からないまま前に進めなくなっていると、女医が声を出さずに笑っているのが夕暮れの視界の隅に見えた。

これまでの人生で自分はどれほどの距離をつま先から先に足を下ろして足の裏で地面を擦りながら歩いて来たのかと思うと気が遠くなる。季節の変わり目には靴屋に行って靴底をはりなおしてもらう。随分と減ってますねえ、と靴屋に言われてもこれまでは別に気にしていなかった。

平地が何百キロも続き、山一つない北ドイツを流れているせいか、この川の河原は海水浴場のように白い砂に覆われている。幅の広い河原の端は三メートルから五メートルくらい高くなっていて、その上に幅の狭い歩行者道があり、背後は土手になって更に十メートルほど高くなったところを立派な邸宅の並ぶ街道が走っている。そこから見下ろすと、エルベ川はかなり下の方を流れている。わたしたちは今、川と同じ低いところを歩いていて、上を見上げるということもない。砂の中を歩くと足が重いので、水際に沿ってコンクリートで固められた一本の細い道の上を歩いている。二人並ぶとはみ出してしまいそうな細い道で、そこから落ちたら怪我をするというわけでもないのに、わたしたちは真剣な顔をしてバランスを取りながら歩いていた。並んで歩かなければいいのかもしれないが、そうすると誰が先に歩くのかという問題が出てくる。だから無理して並んで歩いているが、道からは落ちたくはないし、あまり身を寄せすぎてもかえってぶつかって外へはねかえされてしまいそうで、身を固くして肘が微かに触れるがくっつかないくらいの距離を意識しながら歩いていた。

わたしはある日、急に声が出なくなって、ベルリンの自宅近くで開業している女医さんを友達に紹介してもらい、そこに通うようになり、数日すると擦れ声なら出るようになり、一週間すると普通に話せるようになったのだが、女医はまだ治ってないと言う。確かにそれで治ったつもりになって講演会、朗読会など連日行えば声はまた出なくなりそうな気がしたので、人前に出る仕事はすべて断り、お湯を飲み、枕を高くし、時々塩をなめ、毎日女医の所へ通って、言われた通りの生活を送っていた。この女医は中宮寺の弥勒菩薩のような表情をしていて、なんだかこれまで逢ったどんな人とも全く違うので、わたしはこの人のところに毎日通うのを楽しみにしていた。

金曜日のこと、女医が、「明日ハンブルグで『リュウマチと妖精』についての一般公開のシンポジウムがあるから日帰りで行ってみようと思うのだけれども」と言って、わたしの顔をまじまじと見た。わたしたちはもう世間話をするくらいの仲にはなっていたが、たとえ日帰りでもまだ一緒に旅に出るほど親しくはなかった。ところがこの時わたしは催眠術にでもかけられたように、「いっしょに行きます」と宣言していた。女医はほとんど驚く様子も見せず、「それでは明日の朝八時半に中央駅の喫茶店で待ち合わせということにしましょう、なんていう名前でしたっけ、あ、薔薇でしたっけね」などととんとん拍子でことが決まってしまって、翌朝目が醒めてもまだ興奮の醒めないまま駅に向かった。約束の時間より十五分早く駅の中にあるそこだけ薄暗い「薔薇」という名前の喫茶店についたが、女医はすでにそこに立って、当然のようにエスプレッソを飲んでいた。白衣の代わりに鈍色のコートに身を包み、結った髪の毛が二つの団子になって頭の上に乗っていた。目が合ったとたん、自分たちがいい年をして十七歳の少女たちみたいに無謀にも駆け落ちを計画するように思え、顔がほてってきた。でも今更旅を取り消すのはかえってこの出来事に過剰な意味を背負わせるようでおかしい。特急で一時間半しかかからない町へ行くのだから、ベルリンの中でいっしょにどこかへ行くのとかわらない。

それにわたしたちはリュウマチと妖精について考えるために日帰りでハンブルグに旅するのであって目的ははっきりしているのだから何も恥ずかしいことはない、と絶えず自分に言い聞かせ続けているのがおかしい。「この旅はやっぱり取り消しにしましょう」と女医が言い出してくれないかと密かに期待していた。ところがあちらも、おはよう、だけでそれ以上何も言わない。ちょっとはにかむような表情を浮かべたりするので不機嫌なわけではないだろう。女医は無口で、考えてみるとわたしの友達にはそれまで無口な人というのはいなかった。

プラットホームにあがり、わたしがきょろきょろしていると女医はさっさと歩き始めた。二等車はそっちの方なのだろう。わたしは黙って後をついていったが、女医の競歩選手のような歩き方には、そのまま進んだら線路に落ちてしまうのではないか、と心配させるくらいの勢いがあった。ホームの端が近づくと女医は急に足を止めて、「戻りましょう」と言った。わたしは胸をむずと摑まれたような気がして、戻るのは絶対嫌だ、と思った。その時、自分の思い違いに気がついた。女医は、ホームの中央まで戻りましょう、と言ったのだった。

シンポジウムは港の近くに最近建てられた多目的小ホールで行われた。十時から午後一時までは身を乗り出して発表に聞きいっていたが、昼休みになって、ふたりで外に出て鰈《かれい》のフライを食べたとたん、腸がひらひらし始め、口から飛び出しそうになったので、わたしは正直に症状を訴え、ダムトア駅近くのよく知っているホテルに部屋をとって休むからシンポジウムに戻って欲しい、と女医に話した。一人で行けると言うのに、女医はぴったり横についてわたしの肘を支えて歩くので、婦人警官に護送されているように見えないかと心配になった。一晩泊まってからベルリンに帰るから、どうか一人、シンポジウムに戻って、夕方ベルリンに一人戻って欲しい、と頼んでも、女医は職業柄それはできないと言う。医者と旅に出て病気になるというのもあまりに直線的すぎて恥ずかしい。部屋に入ると、女医が早速わたしの服を脱がせ始めた。日帰りの予定なのでパジャマなど持ってきていないし、ここは日本ではないのだから部屋に寝間着など置いてない。裸で毛布にくるまってみると、ホテルの天井は部屋よりずっと狭く見える。部屋と天井の大きさは同じはずなのに、物が置いてあったり、人がいたりすることでかえって広く見えるのかなあ、とも思った。

女医が舌を診たり、喉を診たり、熱を測ったりしようとするので、「それが本職なのだから、かえっておかしい」と言ってみて、自分でも面白いことを言ったと思い、笑いが漏れたが、女医はにこりともしないで診察を続けた。

窓の外で救急車のサイレンの音が聞こえた。近づいてはまた遠ざかるというのではなくて、突然耳を割り、突然消えた。診察が終わると、ぶくぶくとした掛け蒲団に埋め込まれて、上から軽く叩かれて、うとうと眠気に誘われ、これではいけないと眠気を覚ますために無理をして、「病気っていうのはあまりわたしのテーマじゃないんですよ。病気になる必要は感じていないんです。他に書くことがあるので」と言ってみると、女医は笑って、「病気というほど大げさなものではありません。あなたはもう二十年以上も風邪を引いているだけです。ほんの鼻風邪のまま、菌の強さと抵抗力が全く釣り合ったままだから治らないんですね。たまに菌の方が強くなると風邪を引いたようになりますが、いつもは抵抗力の方がほんの少しだけ強いので、自分は健康だと思っているでしょう。でもそれは違うんですよ。ずっと引いたまま、引きっぱなしです。」

眠るまいとしていたのにいつの間にか眠ってしまって、目が醒めると窓の外は暗かった。日が暮れただけなのか、夜も更けてしまったのか、それとももう明けようとしているのか。ドアをノックする音がして、鍵ががちゃっと大きな音をたてて開いて、女医が胸を張って入って来た。「まだベルリンに帰っていなかったんですか。」「わたしも泊まります。」「その必要はありませんよ。風邪をひいただけですから。」「一人でいてはいけません。」「孤独はわたしのテーマじゃないんです。」「でも今夜は高い熱が出るかもしれません。」「高熱もわたしのテーマじゃありません。」「さっきからこれもテーマじゃない、あれもテーマじゃないって言っているけれど、それならあなたのテーマは何なんですか。」「禁固刑です。」わたしがそう答えた途端、女医は怒ったように譜面台のようなものを組み立て始め、そこに半透明の袋を固定した。どうやら中に氷が入っているようだ。「そんなものどこから。」「借りてきました。」氷の入った袋を額にのせてベッドに横たわっているなんて古い映画に迷い込んだみたいだったけれど、氷の入った袋を吊ってそれが額を冷やすように調節する、これに勝る技術はまだ開発されていないことを思い出した。「もう大丈夫です」と言ってみても答えがない。

女医は夜中に何度か部屋に入ってきて、わたしの額に冷たい指で文字を書いているようだった。その文字が額に書かれていることで、わたしと向き合った人は、わたしが隠そうとしていることを読み取ってしまうのかもしれなかった。半睡状態から完全に目を醒ますことができないので、手足を動かすこともできなかった。抵抗できないまま、何か自分が人造人間のようなものになってしまって、改造されているような状態が朝まで続いた。

目が醒めると一人だった。夜の間だけ看病があって、夜が明けると、病もなくなっている分、看病する人もなくなっていて、病は本当はまだどこかにあるのに、もう自分でも手が届かないものになってしまっている。心細くなって、上半身を折り曲げて起きようとしたが、お腹がなくなっていて、それと一緒に腹筋もなくなっていて起きられない。あわててうつぶせになった途端、掛け布団が絡みついてきて、そのまま絞られた雑巾のように床に落ちた。

もともと風も風邪も同じ言葉で、ただ、風に当り続けてちょっとぐったりしてしまったという意味に過ぎない、という話を女医にしてやるつもりで待ち構えているがなかなかあらわれない。しばらくすれば風邪など風のように吹きすぎていく、と考えておけばいい。余計な菌など発見してしまうから、それを薬で殺さなければいけないような気になる。そんな風に話を進めて西洋医学を否定するようなことを言ったらどう反応するか様子をみてみようか。それとも従順な病人になりきって、看病されることの喜びをかみしめようか。喜びは英語でジョイ、女医(じょい)へと繋がっていく。ただ、どうして英語なのか、残念ながらそこに必然性がない。

九時になっても全く音が聞こえない。女医はもしかしたら早朝一人でベルリンに帰ってしまったのではないか。そう思うと肋骨の辺りが心細くなり、肩から寒くなってきた。掛け布団にくるまって改めて寝床に入り、身体をマガタマの形に丸める。

風邪など病気ではない。ドイツ語の「風邪」という言葉は「寒さ」から来ていて、震えが走るのは、ちょっと寒さに取り憑かれたということなのだろう。暖かくしていればそのうち寒さに過ぎない風邪は消える。

十時近くなってやっと女医が現れ、「もう起きていたんですね?」とよそよそしい口調で訊く。ほっとすると同時に腹が立って、「もうこんな時間ですか。気分がよくなったからお腹がすいているけれど、もう朝食の時間は終わっているかもしれないし。チェックアウトは何時なのか調べないと。」女医は頰を引き上げるような笑いを浮かべて「もう一晩わたしたちの宿泊を延長しましたから、チェックアウトは明日です」と言った。「でももう病気でもなんでもないのに、どうして家に帰れないんですか。」「せっかく旅に出たのだからゆっくりしましょう。この際、身体の中をしっかり調べて、慢性の病を治してみるのもいいし。」「きのう言っていた慢性の風邪というのは作り話でしょう。」「風邪というのは表現がずれていたかもしれないけれど。」「それじゃあ、わたしには病んでいるところはないのでしょう。」「でも目の使い方が変。呼吸の仕方が変。声の出し方が変。歩き方が変。」「それを治すとか。まさかね。」「そうではなくて。」

夕方散歩に出た。風が吹いているというほどではないが、時々潮のかおりの混ざった大気のかたまりが移動していく。雲たちはまるで日が暮れる前に家に帰ろうと急いでいるかのように夕空を目に見える速さで移動して行く。雲たちは夜、どこで眠るのだろう。青色が紺色へと移り変わって濃くなってくると、空に重さが出てきて、巨大な半球が町におおいかぶさっているのが息苦しく感じられ、立ち止まって一度深く息を吸った。「吸うことよりも吐くことを意識してください」と女医が言った。「でも吐いているだけでは、肺の中がからっぽになってしまう」とすねてみせたが、女医は答えなかった。そういうところが憎い。反論の必要のない時には、一語も無駄にしようとはしないのだ。

二十年以上も前にフライムートが訪ねてきたあの家は、もうとっくに他人の手に渡っていた。「あの辺です、わたしの住んでいた家は」と女医に言ってみた。なんだか、診察中にお腹を見せて、「痛むのはこの辺です」とでも報告しているような気分だった。女医は目を細め、「行ってみましょう」と言う。「ここからはあの道へはあがれないんです。もう少し先へ行かないと階段がない。」

前からブルドッグを連れて火の消えた煙草を乾いた薄い唇にはさんだ筋肉質の小柄な男が歩いてきて、さっと腰を回してわたしたちに道を譲ったが、すれちがいざま振り返って、値踏みするようにこちらを見た。それからまわりには誰もいなくなったと思っていると、スカートの裾が大きく広がった髪の長い女性の姿が遠方にうっすら見えた。目の前まで来てみると女性ではなく、スカートをはいた髪の長い若い男で、アイシャドウが滲んで眼が少し悲しげに見えた。すれちがったと同時に視界から消え、振り返ったらもうそこにはいないのではないかと思われるほど姿が薄かった。しばらくすると前方の階段を川に向かって下りてくる肥った男の姿が見えたが、一人すれ違う度に夕暮れが濃くなっていくので、もう誰ともすれ違いたくない気もした。

川向こうにドックのクレーンが二本並んで立っているのを見ると、わたしにはそれが身を寄せ合う二頭のキリンのように見え、つい、「戻りましょう」と言ってしまった。女医がぎくっと胸の骨を折るようにして息をとめたのがわかった。わたしがもう散歩はやめてホテルに戻ろうと言っているように誤解したようだ。「戻って、ほら、あそこに明かりが見えるでしょう、あのレストランで食事しましょう」と説明しながら、わたしは女医がぎょっとしたことを内心喜んでいた。本当に戻るのではなく、あの道にあがる階段のあるところまで少し戻る、という意味だと分かって、女医は安心したようだった。

ところが振り返ってみると、戻らなくてもいいのだということに気がついた。戻ることには全く意味がない。確かにわたしがここに住んでいた頃には、バス停のあるところまで戻らなければ河畔から、家の並ぶ通りにあがる階段はなかったが、今は通りのほぼ半ばにあるレストランに直接あがれるようになっていた。わたしが住んでいた頃には、意地悪そうな夫婦がそのレストランを経営していたが最近経営者が替わったという話だった。深夜過ぎに家に帰ると、閉店したレストランの前にその夫婦の飼っているシェパードが鎖に繋がれることもなく立っていた。背後の街灯の明かりに照らされて、逆光の耳が遠くからでもくっきり三角に見えた。わたしはどんな犬でもほとんど好きだったが、この犬だけは飼っている人間の悪意を餌にして生きているようで、気味が悪かった。通りはとても狭かったので、このシェパードとすれ違う時には身体が擦れ合う。目を合わさないようにして近づき、ゆっくりと息を殺して通らせてもらうのだが、一歩近づくごとに唸り声は大きくなっていく。ある日このシェパードが通行人に噛みついて銃殺された、という話を聞いた。ドイツには死刑はないが、こういう時に犬が銃殺される。放し飼いにしていた飼い主がいけないのだから、犬はどこかに養子にやって、飼い主を逮捕すればいいのに、とわたしなどは思うのだった。驚いたのは、それから一月もたたないうちに、この夫婦がまた新しいシェパードをどこかで手に入れてきて飼い始めたことだった。子犬から飼うのではなく、銃殺された犬と同じくらいの大きさの犬を連れてきて何事もなかったかのように飼っている。しかも夜は放し飼いにしている。

わたしはその頃、芝居のプロジェクトに関わっていたので毎日帰りが遅く、もう一息で家につくと思ってほっとすると、必ずこの犬が道の真ん中に立っている。前に飼っていたのと大きさは同じだが、わたしの側で恐ろしさが濃くなってしまっている。前のように眼をそらして通り抜けることができない。仕方なくバス停のところまで戻って川に降りて、住んでいた家よりもずっと先にある階段まで砂の中を歩いていって、そこから通りにあがって道を戻って帰宅することになった。犬を恐れる自分が情けなかったが、わたしは動物の発散する敵意を好意と同じくらいはっきり感じ取ることのできる自分のカンを信じて、危険はおかさないことにした。幸い隣に住む若夫婦が、「犬を放し飼いにするのは法律違反だ」と憤慨し、署名を集め、談判に行くことになった。わたしは仕事で一週間でかけていたので談判には立ち会えなかったが、あとで話を聞くと、レストランを経営する夫婦は、「放し飼いになどしていない」と言い張って一歩も譲らなかったそうだ。初めは嘘を言っているのだろうと思ってわたしたちは腹をたてていたが、話が全く進展しないので、証拠写真を撮って訴えることにした。わたしは古いカメラをバッグにしのばせ、むしろ帰りの遅くなる日を待ちわび、小雨降るある夜、帰りがけにこの犬が通りの真ん中に立っているのが遠くから見えると速まる鼓動を抑えながら立ち止まってカメラを出し、フラッシュをたいて写真を二枚撮った。犬であることが充分分かる距離だった。唸り声の録音ができないのが残念だった。

ところが次の週、フィルムを現像してもらうと、街灯に照らされて雨に濡れた敷石がうつっているだけで、犬は写真にうつっていなかった。

その話を女医にしてみたくなったが、凜とした横顔を見ると、そんな話はすべきではないという気がしてくるのだった。本当にあった話なのだがミステリー仕立てになってしまっている。近所の人たちをフィクションの登場人物にしてしまうことに女医は違和感を覚えるのではないかという気がした。

以前はなかったテラスがせりだしている。新しい経営者は、川に手をさしのべて、客を持ち上げて誘い入れる。テラスには四人掛けのテーブルが六つ置かれ、背広姿の若い男が二人向かい合ってすわっている通りに面した席で、ガラスの容器に入った蠟燭の炎が揺れていた。それ以外の席はまだあいていた。わたしと女医は無言で顎だけ動かして、すわるテーブルを決め、川に目を向けたまま椅子に腰掛けた。

ここにいると、フライムートのことを思い出さずにはいられない。長く住んでいた場所なので思い出は何百、何千とあるはずなのに、なぜかフライムートのことしか考えられない。夢の中で乗った飛行機で再会し、それで気がすんだのかと思っていたが、そうではないようで、たとえばフライムートの隣の窓際の席にすわっていた人は誰だったのかが気になって仕方がない。夢の演出であるから、わたしに関係のない人は出て来ないはずだった。

女医がフライムートの話を全く知らないことがもどかしくなってきた。親しい人なら誰でももうこの話を知っていて、「ほら前に話した、あのフライムートのことだけれど」と言うだけですぐにあの曇り空を共有してくれる。一度聞いたら忘れられない話らしく、もう十年以上も前にこの話をした友達でもちゃんと覚えていてくれて、その後あの人はどうなったのかと、まるで恩師の近況でも訊くような口調で訊いてきたりする。おそらくそれはわたしがフライムートをみんなで共有できる物語の主人公にしてしまったからで、本人はそんなことは全く知らない。フライムートはそんな物語からとっくに出獄して、全く別の生活を送っているに違いない。

この女医にはまだフライムートの話はしていなかったし、知り合ってまだ日が浅いから、というだけでなく、なぜかそういうことを話しにくい気がした。それがなぜなのか分からないことが変に気になって、わたしは一度椅子に座ってからも何度も座り直して、膝の位置を変えたりしていた。

この女医はこれまでわたしの知っていたどんな人間とも違っていた。みんなが喜ぶような話をすると顔が暗くなるのに、誰も聞きたがらないような話をすると表情が柔らかくなり、耳がふわっと開く。

ウエイトレスが口紅ばかりを赤くめらめらと輝かせながら蠟燭とメニューを持って店の中から出て来た。メニューを読む女医の顔は揺れる炎に照らし出され、休まらない神経が顔中に複雑な網を張っているのが見えた。診察をしている時には穏やかで揺るぎのない表情をしているのに、診察する対象から眼がそれた途端に病が自分の顔に宿ってしまうのかもしれなかった。

女医はメニューをめくりながら、「ゆうべは深く眠れなくて何度も眼をさましてしまいました」と言った。意識の鰓《えら》が水面すれすれのところを漂っていて、自分は寝ているのか寝ていないのか、という問いを発し続けていたそうだ。それで少しでも深みに潜っていけそうになると、警報が鳴り響き、また浅いところへ引きかえすことになったと言う。悪夢にうなされたのかと訊くと、どうもそうではないらしい。少なくとも悪い夢を見た覚えはないそうで、ただ、脳が活性化して、悪い夢になりそうでならない、雨が降りそうで降らない墨の色をした雨雲のようなものを生産し続ける。その働きをとめることができなかった。しかもそれはめずらしいことではなく、ここ数年そんな状態が続いているそうだ。

患者を診たり看病したりする時には落ち着いた様子を見せるこの女医が自分自身の眠りを眠ることができないと聞いて、わたしは胸がつかえた。

とりあえずメニューをめくり、何を食べるか真剣に考えているような振りをしたが、今、目の前に眠れない人がいるとなると、何を食べても同じだという気さえしてきた。女医は「鮭」、わたしは「鰈」を注文し終わると、しばらく沈黙があった。

目の前に北海の鰈が横たわっていた。この魚は、どぶ臭い灰色に派手なオレンジ色の斑点が付いているので、それを見ていると自分が何か間違いを犯したような気になってきた。女医の前には鮭がしっとりとバターに光るほうれん草に囲まれていた。わたしは、「実はわたしは昔から犯罪についていろいろ考えることがあって、実際に監獄に入れられてしまった人たちのことが自分のことのように思えるので、そういう話を小説に書いているんです。監獄に入った人と何人も知り合いになった。その人たちのことをまだまだ書き続けるつもりなんです」と言ってみた。すると、女医はきりっと顔をひきしめて、「それは他人の話でしょう。自分のことのように思えるというのは嘘でしょう」と言い切った。わたしは、かちっときてフォークをテーブルに置いた。犯罪者として捕まり閉じ込められる人間たちは別の世界に住んでいて、自分たちは彼らとは決して友達にはなれない、と思っている人たちにわたしは腹を立てていた。女医も彼らの一味なのか。

わたしは、川に不釣り合いなほど大きなコンテナ船がゆっくりと港にすべりこんでいくのを視界の左端でとらえながら、「でも」と言った。その後に続く言葉が分かっていたわけではない。あらがいたい気持ちばかりが先にたち、「でも」と言ってしまってから、あわてて引っ込めようとしたがもう遅い。女医はまっすぐこちらを睨んでいる。破れて、かぶれて、出てきた言葉が、「でも、あなたは夜、眠れないわけでしょう」で、そうしていきなり相手の弱みに突っ込むことになってしまった。弱みに突っ込んで一本とってやろうという戦術だと思われたくないので、わたしたちは誰を責めることもないような種類の眠りの話を始めた。夜中に枕の中から声が聞こえてくる話、風で膨らんではまた萎《しぼ》むので息をしているように見えるカーテンの話、消えた後、何時間もほんのり明るい電球の芯の話、月の光に表情がゆがむ肖像画の話などをしているうちに、すっかり表情のゆるんできた女医が、「そういえばギムナジウムの同級生が一人、三十五歳くらいの時に殺人容疑で捕まったと聞いたことが……」「ほら、」とわたしは遮った。「わたしの話を聞くと初めはみんな、自分は刑務所に入ったことのある人と会ったことなどないというのだけれど、しばらくすると必ず記憶が蘇ってくる。それは脳の眠っているある部分が刺激されて動き出すということでしょう。あなたが眠れない理由を説明してあげましょうか。」

女医は起きている間は脳のその部分の働きを無理に抑えているから、それが夜になると動き出して眠れないのだろう、とわたしは主張した。脳は囚われ人の物語を作ろうとする。だから昼間のうちにその脳を使って、あることないこと、語ればいい。ないことを語っているうちに、あったけれど忘れていたことを思い出すこともあるし、語ったことが後で実際に起こることも多い。「あなたは頭の中から幻の殺人犯たちが生まれてこないように、脳の一部を無理に殺しながら昼の時間を過ごしている。だから眠りの中であなたの支配から解放された途端にあなたの脳は殺人犯を生み出そうとする。でも眠っている間に殺人犯が現れるのが怖いのであなたは眠ることができない。そのくらいならば、日中どんどん生み出してしまった方がいい。出して困るというものではないでしょう。出たものをどこへ運んでいくのかだけが問題なんです。」「自分がぐっすり眠りたいというそれだけの理由で、そんなことをするのですか。」「そう。眠るのはとても大切なことでしょう。眠るためなら世界を書き替えてもいい。」「でもそれはやっぱり他人の話でしょう。」女医はわたしの顔を正面から睨んで、思い切った調子で言った。「犯罪はあなたの脳の中からは出て来ない。それは外部で起きている。外部で起きて、外部で終わっていく。」

ここまで来るとフライムートの話をしないではいられなくなった。わたしは曇り空を、小雨を、人影のない通りを語った。わたしはドアをあけた自分を、家の中に入ってきた見知らぬ男を語った。本を買いたいという申し出を受けたことを、リボンを捜したことを語った。「ちょっと待って、それはフィクションなの？」と女医があわてて遮った。わたしは激しく首を横に振った。「全部、実際にあった話です。」わたしは語り続け、女医の顔はこわばり、あおざめてきた。何度も話したことのある話なので、作り話の滑らかさが出ていた。エルベ川は漆黒の皺を輝かせ、向こう岸のドックのライトが水面に映って、皺の間で揺らめいていた。

話しながら二人の間でいつの間にか了解されていたはずの法を犯しているような気がしてきた。女医にはフライムートの話をしてはいけないことは承知している。どうしてすべきではないのかは自分でも分からないから、あやうい橋を足の指先で用心深くさわりながら渡らずにはいられない。相手は、はらはらとあわてて、まばたきしながら聞いている。わたしはフライムートから来た手紙の内容を話した。そして監獄に面会に行こうと思った、というところまでくると、女医は突然、「絶対に面会になんて行ってはいけません」ときっぱり言った。わたしはびっくりした。これまでわたしがフライムートの話をした友達は全員、わたしが面会に行かなかったと聞くと残念そうな顔をした。わたしはあわてて、「たとえ面会に行きたくても、もう出獄しているから無理なんです」と言い訳がましく付け加えてみたが、女医はますます厳しい口調で、「たとえ面会に行けたとしても、絶対に行ったらだめです」と言った。「それに、もう二度とそんな人を家の中に入れてはいけません。」

そんなことを言われたのは初めてだったので、わたしはどう答えたらいいのかわからないまま、骨にうっすらと残った鰈の身をフォークでつついた。そのうちどうしたわけか涙が湧いてきて、鰈の骨の上に落ちた。女医は右手をさっと伸ばして、わたしの左手の甲を軽く撫でた。わたしをフライムートに逢いに行かせたいと思っていた友達はみんな、わたしのことを小説の主人公として見ていたのだ。だから、危険のにおいのする男性を訪ねていくというロマンを見て、そのロマンを小説というロマンと重ね合わせて、期待の息を荒らげているのだ。わたし自身もまた、自分の身体を小説の中で使われているものと了解し、できることならいつも我が身を危険にさらしていなければいけないと思い込んでいた。壊れそうな橋があったらすぐに渡ること。腐りかけた魚があったらすぐに食べてみること。そして何より、自滅しそうな人がいたらすぐにその人と恋仲になること。

ところが女医はわたしが危険な目にあうのが絶対に嫌なのである。「危険を避けていたら、面白い体験はできない」と言ってみると、怖い顔をして、「面白い話は他人のものでしょう。あなたの話ではないのだから。それを奪って商売するのですか。あなたの人生は退屈で幸福なものであっていいのです」と答えた。

　わたしは唖然となった。確かにわたしはその人たちと出会って、まるで自分のことのように人間の中に入っていった。しかし、わたしが一方的に入っていったと感じているだけで、女医の言うように、彼らが他人であることに変わりはない。そうやって危ない境域をさまよっているうちに、わたしの方が足を踏み外して落ちることもあるだろう。それを密かに期待しているわたしは、慢性の自殺未遂を試みているようなもので、だからこそわたしと似た人たちを引き寄せてしまうのだろうし、そういう状態を女医は風邪と呼んでいるのかもしれない。

「あの時、あのままではあの飛行機は落ちるのではないか、とわたしは思ったんです」と女医がうつむいたまま言ったので、わたしはその場で凍りついてしまった。「負の重荷をたくさん積んで重量制限を超えかけた飛行機だったでしょう。そのままでは墜落するだろうという気がしたので、わたしは乗ることにしたんです。幸い、墜落は防ぐことができました。わたしたちはまだ出会っていなかったから、自分の夢の中なのに、あなたにはわたしの姿が見えなかったんですね。フライムートの隣の席にすわっていたのはわたしです。」

ボルドーの義兄

始

あの明るい乾いた夏の日ちょうど正午に優奈がブリュッセルで乗りこんだ列車はボルドーに到着した。プラットホームに降りると、優奈はまだ見たことのない一人の男性の姿を捜した。立ち止まったまま、まわりをみまわすと、今列車を降りた人たちが出口に向かって液体状にまとまって流れていき、最後には優奈と若い電気技師だけが残った。技師は工具箱を地面に置いて、何かの装置の灰色の扉を開けた。

堂

優奈はカトリック聖堂のように天井の高い駅のホールに足を踏み入れた。トランクのタイヤがころがるがたがたいう音やカフェのお皿のがちゃがちゃ鳴る音が、旅人たちの吐き出す子音といっしょになって、人々の頭の上で響雲をかたちづくっていった。優奈はあたりを見回したが、モーリスらしい人は見当たらなかった。

捜

一度書きしるされた言葉は、それがどういう理由で書かれたかには関係なく、必ず未来に影響を及ぼす。三日前に優奈がモーリスから受け取った最後のメールにはこう書かれていた。I search you at the station. 世界各地にある大きな駅はみんなそうだが、ボルドー駅も、行き違いになりやすいように建てられていた。なんだか迷宮のよう、と優奈は思った。モーリスがわたしを見つけられるように赤い絹糸を残していこう。

優奈は携帯電話のスイッチを入れた。現地の電話会社の聞き慣れない音の連なりに続いてベルが鳴った。モーリスだった。どこにいるのか優奈が訊くと、相手は答えをかえしたが、その答えはちっちっという電気音に中断され、分かったのは「駅」だけだった。ドイツ人は何も分からなかったと言う時、分かったのはバーンホーフ（駅）だけだった、と言う。そのバーンホーフのホーフがフーフ（ひづめ）に聞こえたかと思うと、もうカフェの前に黒い馬が一頭立っていた。馬はギャロップで走り出し、音もなく壁の中に消えた。え、何ですって？　モーリスは同じ答えを繰り返した。どうやら本当にバーンホーフと言ったようだった。優奈は、まさかモーリスの口からドイツ語が出るとは思っていなかったので、それが理解できなかった。

モーリスは、レネの義理の兄だった。レネはもう何十年も前からハンブルグでフランス文学を教えている。今でもハンザ都市と呼ばれるこの町で大学に通う優奈は、レネとは奇妙な関係にあった。去年のクリスマス・イヴを優奈はレネの家で過ごした。クリスマスは優奈にとっては特別な意味はなかったが、世間では、若い女は性的関係にある人間といっしょにこの日を過ごすべきだと考えられているということは知っていた。それはハンブルグに限ったことではなく、大阪でも同じで、イエスが誰だったのかということさえよく知らない人間でも、クリスマスをそうやって過ごすことはできるのだった。

優奈はレネを「友」（フロインディン）と呼ぶというような間違いは犯さなかった。「ドイツ語で一番醜い言葉は、心の友という意味のブーゼンフロインディン（胸友）だ」とレネは言っていた。もっともレネは、「友」ではなく、むしろ「胸」というあつくるしい言葉をいやがっていたのかもしれない。

優奈は前々回レネを訪ねた時、次の夏休みは外国へ行きたい、と話した。「もう縛られていないから。やっと自由になれたから」と言ってしまってから、優奈は不快な後味を舌に感じた。まるで、わたしは奴隷だったから、と言ったような気分だった。レネは、よく分かるというようにうなずき、目を大きく見開いて優奈の次の言葉を待った。

レネが目を大きく見開くと、睫毛の生え際の線と丹念に引かれたアイラインの黒い線の間に青ざめた細い地帯があらわれた。この部分の敏感そうな肌が、あまりにもむきだしな印象を与えた。優奈はまるで、本人の意思に反して裸になった身体を目にしてしまった時のように、目をそらしてしまう。

蝟

「何か新しいことの勉強できるところへ行きたい。」「何を勉強したいの？」「たとえばフランス語とか。」レネは眉をつり上げた。「フランス語！」

優奈は空腹だった。また新しい言語をかじりたかった。むかし学校でもらった英語や古典の成績はかんばしくなかったが、それでも優奈は言語や単語への健康な食欲を失うことはなかった。単語を覚えるために辞書を食べてしまうことさえあった。おかげで、出版社にはパリパリの紙を使うところもあれば、繊維の多い紙や、粉っぽい紙を使うところもあることも知っていた。語学の勉強をしていると、机が食卓に、鉛筆が箸に変貌する。

箸

箸は二本で筆は一本、と言う人がいる。だから物書きは食費の半額しか稼げない。でも、もし二本の鉛筆を持って、同時にものを書いたらどうなるだろう。左手は左から右へ、右手は右から左へ。両手は中央で交わり、また離れて行く。

「本当にフランス語が習いたいの？　どうして急にそんな気になったの？」レネはまるでこれまでこの言葉を習いたい人間になど一人も逢ったことがないという風に驚いて言った。レネとの会話はすべてゲーム、学習ゲームだ。今度は優奈の番。何か言わなければいけない。「初めは、ダカールでフランス語を習いたいと思ったわけ。京都に住んでいるセネガル出身の日本学研究者を知っていたから。でも、その人、もういないの。」

それを聞いてレネは、ボルドーに家を持つ自分の義兄モーリスのことを話した。「夏休みはベトナムで過ごしたいと言っていたから、家は二ヵ月間空き家になると思う。その間、家を使ってもいいか、訊いてみましょうか。ボルドーはダカールではないけれど、でもボルドーでだってフランス語は勉強できるし」と言って、レネは良心的な笑いを漏らした。優奈もつられて笑ったが、ためらいがちだった。その時、電話が鳴って、レネは書斎に行ってしまったので、優奈はなぜ自分ができれば西アフリカでフランス語を習いたいと思ったのか、その理由を説明する機会を逃してしまった。

レネはしばらくすると居間にもどってきて、ヤコブという学生が電話してきた、と言う。「今すぐそっちへ行ってもいいかって。先々週、麻疹《はしか》にかかってしまって、今日やっとレポートが書けたからって。レポートのテーマはラシーヌだそうだけれど。」優奈はソファーから腰を上げて言った。「あなたとはもう言い争いはしたくない。もしその学生が来るなら、あたしはすぐ帰るから。」レネは優奈をソファーに押し戻した。「心配しないで。学生にはもちろんここには来させないから。だめだってもう伝えたから。それじゃ、モーリスに電話してくる。」レネはまた書斎に姿を消し、優奈はひとり居間に残った。「フェードル」という書名を本棚に見つけ、あの春の午後のこと、レネに初めて逢った日のことを思い出した。

太陽の光が惜しみなく降り注いでいたあの日、優奈はハンブルグ市内の運河沿いを散歩していて、期せずして巨大なガラスの壁の横の道に出た。銀色の髪の女性が壇上に立って話しているのがガラス越しに見えた。声がやっとのことで聞こえるだけで、話の内容までは分からなかった。

太陽の光線は運河の水の上で砕け、光のかけらがガラスの壁を突き抜けて室内に飛び込み、その女性の顔に飛びかかり、顔の表情と戯れていた。その唇は、ヘアサロンではボルドー色と呼ばれるあの色に塗られていた。

優奈は建物の裏にまわって、入り口を捜した。柵を修理していた若い男が一人、優奈が両手で一生懸命重いドアを押して入るところをじっと見ていた。

ロビーはからっぽで、受付にも誰もいなかった。ポスターに書かれている名前は、文字の一つ一つが優奈の頭より大きく、「ラシーヌ」と読めるまで少し時間がかかった。優奈は麻酔にかけられたように会場に入り、最後の列にすわって、講演者の顔を見つめた。

優奈はやっと二十歳代半ばに達したところで、女性の皺には、それが身体のどこにできたものであっても、どうしようもなく惹きつけられてしまうのだった。

講演が終わると、すぐに立ち上がって身体を伸ばす聴衆もいれば、すわったまま隣の人たちと言葉を交わす人たちもいた。灰色がかった銀色の髪の静かな海が、嵐の大海原に変貌し、講演者は波の向こうに姿を消した。

優奈の前にすわっていた身だしなみのいい婦人が立ち上がり、出口の方を振り返って見ようとして、視界内に学生風の外国人女性がいたので、上から下まで視線を走らせた。その不審げな視線を無視して、優奈は大股で演壇の方へ歩いて行った。レネは講演原稿を赤いハンドバッグに入れているところだった。原稿は講演中に枚数が増したのか、狭いバッグの中になかなか戻らないようだった。

能

内気な学生優奈は、この時、知らない人に平気で話しかけることができた自分が信じられなかった。「あたし女優なんですけど、ラシーヌを能の形で上演しようと思っているんです。アドバイスがほしいんです」と一言も言い間違えないで、最後まで言い切ることができた。自分の舌がこれほど滑らかにすべるものとは知らなかった。こんなに滑らかに嘘をつくことができるとは知らなかった。ラシーヌなどまだ読んだことがなかった。能についてもほとんど知らなかった。しかも優奈は女優ではなかった。まだ女優にはなっておらず、これからならなければならないのだった。

虎

それは「嘘」ではなく、「虎」だったのかもしれない。空中に描かれた一筆書きの虎。白黒で、すっきりしていて、しかも勢いがある。虎の四肢を繋いでいるのは、解剖学ではなく跳躍力だった。

傘

優奈はそれまで劇場の屋根の下で演技をしたことは一度もなかった。演劇関係の人と話をしたこともなかった。「演劇関係の人」という種類の人間がこの世に存在したとしての話だ。演劇関係の人の存在を初めて聞いたのはイングリッドの口からだ。イングリッドは、高級住宅地ブランケネーゼ出身で、そのうちに遺産相続することになっていた。あるイタリア人の演劇関係者に、芝居を書いたら上演してあげようと言われたそうだ。イングリッドが本当に芝居を書き始めたのかどうか、友達は誰も知らなかった。いずれにしても、家を相続した瞬間、書き始めたのか書き始めなかったのかさえ分からないその脚本を捨ててしまった。「いつの日か遺産相続すると分かっていたら誰も芝居なんか書かないわよねえ」と女友達の一人が言った。

演劇関係の人と話をしたい、と頬を赤らめながら語る女学生をレネは好奇心に満ちた目で観察していた。演劇関係の人というのが何のことなのかは、レネにもよくは分からなかったが、とにかく、これからコーヒーでも飲みながらその企画についてもっと話をしましょう、とレネは提案した。

夢

優奈の夢は女優になって外国語で台詞を言うことだった。「夢」と言うのは文字通り夢なのであって、つまり舞台に立って、知らない言葉で長い独白を語る夢を実際何度も見たのだった。頭には草の冠を被っていたが、それが月桂樹ではなく、三色すみれで編まれていることは分かっていた。

異国の言葉は優奈の中に流れ込んではまた流れ出てきた。一つ文章が終わる度に次を忘れてしまったのではないかと不安になった。と言っても、実際は、頭蓋骨を開いて、文章が舞い込んでくるようにしてさえいればよかったのだ。優奈は自分がまだ目覚めているのか、もう気絶してしまったのか分からなかった。鳥肌がたち、下腹部が焼け、震えていた。

嘘

二人は、喫茶店のテラスにすわった。「女優になることが夢なんです」と言ってから優奈は、悪夢も夢のうち、それどころか悪夢こそ夢の中の夢かもしれない、と思った。レネは怪訝そうに「それではあなたはまだ女優ではないの？」と訊いた。優奈は赤くなり、咳き込んで、出すものなど何もないのにデイパックを開けた。優奈がもしレネもよく嘘をつくということをこの時すでに知っていたら、この時これほど恥ずかしがる必要はなかっただろう。レネははっきり嘘をつくことはなかったが、ある事柄の腹を話さず、ベルトばかり強調するようなところがあった。たとえば自分の父は芸術家タイプだったと言いながら、実際にはどんな仕事をしていたのかは話さない。その父が自分にどんなに優しかったかは話しても、自分以外の人たちをどう扱ったのかについては話さない。

民

優奈とレネは肩を並べて喫茶店を出た。前の小庭に若い男が立って木の箱の中で灰色のどろどろしたものをかき回していた。セメントを混ぜているんだ、と優奈は思ったが、実際は何を混ぜていたのか分からない。毛の生えた太い指はごつかったが、熊手の動きは優しく思いやりのようなものが感じられた。優奈はイングリッドが、マスクを頬に塗っている時の指先を思い出した。

男が額から汗を拭き取っていると、レネが声をかけた。「あなたのために太陽をキャンセルしてあげたいくらいですよ。」男は話しかけられるとは思っていなかったのか、いくぶん驚いているようで、息を何度か吐き出し、喉元で摩擦を起こすだけの短い答えを返した。レネは前置きもなくラシーヌの話を始めた。若い男は困っているようだったが、それでも注意深くレネの言うことに耳を傾け、実は自分は本を読むのが好きで、バルザックを読んだことがあり、ラシーヌだって、時間があったら、いや時間ではなく気力があったら読みたいくらいだ、と言うのは、夜うちへ帰ると眠くてたまらない、ビールは飲まない、仕事仲間は分かってくれないが、昔から自分は酒は飲まなかったのだ、というようなことを一気に話した。「お名前は何とおっしゃるの?」「ヤコブです。」「え、あなたもヤコブ?」レネは、またラシーヌの話を続けた。語彙は講演中と同じだった。わざとらしく甘くした声はそのうち甘くなり過ぎて、森の蜂蜜のようにいがらっぽくなった。若い男の両手は仕事に戻ったが、レネはおしゃべりをやめず、その声は引っ掻くようになり、熱に浮かされ、しつこく食い入っていった。若い男は助けを求めるように空中を見上げた。誇り高い鼻翼がはっきり見て分かるくらい大きく上がったり下がったりした。もしレネが適当なところでやめていたら、優奈も、分野の違う人とちょっとした会話が交わせてよかった、と思えただろう。でもレネはすでに行き過ぎていて、しかも更に先へ突き進もうとしていた。そのうち若い男は我慢できなくなって爆発するだろう。あたしはもう行くから、と優奈は静かな声できっぱり宣言し、歩き出した。

怒

二人の女性はそれっきり顔を合わせなかった、ということもありえただろう。しかしこの瞬間、レネは若い男を捨て、若い女のあとをついていくことにした。優奈は振り返らず、レネを待つこともしなかったが、ついて来るだろうことは分かっていた。「どうしてそんなに急ぐの？」レネが息を切らして文句を言った。「そこにいるのが嫌になったの。」「どうして？」優奈は立ち止まって、怒った顔をレネに向けて訊いた。どうして罪もない若い男性の神経をいらだたせるの。この時、仏文学者は予想外にきつい調子で言い返した。罪もない？　罪もない人なんていないでしょう。

管

レネが見も知らぬ罪のない青年に性的な嫌がらせをしたのはこの時だけではなかった。時が経つにつれて優奈にも分かってきたことだが、このゲームはレネの日常生活の一部なのだった。ある時、若い工事の男が流しの下の排水管を修理するためにレネの家に来た。レネは初めは親切そうな口調で話していたが、次第に男の神経を掻き乱し始めた。目の中をえぐるようにのぞきこみ、視線をそらすことを許さなかった。肉食動物が他の動物の目の中をのぞきこむ時、それは宣戦布告を意味している。若い男は何も言わずに工具をまとめて帰ってしまった。そうしなければレネを殴ってしまったかもしれない。その時、ドアをバタンと乱暴に閉めてレネを怒鳴りつけたのはその男ではなく、優奈だった。「何のために、ああいうことするの？　自分の権力が示したかったわけ？」「権力？　考え過ぎよ。」「考えたらいけないの？　あなたを見ていると、植民地主義者という言葉が浮かぶ。」

尼

「あなたこそ、修道院の尼さんみたい。」レネは言葉を一つずつ区切って発音した。優奈は深く腰を曲げたが、それはレネの見解に尊敬をしめすためではなく、洗面所の下の壊れた管を調べるためだった。

流しの下は狭かった。優奈は冷たいタイルの床にすわり、身体を斜めに傾け、怯えた亀のように首を引っ込めた。この姿勢の方がレネと同じ目線で向かい合って立つよりはましだった。優奈は混乱していた。レネが修道院の尼僧を何の比喩として使ったのかについて、一人でゆっくり考えたかった。尼僧という職業については優奈はほとんど知識がなかった。知っている尼僧と言ったら、ヒルデガルト・フォン・ビンゲンくらいだった。

曲

管の茄子の形になった部分から水がぽたぽた垂れていた。管の上の部分と下の部分を繋いでいる鉄のリングのねじが一つ欠けていた。輪はかすかに歪んでいた。優奈は小さな機械や玩具を修理するのが好きだったが、レネがねじまわしもペンチも持っていないことを知っていた。

「リングが壊れてるみたい。なおせないことはないけれど、でもちゃんとした道具持っていないでしょう。どうしてクレンプナーを追い返してしまったの?」

家に来て水道など金属でできた設備の修理をしてくれる人を指す「クレンプナー」という単語

を口にしたとき、優奈の中で、若い男を気の毒に思う気持ちがさっきより強まった。優奈はこの単語が好きだった。この言葉には、金属を曲げるこぶしの力が潜んでいた。曲げられてたまるかと反発して頑張る金属の力もこの単語の中から聞こえてきた。優奈はこの単語をもう一度味わうためだけに、レネを批難して言った。「クレンプナーには罪がなかったのに。可愛そうなクレンプナー。」

弱

「また罪がないなんて言ってるの。どうして、そんなにカマトトぶるの。」輪を作っている金属は簡単に曲げられるものだった。優奈はレネの手に取られ、曲げられたが、その度にしっかり跳ねもどるだけ強かった。金属の身体はその度に、まるで暴力は新しい音楽を作るためにそこにあるのだとでもいうように振動してみせた。しかし折れやすいのもまた金属の特徴で、コーラの缶の蓋についた輪のように、喉の渇いた女の指に簡単に折られてしまうこともあることは否定できない。

脚

優奈は管がつながるように、リングを元の形に曲げ直そうとした。そうしながらもレネの脚を時々こっそり観察していた。明るい色のストッキングを通して、そこここに青い血管が浮き上がっていた。絹の灰色の影がくるぶしから太腿まで女性的な線を演出していた。膝のあたりのまるみは、レネの吐き出す辛い言葉には似合わない愛らしささえ感じさせた。足の親指の骨は少し歪んでいて、平らな床に立つはだしの足は、まるでかかとの高いハイヒールの過激なカーブを懐かしむように曲がっていた。

性生活がなくなるのが怖いから尼僧のこと、悪く言うんでしょう。性的に求められることが第一希望なの、それとも何かあたしに理解できないような、どちらかというと抽象的な欲求がその裏にあるの？　優奈は、この問いを声に出さなかった。のみこんで黙って作業を続けた。

優奈は立ち上がって、「作業完了」と事務的に告げた。レネは蛇口をひねって、コップに水を汲み、薬をのんだ。優奈は高級そうな石鹸で手を洗った。その石鹸がアルジェリア産であることは知っていた。レネは赤ワインを一本、棚から出してきた。二人はソファーにすわった。優奈がレネの隣にすわれば、それで自動的に仲直りということになった。「このワインはペサック産。」「ペサックってどこ？」「ボルドーの近く。ボルドーには義兄がいて、作家なんだけれど。」

レネは時々この義兄のことを口にしたが、どこかに義兄がいるという話なら、誰だって作れる。以前ハンブルグには、アメリカに伯父がいるという人がたくさんいたが、その伯父たちは自分の存在を証明するために新大陸から規則的に夢の商品を運んでこなければならなかった。それがどんな贈り物だったのかもう誰も覚えていないが、とにかく立派な品物だった。それに対してフランスにいる義兄などというものは、贈り物はしなくてもいいし、ハンブルグに来なくてもいい。そのかわり、忘れられないためには、ちょっとしたエピソードに頻繁に顔を出さなければならない。

姉

レネは姉の話はしたことがなく、そのためかえって優奈にとっては姉より義兄の存在に実感が持てた。いつだったか、好奇心からというよりは不注意から、「確かお姉さんか妹がいたでしょう」と訊いてしまったことがある。レネはうなずいたが、それから怒ったように深く黙ってしまった。優奈はすぐ何かその場の空気を和らげるようなことを言わなければならなかったのに、言い間違いをするのを恐れた。こういう時に限って、シュヴェスター（姉か妹）という代わりにたとえばジルヴェスター（大晦日）などと言ってしまい、せっかく忘れかけた話を新たに掘り起こすきっかけになりかねない。去年の大晦日、家に帰る途中、優奈の太腿に爆竹があたった。ちょうどそこを通りがかったトルコ人の青年が医者に連れて行ってくれた。優奈は赤くなって、何も言えなくなった。その沈黙がレネをますますいらだたせた。「どうしてシュヴェスターがいるかなんて訊くの？　姉がいることはもう知っているでしょう。本当は何が知りたいの？　正直に言いなさい。」

姝

「シュヴェスターがいるとかいないとか簡単に言うけどね、それが本当にどういう意味なのかは不明瞭よね。」「それ、どういうこと？　どうして不明瞭なの？」「たとえば、シュヴェスターという単語が存在しないとするでしょう。そのかわり年上のシュヴェスターだけをさす姉という単語と、年下の妹という単語があるとするでしょう。そうしたらもうシュヴェスターがいるなんて言えないわけで、姉がいるか妹がいるかしかない。そうしたらシュヴェスターがいるという感覚も存在しなくなるわけで、そのかわり姉がいるという感覚と、妹がいるという感覚と、二つ全く別々の感覚が存在することになる。」「実際にはない空想言語の話してるの？　それとも日本語の話？」「どちらでもこの場合、同じでしょう。仮に姉と妹という言葉を義理の姉と妹にも使うとする。年上の兄弟の妻が義姉《あね》……」「待って、待って、そんなに速くのみこめない。ゆっくり言ってちょうだい。」「同じことが男のきょうだいについても言えるわけで、年上が兄、年下が弟。そのかわり、義理の弟、つまり妹の夫もオトオト。」「オトとオト？　オトが二つ？」

音

オトとは音のことだが、それはただの偶然で、弟とは関係ない。それにしても何もなかったところに一つの音が、そしてもう一つの音が生まれたということは、注目すべきことであった。

ひょっとしたら単語というのはどれも楽器なのかもしれない。二つの音からなりたつオトオトには血も親もなかったが、自分の出所について違った形であきらかにすることのできる他の親族と並んで確かにそこにいるのであった。

レネのもつれた表情はとっくに解け、声はもう上機嫌と言っていいくらいだった。「姉はモーリスより二十も年上だったけれど気にしてなかった。二人は似た者どうし。どうも刑務所に入っていると年齢というものを失ってしまうらしい。それは若さを保っていられるということではなくて、年をとるチャンスを逃してしまうということらしい。」

「モーリスは本当に作家なの？」「そうよ。」「どんな本を書いたの？」「自伝小説。酒だ麻薬だで大変だった子供時代の話。それが当たって、どれだけ売れたか分からないくらい。印税で家を買ったくらい。それもボルドーにね。」

優奈は、ある人が小説家として成功したという話をレネの口から聞くのが好きではなかった。十六歳の頃の優奈はドストエフスキーのように長い小説が書きたいと思っていた。十九歳の時には、チェーホフのようにいろいろな長さの短編小説が書きたいと思った。一年前から優奈は個々の漢字を書きつけることしかしない。メモ帳に書かれた漢字は孤独な子供のようで、頭の上に屋根のある子もいれば、ない子もいる。

隠

成功という言葉はレネの口から出るといつも性的な色がついた。この間、あるテル・アビブ出身の女性作家について、「あの作家びっくりするような成功をおさめた」と言っていたが、それが、「びっくりするような性交をおさめた」と聞こえた。だから優奈はセイコウという言葉には反応しないで、「テル・アビブ」という地名をまるでそれが呪文であるかのように繰り返した。レネはいらいらして尋ねた。「関心ないの？」優奈は肩をすくめてみせた。「成功した小説家になるより、ノルウェイの山奥にこもって隠者になった方がまし。」「一人で森の中で暮らすつもり？」「一人じゃない。ヘラジカとか、他にもいろいろ動物がいるでしょう。」「動物はものの数に入らないでしょう。」「どうして？」「聖アントニウスじゃあるまいし。信仰心を忘れなさい。」「あたしには初めから宗教はないの。」

閂

優奈の目から見るとレネは尼ではなかったが、それでもどこか世捨て人のようなところがあった。公の場には全く顔を出さなかったし、優奈以外の人間を家に入れることもなかった。レネの指はもう論文を書くこともなかったし、その声がラジオから聞こえてくることもなかった。ラシーヌについてのあの講演が最後だったのかもしれない。優奈はレネと知り合いになる最後の機会を上手くつかんだのかもしれなかったし、優奈と知り合ったからレネはそれ以外の外界との関係を遮断する気になったのかもしれなかった。

優奈は町の文化白書で偶然レネがハンブルグに昔あったフランス語文化研究所の館長だったことを知った。なぜ閉館になったのかについての説明はなかったが、そこにあったある文章の前半が優奈の記憶に残った。「スキャンダルの末、研究所は閉館になったが……」後半は忘れてしまった。


「尼のどこが悪いの?」優奈は冷たく尋ねた。レネはびくっとしたが、すぐに教養文化人の仮面を被って答えた。「今の世の中で神に忠実だなんてありえないでしょう。遅れてる。ルネッサンス以前に戻りたい人なんていないでしょう。」

ルネッサンス! レネはいつもどんなことを言い出すか分からない。ルネッサンス! 優奈の教科書にはボッティチェルリの春の絵の隣に、このルネッサンスという言葉が書いてあった。だから優奈の頭の中では、ルネッサンスという言葉と春の絵は、まるで漢字の偏とつくりのように一組になっていた。

教科書の絵の印刷はあまり質が高くなかったが、踊る女たちの裸体を強調する衣には魅せられた。透けて見える衣をまとうことによって、やっと本当に裸になれたという感じだった。それがなかったら胸とお尻のはずむような曲線がこんな溌剌とした雰囲気をかもし出すことはなかっただろう。それとは対照的に、女たちの顔、特にフロラの顔は鬱鬱としていた。この絵のことでも、優奈は一度レネと口争いしたことがある。この絵は鬱病の起源を表現しているのだと優奈は主張し、レネはそうではなくて官能の解放だとしきりと主張していた。

鳥

仏文学者のきつい言葉が優奈を黙らせた。遅れていると言われたことは、気にならなかった。でもルネッサンスという言葉は小魚の骨のように喉にひっかかった。

家に帰ると、優奈はレネに長い手紙を書き始めた。鉛筆はカリカリと時間をかじり、食べ尽くしていった。目覚まし時計の針は優奈の背後で勝手にするする回っていた。気の短い小鳥たちが、まだ夜もあけていないのに、さえずり始めた。優奈が腕を重い義手のように机の上に置いて、肩を落として、次々言葉に線を引いて消していく間にも、鳥たちはまるで消された言葉をくちばしで拾うようにさえずり続けるのだった。封筒はのりしろの粘膜をてかてか光らせ、手紙の最終稿の完成を待っていた。優奈はいつまでも言葉を消し続け、やがて消したところに新しい単語を書き込む力もなくなってしまった。一生懸命言葉を消すことが、書くという行為に取って代わった。オレンジ色の清掃車が轟々とモーターの音をたてて家に近づいてきた。優奈はまだ思考のゴミを灰色のビニール袋に入れて家の外に出していなかった。燃えにくいゴミだった。

答

あの時、その場でレネに応対していた方がよかったのかもしれない。そうすれば、問いと答えが二本の竹刀《しない》のようにカンカンパラパラと明るい乾いた響きをたてたかもしれない。それはレネも気に入ったに違いない。レネは、他人といつも同じ和音に合わせて歌うのはご免だと言っていたことがある。むしろ、「わたしは反対！」と声に出して言うのが楽しい、と言う。音が合わないことによって、音楽が生まれることもある。リズムさえ合っていれば。芝居の舞台でだって、すぐ相手に反応した方がいい。登場人物がまわりの人たちにその場で反応する代わりに自分の考えをまとめるため毎回、舞台裏にひっこんでしまったら、舞台芸術はなくなってしまう。

こ　た　え　る。優奈はいつも竹冠のついた漢字を使って「答える」と書く。レネとの会話は竹刀を使った武術になるはずだった。相手が優雅な防御の姿勢をとれるように、すがたの美しい攻撃を仕掛ける。本当に防御する必要はないのだが、防御という形で、隠れた力が流れ出るような形を捜す。

応

こたえるという漢字はもう一つある。心が一つ、簾の後ろにすわっている。外から姿は見えないが、いるという気配はある。口も見えないし、声も聞こえなくても、簾がぴくぴくっと動くので、女御は語っているのだろう、と思う。平安貴族のよう。しかし、風がちょっと吹いただけですぐに何かが語られたのではないかと思ってしまうことはむしろ問題かもしれない。

悔

優奈は線を引いて消した言葉だらけの手紙をレネに送らなかった。手紙はメモの端切れといっしょに引き出しの中に入れられたままになった。メモにはたとえば、「シュトライテン（言い争う）の動詞の後には前置詞のウムが来るのかそれともユーバーが来るか」など、前置詞に関する疑問などが書かれていた。そういう疑問は、文法の本ですぐに調べるのではなく、偶然が答えを与えてくれる日をひたすら待っているのだった。

不思議なことに、レネは優奈が出さなかったその手紙を受け取ったというような態度を取った。優奈をお茶に誘い、客がまだコートを脱ぎ終わらないうちに、しゃべり始めた。「昔いつもわたしを批判している同僚がいたの。わたしの目標はいつも、たくさんの崇拝者から崇められ、たくさんお金をもらうことだけだって。わたしは欲深くて、依存症で、満足するということを知らない女だって。その人はわたしの人生に口出ししておいて、わたしが研究所のことでもめていた時には、助けてくれなかった。それ以来、どこへ行ってもその人の影が見える。神経症患者みたいに。ごめんなさい。おとといはちゃんと話を聞かなくて。何が言いたかったの？」「もっと義兄の話が聞きたかっただけ」と優奈は恥ずかしそうに答えたが、本当は義兄ではなく、レネの姉のことが知りたいのだった。

蜂

モーリスは初めから売れる作家だったわけではない。政治活動をしていたわけでも本当に信心深かったわけでもないが、なぜか左翼のキリスト、という雰囲気だった。取り巻き連中はモーリスを崇拝し、モーリスの作品がどうのこうのといつも言っていたが、実際にはモーリスは誰にも原稿を見せたことなどなかった。それがレネには気に入らなかった。レネはいいお姉さんのようにモーリスを助けるつもりで、知識階級に受ける推理小説をいっしょに書こうと提案した。モーリスは怒った。怒ると額から尖った角が二本生え、レネはそれを可愛いと思い、笑ってしまった。モーリスはレネの予想していなかったような残酷な台詞を吐いた。「レネ、かわいそうな女の子、頭がよくて、サクセスフルでセクシーで、でも自分のテーマがないんだ。新聞に書き立てられて、お金がどっと入ってくるっていう夢は、コカインみたいに気分を引き上げてくれる。あんたは少なくともそう思い込んでいる。成功すれば鬱状態から逃れられるって。でもそれはとんでもない思い違いだ。名誉なんかよりも薬とワインの方が確実に助けてくれるよ。それでもどうしても有名になりたいなら、僕を巻き込まないで、一人でやってくれ。」

レネはその夜、家の戸の前でころんで、石段に額をぶつけた。目が腫れた。知り合いと親戚には、モーリスに殴られた、と語った。モーリスは濡れ衣をきせられて反論するかわりに、一人、ノルマンディーの小さな宿にこもり、怒り狂った人間にしか真似のできない猛烈な速度で自伝を書き上げた。その本は数週間たつと、今週一番売れた十冊の本のリストに載った。

誉

「自分の義兄のこと、誇りに思った?」「さあ。むしろ自分が雑巾になったみたいな気がした。わたしはモーリスの思っている通りの、あるいはそれ以下の人間だという気がした。でも、モーリスを小説を書くのにふさわしい状態に追い込んであげたことも分かっていた。自分ではそんな気はなかったんだけれど。モーリスは怒り狂って、失うものはもうないっていう状態に陥って、キリスト肌を脱皮して、プライベート哲学をゴミ箱に捨てて、民衆の感情の河に身を投じて、大衆の神経系に触れることができた。ここで『大衆』と言う中には、インテリも混ざってる。もちろん。インテリなんてごっそりいるからね。わたしはそうじゃなくて、二、三人のために書かれた本が好き。当時わたしはモーリスが自分自身のためにものを書くことを認めなかった。一人から二人への跳躍が大切だと思った。二人読者がいれば二千人になる可能性は常にある。でも二万人ともなるとつい『愚かな大衆』と言いたくなってしまう。笑ってる? そう、わたしは驕っている。こんなことを言う資格はない。モーリスが成功してから、わたしは、モンテーニュを読むのが好きな少女に戻ってしまった。」

随

レネは小説よりエッセイを読む方が好きだと言った。レネはエッセイという単語を優奈の知っているどんな人とも違った風に発音した。力を抜いて、優雅に、二番目の音節にアクセントをつけて。

「エッセイはドイツでは軽く見られているけれど、文学の一番美しいジャンルだと思う。」「モーリスは今何を書いているの？　小説それともエッセイ？」「さあ。もう長いこと、何も書いていないと思う。」

族

モーリスは本当にレネの義兄なんだろうか。優奈はそれを疑っていた。レネの口から義兄という言葉を聞くのはどこか違和感があった。居間に額入りの家族の写真を飾っている人を見ると軽蔑したくなる、とレネが言っていたことがある。レネが義理のきょうだいや大叔母まで当然のように組み入れた大家族の一員だとは優奈には想像しにくかった。

レネにも母乳をもらった母親がいるという事実は、優奈も受け入れることができた。それは哺乳類の運命だからだ。ウィーンのこうもりもローマの狼も、生まれたての生命にとっては唯一のエネルギー源である乳房を吸う。でも義兄の話をするこうもりがどこにいるだろう。

夫

義兄というのは夫の兄である可能性もあるのではないか。話でしか知らないレネの夫には兄がいたかもしれない、と思ったとたん、優奈は別の疑問が思い浮かんだためにこの思いつきから気がそれた。夫の兄を姉の夫と同じ単語で呼ぶ女の神経の太さはどうだろう。両者の間にいったいどういう共通点があるというのだろう。シュヴァーガー（義理の兄弟）という単語を辞書で引いてみて、優奈はこの単語の三つ目の意味にぶつかった。昔は郵便馬車の御者への呼びかけに使われていたそうだ。「シュヴァーガー、今日はわたし宛ての手紙、来てますか。」

癒

優奈は、会社の同僚のナンシーに向かって生まれて初めてこの単語を使った。「来週ボルドーに行くの。レネにはボルドーにシュヴァーガーがいるんだけれど、その人休暇で家をあけている間、その家を使っていいからって。」新しい言葉は優奈の舌に違和感を残していった。ナンシーが陽気に、「海に行くの？　うらやましい」と言うので、優奈は少し傷ついて抗議した。「ボルドーは海には面してないのよ。ハンブルグと同じで、電車に乗らないと海には行けない。それに、うらやましがられるようなことではないの。あたし、もう疲労完熟なんだから。」優奈は、疲労完熟という言葉を人事課のある女性から盗んだのだが、この言葉自体が、ますます疲労の深まるような響きを持っていたので、盗んだことを後悔した。人事課の女性はみんなに、これから療養に行くのだけれど経費はすべて保険から出るのだと話していた。そしてある日、姿を消した。休憩時間にコーヒーを飲むのに使っていたテントウ虫の絵のついたカップはもう一年も前から誰にも手を触れられることなく窓際に置いてあった。それを捨ててしまう勇気のある人間はいないようだった。


「レネって誰？　いつか話してくれたことあったけれど、あたしそういうことはすぐ忘れてしまうから」とナンシーが言った。優奈は困って口をつぐんだ。二人の関係を表す適当な言葉が見つからなかった。ナンシーは無邪気に話し続けた。「クリスマスに傘をくれた友達じゃなかった？　人権がどうのこうのって書いてある面白い傘。」

レネはクリスマスを祝いたくはなかったが夫なしで「祝わないお祝い」を実現するのは難しかった。家族の儀式は毎年エスカレートしていって、みんなと同じようにしていないと変に目立ってしまう。昔は違った。いわゆる伝統的な祝日というのは伝統的であったためしがないから、とレネは電話で言って、優奈に今夜うちへ来て、質素で祭日らしからぬパン食をいっしょにとらないか、と誘った。

優奈はしばらく前に好奇心から買ったけれどもまだ味さえみていなかったクリスマスの焼き菓子シュトレンを急いでリュックサックにつめて、レネのところへでかけていった。

雪

バス停へ向かう途中、すでに雪が降り始めていた。レネはしっかり化粧をし、目立たないが祝祭を思わせる服装をして待っていた。

二人が一杯目のモロッコ風ミント茶を飲んでいると、庭が次第に粉砂糖のような白に覆われていった。二人は初めのうちはテレビのコマーシャルに現れるようなクリスマス・イヴの雪を、冗談の種にして笑っていた。ところが雪がますます激しく降ってくるので、だんだん怖くなってきた。雪などという愛らしい言葉はとっくに越え、何か描こうとしても冷たくはねつけてくる白さになっていた。優奈はコカインという言葉を思い出した。雪はますます貪欲にずうずうしく天から落ち、夜がやすらかなビロードのように黒い時間に戻っていくのを許さなかった。優奈は家の女主人に今夜泊まってもいいかと尋ねた。

写

レネはテーブルの上にあるろうそくに火をつけた。棚から写真のアルバムを出してきて、狙いを定めてページをあけた。古い木のベンチに細く青白い顔をした若い男がすわっていた。その隣にすわっているのはどうやらレネだった。背後には暗い空が見え、その足下には庭草が茂っていた。優奈は写真の中で草がサワサワいう音を聞いた。もうすぐ嵐が来るぞ、とでもささやいているようだった。よく見ると、草は草ではなく、古い写真に現れる亀裂だった。

「この美男がわたしの恋人だったの。夫に出会うまでは」と言って、レネは男の胸をさした。優奈は関心なさそうにうなずき、レネは優奈の無関心には気づかずに、一人写真と話し続けた。「イラン出身で、当時はパリの大学に通っていた。わたしたちは、パリで知り合ったの。当時の仲間たちの中では、一番の美男だった。」レネはアルバムのページをめくりながら言った。「これが当時の仲間たち。今から考えると、恋人だったあの人より、この人の方が面白い人だったような気がする。」レネはトリスタン・ツァラのような顔をした男を指さして言った。「文学クラブのスターだった。あの人の書く詩は音楽そのもの。でも、他人に接する時の拍子が狂っていて、ガールフレンドもいなかった。不器用だっただけかもしれない。ある時、他に誰もいない時、わたしのここを黙って触ったことがあったの。」レネの声は更にうわずっていった。「それから接吻しようとして。でもわたしに恋をしているわけではなかった。あの人は、気にいる女の子はたくさんいて、欲望がふいに姿をあらわすことはあっても、あとが続かなかった。もしあなたを見たら絶対触ったと思うけれど、あなたはまだ生まれていなかったから。」優奈は全く反応しなかった。レネはそんな優奈の肩をとんとんと叩いた。「この中ではどの人が一番魅力的だと思う?」

優奈は、年上の女性が男の話をすることで年下の女性との共犯者意識を楽しむのを嫌っていた。もしレネが腰のあたりに熱っぽい波の押し寄せるのを感じるなら、死んだ写真の中から男の手を引っ張ってきて優奈の腰をさわらせるのではなく、優奈の手をとって自分の腰をさわらせればいいのだ。優奈は表情を閉じて立ち上がり、窓のところへ歩いていった。

寝

「もう寝ましょう」とレネがメランコリックな調子で言った。ベッドは一つしかなかったが、それは普通のダブルベッドよりもずっと幅広いものだった。「三人でも寝られるのよ」とレネが言った。「あたしとあなたとトリスタン、遠慮しとくわ」と優奈は内心思った。

優奈が寝間着を持っていなかったのは問題ではなかった。優奈は凍えるということがなく、暖房のない部屋でも薄い毛布一枚あれば平気だった。家の暖房は効き過ぎていた。家具の茶色がなぜかその暑さをいっそう濃いものにしていた。優奈はクリスマスの砂糖に舌を覆われたような気がして、歯を磨きたいと思ったが、洗面所には歯ブラシが一つしかなかった。レネは急に気のきく主婦の役を演じる気になったのか、もうずっと開けていなかったらしいバスルームの棚や引き出しを次々開けて、優奈のために歯ブラシを捜した。

明

「もう捜さなくてもいい。歯は絹糸で磨くから。」「もう少し、そのへん、かきまわさせて。その方がよく眠れるから。」「どうして？」「わたしくらいの年になれば、そんなものよ。今はしなくなった楽しいことを以前は寝る前にいつもしていたから。」「そう、それじゃあ、お好きなように。」「薬を飲まないと。」「さっき飲んだでしょう。」「あれは別の薬。心配しないで。この薬、副作用はないから。」「副作用のない薬なんてあるの？」「またそんな道徳的なこと言って。ドイツではみんな副作用を問題にしすぎる。まるで犯罪の話するみたいに。でも何にだって副作用はあるんだから。たとえば夫婦とか。友情にだって副作用はある。」

熱

二人はベッドに横になって、身体を動かさないようにした。優奈は雪明かりが透けて見えるカーテンを見つめていた。車が通ると、葉のない枝の影絵がかすかに見えた。優奈は角の生えた動物の影が見えたような気がした。ノルウェイの暖炉の火を肌に感じた。熱は胸の上をまわり、腹の上を這って、腿へと移っていった。

喘

レネは寝返りをうって、「七〇年代」と言う名前の知人の話を始めた。この左翼知識階級の女性は、性交の度に一生懸命に喘ぎ、叫ぶのだった。それは鼻と喉でつくる言語で、動物よりもむしろ空気ポンプと似ていた。この言語もまた他の言語同様、習得されなければならなかったわけだが、その際、参考になる教科書は、ポルノ映画しかなかった。映画女優たちの出す声は、驚くほど画一化されていた。だから、女たちが喘ぎ叫ぶと、本人の意思とは関係なくユートピア的な平等社会があらゆる階級を支配するのだった。

泉

「踊りとお酒のおかげで自己統制を失い、罪の意識を感じながら同時に自分が正しいことをしていると感じる。でもそういう気持ちは、あなたにはわからないでしょうけど。」レネは挑発するように言った。「そのとおり。あたしは自分が美味しいと思う水しか飲まないから」と優奈は答えた。レネは喉が渇いたような掠れ声で言った。「あなたは自分のアイデアの泉に恋しているだけで、他の人間は必要ない。文字通りナルチス、ただし木霊《こだま》は聞こえてこない。」優奈は、勝ち誇ったように叫んだ。「そう、泉に恋したい。本当に泉に恋してしまった女の話をこの間、読んだの。」

性

優奈はベッドの上にあぐらをかいて、語り続けた。レネは「もう横になって寝なさい」と言うと、寝返りを打って背中を向けた。優奈はしかしその言葉には耳を貸さずに尋ねた。「ルネッサンスはドイツ語で何と言うか分かる？」レネはびくっとして、もごもご答えた。「ルネッサンスはルネッサンスでしょう。ゲルマン風のルネッサンスなんてない。」優奈はしつこく続けた。「そんなことないでしょう。ルネッサンスの意味は、再生。生まれ変わること。大学の友達のアショケが教えてくれた。アショケには逢ったことないかもしれないけど、大学でインド・ゲルマンの概念について論文書いている人なの。弟が精神に障害があって、近所の人たちはそれは父親のせいだと言っているのだけれど、それは、その父親が自分の父親を台所の包丁で刺したことがあるからなの。でも刺したのは、父親が妊娠した妻のお腹を蹴ろうとしていたから、少なくとも、そうしようとしているように見えたから、息子としては自分の母親を守るために包丁を手に取らなければならなかったということだったらしい。その父親というのも決して悪魔だったわけではなくて、妻を愛していたのに、自分の中にある暴力的なものが流れ出す口を性愛によって押し開けられてしまった。その危険は自分では子供の頃から分かっていた。だから十七歳の時に髪をおろして、一生結婚しないで僧侶として寺で生きる決心をした。寺にいれば、性欲の強い女たちにからまれたり、笑われたりする危険はなかったから、僧侶として毎日を過不足なく過ごすことを学んだ。ところがある時、ある企業が寺の建っていた土地を買って、コンピューター・チップの工場を建ててしまった。それからその地方の寺はみな同じ運命をたどることになった。僧侶にも自分に逃げ場のないことが段々分かってきて、結局、きついズボンに脚を通して、工場で製品を梱包することになった。元僧侶は企業の中で出世して、管理職まで上がったけれど、サラリーマンの生活はセックスとワインなしに耐えられるものではなかった。他には輸入ワインはなかったので、高価なカリフォルニアワインをささやかな給料で買う習慣ができて、そのうち手の暖かい女性と結婚した。ところが妻になった女性のお腹が球形になっていくのを見ていると、パニック状態に陥った。暴力的なものが、生まれ変わって赤ん坊の形をして出て来るのを知っていたから。気絶するほど飲んで酔うことで最初の子供はどうにかやり過ごせた。でも妻の腹部がまたふくれてくると、怒りを押さえられなくなった。人間そのものを鎖の一部にしてしまう鎖というものへの非人間的な怒り。鎖はどんな代償を払ってでも断ち切らなければならない。」

枕

「もう寝ることにしましょう」とレネがかすれた声で言った。「いや。まだ訊きたいことがあるの。」「何?」「なんだかあたしを男とくっつけたがっているように見えるんだけれど、どうして? 伝えたいことがあるの?」「さあ、わからない。もしそうだとしても意識的にそうしているわけじゃないし。」「退屈な答えねえ。もっとましな答えをちょうだい。」「今はだめ。もう寝ましょう。」

レネは「もう寝たい」を繰り返したが、優奈の方は尼僧について、そして尼僧ではない人の性生活について討論するのだと言ってきかなかった。レネはもう何も言わずに、いやいやと首を振るばかりで、すると日本製の枕の中のもみがらがざわざわ鳴った。優奈は諦めずに横になって、レネの耳の中に同じ質問を吹き込み続けた。レネが急に枕を手に取って優奈の顔の上にデスマスクのように当て、全身の体重をかけた。優奈は身をふりほどこうとしたが、激しく動けば動くほど、空気は薄くなっていった。掛け布団は飛び上がり、ベッドはきゅうきゅう鳴って、優奈はむきだしになった太腿を空中でばたばたと動かした。

傘

翌日はもう雪は降っていなかったが、天はすでに過ぎ去った雪の重さにぐったり垂れていた。レネは優奈に傘を一本プレゼントした。平和会議の時に記念品としてもらったそうだ。優奈がひらくと、傘の乾いたビニールで作られた半球に「人権」が文字になって微笑んでいた。その日優奈はラジオで、パトロンという意味の「傘主人」という言葉を初めて聞いた。この偶然は何事も意味していなかったが、それでもこの偶然のことを何度も考えずにはいられなかった。一つの言葉が傘のように開けば、他の傘も次々開いていく。

虹

その日は、リリーも傘のことを言っていた。リリーは電話してきて、「女性は傘をひらいて風と雨から守ってくれる男性が必要」と言った。優奈はリリーをからかってみたくなった。「守ってもらう? あたしは小さなクラゲだから守ってもらう必要なんてないの。北海から風が吹いてきても雨が降っても、傘はいらない。」リリーは怒ったのか、しばらく黙っていた。これから告げることがメロドラマ的に聞こえたりしないように言い方を考えていただけかもしれない。「今日どうして電話したんだと思う? 受胎告知よ。もちろんマリアではないから処女妊娠ではないし、受胎告知してくれたのは天使ではなくて、産婦人科のお医者さんだけれど。そのお医者さん、近眼だったけど、見えたのね。あたしのお腹の中にいる子供が。」

優奈は男の傘に守ってもらう必要など感じていなかったが、男性に助けられたことが少なくとも二回はあった。ある日、警察から手紙が来て、優奈は手紙の内容はすぐには理解できなかったくせに、震えがきて、息ができなくなった。全身の骨がかみあわなくなった。そのうちやっと、その日、港付近の現場で、優奈の姿を見た人がいたということらしい、と分かった。「現場」というのは、そもそも何かを隠すための見せかけの言葉であるに違いなかった。優奈は何が起こったのか知らなかった。とにかく、出頭して事情聴取に応じる義務がある、と手紙には書いてある。

優奈はこの日のことを覚えていた。港を散歩し、機械油と潮のにおいをかぎ、風にいきいきと身を揺さぶる雑草を見た。そうしていたのは確かに「自分」だったが、その「自分」が後で警察に虫眼鏡で調べられる種類のものであるとは思ってもみなかった。この自分には、名前も過去もなく、ある空模様といっしょに訪れて消えるはずのものだった。ああいう空模様の日には、エルベ川から仮面を被った、あるいは羽の生えた何者かが現れて、散歩中の女を連れ去ってしまうこともあっただろう。しかしこの日は、生き物は目にしないで優奈はそのまま家に帰った。「着いたのは何時でしたか」と警官が訊く。時間は数字であらわされる。それは本当は奇妙なことではないか。あの時間帯にぴったり当てはまるような数字を見つけるのは不可能だった。現場で目撃した人間の数も同じく数字であらわさなければいけない。ゼロは本当の数ではないので、少なくとも「一」と言うことが期待されている。そして、一と言ったからには、その一から人間を一人作り出すしかない。こうして最初の人間が生まれる。最初ではなく二番目のと言った方がいいかもしれない。その人間は目撃者である女の頭の中から生まれるのだから。しかし優奈は誰も見かけなかった。小さな雄猫一匹見かけなかった。どのくらいの間そこに立っていたんですか、と警官が尋ねた。分かりません。なぜそこに立っていたんですか。特に理由はありません。他に誰かそこにいましたか。いいえ。あなたは誰かに姿を見られましたか。いいえ。誰かの声を聞きましたか。いいえ。港でいつも聞こえている風のこだまくらいです。途中で誰か通り過ぎていった人がいましたか。いいえ。一人でそこにいたんですか。はい。初めはいっしょに来るはずだった人がいましたか？　いいえ。誰かと約束していましたか？　いいえ。あなたがそこにいたということを知っていた人はいましたか。いいえ。誰かに偶然逢いましたか。いいえ。誰かそれまで知らなかった人がそこに来ましたか。誰かと話をしましたか。話はしないけれど、その場に居合わせた人間がいましたか。警官があまりにもたくさん、目眩《めまい》のするような重複質問をしたので、優奈はすっかり混乱してしまった。

奏

事情聴取が終わって外に出ると、優奈は震え始めた。震えは家についてもまだ止まらなかった。一人でいることができなくなって、学生酒場に逃げ出した。蒸し暑い地下の店では、アイルランドの音楽が優奈の身体の震えよりも更に速いテンポで振動していた。カウンターの側に立って、壁に並んだ酒瓶のラベルの光るのを眺めていた。バンジョーのソロの真っ最中、洗いざらしのデニムのチョッキを着た学生が優奈の目の前に現れた。学生はギネス・ジョッキを傾けて、うまそうに一口飲んでから、「数週間前、古代ギリシャ語のクラスに出てたよね」と話しかけてきた。「いいえ。でも古代ギリシャ語は習ってみたい。」長い会話のきっかけは、これで充分だった。優奈は、ある殺人的な戯曲を思い出して、そのあらすじを語った。ソフォクレスだったことは確かだけれど、題名が思いだせない。照明の届かない薄暗い酒場の隅に、疲れた感じの男が立っていた。ワイシャツの袖が血で汚れていた。優奈はそれが人間の血ではないことは分かっていた。登場する前に雄牛の血で汚したのだ。芝居は上演されなければいけない。そうしなければ、裁判官は新聞に載っていたシナリオを信じてしまうだろう。あたしは殺人犯は見ませんでした。あの人は犯人ではないからです。あの人を見ました。あの人の話はまだ暗記していないので、弁護できません。あたし以外には誰もあの人を弁護できません。そもそも、あたしに弁護ということができるとしての話ですが。もし昨日あの人を見かけたと言ったら、あの人は逮捕されてしまう。悲劇でも喜劇でもいい。その戯曲は演じられなければいけない。あたしを法律から守ってくれる学問の名前は何だっけ。チョッキを着た学生は、酔いかけた女性の目を心配そうに覗き込んで、テレビドラマの主人公のように格好よく、「平気か」と尋ねた。優奈はグラスを傾けて一口飲んでから、髪を後ろにかきあげた。相手の出演しているのとはまた別のドラマのヒロインのように。この仕草はいったいどこから来て、何を意味するのだろう。優奈は、女の学生が男の学生と巡り会い、いっしょにハンブルグの移動遊園地に行って深夜の花火をいっしょに見る、というような映画の登場人物になってしまいたくはなかった。むしろソフォクレスの芝居に出て来る犯人がどうなったのか、知りたかった。いや、ソフォクレスではなく、ラシーヌの劇に出ないと。いや、その前に自分の罪の深さの計り方を習わなければ、無罪だと信じてもらえない。優奈は学生に警察での事情聴取の話をした。学生は耳を傾け、「たいしたことじゃない。心配しなくていいよ。役にたつことなら何でもするから言ってくれ。」その時、男性の持つ何かが、胃痙攣を起こした時に打ってもらったあの注射のように素早く無条件に効果を現した。それは言葉でも仕草でも表情でもなかった。それは男性の身体のにおいが引き起こす化学反応だった。別にくさかったわけではない。そこには鼻がにおいとして察知できるものは何もなかった。ただ、外に出て新鮮な空気を吸い込んだ時、優奈は自分を助けてくれたのは体臭だったのだと思った。

香

同じようなことがもう一度あった。優奈が大学に籍を置こうと願書を出して断られた時だった。すぐに外国人局に行ってそのことを報告しなければならなかった。機嫌の悪い役人が人の不幸を喜ぶように、「もうすぐ帰国ですね」と言った。本当はこうすればどうにかなるという助言が机の引き出しにたくさん入っていたのに、それを出し惜しんだのは、この日の午後の天気のせいだった。暗くて、雨っぽくて、頭痛を引き起こすような生暖かい風が吹いていた。優奈はゴーゴリの愛読者だったので、機嫌の悪い役人のために人が一生をだいなしにしてしまうこともあることを知っていた。

優奈は一人でいたくないので、震えながら大学のキャンパスに戻ったが、同時に誰にも会わないといいなと思った。外国人学生のお役所に関する文句というのは大げさで場はずれな印象を与えるもので、何年もかけてやっと築きあげてきた現地の学友との信頼関係がそのせいでたちどころに崩れてしまうこともある。

優奈はきゅうりのジュースを注文し、コーヒー・スタンドの隅に立って、映画館の月報をめくりながら、観たい映画を捜しているふりをしていた。知らない学生が一人近づいてきて、法学部のゼミで優奈を見たことがあると言い張った。「あの日はローマ法について討論があって、君がその日だけ授業に来ていて、後にも先にも顔をみせなかったから不思議に思ったんだ。」優奈はその討論に参加した可能性を否定しなかった。それどころか、過去の法律の勉強ができたら、とさえ思った。その方が今の状況では他の学課よりずっと役にたつかもしれない。優奈は自分の身に起こったことを話した。学生は大げさに、それはひどいね、という気持ちを表現してくれた。悪気のないことは分かったが、その大げさな反応の仕方を見て優奈は、この人は似た経験をしたことがないんだな、と思った。学生は優奈を下宿に招待し、お茶を入れ、野菜の全く入っていないグラタンを作り、咳き込み、困ったように微笑んでいた。優奈を助けるためにはどんなことでもしよう、と誓ってくれた。何も具体的なことはしてくれないだろうことは明白だったが、優奈は気にしなかった。気分は回復していた。それで、男性の体臭が神経を静めたのだということがはっきりした。

優奈は週二回、港の見える七階のオフィスでバイトをしていた。海外の顧客からの注文と問い合わせを読み、長い数字と住所をコンピューターに打ち込み、リストを手に倉庫に行って購入品の点検をしたりもした。週に三日は大学でドイツ語の語学講座に参加した。授業では大切な発見がいろいろあり、たとえばスコットランドのアーチストのフォトグラフィー（写真）の背景に小さくフィー（家畜）が写っているのを発見した。もし家畜Ｖｉｅｈのスペルを間違えてＦｉｅと書いていなかったら、「フォトグラフィー」という単語の最後の音韻フィーと家畜のフィーを間違えることもなかっただろう。しかし何かを何かと間違えることがなかったら人は何も見ることができない。

授業の後で家に招待してくれる学生が時々いた。男子学生の部屋は大抵、家具などは質素だったが、時に驚くような発見もあった。例えば、使っているのかどうか不明な小さな台所に、チーズを保存するための立派なガラスの鐘が置いてあったりした。優奈は家でタマオが待っているので、外泊はしなかった。

優奈のこまぎれにされた日常の時間の中で一番うまみのある時間は、会社と大学の間、電車の中にあった。やっと一人になれて、しかも孤独ではなかった。電車の中では、今年になってからだけでも、ブルトン、バルト、ボードリヤール、ブランショの邦訳を読んだ。読み続けたい時には降りようと思った駅で降りず、そのまま終点まで乗っていった。

黒

六年生の時、ビイクンというあだ名の同級生の男の子がいて、優奈はその子を自分の日記の中でブラック・ジャックと呼び、その子のしたことを毎日記録した。この子の父親は外科医として大学病院に勤めていて、その大病院は優奈の住む住宅地の家並みを見下ろすように丘の上に聳えたっていた。優奈はビイクンもある日、外科医になると信じて疑わなかった。ところが、その子が大学生の時に病院の窓から落ちたという話を後で耳にした。

14

フランス人の書いた本を持たずには電車にさえ乗りたくないというほどなのに、フランス語を習いたくないのはなぜなのかについて、優奈はハンブルグでは考えたことがなかった。ブリュッセル駅で、これまで姿を見せたことのないこの問いがふいに優奈の目の前に現れた。ブリュッセルは目的地ではなく、途中で出てくる疑問のようなものだった。ブリュッセルで人は列車を乗り換え、自分自身を問い直すのだ。なぜフランス語を勉強しようと思わなかったのか、なぜ勉強したくない理由を考えてみたことがなかったのか、と。優奈は答えを捜すかのように、腕時計を見た。ボルドー行きの列車が来るまでにはまだ充分時間があった。優奈は駅のコーヒー・スタンドで、エスプレッソを注文した。入るとすぐにフランス語を話す声たちに取り巻かれ、そのメロディーがふいに痛いほど異国的に感じられた。気をつけなさいよ。未知の危険なものが近づいてくる。警戒心が優奈を覚醒状態に追い込み、心臓ははっきりと鼓動し始め、血液は速度を上げて流れ、暑くなった。優奈はハアハアしながら、身体の位置を変え続けた。そのイライラは幸福感と似ていた。

そのうち年配の夫婦が優奈の横に来て、オランダ語で会話を始めた。その響きが優奈をほっとさせた。家からそれほど遠いところへ来たわけではないという気にさせてくれた。ブリュッセルは遠くにあるのか、近くにあるのか。この難問に答えられる人がもしいたら顔が見たい。どの人の心も少なくとも一つの言語轍に巻き込まれている。どの人の頭の中にも、ゆがんだヨーロッパの地図が入っている。優奈の頭の中の地図では、ブリュッセルはそこら中にあったが、この町の本来あるべき場所には、穴があいていた。その時、ずっと忘れていた名前を思い出した。ヴィヴィアンヌ。思い出した途端に砂糖の袋を変な具合に破いてしまい、白い粉を黒いスレートの床にばらまいてしまった。靴でこっそり散らして目立たないようにしたが、新しい砂糖をレジからもらってくる勇気はなかった。砂糖を入れないエスプレッソの苦い味を通して、ヴィヴィアンヌが戻ってきて優奈の前に立った。

習

ヴィヴィアンヌはアントウェルペンの出身で、大阪の語学学校でフランス語を教えていた。当時十八歳の優奈は行きたいと思っていた女子大の試験に落ちたので、一年浪人し、その期間中、趣味として新しい言葉を習うことにした。
当時は、何のために外国語を習うのか、というような質問を批難するような調子でしてくる人はいなかった。勉強するということは常に言語を勉強するということだった。外国語以外にいったい何を勉強するというのか。他者の言語を学ぶ、鯨の言語を学ぶ、機械の言語を学ぶ、解剖学の、庭の言葉を学ぶ。将来その言葉を使って何をするのかなどと訊かれることもなかった。言語を使って何かを行なう将来というものが存在するわけではなく、言語そのものが新聞の見出しを生み続けていた。優奈の学校の教師たちは、人工衛星スプートニクのすべてのねじを磨き上げたのは言語だと信じていた。それまでロシア語のできなかった人たちはあわててこの言語が宇宙について知っていたことを学ばなければならなかった。優奈の教師たちは、洗練された暗号と古代文字の神秘がサイゴンをあらゆる軍事攻撃から守ったのだと信じていた。

艮

優奈はヴィヴィアンヌの教えていた入門コースに申し込み、二週間目にはすでに先生に言わせれば「全く間違った」文章を自由勝手に作るようになっていた。優奈は作文の授業でなおされることには慣れていなかった。数学の時間ではないのだから。後になってからは、この時書いた間違った文章を思い出すことはできなかったので、それがどのくらい間違っていたのかは分からない。もともと間違いを計る物差しなんてないのかもしれない。六歳の時に書いた作文が十二歳の時には恥ずかしかった。どの文章も思ってもみないかたちで始まり、ふいに終わり、しかもその終わり方がまた本当の終わりではなく、次の繰り返しの始まりなのだった。ところが十八歳になるとその作文が面白く思えてきて、二十五歳になると、その作文の価値を言語史的に証明してみせることもできるようになった。四十歳にもなれば、その作文を愛し、遠回りをしてでも又その文体に戻ろうとするかもしれない。

罐

優奈が作文をクラスで読み上げると、ヴィヴィアンヌは咳込んだので、これまで知らなかった声の低い音域が初めてみんなの耳に入った。優奈は自分の作った文を読み上げ、意味を説明した。クラスのみんなは、人を楽しませるようなその内容に笑い、ヴィヴィアンヌは間違いに腹を立て、それ以上に、自分が書いたからというだけである文章を無条件に愛し、それをちょうど幼児が得意げに自分の排泄物を見せるように見せびらかす生徒に腹を立てた。そういう冒険は文法を習得してからにしなさい、とヴィヴィアンヌに言われ、優奈は屈辱感に耐えられず教室を飛び出した。フランス語を勉強しようという試みがくじかれたのは二度目だった。ヴィヴィアンヌの日本語に全く間違いがなかったことが、この教師を実際より厳格に見せていたのかもしれない。ヴィヴィアンヌは機会あるごとに、文法は法だと繰り返していた。

もし文法が法なら、優奈は法を犯したことになる。でも犯罪者になるつもりなどなかったのだ。法など知らなくても平気だろうと思っていた。漢文の時間、優奈は、孔子が出てくると居眠りし、老子の名前が出ると、はっと目を覚まして、話に耳を傾けた。だから孔子についてはあまり分かっていないはずだった。それでいて何年かするうちに優奈は道教よりは儒教に侵されていた。道徳的に見て申し分ない権力者が国を治めているなら法律は必要ないと、無意識のうちに信じていた。常に敵を生み出し、それと戦わなければならない民主主義よりも、道徳的に申し分ない独裁者に政治を任せた方が、庶民の健康にはいい。もちろん、道徳的に申し分ない支配者などありえないから、民主主義しか道はないことは認めていたが、それにしても、こちらに絶えず牙を向けてくる不愉快な法律というものをどう扱ったらいいのかは分からずじまいだった。

中学生の頃、図書室にどんな本があるのか、優奈はほとんど把握していたのだが、「法」という字が題名に入った本は全部で二冊あった。一冊は「法華経」で、これは、蓮の花の法という意味だろうか、中身はサンスクリット語からの直訳だった。もう一冊は「法の精神」で、見返しのページに飾り文字でフランス語の原題が書かれていた。中学生の優奈にとって、このタイトルは謎だった。モンテスキューという名前は魅惑的な響きを持っていたが、優奈はこの本を手に取ろうとはしなかった。「法」と「精神」を繋いでいる何かが怖かったのだ。

四二

ボルドーに発つ前、優奈はレネに、フランス語の文法は法だと思うか尋ねてみた。この時、かつての大阪の語学学校の生徒はまだヴィヴィアンヌのことを思い出していなかったが、すでにその途上にあった。

文法を破っても罰せられることはない、とレネは言った。でも文法に従順でないと、階級が低く見られる。今日ではもう植民地も奴隷も存在しないけれど、文法を持たない人間はいる。レネの昔の同級生ならばそういう人を差別することに何の罪の意識も感じないだろう。

四三

前の日、優奈はまだハンブルグにいて、レネに本を返しに行って、文法の話をしていたのだった。今朝、ブリュッセルでコーヒーを飲みながら、ヴィヴィアンヌのことを思い出していた、その同じ優奈が、今はもうボルドーにいる。もし一つの肉体が今ここにあるとしたら、それがあそこにあったということがなぜ可能なのだろう。それは、昔から気になっていたことだった。夜行列車での旅が終わるごとに自問した。昨日はあそこにいた、今日はここにいる、つまり、昨日または自分が昨日と呼んでいる何かはあそこにあるということだろうか。あそこというのは本当に場所なのか。今日は常にここにあるのか。昨日と今日の間には何があるのか。ここととあそこの間には夜が横たわっている、と言う人もいるだろう。それでは夜の向こう側では残されたもう一人の優奈が生き続けているのか。そうして夜行で旅するごとに自分の数が増えて、それぞれの時間空間に一人ずつ自分のサンプルが一つ残るのか。

揺

モーリスは優奈のトランクを持って駅の建物から出て行った。体格はよかったが、頼りない感じがするのは、歩調にリズム感がないせいかもしれなかった。優奈は、これと似たぐらぐらした歩き方をする男性を一人知っていた。会社の同僚のヴァルターである。新しい会社の建物は、みかけは会社だが、本当は病院か少年院のような施設なのだとヴァルターは信じていた。いわゆる社員は本当は治療のためにそこに監禁されている患者で、ずっと閉じ込められているわけではないが、翌日また来るように催眠術をかけられるのだそうだ。

それは冬の太陽が地平線の上にぶらさがったままでいつまでも事務所の中を照らし出していたある夕方に起こった。冷たい光の中で机に置かれた文房具は色を失った。優奈はオールスドルフの墓地を思い出した。墓石、花、葬式に来た人たちの顔までが、その光の中では表面が無色になる。

優奈はヴァルターの透明な身体が窓に駆け寄って、窓枠を越えるのを見た。もしもう一つの身体が見えなかったら、優奈は大声で叫んでいたところだった。もう一つの身体は石になったようにコンピューターの前にすわっていた。右手だけがマウスを動かして何度も三角形を描いていた。

賢

会社の引越しがあってから、ヴァルターは出勤してこないことが増えた。課長に電話して休むと連絡することとさえなかった。まして医者の診断書をもらって来ようとなどしない。このまま雇っておくことはできないだろう、と課長は言った。誰もそれにコメントを付ける人はいなかった。優奈にはみんなが、どうでもいいという気持ちから黙っているのか、それとも連帯感から黙っているのか、計りかねた。「あの人はまだ会社の引っ越しの後遺症で苦しんでいて、前の会社の建物を自分の祖母みたいに懐かしんでいるんですよ。」優奈は下手な女優のようにそんな台詞を口にして、その場の沈黙を破った。課長は、いつもは自分の意見を言わない外国人の学生アルバイトの顔を驚いたように見ていた。

新

灰色のコンクリートの壁が長く伸びて、散歩する人たちとエルベ川との間を切断していた。コンクリートには銀色のプレートに会社の新しいトレードマークが熱帯風のオレンジ色でさっと書いてあった。字は斜めで、もちろんわざと斜めに書いたのだろうが、その下には、フレクシビリテート（柔軟性）とモビリテート（可動性）というモットーが書かれていた。

富

会社の新しい建物は資本の豊かさだけでなく、エルベ川沿いという場所の優位を強調し、ガラスの外壁を水の反射で飾ることで美的レベルを誇ろうとしていた。

「金銭はどうということない。金銭なら誰でも手に入る。運のいい人間なら。我々の手にあるのは美だ」と課長は言うのだ。「金銭なら誰でも手に入るなんて本当ですか」と優奈は皮肉に訊き返す。課長は優奈を無視して続けた。「新しく出て来た経済大国は、歴史的建物を野蛮に壊す。だから金銭も我々より早く手に入れることができる。しかし我々には美がある。」同じ課の人たちは全く反応を示さなかったが、その理由は各自それぞれだった。

褲

管理職の連中は初めからこの建物を誇りに感じていた。雇われている側は特に嬉しくもなかったが、反対もしないで、この引っ越しを受け入れた。しばらくすると、みんな、新しい建物をハンザ同盟の伝統として誉め讃え始めた。しかも「会社」ではなく、「うち」という言い方をするようになってきた。我々と我々の美しい「うち」。それに対して誰かが批判的なことを言っても、その声があまり大きすぎない限りは、思春期の少女の不機嫌と同じように大目に見てもらえた。ただヴァルターだけはこの芝居に参加することができなかった。

レネに、「会社の引っ越しをあなたはどう思っているの」と訊かれて、優奈は、「新しい建物は好き。特に透明な壁とドアが好き」と答えた。「誰でも社長室をのぞきこむことができるから。下っ端のバイトのあたしでも社長が熱心に仕事しているか、それとも鼻をほじっているか監視できる。ただし、社長室は一番上の階にあるから、実際は監視するのは無理なのだけれど」と優奈は付け加えた。

それを聞いてレネの顔色が曇った。レネは、かつて館長をしていたフランス語文化研究所が閉じられるきっかけになった事件について話し始めた。当時レネの下で働いていた人たちは、レネが公のお金を横領したと思い込んでしまったのだが、実際はレネはフランス語のさかんな西アフリカから人を招いただけだった。公開座談会と朗読会の後で、アルスター湖のほとりのレストランで食事があり、その後、町の有名人たちがよく行く港のバーに行った。研究所の人たちは後で、「あの客たちには海の向こうから招かれるだけの実績はなかった。時々詩を書くこともあるというだけの商人にすぎなかった」と批判した。

商

「研究所の職員たちは前からわたしのことを信用していなかった。あの人たちと違ってわたしが人生を楽しむことを知っていたから。呼ばれた男たちはみんな若くて美男だった。でも詩人だからと言って外見が悪くなければいけないということはないと思う。それに研究所の職員たちは、商人には文学は書けないと信じていた。」「商人は、江戸時代のカースト制度でも農民と同じかそれ以上に身分が低かったの。」「やっぱりね。世界中どこでも、坊主と軍人が上に立って、わたしたちの生活をめちゃめちゃにする。でも貿易こそが文化と文化の間の空間を液体状にしたんだと思う。モンテスキューも、物の売り買いが、外国人への破壊的な偏見を解いたのだ、と書いている。」

詮

「あたし、毎日少しずつ、この建物が嫌いになっていく。いくら壁が透明でも、社長が仕事しているか点検してみる気になんてなれないし」と、優奈はお茶休みの時間にこぼし、横目でヴァルターを見た。隣にいた同僚が、反抗的な口調で言い返した。「わたしはガラスの壁が好き。初めは嫌いだったけれど、うちの人が、ガラスの壁は高級だって言うから。けちくさい会社だったら、とてもそんなものは作れないだろうって。第一、建っている場所がすごい。グレード・アップ気分。」「だから前より仕事もできるようになった、とか言うんじゃない？」と別の同僚が皮肉を言ったが、この皮肉はスプーン一杯分の満足感でうまく味がつけてあった。「環境が新しくなったから、仕事への責任感も増した、とか言うんじゃない？　でも要注意。時給は減っているんだから。」そう言ったのは、昔は盛んに組合活動をしていたが、今はその方面のことはもう何もしていない男だった。批判的なコメントだけがまだ残っていて、時々口から飛び出すのだった。ヴァルターは不動の姿勢でコンピューターの前にすわったままで、話には加わらなかった。マウスだけがいきいきと机の上を走り回っていた。

妹

この日、優奈は会社の入り口の前で一人の女を見た。女はコンクリートの壁にもたれて煙草を吸っていた。優奈は出口で偶然ヴァルターといっしょになって外に出た途端、その女がヴァルターをひっさらうようにしてエルベ川の方向に姿を消したのを見た。

次の日ヴァルターは、昨日の女性は恋人などではなく、親友の妹なのだと優奈に説明した。自殺癖があるので、ヴァルターが見張っていないとならない。そのお兄さんという人はロンドンに留学して法学を学んでいるので、妹の面倒をみきれない、だからヴァルターが代わりをしているのだそうだ。母親はすでにこの世になく、父親の顔は見たことがないと言う。ヴァルターが一人の人間をこんなにくわしく描写したのはこれが初めてだった。嘘をついているのかもしれない、と優奈が思ったのも、そのせいだった。「それで名前は何と言うの？」「ドーラ」とヴァルターは恥ずかしそうに答えた。

妾

ドーラは一週間後にまた会社の入り口に立っていた。優奈はナンシーといっしょに同じ高さの声で笑いながら会社を出た。バス停まで来るとナンシーが「娼婦ね」とささやいた。優奈は訂正した。「娼婦じゃなくて、名前はドーラ。ヴァルターが紹介してくれたの。」ナンシーは呆れて言った。「娼婦とつき合わなければならないなんて、あの人も。」優奈はまた訂正した。「娼婦じゃないって。」ナンシーは折れなかった。「娼婦に決まってるでしょう。遠くからでも一目見れば分かる。」

娼

ある雨降りの秋の夜、優奈は娼婦が煙草の自動販売機の横にしゃがみこんでしまっているのを見た。革のミニスカートは血のついた脚を隠すには短か過ぎた。優奈は女を家に連れて行って、タオルで赤い生命の印を拭き取り、アフリカ旅行のために買ってあった消毒液で小さな傷口を消毒した。ダカールに飛んでそこから自転車でジュッジ国立鳥類保護区まで行きたいと思っていた。そこには、一年に太陽が昇る回数を上回る種類の鳥が棲んでいるのだ。飛行機代やホテル代を払うお金はなかったが、蚊帳と薬は買うことができた。そういう個々の事物が後に、決して完成しないパズルの一片となるかもしれなかった。

優奈はスープを作って、ミネラルウォーターの瓶を開け、気温も穏やかな夜ではあったが暖房をつけた。それから毛糸の厚い靴下をたんすから出した。それまで一言も口をきかなかった女が急に怒ったように尋ねた。「何か期待しているわけ？」女の声は突然そこにあり、同時にそれまで部屋になかった何かが現れた。優奈はショックを受け、いつもは避けている質問をうっかり口にしてしまった。「あの、どこから来たんですか？」どこか特定の国や町のことを言っているのではなかった。

何か考えてるの、とナンシーに訊かれ、優奈は白昼夢から目覚めた。

今

しかしそれはみんな、あちらの話。優奈の身体はもうあちらにはいない。まだ信じられないけれど、今はここ、ボルドーにいる。

モーリスは路面電車に乗り、優奈がそれに続いた。電車はぴかぴかの新しい玩具で、モーリスが乗る時に乗り物の金属の身体をいとおしげに撫でるのを優奈は見逃さなかった。

記

どちらかというと混んでいる路面電車の中で、優奈は小さな赤いメモ帳をハンドバッグから出して漢字を一つ書いた。モーリスはまるで、何を書いているのか分かっているというように、うなずいてみせた。

モーリスとは違って、大抵の人間は優奈が何か書いているのを見るとすぐに、何を書いているのかと尋ねた。ナンシーなどは会社に入って一日目にもう優奈のメモ帳についてすべてを知りたがった。優奈はラディッシュをのせた黒パンを食べてしまったのに、まだ午前の休憩時間が七分も残っていたので、いつもよりくわしく自分のメモ帳のことを説明した。「あたしの身に起こったことをすべて記録したいの。でもたくさんのことが同時に起こりすぎる。だから文章ではなくて、出来事一つについて漢字を一つ書くことにしたの。一つの漢字をトキホグスと、一つの長いストーリーになるわけ。」

解

トキホグスという言い方は、ゲーラから習った。ゲーラは毎晩会社のその階の清掃をしに来る女性で、優奈があわてて帰り支度をしていると、ゲーラはコンピューターの下で埃をかぶったコードがこんがらがっていることについて、ぶつぶつ文句を言っていたりした。優奈は金曜の夜は、火曜の穴埋めをするため、みんなより遅くまで残っていた。

ある時、優奈は学生証をコピー機の中に忘れてしまった。コピー機の中のガラス板をきれいにしようとしたゲーラがそれを見つけ、写真を見てすぐに金曜日にいつも見る人のものだと分かって優奈に返してくれた。それ以来、二人は口をきくようになった。

ゲーラには学校の成績のずばぬけて良い十歳になる女の子がいた。シングルマザーのゲーラはその子が何より自慢で、娘がいつの日か大学に進むことを望んでいて、優奈に、「大学では何を専攻したらいいのだろう」などと訊くのだった。優奈にとっては、大学に行くという言葉はどちらかと言えば破れた布のような響きを持っていて、だからこそ好きだったのだが、その言葉に敬意を示す人間がいると知って驚いた。

優奈はその日が来たら、ゲーラの娘の手を取って、大学の立派な講堂の中を案内することを約束した。優奈は大学ではまだ自分を望まれぬ客のように感じていたが、ゲーラの娘を、どんな天気の日もキャンパスを吹きまくるあの強風から守り、他の子供たちの手も取って、いっしょに行進していくのだ、と張り切って思った。

標

何週間かたってからナンシーが優奈のところに来て言った。「この間考えたんだけれど、あなたがいつも描いている文字、バーコードみたい。この間初めて電車の切符をオンラインで注文したんだけれど、あの黒い箱形の印、プリントアウトするでしょう。あなたの書いている漢字とそっくりだった。バーコードはあたしたちには読めないんだけれど、車掌さんは機械を使って、記号の謎をときほぐすことができる。」優奈は笑いながら尋ねた。「あなたも時々ゲーラと話すの?」「ゲーラって誰?」「夜ここの掃除しに来る人。」「知らない。どうして?」「ときほぐすっていうのは、ゲーラのいつも使う言葉で、あたしにも教えてくれた。ゲーラはコードがもつれているのをときほぐす。課長の言うこともときほぐす。課長は自分の言いたいことを言葉にするのが下手だから。管理職なんてみんなそうだけれど。」「そうね本当に。中国の文字もときほぐさないと分からない。あ、中国じゃなくって、日本の文字か、でも日本の文字って中国の文字なんでしょう、だから、でも、えっと、よく分かんない。でも、あたしの言いたいことは分かるでしょ。」優奈は笑った。

加

ヴァンクーヴァーでナンシーの通っていた中学校のクラスには中国語の話せる生徒がたくさんいた。自分の祖先がすべてヨーロッパ出身でも、第一外国語に中国語を選ぶ子供は多かった。ナンシーは母親の言葉、ドイツ語を習いたいと思ったので、中国語を勉強している暇がなかった。ある日、担任の先生がクラスのみんなに、第一外国語選択の理由を尋ねた。ナンシーはドイツ語は母の母語だから、と答えた。教師は冷たい声で、「だから他のあらゆる言葉を切り捨てるというのは納得できませんね」と答えた。ナンシーは先生の目の中に敵意といっても言い過ぎではないようなものを見た気がした。動揺し、それから悲しくなった。家に帰って母親に、「もし、あたしがドイツ語ではない外国語を選択したら悲しい？」と訊いてみた。母親は愉快そうに笑って、母親独特の平等感覚をみなぎらせて答えた。「悲しくないわよ、全然。中国語の方がよかったらそうしたら。すごいじゃない、もし、ああいう文字が読めたら。」ナンシーはそれを聞いて自分の部屋にとじこもって泣いた。でも合わせてあったタイマーのおかげで、好きな音楽が鳴り始めたので、気分が晴れた。今から思うとほんの短い時間であったにしても、自分ががっかりして悲しかったのが不思議でならない。いつもは母親の気に入らないことをしようとむしろ努力していたくらいなのだから。

靴

路面電車の中は蒸し暑かった。他の乗客はみんな風通しのいい明るい色の薄い服を着ていたのに、モーリスだけは焦げ茶色のセーターを着ていた。夫に茶色い服を着せる女は夫を熊にしようとしているのだ、とレネが言ったことがあった。優奈は、なまいきな答えを返すことしかできなかった。馴染みのない話題で自信がぐらついたせいもあった。優奈は二秒間ほど、アイデアの玉を頭の中でいくつもお手玉のように弄んでから言った。「そうね、ハンブルグでは熊はもうとっくに絶滅してるもんね。だから代わりに剝製の熊を夫にするわけだ。でもフランスでは熊はまだ絶滅していないんでしょ。」レネは優奈の言うことを無視して話し続けた。夫はいつも栗色の革靴を履いていた。死ぬ前の前の日にもその靴を履きたがった。でも足がむくんでいて入らなかった。わたしが買ってきたスリッパは絶対に履こうとしなかった。外にはもう病院の患者送迎の車が迎えにきていた。白衣を着た若い男が二人、車から降りるのが見えた。夫はどうしても革靴を履きたがり、わたしはその裸足の足を見ていたら、泣きたくなった。夢中で庭の垣根を切るはさみを出してきて、革靴のかかとに全力で切り込み、力ずくで押し開けて、夫の足を突っ込んだ。夫はわたしの天才的ひらめきに笑い出し、わたしは涙を流した。死ぬ二日前に大声で笑えるなんて、悪くないでしょう。生ではなく笑いこそが死と渡り合えるんだなあって、その時思った。

電車の窓枠を額縁にした、とどまることのない町の光景を優奈は観ていた。隣にぼんやり立っているモーリスは、優奈のいることなどすっかり忘れてしまったようだった。支配者階級的な感じのする真っ白な家並みの真ん中に広場が現れた。石が敷き詰められ、大きな集会に使えるくらい広く、モスクワの赤の広場のようにも見えたが、革命の時代に流された血は何十年もの雨水に洗われ、実際はもう赤くはなかった。

優奈はモーリスの方をちらっと見た。あいかわらず考えごとに耽っているようで、自分の町を優奈に説明しようとはしなかった。もしモーリスが客好きで定住型の市民の役をしっかり演じ、町の各所にあるおいしい店の解説をしてくれたなら、優奈は東洋からの訪問者の役柄にもぐりこみ、感心してみせ、感心させてくれる土地をヨーロッパと呼ぶことができただろうに。しかし、このゲームは、今回はプログラムに入っていなかった。

優奈はハンブルグのある駅に勤務している巻き毛の若い見習い職員のことを思い出した。その職員が「Ｂｏｒｄｏ」と打ち込むと、コンピューターは「検索結果ゼロ」というそっけない答えを返してきた。謙虚な口調で「ボルドーのスペルを教えてくれますか」と頼まれ、優奈はカウンターに身を乗り出して、まるで心の奥底に隠した秘密を打ち明けるようにささやいた。ベ、オ、エル、デ、エ、ア、ウ、イクス。優奈はいろんな町の名前のスペルを間違えて書いたものだが、ボルドーという名前は好きで、前からちゃんと書くことができた。特に最後のｘが好きだった。その前に来る三つの文字の並びｅａｕも好きだった。ただし、切符を買う時点ではそのことにはまだ気がついていなかった。優奈は若い見習い職員の隣にすわっている年配の職員の敵意に満ちたまなざしに気がついていたので声を殺して話した。若い見習い職員は町の名前を正しく入力し、コンピューターは切符を印刷し、少女のような魅力に溢れた目で優奈に礼を言った。年配の職員は自分の縄張りに入ってきた敵を見つけた肉食獣のように優奈を睨んでいた。

換

優奈は印刷された切符を見て、ブリュッセルではなくパリで乗り換えることはできないのか、訊いてみた。パリで乗り換えたからといってエッフェル塔の先端すら見ることはできないことは分かっていたが、パリへの説明しがたい憧憬をこの瞬間押さえることができなかった。若い職員は優奈にディスプレイを見せて、パリで乗り換えると一つの駅からもう一つの駅まで地下鉄で移動しなければいけないと言った。ブリュッセルならその必要はない。だからブリュッセルの方がより良い選択なのだった。ブリュッセルは、どんな時にも良い選択なのだ。「より良い」だけでなく、常に「一番良い」選択なのだ。ブリュッセルに異議を唱えることなど誰にもできない。ブリュッセルは価値の基準なのだから。朝、新聞を開けばもう、ブリュッセルが見出しになって目の中に飛び込んでくる。ブリュッセルはもっと透明になりたい（もっと情報の公開を）、ブリュッセルは一億ユーロ出して災害の被害者を援助、ブリュッセルが天空を支配（宇宙船計画）などなど。

量

やがて右手に川があらわれた。長い橋が空に書かれた見えない文章にアンダーラインを引いた。川の水は砂っぽい赤色をしていた。優奈はまだ大阪に住んでいる頃、ガロンヌ川のガロンは、石油などを計る単位のガロンと同じだと信じていた。友達と地理のテストの試験勉強をしていた時、「ガロンヌ川の水は何ガロン」などと言いながら、大きな水の計りがたさを舌で味わっていた。

門

忘れられた帽子のように門がひょっこり、家並みの間に現れた。そこで路面電車は速度をあげたのだが、優奈の目は、門の形をはっきりととらえることができた。門という漢字が目の前に立っていて邪魔になって、優奈は本当はその形をとらえることができなかった、という方が正確かもしれない。門を見てから門という字を書いたのか、それともその逆だったのか。あまり小さく書いたので、隣にいた知らない男性が眼鏡の位置をあわててなおしたくらいだった。優奈はもう一度、漢字を見直した。これでいいのか。もちろんだ。でも本物の門はこれとは形が違っていた。優奈は実際この建築物がどんな形をしていたのかを思い出そうとした。するとユーロ紙幣に印刷されている架空の門が思い浮かんだ。

笑

ヨーロッパに永遠の別れを告げる人のようにメランコリックなまなざしをモーリスは町に注いでいた。もう決して帰って来ないつもりなのかもしれない。優奈の視線を頰に感じると、モーリスは微笑んだ。しかしその弱々しい微笑みが生命力のあらわれでないことは確かだった。ヴァルターも当時似たような微笑み方をした。優奈はモーリスを笑わせる決心をした。そんな難しい課題を自分に課しながら、もう時間はあまり残されていないことも分かっていた。モーリスは優奈を家に案内し終わったら、すぐにベトナムに発ってしまうだろう。「異性を救うことはできない、時々笑わせることができるくらいで」とレネが言っていたことがある。

値

モーリスは家に行く前に優奈をレストランに案内した。白いエプロンをしたウエイトレスがテーブルの側に来て、優奈に手書きの英語のメニューを、モーリスには印刷されたフランス語のメニューを手渡した。優奈は横目でモーリスのメニューを盗み見て自分のと比べ、英語のメニューの方が値段が高い料理のあることを発見した。優奈は自分の発見をモーリスに見せた。モーリスは笑った。声は大きくなかったが、もう、さっきほど惨めな笑い方ではなかった。値段を笑いとばすのは健康にいい。つい最近、優奈はナンシーとアルスター・アーケードに散歩に行って、飴玉のような赤色のハンドバッグやバナナ色のハイヒールの天文学的な値段を見て笑った。ハンガリー製の白いレースのテーブルクロスの値段を見て笑った。「手作り」という言葉が註のように値段の下に付いていた。ナンシーと優奈は、茶碗がころげてもおかしい十八歳の少女のように笑い続けた。それにしても茶碗はなぜころげたのだろう。二人はショーウインドウに張り出されたメニューを声を出して読み上げ、舌平目の値段を笑った。かかとも高いが、値段はもっと高いハイヒールの値段を笑った。携帯電話のこれ以上安いということはありえない値段ゼロユーロを笑った。ただほど高いものはない、と優奈は日本の諺を引用して、また笑った。

㍿

ナンシーは笑うのが好きで、よく笑った。

「外国人は息ができなくなることがある。外国人は、必ずしも『原住民』より生活が大変だとは限らないが、それでも生き残るためには始終、息をつがなければならない。だからよく笑うのかもしれない。笑うことは害にはならないと思う」とナンシーはまじめな顔で言う。ナンシーはその時、優奈と社員食堂にすわっていたが、トンカツを食べるのを途中でやめて、こう付け加えた。「これは、自分で考えたことじゃなくて、きのう読んだ本に書いてあったの。作者はクロアチア出身の歴史学者。今はトロントで活躍しているんだけれど、前にしばらくベルリンに住んだことがあるんだって。」

健康

ナンシーは健康保険会社の出している雑誌の表紙から切り抜いてきたと言ってもおかしくないくらい健康そうに見えた。「あたし、恥ずかしいくらい健康なの」と本人も言っている。「夜は谷間みたいに深く眠るし、食べ物はAからZまで、アボカドからズッキーニまで、何を食べてもおいしいし、医者にかかったこともない。そういう人は急にぽっくり逝くこともあるんだって」とナンシーは明るく言った。

代以

モーリスはウエイトレスにメニューを両方見せ、値段を指差して、何か言った。白いエプロンの女性は、おもしろがっているようで、謝る代わりにモーリスに何か説明した。その話し言葉には、人を納得させてしまう音楽のようなものがあって、優奈は意味が分からないのに、ついうなずいてしまった。
モーリスは優奈に両方のメニューに書かれた言葉を一つずつ指差してみせた。全く同じように見えた料理でも微妙に違っていることが分かった。香辛料が一種類少なかったり、付け合わせの野菜が一種類多かったり。

腸

優奈はフランス語のメニューにあるサラダを注文した。現地語のメニューから何か分からないものを注文する方が、外国人用のメニューから理解できるものを注文するよりはましだった。腸は、下半身にあるもう一つの脳だと言う。この脳の方が、上半身にある脳より消化能力がある。優奈がそのサラダを選んだのは、名前が一番長かったからだ。名前が長ければ、構成要素が多く、それを食べた人が長生きするチャンスは大きい。

祖

モーリスと優奈は不器用にしかし丁寧に英単語を交換しあった。サイゴン、祖父、数年間、大切な数年間、僕の初めてのアジアへの旅、僕の次の本、祖父についての本。

誰かがまじめな顔で、自分は祖父について本を書くつもりだ、と宣言するのを聞くと、優奈はいつもがっかりした。生きた人間に囲まれているというのに、どうして死んだ祖先の肖像画を描きたがるのだろう。優奈はそれを自分を拒否する仕草とさえ受け取った。臆病者は祖父の胸の中に逃げ込む。現在というものは、臆病者の目には、あまりにもごちゃまぜで、無目的、つまり外国的というか、敵意に充ちていて、残酷で、しかも商業主義的で、嘘つきに見えるらしい。

優奈はわざとモーリスと自分が今ここで同時に見ることのできるものの話しかしなかった。メニューについて、値段について、ウエイトレスについて、強い太陽の光について。優奈は祖先の話などしなかったし、ハンブルグの話さえしなかった。

共

優奈がそれっきりモーリスとは顔を合わせないということも、この時点ではまだありえた。モーリスがベトナムから戻って来たら、優奈はもうこの町にはいないだろう。もしかしたらモーリスはもう決して帰って来ないかもしれない。でも、たとえそうだとしても、優奈は一時間の間、モーリスと同じものを見て、その話をしたのだ。人生のほとんどは、他人と過ごすそのような時間から成り立っているのではないのか。

朱

批

ウエイトレスは二枚の皿をテーブルの上に置いた。モーリスは祖父についてもっと話そうとした。優奈はそれを遮って、どうして祖父について書くことがそれほど大切なのかと厳しい声で尋ねた。モーリスは黙ってしまった。優奈は本当は何かおかしいことを言ってモーリスを笑わせたかったのに、それとはちょうど逆のことをしてしまった。

優奈はナンシーに「あたしは、まわりの人を笑わせるのが好き、女でも男でも」と言ったことがある。ナンシーはすぐに「男性を笑わせても意味ないのよ。女性の体内では笑うと幸福ホルモンが解き放たれるけれど、笑いは男性の身体には何の化学的効果ももたらさないんだって。だから男性は女性に気に入られようとして、面白いことをいろいろ言って笑わせようとするけれど、自分自身は笑えることなんか何もないの」と答えた。

ナンシーが優雅に言葉巧みに自分に自信を持って恋人を笑わせると、そのあと彼は性的に調子がよくないのだそうだ。笑いは僕らのエロチックな雰囲気作りにはふさわしくない、と彼は言う。だからナンシーは期待の持てる夜が近づくと、自分のおてんば、皮肉なところ、野性的な好奇心を肺の後ろにひたすら隠した。「それで後でそれをあたしのところで出すわけ」と優奈が満足して言った。「そういう意味では、あなたはあたしの性生活の裏面ということかもね」とナンシーがまるで前からそんなことは分かっていたというように平気で言ってのけた。

レネは機会あるごとに夫を笑わせようとした。最後の数年、夫は暗い湿った気分に落ち込みがちだった。以前自分を傷つけた人をおとしめるようなコメントが一つでも記憶にのぼってくると、それと似た言葉が後に続いて、鎖のように連なって、下へ下へとひきずり下ろした。言葉は色別に分類され、古傷の中に保存されていた。赤い切り傷、紫色の火傷の跡、桃色のすり傷、オレンジ色のみみず腫れ。批判されたのと同じくらい褒められたこともあるが、褒め言葉というのは抽象的なままで、身体には入っていかない。

夕暮れ時に、夫が一人すわっている書斎から二つの声が聞こえてくることがあった。片方の声がもう片方を嫌悪感をこめて批判し、批判された方が攻撃的に自己弁護している。レネは部屋のドアを開けて、夫に何か欲しい物があるかと訊く。夫は毎回その声にびっくりして煙草を手から落とした。だから絨毯は焦げ跡でいっぱいだった。

髒

夫はどんどん言葉数が少なくなっていき、その代わり煙草とお酒の量が増えていった。自分を救ってくれるのは勃起だけだと思う、と夫はある日、告白した。そう言えばわたしたちはその方面ではもうお互い努力していなかった。自分の器官は胸の大きい若い女性の裸を見るだけで昂奮する。それはその女を美しいと思うわけではないし、その女を人間として愛するわけでもない。触れなくてもいい。ガラスの壁の向こうにすわっているだけでもいい。夫の人格ではなく、モーターが女性を必要とするのだそうだ。レネのような女の身体は、男の身体と違って自然からだいぶ遠ざかっているから、こういう話は理解しにくいとは思うが、自分は生命を守るために言っているのだから理解してくれなくては困る、と夫は言う。わたしの許しを得て、夫は写真や映画や飾り窓の向こうの生きた身体の間を放浪し始めた。そういう映像が夫の言う「自然」とどう結びつくのかはわたしにはよく分からなかったけれども、くわしく知りたいとも思わなかった。わたしは夫について知ろうとしない自由、そのことについて考えない自由、自分だけの生活を送る大いなる自由を手に入れた。わたしが何も訊いていないのに、夫はある日、こんなことを言った。もうだめだ、若い女とは。自分が年取ったからではなく、勃起そのものが恐怖の表現になってしまった。多分これは死への恐怖だと思う。身体はまだ死を体験していないのだから、死を恐れるのはおかしいとも言える。それでも恐怖感は性的昂奮の襲ってくる度に深まって濃くなっていった。どうしてそうなるのか分からなくて、夫はパウルに助言を求めたと言う。パウルは夫の言うことを信じなかった。自分は若い女の冷たい太腿と熱い唇を感じるとすぐ死を忘れることができる、とパウルは言っていたそうだ。

文

レネは夫がまだパウルと友達付き合いをしていると聞いて驚き、嫌な感じがした。二人は十年前に激しい言い争いになってそれっきり逢っていないのだと思っていた。どうしてパウルと逢ってそういう親密な話をしていることをレネに隠していたのだろう。レネはふいにパウルに嫉妬を覚え、若い男性と浮気したいと思った。その時、夫の思いは全く違った方向に向いていた。「どうしてあのまま取引きの仕事を続けさせてくれなかったんだろう。そうすれば女性なしでも幸せになれたのに。毎日オフィスに行って、そこから船を動かすのが、すごく楽しかった。大陸間の商品を運ぶ船だ。船の舵をとったことはないが、オフィスで次に出る船の航路を決めていると海のにおいがして、波の音が聞こえた。その仕事をなぜ自分から奪ったのだ。」

薬

最後の数年間、夫の気分を引き上げてくれるものは三つしかなかった。夜明けとともに飲む一杯目のコーヒー、講演してくれないかという依頼の電話、そしてボルドーワイン。

電話は残念ながらなかなか掛かってこなかった。若い時にはよく商売のかたわら、バルト海の商業取引の歴史について講演したものだ。国立図書館で歴史書や文書をかぎまわり、バルト三国に一人で調査旅行に出かけたこともある。日曜日には次の機会にする講演の原稿を古めかしいタイプライターで書いたものだ。

齣

優奈とモーリスは、白い四角い皿に盛られた葉っぱや果実を切ったり、噛んだり、飲み込んだりしていた。新鮮なものと乾燥させたもの、生のものと焼いたものが隣り合わせになっていた。かりかり、ごくごく。口をしゃべることに使わないうちに十五分が過ぎた。二人はナイフとフォークを全く同時にテーブルに置いて息をはいた。

優奈は、最近ザールラント地方の工場経営者と結婚してハンブルグを去ったリリーのことを思い出した。リリーはこんなメールを書いてきた。「食べるのが遅い詩人にいらいらさせられるよりも、あたしと同じテンポで食事と散歩のできる人を選びます。たとえその人が保守的で、外人学生とか外人アーチストが国に入って来ることに反対で、兵役を拒否して代わりに奉仕勤務ができる制度を廃止すべきだ、という意見を持っていたとしても。」リリーの言う食べるのが遅い詩人とは誰のことかすぐに分かるくらい優奈とリリーの親交は長かった。それはスロベニア出身の詩人で、リリーの言葉を借りて言えば、「ずば抜けた」才能の持ち主で、絵に描いたような美男だったが、ものを食べるのが遅かった。優奈が返事を書かなかったので、リリーは一週間後に電話してきた。そして優奈が訊いてもいないのに、新婚の相手コンラートの話を始めた。「あたしたち食べ物の趣味が全く同じだから、決して言い争いにならないの。」優奈は、「ニー（決して）?」という言葉を拾い上げて聞き返した。それが猫の鳴き声のようにも聞こえた。リリーは笑わなかった。「決してと言うのは大げさかもね。たとえば昨日、口喧嘩したの。二人の銀行口座から信じられないくらいたくさんのお金が生命保険に振り込まれてるのを見つけたから。それも保険は、夫にではなくて、あたしにかけられてる。それくらいの額で昂奮することはない、君にはそんな額よりずっと価値があるって言うんだけれど。確かに夫はあたしとはお金の感覚が何桁も違っているから。」

「一人で食事して寝るの、寂しくない？」とリリーは訊く。優奈は笑った。タマオがまだ生きていた時にはタマオといっしょに食事したが、速度は全く違っていたし、絶対に同じ物は食べなかった。タマオの食事は缶詰が多くて、優奈の鼻には腐敗したにおいがした。それでも優奈は愛情をこめてタマオが食べ終わるまで見守っていた。

貟

卦

優奈は自分の白い四角い皿を見つめていた。緑色の短いハーブの残りとパッションフルーツのとても小さな黒い種が少し残っているだけだった。優奈はパッションフルーツはぬるぬるしているけれど気分を楽しくさせてくれるような酸味があった、と言いたかったが、英語でどう言えばいいのか分からなかったので、「パッション」という単語を自分が思うフランス的な発音で言ってみた。モーリスはぱっと顔を輝かせて、手を差し出した。まるで今やっと優奈がいることに気がついたとでもいうように。「ユウナ、ボルドーにようこそ！」握手が終わると、モーリスは煙草に火をつけた。

四

モーリスは急いで煙草を一本吸ってしまうと、優奈の目の前に四本の指を突き出して、「ボルドーには、大切な場所が全部で四つある。庭園、市場、ユートピア、水」と英語で言った。英語なので、簡単明確にならざるをえなかった。そのため、四つの要素は、何か神秘的な感じさえ与えた。優奈は息をのんで耳をすました。

石

モーリスは「パブリック・ガーデン」と言って、テーブルの上に地図を広げ、緑の一角を指差した。優奈はうなずきながら、パブリックというのは変な言葉だと思った。パブリックな場所なら足を踏み入れても罰を受けない。以前は王様の所有物だったのだから、もし優奈が間違った時代に生まれていて、どうしても庭園に入りたくなって、本当に入ってしまったら、不法侵入者として処刑されていたかもしれないのだ。目を閉じて、プライベートな空間をワインのような赤い色に塗ってみた。家の中の壁、自動車、服、靴、最後には通行人の手や顔。それに対してパブリックな場所は白く塗ってみた。家並み、通り、広場。でも言語はどちらだろう。公的なものだろうか、それとも私的なものだろうか。

庭

優奈はたとえそれが公共の場であっても自分が庭園には行かないことが分かっていた。ポプラとプラタナスの花粉に耐えられなかったのだ。昔は花粉症は春だけだったが、この冬には花粉がなくても息が苦しくなることがあった。夜、目が覚めて、きっと三時だと思うと本当に三時だった。

鍼

優奈は最近はハンブルグのヴィンターフーデで開業した鍼のクミ先生のところへ通っていた。クミ先生の名字は不明で、表札に書かれたＱｍ：ｉという名前は、後で分かったことだが、中近東で働いている時に使っていた名前らしい。中近東へ行く前には中国で医学を勉強していた。日本生まれだったが、父親が外交官だったので子供の時からいろいろな国の空気を吸って育ったそうだ。診察室には人間の身体を描いた中国の身体図が掛けてあった。その人間は女でも男でもないようで、肌は無数の漢字に覆われていた。

クミ先生は優奈の背中のいろいろな場所を細いが力強い指でさわっていった。これまで自分の背中がこんなに広かったことはない、と優奈は思った。まるで大陸のよう。それからお腹、胸、腕、足。最後にクミ先生は、「肺がとても弱っている」と言った。優奈は左手を胸にあてて、「喪失感かもしれません」と言った。「喪失感?　何があったんですか。」クミ先生はあくまで落ち着いていた。「タマオが肝不全で。」

泣

「死んでしまったんです。肝臓がもうこれ以上生きたくないと言ったので。まだ泣くこともできないんです。家に帰ると、家の中はどこも静かで、フライパンの中も静かで、電話も静かで、自分の心臓の鼓動も聞こえないくらいです。透明の花瓶の中の水も静か、静か過ぎる。切り花は買ってもすぐ枯れてしまうし、うちの窓の外では、雀一羽鳴かないし、夜は肩から脚まで骨が痛くて、足は冷たくなって感覚がなくなって、それで息ができなくなって目が覚めると、それがいつも三時なんです。」「心配しないでも骨は平気ですよ。肺を守ろうとしてぎゅっと骨が縮まるから、痛いだけです。」「煙草は吸わないんですけれど。」「喫煙は問題ではありません。死に至る行為ではあるけれど、それだけのことで。問題は他にあります。とどこおっているんですね。また流れ出さなければいけない。水の近くに行くようにしてごらんなさい。もっといいのは、水の中に入ること。時々水泳などしていますか。」「滅多に。」「どうして?」「プールというところは、恋に陥りやすいし、恋するのは疲れるから。」クミ先生は背中を向けた。その肩が少し震えていた。笑いをこらえていたのかもしれない。

⁂

優奈はモーリスに花粉症だと告げようとしたが、eの柔らかさが足りなかったかgの汁気が足りなかったか、つまり「アレルギー」という英単語の発音が悪かったのか、それとも発音は理解できてもモーリスがその単語を知らなかったのか、とにかく分かってもらえなかった。むしろそれが良かったのかもしれない。優奈は何か話したくないことがあるとアレルギーの話をする癖があった。それが今アレルギーが分かってもらえなかったので、話をそらすというようなことさえしないですんだ。

モーリスは、まるで優奈の頭の中を漂う思いはすべて理解できたとでも言うように満足そうに言った。「うん、知ってるよ。龍安寺の庭でしょ。ロラン・バルトの石庭。」優奈は吹き出した。まるでロラン・バルト自身がシャベルや熊手をふるって庭を作ったように聞こえたからだ。

市

モーリスの挙げた二番目の場所は、市場だった。アフリカ、とモーリスが言った瞬間、優奈はアフリカ大陸がぐっと近づいたように感じた。

優奈が初めてアフリカ大陸と「接した」のは、正確に言えば「接しなかった」のは、大阪での高校時代のことだった。友達が地方紙の広告欄に、イヴェス・Sという名前の男性が「フランス語教えます」という広告を出しているのを見つけた。その友達はアラン・ドロンの熱狂的なファンだったので、すぐにそこに出ていた番号に電話をかけ、低い声で流暢に日本語を話すその男性に会いに行く約束をした。そして丈の短い買いたてのワンピースを着て、イヴェスの家に向かった。それは谷崎文学を映画化するのに使えそうな優雅な日本家屋で、狭いアパート育ちの友達は一目見て圧倒されてしまった。出て来て挨拶した男がイヴェスだと分かるまで、時間がかかった。男の外見が予想外だったので、友達は言葉を失い、黙ってひょいとお辞儀して、そのままバス停の方に歩き出した。「こういうことは、これが初めてじゃないんです」と、男はこういう場にしてはあまりにも落ち着いた、親切と言っていいくらいの声で、後ろから叫んだ。優奈もその頃は、その友達と同じくらい無知だった。フランス語という言語が、アフリカ大陸に移民として出かけて行って、そこでどういうことをしたのかについては全く知識がなかった。優奈は図書館へ行って、歴史の本を何冊か読んだ。そして、イヴェスのところでフランス語を習う決心をした。が、うまくいかなかった。「この電話番号はただいま使われていません。」優奈は溜め息をついた。フランス語を習う試みが挫折したのはこれが一回目だった。イヴェスの身にその後何が起こったのかは何年かしてからある映画で知った。

映

モーリスが挙げた三つ目の場所はユートピアだった。この間読んだ本に出てきたので優奈はこの場所を知っていた。ハンガリー人である作者は、ボルドーのユートピアを次のように描写している。「このユートピアというのは今は映画館だが、昔は教会だった。暑い日に、わたしはこの冷えた暗い映画館ユートピアにすわって、外国語の誘惑に身をまかせた。嫉妬深い蛇のように女優の足下を這うフランス語字幕はたいして邪魔にならなかった。声は上がったり下がったりしながら、乾いたまま遠くに留まることもあれば、とても近くにあって湿っていることもあり、そんな時にはわたしはつられて泣きそうになることもあった。それが韓国語だったか、アラビア語だったか、ペルシャ語だったかは忘れてしまったが、これらの異国の言葉を聞くことがなかったら、大きな感情のパレットを知ることもなかっただろう。わたしはヨーロッパの言語なら七ヵ国語できるが、これだけでは自分自身の人生を理解するのにさえ充分ではない。

マリアとイエスの古い像がまだスクリーンの隣の壁に掛かっている。二人は映画という新しい宗教に嫉妬しているようには見えなかった。ユートピアの中でわたしは、人類にたくさんの言語が与えられたことは幸せだと感じた。たった一つの言語では、高い塔を建てることくらいしかできないだろう。高い塔というのは危ないものだ。」

水

モーリスの四つ目の場所は、水。「水ってどんな水？」と訊かれて、モーリスは何も隠すつもりはないようだったが、この瞬間、英単語が思い浮かばなかったようだ。
モーリスの言う水とは何だろう。ガロンヌ川だろうか。それとももっと小さなもの、たとえば池か何かだろうか。あるいは給水塔かもしれないし、コインランドリーかもしれない。皺だらけの地図の表面を指でたどりながら、モーリスは、水、水、水、と繰り返した。ある場所で指がとまった。ヴァアラ！　小さなしみが優奈を青い目のように見つめていた。

米

いつもは自分の胞《へや》にすわって優奈を待っている単語が、思いもよらぬ瞬間に呼び出しを受けてみると、たまたま留守中ということがある。外出は稀なはずだが、優奈が今絶対必要だと思う瞬間に限って、留守なのだ。優奈は、もしかしたら単語はいつも自分の好きなように生活していて、自分の胞《へや》になど滅多にいないのかもしれないという疑いを起こす。しかし本当のところはどうなのか知りたくないので、すぐに代わりになる別の言葉を捜す。ところがその単語も留守中で、自分の胞《へや》にはいない。単語をカテゴリー別に分けて保存しておけば、そんなことにはならないですんだかもしれない。鳥の名前は鳥の名前で集め、罵りの言葉は罵りの言葉で、形容詞は形容詞で分けておけばよかった。でも優奈の頭の中では、鳥にも魚にも馬と同じ四本の足があった。海は、母と水からできていた。また、渚と苺が交易し、者を売って母を買えば、海のようなものが見え始め、著があらわれた。

巡

誰が誰と交易するのか。頭の中の交易の水路を記録していけば、脳のことがもっとくわしく分かるはずだった。でもそのためにはまず、自分の頭が水頭であることを認めなければならない。水がなければ船が進まないからだ。しかし誇り高く頭のいい人間は、自分が水頭であることを認めるのが苦手だ。

海

地図の上のしみ。町の真ん中の水。モーリスの言う水とは何だろう。まさか町から百キロも離れた大西洋ではないだろう。でもバイエルンに住む友達のエレナは、港町ボルドーが大西洋に面していると信じこんでいて、電話で優奈に「海辺でくつろいで来てね」などと言う。

エレナはハンブルグも北海に面していると信じていて、一年前に「海辺の町ハンブルグに一度あなたを訪ねて行ってみたいです」と書いてきた。「北海まではハンブルグからだと百キロはあります」と優奈は返事を書いた。エレナはそれを無視して、「いつ遊びに行ったらいいですか」と訊いてきた。「九月の海辺は荒れるかもしれないので、八月中の方がいいかとも思っているんですけど」とエレナが書いてきたので、優奈は、「ハンブルグは嵐に直接やられることはなくて、せいぜい風が強くなるくらいです」と答えてごまかした。エレナはそれに対し、「ちょうど新しい水着を買おうと思っていたところなので」と答えた。

玄

「一度何か思い込みをして、それが気に入ると、絶対捨てられないのがあたしの弱点だって夫に言われて。事実を重要視しないとだめだって。でも事実なんてあたしにとっては何の役にもたたない。」それを聞いて優奈は、自分がエレナの間違いを正すという役割から解放されていると知り、ほっとした。その役割はとっくにエレナの夫が引き受けているわけだ。夫にとっては、間違いを許すよりも正す方が精神的に楽だった。優奈は逆で、女友達の心に茂る思い込み、幻想、間違い、迷信を摘み取るのは好きではなかった。ただし北海についての間違いだけは許せなかった。北海は遠くになければならない。そうでなければ、エルベ川が短くなってしまう。

優奈が客をハンブルグ中央駅に迎えに行き、駅の喫茶店でコーヒーを一杯ごちそうすると、相手はもうミュンヘンで買った水着を出してきて見せるのだった。「浜辺に行くこともあるかもしれないと思って」とエレナは言った。優奈は幸いにして「近くには海はないから、浜辺もない」などと言わないですんだ。エルベ河畔は「エルベの浜辺」と呼ばれていたので、川でも浜辺は存在するのだった。

茶色い犬の形の整った頭が、きらきら光るエルベ川の水の上に見えた。犬は流れに逆らって泳いでいるので、なかなか前に進めなかった。「ダーシェンカ!」と男が岸から呼んだ。もしエルベ川に百以上もの犬の頭が同時に浮かんで見えたら、と優奈は想像してみる。町を去っていく犬たちの頭。

エレナは無邪気に尋ねた。「この遊歩道、北海まで続いているの?」優奈は神経質そうにうなずいて、丁寧ではないが誤解の余地のないはっきりした言い方で「続いてはいるけれど、前にも言ったように、ここから北海まではまだ百キロはある」と答えた。エレナは楽しそうに言い返した。「百キロなんて誰が計ったの? そんなに長い巻き尺を持っている人はいないでしょう。あたしの目にはすぐ近くに北海が見える。」

優奈はハンブルグに住む友達ヒルデと散歩した時のことを思い出した。ヒルデは大股でさっさと歩いたが、歩きながらまるでベッドに横になってでもいるように落ち着いて語るのだった。

ヒルデの夫は哲学科の教授だった。その夫が妻のヒルデといっしょに、エルベ文学祭のレセプションに行くことを拒んだ。そしてその晩、港のバーでこっそり若い女と逢っていた。そんな店に来ているのはどうせ観光客だけで地元の人間はいないだろうと思ったのだろうが、それは浅はかだった。地元の人たちは、他の町から遊びに来た友達を連れて、その店に来ることがあった。壁に飾られた船の救命用浮き袋や漁網などを見て、多少困惑しながらも、「自分は何しろ地元のハンザ同盟の人間だから」と、ちょっと皮肉を含んだ微笑みを浮かべて言う。ハンザ同盟の人間であることは、なんと楽しいことだろう。それに比べると、ヨーロッパ人であるというのは、なんだか大西洋の向こうにある大きな権力にたった一人で立ち向かうドン・キホーテの最後の抵抗といった感じで、イデオロギーくさく聞こえる。

水は飲むのでなければ渡るためにある。船乗りたちは水を理解するのに、風と空と羅針盤の読み方を学んだ。人魚のまなざしの読み方も知っていたかもしれない。ハンザ同盟という言葉には、信頼できる響きがある。それがもう何の利益にも結びついていないからかもしれない。この言葉には、北方の青い色があり、それがほとんどスカンジナビアの空と同じくらい美しい。自分がハンザ同盟の人間なのだというレッテルを確認してもらうためだけに、アルプス地方に住むそれほど重要でもない友達と長年つきあいを続けている人さえいるくらいだ。

哲学教授はバーのカウンターで、アイルランドの水をたて続けにあおった。隣にすわった若い女の目からは、拭っても拭っても涙が溢れてきた。この光景は、ハンザ同盟の女友達の報告によって、ヒルデの元に届いた。女友達は、アルプス地方から客が来たので、この晩バーに連れて行ったのだった。

ヒルデはそのことは夫に言わなかった。代わりに、ハノーヴァーのオペラ座にいっしょに行かないか、と誘ってみた。夫は、公演はいつなのか、とも訊かず、誰が作曲した作品なのか、とも訊かず、「来週、国際会議があって、発表の準備があるから行けない」とだけ答えた。「あなたはどうせいつも前日にならないと何もしないのだから、国際会議でも国内会議でも同じでしょう」とヒルデは言い返した。「前の日になるまでは、あの擦り切れた緑色のソファーに寝転んで、好きな新聞を読んでいるだけじゃない。家で国際的に怠けているより、あたしとローカル線に乗ったほうがましでしょう。学問と言っても、あなたのはスリッパ学問。ただの言い訳でしょ。」

それを聞くと、夫は思いもかけず、鋭く言い返した。「そう言うおまえは意味もなく外出して時間を無駄にしているだけだ。気分を高揚させておきたいだけだ。そして時々、自分に夫がいることを人に見せたいという衝動に駆られる。だからいつまでたっても小説が完成しないんだ。」
ヒルデは頻繁とは言えないまでも、定期的にこの夫の言うことに驚かされた。この時も、つけたこともない日記の一ページを一枚破って鼻先に突き出されたような感じで、過去の時間の中から巻きあがってきた埃に思わずくしゃみをしてから、「小説って何のこと?」と訊いた。

喩

そう言われてみれば確かにヒルデは、学生の頃は絶えず文学に身体をくすぐられているような感じがして、ノートに蟻の行列みたいな文章を書きつけてみたりもしていた。書いている内容は親にも友達にも話さなかった。その方が自分自身にとって、書いているということそのものの意味が増すからだ。いつかパウルにその話をしたのだろう。ヒルデは一つの作品を最後まで書いたことはなかったが、書いたもの全部を一括りにして、「わたしの小説」と呼んでいた。若者のようにふるまってはいるが、実際は心が疲れ切っている人間は、よくそういうことをする。妊娠するまでそれが続いた。引っ越しの時にノートはなくなってしまい、そんなノートの存在さえ忘れてしまった。「売られた水」。パウルは二回しか耳にしたことのないヒルデの小説のタイトルを覚えていた。「あたしの小説のタイトル、分かる?」ヒルデは一回目はとても得意そうにそう言った。二度目は初めての性交の直後で、同じタイトルをどちらかと言うと恥ずかしそうに口にした。パウルは「君は書き続けるべきだと思う。僕も今書いている本をきっと書きあげるから」とささやいた。しかしヒルデはその後すぐ妊娠し、自分の本のこともパウルの本のことも話したがらなくなった。胎児の父親は、ヒルデに強いられて、ヒルデの伯父のやっている保険会社に勤めることになってしまった。後で大学に戻れたのは本当に運がよかったのだ。

「女性は誰でも自分の中に一人の詩人を持っている。」哲学教授は機会あるごとに女の学生たちにそう言った。媚びるようなその口調を不気味に感じる学生もいたし、この台詞のせいで教授に好意を寄せる学生もいた。

妊

ヒルデと哲学教授は一人の子供を共同製作し、その子は女の子としてこの世に生まれ、オリヴィアという名前をもらった。父と母では、この名前を選んだ理由が全く違っていた。だから本当は混乱しないように、オリヴィア・オリヴィアという二重の名前にした方がよかったのだ。

姫

オリヴィアは父親の狭い肩の上に乗るのが好きだった。すると父親はオリヴィアにも見えるように、読んでいる本を高く持ち上げた。オリヴィアはきゃっきゃと笑いながら、紙の蝶々みたいな本を捕まえようとした。「だめだよ、オリヴィア。」「あたしの名前オリヴィアじゃないもの。」「それじゃあ何というの。」「オリヴィア。」「やっぱりオリヴィアじゃないか。」「違う！」

娘

母親にはほとんど友達がいなかったので、「文化」と呼んでいたお楽しみの際は、いつも娘を道連れにした。娘は胸を前に張り出して、馬のように駆けて行こうとした。母親は小さな手で手綱を握って、息を切らし、汗だくになりながら、やっと後をついていった。二人はポンペイ遺跡のアンフィ劇場の石の階段を降り、ポンピドゥー・センターの透明チューブの中のエスカレーターを上り、ウィーンのオペラ座の階段を降り、エジプトのピラミッドの階段を上り、上り、下り、上り、下り、目眩がするまで何度もそんなことを繰り返した。ヒルデは毎回、いっしょに来ないかと夫を誘ったが、夫は毎回、「今回は無理だ」と答えた。

芸

オリヴィアが二十二歳になると、芸大に行きたい娘と、現代芸術の価値を認められない母親の間に衝突が起きた。ヒルデは娘が毛沢東のような灰色の上着を着こんで、金属板を不吉なバーナーで黒く焼いて、そこに戦傷者の写真を貼り付けたりするのが嫌でたまらなかった。もしかしたら牛の排泄物をこねて環境大臣の像を造って展示するかもしれない。自分が堕ろした胎児をピンク色に染めて、教会のミニチュア・モデルの中に入れて展示するかもしれない。現代芸術に偏見を持つヒルデの悪夢の中でくりひろげられた展覧会は、オリヴィアが一生かけても開けないほどの数にのぼった。ヒルデはオリヴィアが眼鏡をかけて自分の作品を愛しげに見つめたり、世界政治の情勢についてさかしげにインタヴューに答えたりするのを見るだけでも嫌だった。若い女は愛されなければ。オリヴィアの身体は「どうして、じろじろ見んのよ。あたしの作品はあっちよ」というメッセージを発し続けている。そういう種類のフェミニズムはもう古いのに、と母親は思う。しかし問題はむしろ、あの前世紀特有の病にあるのかもしれない。あの病気にかかると人はどんな代償を払ってでもアーチストになりたいと思い込んでしまう。「どうして女として魅力的に見えるような仕事につけないの。美術館の学芸員とか、美術史の教授とかは、美人が多いじゃない。あたしの言っていること誤解しないでね。仕事しない方がいいって言っているんじゃないの。主婦になってほしいなんて思ってもいない。働いた方がいい。でも、すてきな職につけるようにしないと。」「ママ、すてきな職ってどういうこと。ママは働いたことがないから、仕事もアクセサリーと同じで、すてきな仕事とすてきでない仕事があると思っているんでしょう。」オリヴィアは家の地下室に閉じこもってしまい、そこで一人、寝起きし、仕事し、食事した。食事といっても大抵は缶詰の豆とパンだけだった。肉はもう食べなかった。ヒルデは菜食主義者の驕りに腹を立てると同時に、植物のように頼りなく痩せ細ってあおざめた地下生活者になった娘のことをひどく心配していた。「地下室はまっくらくらのくらで、じっとり湿っている。あの子、カビがはえちゃう。」夫は落ち着いて、「ばかばかしい」とだけ答えた。「でも、まっくらくらのくらなのよ。」夫はそういう繰り返しの入った表現が大嫌いだったので眉をひそめた。そういう言葉は聞きたくないんだって何度言えば分かるんだろう。まっくらくらのくら、すってんてん、めでたしめでたし。そういう表現を耳にすると、夫は鳥肌がたち、ひそかに離婚を考えずにはいられなかった。娘が母親にくっついて歩くのをやめて、自分自身の暗闇にこもって仕事を始めたことを父親の方はむしろよかったと思っていた。

奴

オリヴィアは地下生活者になって、初めは体重が減ったが、そのうち太りだした。上半身はがっしりして、肌は冷たい感じになっていった。脚や臀部は太い麻のパンツの中に消えた。黒い高い襟が喉元の感じやすい肌を隠した。髪型は、ベルギーの漫画の主人公タンタンそっくりだった。

妥

オリヴィアは妥協案として美術史を大学で専攻することにしたが、ほとんど図書館か喫茶店で時間をつぶして夜遅く家に戻った。
一度だけ母親ヒルデは娘を町に散歩に連れ出すことに成功した。ヒルデは楽しそうに乳母車や若い男たちやアベックを眺めていたが、娘は、敷石、ゴミ箱、雲、犬、雑草、古い壊れた店の看板などの写真を撮っていた。

姐

一年後オリヴィアは、親知らずのおかげで、歯医者をしている女性と出逢った。ウィーン出身のその女性といっしょにオリヴィアはアフガニスタン、ブータン、マレーシアなどを旅行した。オリヴィアは大学をやめ、その女性が遺産相続することになったオーストリアのケルンテン地方にある城に引越した。城の修復は大変だった。手が荒れただけでは済まず、目つきまで野性的になっていった。暖房が機能しなかったので、ひどい寒さに堪えなければならなかったし、夏には虫がわんさと出て、冬にはアルプス山脈出身の幽霊どもと戦わなければならなかった。二人の女は誇り高く沈黙を守り、城に暮らすというのがどういうことなのか、誰にも話さなかった。

ヒルデは城に住む娘を訪ねて行ったことはなかったが、ある日、その城の優雅な内装の写真が、ある雑誌に掲載されているのを偶然見つけた。なぜかカッときて、雑誌をばたんと閉じると、表紙の「もっと贅沢に暮らす、もっと官能的に生きる」というその号のタイトルが目に飛び込んできた。ヒルデは電話にとびつき、娘の番号をまわし、娘にむかって、「もしもし」も「元気?」も言わないで、「大学までやめてしまって、これからどうするつもりなの」といきなり訊いた。娘は何秒間か言葉につまったが、それから冷淡に、「大学を出たからって絵が描けるわけじゃない」と答えた。母親は諦めなかった。「あなたが無名の絵描きとして一人で年をとっていくのを見たくない。」オリヴィアは笑った。「一人で年をとっていく? 一人ぼっちなのは自分でしょう。あたしは一人ではないし、親と同じ失敗は繰り返さないつもり。」

優奈がハンブルグのヒルデのことを考えている間、エレナはボーデン湖畔にある兄の別荘の話をしていた。「この間、行ってきたところ。一週間いたんだけれど、詩を書きたいような気分になった。バルコニーから湖が見えて、しかもこちらは、下の道を散歩している人からは見られないですむの。」「すてきなバルコニーにすわっていたら、すてきな詩が書きやすくなると思う？」と優奈は意地悪い問いを投げかけた。ところが、エレナは恋でもしているような調子で家の話を続け、北海はどんどん遠ざかっていった。優奈は話し続けようとするエレナをさえぎって、「同じ道を戻りましょう」と提案した。エレナは驚いた。少し傷ついたようにさえ見えた。まるで優奈に、「バルコニーなんて、今時、ロミオとジュリエットの時代遅れの舞台装置にしか登場しないかと思った」とでも言われたように。二人の女の顔は、夕日の中で悲しく明るく照らし出されていた。優奈は女たちが本を書き上げる代わりに北海にあこがれ続けるのには我慢がならなかった。

「今度はあなたが語る番よ」とエレナが言った。「港町は必ずしも海の近くにあるとは限らない」と語り始めてから、優奈は自分で笑ってしまった。意図せずして年とった船乗りのようなしゃべり方になってしまったからだ。「嵐から身を守るために内陸に百歩身を引く町もある。」優奈は、海のにおいなどしないシュレースヴィッヒ＝ホルシュタイン州の真ん中にある平らな緑の風景を思い出した。運河がその土地を二つに分け、バルト海から北海に出るために、そこを貨物船が突っ切ると、まるで草地の上を船が走っているように見えるのだった。草は波、牛はイルカで、優奈は緑の海を自転車で走っていった。

蕉

ちょうどその時に通り過ぎた貨物船が次の言葉を遮ったので、優奈も口を閉ざした。「どうしたの？」エレナは心配そうに、また自分でも理由は分からなかったが妬ましげに尋ねた。優奈は答えた。「バナナ。あの船は、背中にバナナをのせて倉庫に入って行く。」「その向こうの船は、何を運んでいるの？」「コーヒー豆かな。」

優奈は会社の日常の中で船を見ると、積んである荷物のことを考えるようになっていた。バナナは運び下ろされて、港で太陽と椰子の木の印刷されたレッテルを貼られる。バナナを食べながら、人は熱帯地方の何の心配もない生活を勝手に想像する。間違ってバナナ園に迷いこんだ虫や鳥は毒薬のせいですぐに死んでしまう。コーヒー豆は巨大な機械の中で挽かれ、バナナの不思議な粉を混ぜられ、金色の下着を、そしてその上から王朝風のマントを着せられる。

釘

優奈はエレナを香辛料博物館に連れて行き、指先で丁字を一粒、麻の袋からつまみあげて舌にのせる。エレナもそれに従い、優奈に、料理に丁字をよく使うか尋ねてみる。優奈は、「使わない。釘なんて。ネルケ（丁字）は小さい釘という意味よ。語源辞典に出ていたもの」と自信を持って答える。「丁字は豚肉とよく合うのよ。料理する時には、語源辞典ではなくて料理の本を読んだ方がいいんじゃない？」とエレナ。優奈は口を閉ざした。豚肉が話題になるのは避けたかった。エレナは時々優奈が菜食主義者ではないかと勘ぐって挑発してくる。豚肉はエレナにとってもヒルデにとっても回復の見込みのない傷だった。

肉

まだ実家の地下室にこもっていた頃、オリヴィアは肉を食べるからという理由で、母親を軽蔑していた。「娘の目から見たら、あたしはハイエナだったわけ。」オーストリアで暮らすようになってから、オリヴィアは肉を食べるようになった。「娘は祖国を脱出したわけだけれど、思ったほど遠くには行かれなかったわけ。ハプスブルグ家だって、結局はハンザ同盟と同じで、ヨーロッパだものね」とヒルデは言った。「結局」という言葉の嫌いな優奈は、「結局は結局でないことばかり」と答えたが、どうやら理解されなかったようだった。

「シュヴァイン（豚）の中にはヴァイン（ワイン）が入ってるし、ヴァインの中にはアイ（卵）が入ってる」と優奈は言ってみたが、ヒルデはそんな言葉遊びは理解せず、娘が肉を食べなくなったことを呆れたという調子で話した。「若い人はそれが普通よ」と優奈は注意深く答えた。その瞬間、クリスマス市のように甘くメランコリックなにおいがたちこめた。しかしクリスマス市も豚肉と同じくらい危うい話題だった。去年のクリスマスをエレナがどんな風に過ごしたか優奈は知りたくなかった。

辛

話題を変えるために優奈は香辛料博物館の中の空気を深く吸い込んで、「甘い関係のこと、ホットだとか言うでしょう。ホットって、刺激的で、刺すように辛い。やっぱり辛さが感覚の中では最高かもね。」エレナは息を吸い込みながら、アルスター湖に棲む白鳥が羽をわざとらしく広げるような仕草をした。優奈は空腹を覚え、気分がいらついてきた。「貧しくて刺すように辛い人の方が、金持ちで退屈な人よりずっといい。カタルーニャに住んでいる友達が言っていたけれど、近所の人たちは、辛いというと第三世界を思い浮かべるんだって。だから自分だって辛いものを食べるのが好きなことをなかなか認めたがらないとか。」

欲

その瞬間、子供の頃からずっと気になっていた疑問がまた優奈の心に思い浮かんだ。香辛料は、なくてもいいもの、言わばオマケなのに、異国の香辛料には昔、なぜそんなに価値があったのか？　腐敗に傾く肉、退屈なスープに味をつけるためだけに、数ヵ月も恋人と離れて、命を危険にさらしてまで海に出るなんて。ヨーロッパ中、捜して歩いても、香辛料として使える草は生えていない、とでもいうのか。何かごまかされている感じ。優奈が学校で習った歴史の教科書には、まるで香辛料が植民地主義の原因であるかのように書かれていた。

港

香辛料博物館の近くには、優奈が今でもまだ恐怖を感じる地域があった。その地域は以前よく鮫のステーキを食べに行ったポルトガル・レストランの裏あたりから、始まっていた。もう使われていない鉄道線路が、雑草花壇の縁取りをしていた。雑草は自由に育ち、人間に気に入られようとなど考えてはいないようだった。青い花たちの間で、割れたビール瓶の破片が光っていた。奇妙な人間たちが姿を現してはエルベ川の中に消えていった。たとえば、すっかり短くなった煙草をむさぼるように吸っている骨張った男。その煙草は決して最後まで吸われることがないのだった。男は高価な背広を着ているくせに裸足だった。それから、かかとのいやに高いハイヒールを履いたミニスカートの女。太腿に血が滲んでいた。手ぶらで、ハンドバッグ一つ持っていない。女は水際に立って、忘れられた小さなボートと指を使って話をしていた。

知人

その地帯も、優奈のアルバイトで通っている会社が、港に新しく建ったビルに引越した年には、もう町の盲点ではなくなっていた。ヴァルターが「港はもう吠えるように泣かないね」とこぼした。優奈は顔をそむけて聞こえない振りをした。ヴァルターは会社の誰とも話をしなくなっていたが、優奈にだけは親しげに話しかけてきた。それが優奈は嫌だった。ヴァルターは港といっしょに泣くように吠えたかったのだろうか。優奈は深い秋の霧の中で二隻の船が出会う時など、港があいかわらず泣くように吠えている声を聞いた。

韓

以前優奈は、鉄でできた脇腹に中国語の名前が筆で書かれたコンテナ船をよく見かけた。こんなに大きな字を書いた書道家の筆はどれほど長かったことか。五メートルか、それ以上か。いつからか、韓国の名前が増えた。三星、現代。韓国の会社の名前は、漢字でもハングルでもなくアルファベットで書かれていたが、優奈の頭の中で自動的に漢字に戻り、優奈は名前そのものではなく、「あ、ゲーゲンヴァルト（現代）が通る！」といった具合に、ドイツ語でその意味を口にした。ナンシーは謎でも掛けられたように不思議そうに船を見て、「ゲーゲンヴァルト？　どこにそんなこと書いてある？」と訊いた。「ほら、そこに書いてあるでしょう。」「ヒュンダイ？　それ、三つの星っていう意味だって昨日言ってなかった？」「それはサムスンでしょ。」「もう、あたしの見えないものの話しないで。」「他の人の目に何が見えているかなんて、分からない。」

今年になって優奈はまた中国の船を多く見かけるようになったが、もう漢字は書いていなくて、アルファベットばかりだった。

外

「俺が若かった頃には、この港には日本の船も入って来た。もう昔のことだが」とランドゥングスブリュッケンで土産屋をやっているカールが言った。店の入り口の扉には子供っぽい字で、「おみやげは思い出」と書かれていた。

カールは昔何度か日本人の船員と知り合いになったことを自慢にしていた。優奈が、「職種とナショナリティを組み合わせるのって、名字と名前みたいで不思議。職種が名前で、ナショナリティが名字。あたしイタリア人の獣医さん知ってる。日本人の卓球の選手も、それからチェコ人のギャラリストも」とそこまで言うと、カールが遮った。「日本人の卓球選手なんているか。」「ダムトア駅で一度、日本人のプロの卓球選手と知り合いになったことがある。その人、乳製品が食べられなくて、ヨーロッパでは頑張れなかったんだけれど。」「ところで、君はまだ詩、書いているの？」優奈は困って、「誰か日本人の詩人と人違いしてるんじゃない？　あたし、詩を書いたことなんてない。女優になりたいの。」カールは優奈の瞳の中に隠された詩の痕跡を捜しながら、「書いてると思ったんだがなあ。書いてるって言っていただろう。思い違いかなあ。ところで俺、ほんものの詩人を一人知ってるんだ。ウタという女性なんだが、紹介してやろうか。来週の日曜日、また来いよ」と言った。

店

カールはいつも皺の寄った青い縦縞のシャツをきていた。皺を憎み、シーツや下着にまでいつもアイロンをかけるハンザ都市の住人なら、そのような皺は、寝間着にさえ許せなかったはずなのに、カールの皺はだらしなくは見えず、ただただ青かった。カールは色をつけた貝や、死んだ船の舵や、人魚の形をしたライターや、ウイスキーの瓶の中に入った船のミニチュアなどを売っていた。レジの後ろのコーヒーメーカーの隣には上半身裸の船乗りの写真が額に入れて飾ってあった。赤ちゃんのような顔だが、筋肉はたくましい。

「フローリアンていうんだ」と言ってカールは目をそらした。

優奈はフローリアンと知り合いになりたいと思ったが、フローリアンは写真の中から出て来ようとはしなかった。優奈は代わりに詩人のウタと知り合いになった。特に知り合いになりたくはなかったのだが、優奈がカールとコーヒーを飲んでいると、ウタは白いスカートに黒い革ジャンという姿で店に躍りこんできた。優奈は一目見て、ウタがあらゆる同性をすぐにライバルと見なす種類の女だという印象を受け、心中、拒んだが、ウタの目には優奈が理想的な聞き手に見えたようだった。

ウタは香水店で働いていて、二十一歳の時に離婚して以来、一人暮らしだった。ある日、港のバーで一人の哲学教授と知り合った。「君は詩人になれるかもしれないね」と言われて、心臓が不規則に早鐘を打ち始めた。ウタは口をウイスキーグラスの後ろに隠して小声で、「実は詩

を書いてみたことがあるんです」と答えた。「それはぜひ読んでみたいね」と教授は言った。

その日、家に帰る途中、腹痛が始まり、熱が出てきた。まるで恋でもしているようだった。

詩

ウタは哲学教授の大学の住所に詩を送って、電話してみた。電話口で教授はとても声が小さかった。「送ってもらったテキストはなかなかよかったよ。作品をもっと送ってほしい」と言う。向こうが「詩」と言わないで「テキスト」とか「作品」とか言ったことがウタをちょっと不幸な気持ちにさせたが、同じ事物でも、大学と港のバーでは呼び方が違うというだけのことなのかもしれない、と思って自分を慰めた。

それから長いこと、教授は連絡をくれなかったが、詩人はよく教授のことを思い出した。数ヵ月してから教授は急に電話して来て、「今ヴィンターフーデの友達の家でパーティをやっているから、すぐに来なさい」と言う。ウタはすぐに新しいドレスを着て、髪を結い上げ、家を飛び出した。背の高い痩せた日焼けしたトウモロコシ色の髪の女性がドアを開け、何も訊かないでウタを豪華なマンションに招き入れた。夜会服やきらきら光る背広が漂い、女性週刊誌に良く写真の出ている国際映画祭のレセプションのようだった。シャンデリアと磨き上げられた床との間に、骨董家具のロココ調に曲がった脚と、凝ったデザインのひんまがったランプの間に、ウタはあれ以来逢っていない男の姿を捜した。ウタはシャンペンを勧められ、手振りで丁寧に断ろうとしたが、その手が間違ってお盆にのったシャンペングラスを打ち倒してしまった。その瞬間、哲学教授が駆け寄って来て、雑誌をウタの手に渡し、「二十ページ」と言った。ウタはぼんやりして雑誌をめくっていって、自分の名前を見つけた。それから、まるで自分の書いたことを全く覚えてないというように詩を丹念に読みとおした。教授は同じくらいの年の紳士に囲まれ、みんなは教授をパウルと呼んでいた。ウタはふいに自分の服がまわりから浮いていて、むしろ二十歳前後の人間たちだけの集まるディスコテークに行く時の格好だと気がついて恥じ入り、ワインをぐいぐい飲んで、自分が液体になってしまうことで早く環境に適応しようとした。教授は、ウタを雑誌のスポンサーに紹介した。すでに酔っぱらいかけていたウタはスポンサーに、「ああ、あなたはドイツの偉大な詩人と同じ名字なんですねえ。あなたも詩をお書きになっているんですか？　それとも気前よく、お金だけばらまいていらっしゃるの」と訊いた。スポンサーは握りつぶされたスポンジのように微笑み、教授はウタに批難の目を向けた。

二週間後、ウタは新しく書いた詩を教授に送ったが、返事は来なかった。ウタは待っていることができなくなって、もう一つ新しい詩を書いて郵便局に足を運んだ。書くことが楽になってきた。それから一週間たつと電話があった。港のバーで待っていると言う。今回は新しいドレスを着ていかなかった。スニーカーをつっかけて、バス停まで走っていくと、髪の毛が湿った風にあおられて野性的にはためいた。

教授は止まり木にすわっていた。ウタにはうなずいて見せただけで、何も言わなかった。ウタは隣にすわった。教授はウイスキーをゆっくり飲み切ると、ウタを侮辱し始めた。

嫌

最後に教授と逢った時の話をしながら、ウタは涙を流した。その時いつの間にか姿を消していたカールがちょうど戻って来て、ウタの涙には気づかないで、優奈に「ところでタマオは元気か」と尋ねた。ウタの目に敵意が光った。そのタマオだってある日あなたに背を向ける日が来る、とでも言いたげに。

競

タマオはいつも窓辺にすわって、優奈がドアを閉めて去っていくのをじっと見ていた。優奈は朝、港に入ってくる船と並んで歩いていくことがよくあった。船のいかつい身体は動いていないようにさえ見えたが、それでも優奈より進むのが速いのだった。船はいつも優奈を抜かしていった。勝利に酔って、汽笛を鳴らす船もあった。

盟

カールにはいろいろ港のことを教えてもらった。そうでなければ、エレナのような訪問客に向かって、ハンザ同盟の人間の役をこんなに上手く演じることができなかったろう。優奈はたとえば、ハンブルグの公式の姉がマルセイユであることだけではなく、ボルドーという隠れた妹がいることも知っていた。ボルドーはレネの生まれた町だった。

海から離れたところにある港町は、牡蠣や海藻のにおいはしないものである。でもエルベ川が塩辛く、甘く、ちょっと腐ったようなにおいのする日がある。このにおいが優奈をいつもと違う女にしてしまう。この女は危険とか利益とかは頭になく、獲物を捜して港の地帯をさまようのである。

優奈の獲物というのは、たとえば絵本に出てくるような水夫である。あの時の水夫は、イギリスとの間を繋ぐ船から降りて、急いで煙草を吸うつもりだったのだろう。夕方六時、船はまたイギリスに向かって出航する。水夫は火を消すために、額の高さでマッチを振った。火は消えたが、地平線に赤い色が残った。水夫の短い上着と紺色のパンツの間に見えた肌は、無毛で、つるつる光っていた。優奈は隣に立った。外国煙草の臭いがした。水夫は横目で優奈を見ていた。優奈は不安になり、水夫の驚くほど繊細な指に最後の視線を投げると、敗北者のようにその場を去った。それにしても、一体、何の戦いに負けたというのだろう。百歩歩いてから、ふいにあの水夫は女だったのだと気がついた。あのお腹と指。どうしてすぐに気がつかなかったのだろう。優奈は振り返ったが、その背中はもう遠かった。

明るい色の石の家並みが拒むように続き、夢でも見ているようだった。ボルドーには石庭はないが、その代わり町全体が石でできた庭である。モーリスが優奈のことではなく、ベトナムへの旅のことを考えているらしいことは、背中を見ただけで分かった。モーリスのまなざしはボルドー空港に飛び、サイゴンという名前を行先表示板に捜す。もちろんサイゴンは見つからない。モーリスはいらいらし、そのうちすっかり自信を失ってしまう。祖父のことを忘れ、サイゴンが見つからない理由に思い当たるまでは、まだしばらく時間がかかるだろう。

モーリスはつまずいたが、そのことに自分でも気がついていないようだった。心臓は天に舞い上がり、祖父を捜した。いや二枚の翼をはためかせて舞い上がったのは、心臓ではなく目玉だった。優奈は青い空をのぞきこみ、オディロン・ルドンのスケッチを思い出した。眼球が気球の風船になって海岸の上空を飛んでいた。気球のかごに乗っているのは、ちょんぎられた首だった。

家

幅の狭い三階建ての家の前でモーリスは自動的に足を止め、尻ポケットから鍵を出して何か言った。これが僕の家、というような簡単なことを言ったようだったが、それが優奈には意味ありげに聞こえた。女性がいつもはめている柔らかい革手袋にすっと手をすべりこませるようにモーリスは自分の家にすっと入って行った。そんな風に家に入ることのできる人間は、家を長い期間あけておくべきではない、と優奈は考える。でももしモーリスの旅が早々と中断され、モーリスが帰ってきてしまったら、自分はどうすればいいんだろう。

机

「これが書斎」とモーリスがどちらかというと沈んだ声で言った。優奈はためらいがちに家に入って、右手にある最初の部屋に首を突っ込んだ。木目の粗い机が窓のすぐ前に置かれていた。外の通りに近過ぎる感じだった。優奈は、自分が翌日、髪を結んでショートパンツをはいて幽霊的な演劇プロジェクトについて、この机に向かってあれこれ考えているところを思い浮かべてみた。モーリスは何か言って、窓の外に取り付けられた鉄格子を指さした。たとえ泥棒が来ても、あの太い鉄格子を壊すことはできないから安心してください、とでも言いたいのだろう。

囚

大抵の人は、鉄格子の向こう側に閉じ込められるのはご免だろう。優奈は独房に閉じこもって少女時代を過ごした。独房とは脳細胞のことだった。本の一行一行が、目の前を縦に走る格子で、その中で優奈は、椎名麟三、ドストエフスキー、ジュネなどを読んだ。終わりのない本のページをめくる指の動きは躁病的だった。どうして監獄の話なんか読んで、わざわざ自由を奪われた状態に自分を置くのか、ともし誰かに訊かれたら、答えられなかっただろう。友達に夜踊りに行こうと誘われても優奈はうまく断って、すでに死んでいる本の中の囚人たちといっしょに文字の牢獄の中に留まった。

誌

レネの姉は大人になってから罪はないのに有罪判決が出て刑務所に短期間入れられ、同じくその刑務所にいたモーリスと後で知り合ったが、それよりずっと前、少年院に入っていたことがあり、そこで日記をつけていた。「その日記は、わたしは読んだことがなかったんだけれど、姉は自分が死んだら捨てて欲しいと言っていた。だから日記は棺桶に入れた。死者は抗議できないからこそ、遺言には従わなければいけないのだと思っていたけれど、今では後悔してる。日記はたった一冊だったけれど厚かった。表紙はビロードでできていて、姉の匂いがして、柔らかくて、なんだか猫みたいだった。少年院も刑務所も入っていた期間は短かった。一回目はどう見ても正当防衛だったから、たとえ軽い刑でも有罪になったのは不当だと思う。少年院では優等生だったから、すぐ出られた。姉はみんなのお手本になるような子供だった。不公平を許せない子供だった。それがかえっていけなかったのかもしれない。」

「姉は子供の頃から、弱者が強者にひどい扱いを受けているのを黙って見ていることができなかった。犯人を罰するのに暴力を使うのをためらわなかった。正義は自分の手で実行に移さないといけない、先生は数の多い方の味方だから。先生だって生き残る必要があるからそうするのだろう。姉はわたしの鞄を男子トイレに隠した男の子の顔を傘で殴ったことがあった。鼻が折れて血が出て、でもその子は何が起こったのか誰にも話さなかった。その年頃の子供は、サムライのように誇り高くて、法治国家に住むにはふさわしくない。子供だけの国家を作ってあげた方がいいくらい。自分が犠牲者だったことを認めるくらいなら、死にかけるまで殴られた方がましかもしれないと思っている。法廷では嘘をついて、悪い思い出は悪夢の袋に押し込んでしまう。そして十五年もたってから、急にお酒に浸り始めて、結局は早死にしてしまう。」

モーリスは狭い階段を上がっていき、優奈は黙ってそれに続いた。二階には、バスルームと寝室とオフィスがあった。ベッドは高さは高いが、幅は狭かった。スチール製の事務机の前の窓ガラスを通して教会の赤い屋根がとても近く見えた。屋根の一部は開いていて、瓦の代わりに木の骨組みが見えた。優奈は教会の屋根を同じ目線で見たのは初めてだった。ぽっかり開いた教会の頭蓋骨の中をのぞきこんでみた。

闇

モーリスと優奈はまた階段を降りて行った。二人の歩調はぴったり合っていて、七段だけずれていた。優奈は下から二段目に立った時、小さな木のドアを発見した。鍵はかかっていなかった。階段が下に続いていたが暗闇にのまれ、よく見えなかった。優奈はくしゃみをした。その瞬間、モーリスは好奇心の強い女の背中に身を寄せて、電気を付けた。かちっと音がして、裸電球がついた。電球のまわりの小宇宙には、埃の惑星と、とぎれた蜘蛛の巣でできた天の川が浮いていた。優奈は斜めに立ったその姿勢のまま凍りついてしまい、まっすぐに立ちなおすことができなかった。「心配しないで、幽霊はいないから」とモーリスは言った。

鬩

モーリスはもうぼんやりしてはいなかった。優奈をゴシック系の幽霊たちから守るという役割がとりあえずモーリスの足をしっかり地につけてくれたようだった。顎をこころもち持ち上げ、馬の横に立つ騎士のように見えた。

優奈は幽霊を恐れていたわけではなく、孤独な裸電球の魔法にかかっていただけだった。日本では西洋梨のことを「ラ・フランス」とよぶのだとモーリスに教えてあげたかったが、今の言語状況では、不在の果実について語るのは難しすぎた。

入り口の前には、トランクが置いてあった。随分かさばるトランクだったが、優奈はそれまで見逃していた。モーリスは生暖かく湿った鍵を優奈の手に預けて、トランクを手に、さっき来た方向に去っていった。まだ呼び返すことはできた。まだ遅くはない。でも、一度取り決めたことだから、もう変えることはできない。家があくからその間、優奈がそこに住んでいいのだという取り決め。自由に使えるということは、誰かが去っていったという意味なのだった。

優奈はソファーに腰を下ろし、ちょうど本を読んでいてページをめくった直後のように、まなざしをあらためて、あたりをみまわした。ランプもソファーも壁の絵も、さっきとは違って見えた。新しい住人に気に入られようとして、家が少しずつ変貌していく。優奈は息をつめて、その変貌を見ていた。

主

わたしは、この家で一人やっていくことができるだろう。慣れたらハンブルグの友達に電話して、まるで自分の家のことのように報告しよう。庭のカボチャがすごいスピードで蔓を出し、どこか淫猥な黄色い花を咲かせた、と。それから、まじめくさった声で、「いずれにしても近々、屋根をなおしてもらわないと」とつけ加えよう。

もしモーリスがもう戻って来ないとしたら、優奈はいつまでもここにいることができる。これが本当に優奈の家なのかどうか、わざわざ調べにくる人などいないだろう。そのうちこの家にいっしょに住みたいという現地の女性が現れるかもしれない。その女性の名前はZで始まるに違いない。Z以外のイニシャルはもう優奈の中で別の人たちと結びついてしまっていた。

味

許されても許されなくても優奈はこの家に留まるだろう。ある日、制服を着た男女がドアのベルを鳴らし、優奈が家の所有者なのかどうなのか問いただすだろう。ゴミの仕分けのような小さな問題を理由に訪ねて来るのだが、優奈にはこの家に住む権利のないことをすぐに嗅ぎ出してしまう。「家の所有者はどなたですか。」「モーリスです。でも行ってしまったんです。ヨーロッパにいたくないって。いたくないという人を引き止めることはできないでしょう。」「その人が国を出るように、あなたは何かしたんじゃないですか。」「いえ、何も。だって、何のためにそんな？」「それは誰にだってすぐ分かることでしょう。家主がいなくなれば、あなたは得をする。家主に連絡できますか。電話番号を教えてくれませんか。」「持っていないんです。」「そんなの信じられませんね。」

権

優奈は自分の空想の産物にすぎない話相手に腹を立て、昂奮していた。もしモーリスにここに住む権利があるなら、あたしにだって同じだけ権利があるはずだ。たまたま家を持っている人間の息子として生まれたというだけでその家をもらえるというのは不平等だと優奈は昔から思っていた。どんな家に生まれるかは、その人の業績ではなく、偶然だ。だから他のみんなにもその家を継ぐ権利がある。そこまで考えてから、モーリスが家を遺産相続して手に入れたのではなく、自分で買ったのだということを思い出した。

渋

優奈は本当にその家を所有したいのか。家を所有する者はみな家の奴隷だ。それを教えてくれたのはイングリッドだった。あの日、二人はバルコニーにすわって退屈な味のメリッサ茶をマイセンの茶碗で飲んでいた。枯れた茶色い葉っぱがそこら中の植木鉢から垂れていて、寄ってくる蜂はがっかりして飛び去り、ハエは優奈の足下の小さな正体不明の山のまわりを期待に充ちて飛び回っていた。イングリッドは人ごとのように話してくれた。

自分の肌を毎日少しずつ剝いで、それで壁を貼り直さなければならなかった。外壁には腐敗した箇所があり、小雨が降るとそこから湿気が侵入してくるのだった。この町ではあまりお目にかかることのない嵐のような雨ならいいのだが、目立たない静かな長雨は家の敵だった。壁を新しくする度に新しく塗り替えられなければならない。それも何度も上から白く塗り重ねないと、数時間のうちに赤茶色になって、羊の皮のにおいがしてくる。女の手のひらは、ペンキの入った重いバケツの金属製の細い持ち手が食い込んだ跡がはっきり見えた。女は遠いバス停から家までバケツを運ばなければならず、しかも楽そうな顔を保ち続けなければならなかった。でないと近所の人が親しげに話しかけてきて、自分の車を使ってください、などと言い出すかもしれない。近所の誰かと家の話をするくらいなら、バケツの重さで肩と腰がひん曲がってしまう方がましだった。近所の人たちはみんな女がちゃんと家の管理をしていないということで意見が一致しているに違いない。それは、このあたりの居住区全体のイメージを破壊することになる。家はもう三百年も前からそこに建っているが、それに比べて、一人の持ち主の心臓は百年も鼓動し続けることができない。女は努力はしているが、家の残忍さを軽く見て、建物を保護していける唯一の生活形式を拒否してしまった。近所の人たちは、家の中をのぞきこむことはできなかったが、窓を見れば家の状態がどれほど悪化しているかは分かる。窓ガラスは、毎朝自分の舌でなめてきれいにしなければ、くもってひびが入ってしまう。借家なら、窓を雑巾で拭くだけで充分だろうが、女は家の正式な所有者なのだ。当然、自分の身体を犠牲にして家につくすことが要求される。真夜中に目が覚めて、汗で濡れたきつい寝間着のボタンをはずすこともある。繰り返し見る夢の中では、目に見えない雇い人に給料をあげてくれ、と頼む。そうしないと次の修理代金を払えない。「また修理ですかね」と訊く雇い人は、女の言うことを信じていない。だから証拠として手のひらにできた醜いみみず腫れを見せなければならない。中の二本が濡れ、赤く摘みたての新鮮さに光っている。醜くなんかない。傷口は、二枚の唇のように、いきいきとしゃべり始めようとする。家について、家と女の関係について。やめて、何も言わないで、そうしないと雇い人が嫉妬して、わたしをクビにしてしまう。深い眠りがいつまでも続くということはもうない。安らかなまどろみも、すぐに冷たい風に断ち切られる。寝室の窓が勝手に開く。新しい窓が必要なのだけれど、請求書が払えない。夏になると家の中はひどく蒸し暑くなる。女は裸で脚を広げてベッドに横たわり、時々溜め息をつく。月が高く昇ると、雨粒がお腹に落ちてくる。本当は十年後に落ちるべきなのに。家は女に暗い予感を与えた。屋根を新しい瓦で覆わなければ。でもそんな多額のお金は、まともな仕事では稼ぎきれない。今でもこんなに働いているのだから、もうこれ以上、働けない。家は言い訳に貸す耳を持たない。家は、女が常に身体のすべての部分を犠牲にすることを要求してくるだけでなく、そういう献身的態度に加えて、罪悪感を見せることも要求してくる。義務を果たしきれていないのだから、罪の意識を持つべきだろう。だいたい鼻が高過ぎる。自分の美しさを自分の手元に置いておこうとするのが悪い。まるでその美しさは、将来、年金を生み出す資本なのだとでもいうように、財布の紐をきつく締めているのが悪い。家は、女が無知から「未来」と呼んでいる恐ろしい時間について、警告を与えてくれる。お前の美しさは、今使わなければ、無駄に消えてしまうのだぞ。ユーロに換えなさい。それ以外の通貨はどうせいつかは価値がなくなってしまうのだから。女は反論する。わたしの欲しいのはお金ではなくて幸福なんです。家は意地悪く答える。物質はお前の肉に食い込み、幸福を感じる能力を与えてくれる。苦しみを避けるのではなく、苦しみから喜びを得ることを学びなさい。まず身体を使う、次にあらゆる痛みを我慢する、そして最後には痛みからの解放。この三拍子が、ワルツのように日常にリズムを与えてくれるだろう。女は感謝して床にひざまずき、家の中のドアのノブに次々と接吻していく。それは聖人の鉄のこぶしである。それがただの遊戯に過ぎないことは分かっている。いつでも逃げられることも分かっている。柱に鎖で繋がれているわけではないのだから。でも、そのうち歩けなくなってしまったら、もう遅い。身体は日々硬くなり、そのうち家の支柱に変貌し、家の支柱にとってかわる。女の身体の変化を不思議に思う人などどこにもいない。年上の親戚は、気軽にこんなことを口にする。「あの人だって、もう若くはないんだから。」これは未来の話ではない。シャワーを浴びていると、壁の中からそう言う声が聞こえてくるのだ。壁が自分の身体を観察しているのが分かる。シャワーの水は長く出していると、土のような赤い色になってくる。シャワーを止めて身体を拭き、足に丹念にクリームを塗る。でもバスルームを出ると、踵の肌はもう乾いて、ヒビが入っている。床は若々しく輝こうとして、女の身体の脂肪分を吸い取る。女はそのことに気がつかなかったふりをして、控えの間の大きな卵型の鏡の前に立つ。壁には目があり、女がレースのついた下着姿で丁寧に身支度しているのを嘲笑的に観察している。家にあいたあらゆる穴の中から昆虫の大群がいつ這い出してくるか分からない。女は家を長くあけておくことはできない。夏には家を三日とあけられない。そうしないと黒い昆虫の雲で家はいっぱいになる。羽の生えた蟻たちは好んで壮観な結婚式を祝う。繁殖したがっているのだ。蟻たちは人にとりいるような愛のイメージなんか必要としていない。女はちゃんと家に居残って自分の種を増やすことを考えなければ、これからも家が生存していけるように別の生き物が家を占領してしまうだろう。家は必ず人間や他の動物を奴隷としてまたは代理母として飼育している。自分自身はすでに死んでしまっているからだ。死んだ者は、他人の身体を使って自らの性愛の夢を生きようとする。家は種付けのために見知らぬ男を呼び入れることさえある。家の住人である女の好みを訊こうともしないで。

霊

女は一度、郵便配達人に傷害罪で訴えられたことがある。ある雨降りの秋の朝、若い郵便配達人がドアのベルを鳴らした。就職して三日目だった。ドアは音もなく細く開いた。若い男は暗い中で銀のチェーンが光るのを見ながら、最近女性が神経質過ぎるほど警戒するようになったのも分からないではない、と思った。女性の姿は見えなかったが、生暖かい湿った空気といっしょに、まだ嗅いだことのない香水のにおいが流れ出してきた。ベルの音を聞いて、バスルームから飛び出してきたのかもしれないと思って、郵便配達人は微笑み、相手の気持ちを手探りするように、ゆっくりドアの隙間に手を入れて、封筒を手渡した。腕が肘まで入ったとき、向こう側で封筒が受け取られたのが分かった。お礼を言わないなんて変だな、とちょっと嫌な気がした。自分のためにしているんじゃなくて、相手の女性を喜ばせようと思ってやっていることなのに。ところがその時、別の問題が発生し、愚痴はお預けとなった。腕が引き抜けなくなったのだ。袖のボタンが釘にでもひっかかったのだろう。ワイシャツを解放してくれませんか、と頼んでみたが答えがない。どうしていいのか分からず、腕を激しく動かした。そのうちワイシャツがすっかりズボンから出てしまった。するともう死んでいるはずの母親の声が聞こえてきた。「だらしがないわねえ。」自由になる方の手であわててワイシャツを押し込もうとしたが、ベルトがきつすぎて、だめだった。そこでベルトをはずして不器用にワイシャツを掻き入れた。その際、隣の家に配達しなければならない雪のように白い封筒を三つ、濡れた地面に落としてしまった。あわてて拾おうとしたが、袖を取られているので、かがめない。下のチャックが開いていることに気がついた。チャックをあげないと。もう遅い。ドアが暴力的に閉じられた。肘を砕こうとでもするように。肘の骨が音をたて、あまりの痛みに叫びを上げた。すると、木のように乾いたコンクリートのように冷たい奇怪な声が聞こえてきた。何と言っているのかは分からない。鳥肌。

警官は郵便配達人に、その女性の表情はどうだったかと尋ねた。「全然見てないんです」と配達人は答えた。「全く見てないんですか?」「そうなんです。」「それでどうしてそれが女性だったって分かるんですか。あの家に住んでいる女性は、その日は家にいなかったって言っているんですよ。」

イングリッドはやがて相続した家を売って、質素なアパートに引越した。「新しい家は狭いけれど、そのことは全然気にならない。どちらにしても一年間、療養所で過ごすことになったから」と言うイングリッドの電話の声は明るかった。

声

優奈は窓辺に古めかしいクリーム色の電話が置いてあるのを見つけた。急な用もないのに両親や友達に電話をかける習慣はなかったが、今、誰かに電話して家のことを報告したくなった。夫がほとんど毎週外国に仕事で出かけていた時期が五年間ほどあったとレネが話してくれたことがある。夫は毎晩電話をよこした。どんなに時差があっても、気候が違っても、夫の声と機嫌が毎日レネのところに送り届けられてきたわけだ。電気電線的なつながりは確実すぎて、果たしてレネ自身がそんなに確実につながることを望んでいたのかどうか、あやしくなるくらいだった。レネには、毎日かかってくる電話がむしろ苦痛だった。レネの姿を見ていない時の夫の声は、開放的で朗らかだった。もし家にいたら、なぜ夕食に同席できないのか、その理由を考え出すのに苦労して、そんなに朗らかにはなれなかったはずだった。

断

優奈は電話をかけた。番号はそらで覚えていた。レネの声がすぐに聞こえた。「もしもし、あたしです。ボルドーの家に着きました。モーリスはもう出発してしまったけれど。」「ああ、そう。」レネの声は遠く、植物的と言っていいほど受け身だった。優奈は言葉につまって唾をのみ、それでも元気に先を続けようとした。「仕事部屋はいい感じ。多分いいアイデアが生まれると思う。不思議な地下室もあるし。」レネは答えなかった。優奈は一人でしゃべり続けるしかなかった。「フランスに遊びに来る気はないの？」ちっしゅという電気音が優奈の鼓膜を引っ掻き、電話は切れてしまった。それは機器の故障のせいなのか、レネが受話器を置いたのかは分からなかった。

涸

優奈は「涙もろい」の反対語を捜しながら泣いた。タマオの死さえ優奈の涙の蛇口を捻ることができなかったのだ。台所に行って水を飲んで、また泣いた。前回たいした理由もないのに泣いたことを急に思いだした。あれもこの国で起こったことで、いつもこの国で涙が出るのは、もしかしたら偶然ではないのかもしれなかった。あの時は、パリからハンブルグに戻る夜行バスの大きなタイヤの隣で泣いた。隣にはミュージシャンが一人、立っていた。

折

優奈は涙を拭って地図を机の上に広げ、モーリスが水と呼んだ場所に鉛筆でハートを描いた。優奈の鉛筆は、町の上空をさまよいながら、家とその場所を直接繋ぐ線を捜した。干上がった沼の表面にできたギザギザのヒビと似た無数の線が旧市街を縦横に走っていたが、目的地へ向かう線は一本しかなかった。しかし、それはよく見ると通りではなく、地図の折り目にすぎなかった。

灼

太陽の光は狭い通りにさしこみ、ざらざらした舌で、左右の家並みをなめていった。なめてもなめても、太陽の渇きは癒せないだろう。優奈は家に引き返そうかとも思ったが、その時、狭い通りがゴシック建築の教会前広場に流れ込むあたりから、小さなショーウィンドウの列が続いているのが目にとまった。

飾

入浴用オイルの入った青ざめた焼き物の小瓶、焦げた角が両端から生えたぱりっとしたフランスパン、とっくに廃止されたフランという通貨で値段のつけてあるロマンチックな幽霊屋敷風の城の写真、色を付けた羽とリボンの飾りがついた婦人帽、血の赤に光る苺タルト、鉤や針の形をした銀のブローチ、誰かが勝手に作った漢字の書かれた紙の袋に入ったお線香、サファリ服を着たタンタンのゴム人形。

漫

タンタン。優奈は漫画屋のショーウィンドウの前に立ち止まった。タンタンの後ろには子供時代から知っていた顔があった。頬に傷のあるブラック・ジャック。優奈の初恋の相手だった。

リリーなら、「ブラック・ジャックと鉄腕アトムはあなたの同郷人ね」と言うかもしれない。「同郷人」は最近リリーが祖父母の行李をかきまわしていて見つけた言葉だった。「もちろん外国人と結婚することはできるし、それもクールだけれど、同郷人と結婚することの利点もあると思う。たとえばコンラートはあたしと同じ料理が好きで、しかも、もっと大事なことは、同じテンポで食事すること。ぐずぐず食べている人を見ていると、いらいらしてくる。殺してやりたくなる。」リリーは優奈が本当にブラック・ジャックや鉄腕アトムと同じテンポで食事すると思っているのだろうか。

蜍

優奈の隣にはいつの間にか少年が一人、立っていた。少年は、ブラック・ジャックの翻訳本の表紙を見つめていた。両親の存在を数時間忘れて、本を手にして自分の部屋にこもることのできるようになった年齢なのだろう。優奈はショーウィンドウのガラスに映った地元の少年の顔をうっとりと見つめ、しばし暑さを忘れた。それから勇気を集めて、語学の教科書にのっていた例文をそのまま口にした。「コレハオモシロイホンデス。」優奈の心臓は、経験の浅い少女が恋に陥った時のように鼓動していた。少年は緑がかった灰色に光る目をまっすぐ優奈に向けたが、驚いている様子はなかった。こんな芸のない文章は、この町に住む人なら誰でも言えるだろう。少年はしばらく黙っていたが、それから、驚いたことに日本語で答えた。「僕も好きだよ。もう全部読んだ。」それから少年はその場を去り、優奈は一人そこに残された。

論

優奈は一度レネに漫画の話をしたことがあったが、レネは何の反応も示さなかった。優奈の知人で年配で失業中の日本文化研究者が、あまり知られていない日本の三〇年代の漫画をドイツ語に訳すプロジェクトを考え出し、優奈にいっしょにやってくれと頼んできたのだった。レネは、その漫画プロジェクトについてはノーコメントで、代わりに、「ラシーヌのプロジェクトはどうしたの」と訊いた。優奈は赤くはならなかったが、ピンク色くらいに頰を染めて、「フェードル」を演出することにしたと答えた。ただし能としてやるのが本当にいいのか、むしろ歌舞伎にした方がいいのか、それが分からない。優奈はまるで数週間前からそのことだけ考えていたとでもいうように熱心に語った。なかなか決心がつかないのは、能では死者が大切だけれども、歌舞伎なら家族をテーマにできるからだった。ところが、自分が家族の葛藤を表現することには興味ないことに気がついた。妹の恋人と兄の衝突、父と娘の衝突、父の恋人と母の衝突。現代人は衝突に飢えている。衝突がなかったら初めっから家族を作る気になれないくらいに衝突に飢えている。やっぱり能の方がいい。でもその場合は、重要人物を死者にして、その死者に過去をさかのぼって語らせることになるのだろうが、いったい誰を死者にしたらいいのか。「語り手は、義理のお母さんでしょう」とレネが言った。「それとも父親かしら」と優奈。「それは絶対違うでしょう」とレネ。義理の息子か。

「パパ！」子供の色の明るい声が父親を呼んだ。優奈は我にかえり、ボルドーにかえった。ボルドーは自分の現在が息する場所だった。子供の声は聞こえたが、姿は見えなかった。「パパ！」見えない子供がまた叫んだ。子供は突然優奈の隣に姿を現した。その子の身体は、ブラック・ジャックが好きで日本語を話す子供の半分くらいの身長で、父親を捜していた。まだ自分の本を持って部屋に閉じこもって親を忘れる年齢には達していなかった。パパ！　その時、パン屋の中から背の高い男が出て来た。男は手に紙袋を持って、もう一方の手には新聞を持っていた。子供はそちらに駆けて行って、コアラがユーカリの木に抱きつくように父親の右脚に抱きついた。

父

「あなたの父親は誰だったの？」レネが「父」という言葉を比喩的な意味で二度続けて使ったので、優奈は我慢できなくなって思わずそんな質問をしたことがあった。「植物学の父」と「現代文学の父」は、はっきりとした輪郭をもって優奈の目の前にあらわれたが、レネの父親というのはどうしても想像できなかった。

「あなたの父親は誰？」「きょうは随分と哲学的な質問をするのねえ」と言うレネの口調は多少喧嘩腰。優奈は修練を積んだ身のかわし方で、言語学者のように話題をそらした。「父親イコールパパではないでしょう。パパというのは世界中どこでも新しい借用語。ハムレットだって父親が幽霊になって現れた時に、パパ！　とは叫ばなかったでしょう。」レネの顔つきが緩んだので、優奈は自信を得て続けた。「語頭のｐの音は何百年もの間、日本語から姿を消していた。中世の日本には存在したらしいんだけれど、それがいつの間にか消えてしまって、近代になって、まずオランダから、そしてプロイセンから、それから、新大陸から外来語が入って来るまでｐは消えたままだった。パーキング、ポップコーン、ポップミュージック。六〇年代には、パパという言葉が、リカちゃん人形といっしょに流行した。それまでは日本には、パパなんていなかった。少なくとも、パパという職業はなかった。この職業についた人は、日曜日には車を洗って、奥さんと子供を連れて、大自然をめざしてドライブにでかけないといけないことになった。」レネはおかしそうに聞いていた。優奈は自分のおしゃべりがすでにレネの機嫌をなおすという目的を果たしたことは知っていたが、それでもおしゃべりをやめることができなかった。「でもパパなんて言葉は恥ずかしくて発音できないという人もいる。あたしはリカちゃんじゃありませんからね、あたしにはパパなんていませんよ、という人は、オトウサンという言葉を使う。」優奈はこの瞬間、日本語の「オトウサン」という言葉を声に出して言わなければよかったと後悔した。レネの顔にさっと陰がさしたのだ。オトウサンという単語に古い記憶をかきたてられるはずはないのに。それとも、未知のものが一番古い記憶を呼び起こすこともあるのだろうか。

誰の言葉だっただろう。生まれた時のことを思い出したかったら、生家には戻らないで、更に遠くへ旅しなさい。優奈は混乱しながら、ただしゃべり続けた。「子供自身は、パパと言うか、オトウサンと言うか、自分では決められないでしょう。ほら、これはパパよ、と母親が言う。ほら、これがあなたのパパよ、と母親はしつこく繰り返す。まるでそうしないと、そのことを子供が忘れてしまうとでもいうように、それとも忘れてしまうのは子供ではなくて、父親の方かな。」優奈はしゃべり続けたが、レネの顔に一度あらわれた陰はなかなか取り除くことができなかった。優奈は、誇りと臆病から、そこで諦めることもできず、ますます熱をこめて語った。「pで始まるパンは、日本でもわりに古い外来語の一つなの。」「パン？　日本ではパンのこと、パンって言うの？」「そう、ポルトガル語から入ったの。」「フランス語からじゃないの？」「残念ながら違う。ご免。でも、それは、あたしには、どうしようもないことだから。」レネはがっかりしたようだったが、めずらしく子供っぽい口調で「ヤーパン（日本）はパン、ポルトガルのパン」と言い放ち、その顔にはもう陰はなかった。

影

パンを持った父と子は、角を曲がって姿を消した。優奈はパンを持たずに歩いて行った。パンが買えるくらいのユーロは持っていた。パンを買うのには充分なくらい、ユーロッパつまりヨーロッパのことは知っていた。しかし、今は空腹ではなかったし、フランスパンを散歩の道連れにして、パンに話しかけたり、ちぎって口に入れたりしながら道を歩く習慣はなかった。口蓋は乾いて、家並みは影一つなく白い砂の色に輝き、天は水を失った海洋だった。

優奈は太陽を脇に押しのけるような仕草をした。灼熱の中で、優奈を水の地点まで導いてくれるはずの道はあまりにも長かった。

その時ふいに、エルベ川に沿って、まだ肌寒い四月にあらわれる背中たちのことを思い出した。平たい石の上で苔の生えた甲羅を干す亀のように日光浴する人たち。優奈はその人たちの間に身体を横たえることはなかった。優奈はいつもできるだけ太陽を避けていた。それはレネとの間のわずかな共通点の一つでもあった。「夫はいつも茶色く日に焼けたがっていた。夫は、実際は、茶色に焼けることはなくて、赤くしかなれなかったのだけれど。死ぬ一週間前にバルコニーに椅子を出してくれって言われた。太陽が夫の顔に照りつけていた。夫は、もう目が見えなくなっていたけれど、光は脳に直接届いたみたい。エルベ川が見えるって。三十分してから迎えに行ったら、頬に死の紫色の斑ができていて、少しは茶色くなれたかな、なんて、満足そうに訊くの。」

舌

優奈は木の下で立ち止まり、暑さを避けて、そこで一服した。前の広場で子供を二人連れた女が、ベンチにすわって棒つきアイスを食べていた。女の舌は異常に長かった。優奈は真っ白い歯の間で踊るヴィヴィアンヌの舌を思い出した。日本語では完全に能力を発揮できないのでヴィヴィアンヌの舌は退屈し、二つの単語の間で理由もなく踊っていたものだ。

沫

ベンチの向こうに白い建物の怪物的な身体が現れた。ラ・ピシン・ユダイク。優奈は看板を声を出して読み上げた。ピシン？　そんな単語は知らなかったが、日本語の擬音語のピッシャンがすぐに思い浮かんだ。それから、ここ何年かで手に入れた言葉が次々思い浮かんだ。Ｐｉｔｉｅはブルガリア語で「飲み物」、Ｐｉｓａｒａはフィンランド語で「水滴」。ここに来る途中の夜行列車の中で、手なずけがたい野性味を持った魅力的なスウェーデン女性に出会ったことまでも思い出した。放尿するという意味のピッセンというドイツ語を使っていた。ラ・ピシンも液体であるに違いない。驚くには値しない。この場所はまさに、モーリスによって、水という要素に分類された場所なのだから。

舶

優奈は同じ道を通って家に戻った。暑さが脳細胞を圧迫凝縮してくるせいで、頭の中に隙間が出来て、そのせいか、勝手にそのへんを飛び回る未知の細胞が入り込んでくる余地ができてしまった。優奈の想いはアルジェリアに飛んだ。優奈はそこでは全く違った人間、若い船員だった。名前はフローリアン。アルジェの港で毛深い皺の多いカールという男と出逢った。この男がデンマークに連れて行ってくれると言うのだった。カールはハンブルグ出身の元水夫で、今は商人をしているが、デンマークはヨーロッパで一番良い国だと言うのだった。デンマークの国民は、あらゆる不満と心配を廃止してしまった。喪失の悲しみはもう、雨降りを思わせるデンマーク語の響きの中にしか残っていない。そんな土地でいっしょに暮らそう、俺とお前と、とカールは言うのだ。

弐

カールは切符を買って船客となり、フローリアンの働いている船に乗り込み、午後になるとフローリアンを自分の船室に呼んで、夜の果てるまで、仕事に戻らせなかった。フローリアンは何度か仕事すべき時間にカールとトランプしているところを同僚に見つかってしまい、クビになった。二人は本当はトランプ（カルテ）だけではなく、顔や身体の中にある皺（ファルテ）でも遊んでいたのだ。フローリアンは職を離れる前に、仕事をさぼった日までの給料を受け取りにいった。「当然でしょう！」そう言うにあたって、トオゼンのトオをそれまでになく強く発音した。しかし船舶会社の人事課は、うなずいてはくれなかった。同意してはくれなかった。お金を受け取る権利を認めてくれなかった。「あなたはトランプに負けたんですよ。もう持ち札はありません」と言って、追い返してしまった。

カールはフローリアンを教え諭した。「ばかばかしい給料のことなんか忘れてしまえ。雇われている人間はみんな奴隷で、給料なんて、奴隷であるしるしにすぎない。もう皿を洗わないでもいいし、床も磨かないでいいことをありがたく思えよ。王女様みたいに一日ベッドで、ごろごろしていればいいんだ。甘やかしてもらえ。」それから、フローリアンは子供の頃のように睡眠中、歯ぎしりするようになった。法律の勉強をして船舶会社を訴えてやりたいと思った。しかし、カールは、そういう裁判は正しいからと言って勝てるものではない、法学なんか勉強しても無駄だ、と言った。

カールとフローリアンはクックスハーフェンのバーに入った。まだ午後の四時だったが、二人ともすでに強い蒸留酒を何杯かひっかけていた。カールはフローリアンに、二時間ほど一人で待っていてくれ、と言った。町のはずれに住む病気の叔母さんのところに顔を出したいというのだ。フローリアンには、カールに病気の叔母さんがいることを疑う理由は何もなかった。
フローリアンは二つのグラスといっしょに止まり木に残され、隣にすわった二人の男たちの話に初めは何気なく、そのうち熱心に耳を傾けた。二人の顔はミルクのように白く、肌が柔かそうで、声もそれに似合っていた。黒い革の上着は、快い香水の匂いがして、そこにかすかに腋《わき》臭《が》が混ざり、その匂いをかぐとフローリアンははっと目が覚め、飲むのをやめた。「博士号が取れたなんて自分でも信じられないよ。法学を勉強したらって言われた時には、自分にそんなことができるとは思いもしなかった」と一人が言った。フローリアンは一度だけ、成績がクラスで一番だったことがあったのを思い出した。十二歳くらいのことだったろうか。でも、それは夜行列車の窓から偶然目にした信じられないくらい奇麗な花火と同じで、人生に何の影響も及ぼさずに忘れられてしまった。フローリアンは二人の男に声をかけた。カールが酒場に戻ってみると、若い元水夫はもうそこにはいなかった。

拗

優奈がモーリスの家に戻ると、家の中の雰囲気はすっかり変わっていた。なんだか冷たく湿っていて拒むような感じだった。このように甘えん坊で嫉妬深い家は、長い間一人で放っておいてはいけない。放っておけば死んでしまう。ディスプレイの中で餌をやらないと死んでしまう動物たちと同じように。その死はフィクションだが、外部に伝染する。もしモーリスが戻ってこなかったら、優奈がこの家の新しい生け贄になるのか。モーリスは生命を吸い取られたくないから、この家を去ったのかもしれない。

波

優奈は階段を上り、トランクから小さな辞書を取り出し、楽しそうに水の単語を小声で繰り返しながらページをめくっていった。ピシンの意味はもう推測がついていたが、紙の上にそれが印刷されているのを見たかった。期待通りだった。捜していた単語「プール（Ｓｃｈｗｉｍｍｂａｄ）」の真ん中でｍの字が波うっていた。まるくまがった波の背は、リアリズム手法では描かれていない。むしろ幼稚園の壁に描かれた絵のようだった。優奈は幼稚園に通っていた頃は、まだ非識字者だった。書ける字はすでにたくさんあったが、たえず新しい字を自分で作り出し、習った字と自分で発明した字の区別がつかなかった。ぎざぎざの波、丸い波、角張った波、おっぱい波、眠そうな波などを描く優奈は、縄文時代の陶芸家のようでもあった。

軍

ここ数年、優奈は「プール」という単語を使っていなかった。その代わり「ビスマルク」と言った。これは優奈が時々泳ぎに行ったプールの名前で、アルトナ地区にあった。優奈はレネに、「ビスマルクで布教している人に捕まってしまって」という話をしたことがあった。その男はさりげなく優奈の隣を泳ぎながら、ずうずうしさの全くない感じで話しかけてきて、みんなでお経をあげるというような話を優奈の濡れた耳元でささやいた。いっしょにお経をあげるのはコーラスでいっしょに歌うみたいに楽しいですよ。一度わたしたちの集まりに参加してみませんか。そうすればどんなに楽しいか分かりますよ。優奈は男から離れ、水からあがって、まだ約束の時間にはだいぶ早すぎたが、レネのところへ行った。「今、ビスマルクって言った?」と訊くレネは、そのプールを知らなかった。そもそもレネは公共のプールで泳ぐことがなかった。公共のプールで泳ぐのは、夜行列車で寝るのと同じくらい不快だと言う。「あなたのプールの名前はそれじゃあビスマルクというのね。」レネは面白がっているようだった。優奈はうなずいて、「港と繁華街の間に立っているあの大きなビスマルク像は嫌い。水夫の自由時間を馬鹿にして見おろしているみたいに思えるから」と言った。レネは、「わたしは実はビスマルクには好意を持っている。感謝していると言っていいくらい」と答えた。これは優奈にとっては驚くべき発言だった。ビスマルクとレネ。これほど不似合いな組み合わせもないだろう。

叩

優奈がタオルを捜すためにバスルームに入ると誰かが戸を叩いた。優奈は音をたてずに階段を降りていって、台所に入って包丁を手にした。またノックの音がして、間隔が不規則で変に非音楽的だったので、それが誰なのか分かった。

汗

モーリスの額には大きな汗の粒が見え、ワイシャツにはしみが見えた。優奈は本当に鬱な人間は汗をかくことができないという話を雑誌で読んだことがあったので、これを見てほっとした。

優奈はモーリスには最初に逢った時よりも親しみを感じた。つい先ほどの最初の出会いが、もう色あせた過去のように思えた。「パスポート」とモーリスが言い、優奈は分かったというようにうなずいた。パスポートは忘れたか、紛失したか、今の状況ではこの二つしか可能性はない。飛行機に乗り遅れたのかどうか訊きたかったが、訊くまでもなく、モーリスは優奈の訊きたいことを理解して、「いいや」と答え、その言葉と「母」、「ペサック」と「逢えなかった」の間で、短くしかし激しく咳込んだ。それから震える指で胸のポケットから旅程を出してみせた。出発は夕方七時。まだまだ時間がある。

多分ペサックにいる母親に別れを告げるためにそんなに早く家を出たのだろうと優奈は理解した。母には逢えないが、飛行機に乗り遅れたわけではない。優奈の考えたこの筋書きが正しいかどうか、確かめることはできない。たとえモーリスがドイツ語を話したとしても、嘘をついているかどうかまでは分からないのだから。

モーリスは階段を上がっていったが、優奈は入り口に残って、落ち着きなく待った。猫のように耳をすまして、モーリスが今何をしているのか推測してみた。引き出しを開け、紙をかき回し、ファイルを床に投げ出す。それから机の上で重い大きな本を広げる。多分、写真入りの大判の本だろう。それから急に静かになった。静かすぎる。モーリスは音をたてないで、いったい何をしているのか。

水

あまり静かだと、そこにはいない人間の声が聞こえることがある。「泳ぐのが好きなんでしょう。何ぐずぐずしているの。早く泳ぎに行きなさいよ。」レネはいつだかそう言った。数ヵ月前だったか、一年前だったか。優奈は震える声で答えた。「泳ぎが好きだなんて。水はあたしの要素じゃない。泳ぐのは嫌い。あたしの要素は空気。空中に漂っていたい。生きているうちに月に旅行したい。」

火

「火もあたしの要素じゃない。土はもっと苦手。」優奈はそもそも、この晩レネと要素の話をしたことを不思議に思った。そういう秘教的な話題はレネには似合わない。レネは妥協を知らない啓蒙主義者であり、同時に啓蒙主義を理性的に批判する人間でもあった。ドイツで自然療法が好まれていることによく腹をたて、療法士という言葉を耳にしただけでもう血圧が上がると言っていた。「療法士なんて潜在的独裁者でしょう。もしも保険会社が自然療法の費用を引き受けるようになったら、もう保険料は払わない」と言う。「西洋医学には確かに悪いところがある。でも、それはカラフルな石ころとか、苦いハーブを拝んだだけでは修正できない」とレネが言うので、優奈は唇を尖らせ、「でもハーブは悪くないと思う。ヒルデガルト・フォン・ビンゲンも薬草の研究していたし」と小声で抗議した。レネはそれには耳を貸さず、「ドイツからフランスに輸入されたアイデアの中で唯一優れているのは、ビスマルクの健康保険制度。でもこのアイデアでさえ、死ぬ前の最後の七分間は役にたたない」と言った。

気

「あたしは埋められるのも燃やされるのも嫌」と優奈が急に言った。「土はあたしの要素じゃない。火もあたしの要素じゃない。空気があたしの要素。飛行機が落ちて死ぬのかもね。骨が空中で粉になって消えてく。」優奈はしゃべり過ぎた。クリスマス・イヴのためにレネが準備した質素な夕食はもう薫製の鮭一枚しか残っていなかった。シュトレンも半分消えていて、割れたクルミの殻がペンチの隣に散らかっていた。レネはすでに何杯かグラスをあけていて、とりあえず飲むのはやめていた。優奈はこれから寝るのだと思うと、少し不安になった。

災

「夫は火を恐れていた。まだ赤ん坊だった時、家から火が出たことがあるらしい。わたしがろうそくに火をつけただけで、夫は、気をつけて、と叫ぶことがあった。そのうち夫の火に対する恐怖は消えた。その代わり夫は、猟犬を怖がるようになった。猟犬の目の中には炎が燃えている、と言う。二人でエルベ川を散歩している時にその話になったことがある。ここには猟犬はいないからよかったね、とわたしが言ったとたんに、前から、茶色い斑《ぶち》の痩せた猟犬が飼い主に連れられるでもなく、近づいてきた。」

煙

レネが寝床で寝返りをうつと、枕がさらさら鳴った。外はまだ銀色の雪が降っていた。「夫は死に至る病に冒されていると知ると、前よりもっと煙草を吸うようになった。一本吸い終わるとすぐに次の煙草に火をつけた。まるで煙草という名の小さな紙のロールが自分を生命につないでくれる唯一の鎖だとでもいうように。バルコニーで煙草に火をつける時には、小さな火を両手で北海の風から守っていた。ライターから出る痩せた炎は手を暖めてはくれなかったが、ニコチンは夫を化学的に落ち着かせた。」

この時、優奈がすっかり忘れていたことが起こった。優奈は否定するように手を動かしたので、グラスが倒れて、真っ赤な液体が、明るい色の麻のパンツにかかったのだった。

焚

レネと優奈はまたソファーにすわっていた。夜はもうだいぶ深まっていたが、その先には必ずしも次の朝があるわけではなく、夜は未知の方向に向かっているのだった。さっき瓶を棚にしまったのに、レネのグラスはまたワインで満たされていた。「夫は死ぬ二週間前に視力を失った。煙草に火をつけようとして袖に火がついてしまって、あわてて消したりした。わたしがライターを奪い取って怒ると、初めは火だった、と言った。夫の好きだった映画のタイトル。石器時代の毛深い男が痩せた女を後ろから抱いて、太腿の間にペニスを挿し入れたシーンはまだ覚えてる。太腿の間に、なんて言うの可笑しい？　笑っている？　でもそう言うしかない。それ以上はっきりとは見えなかったから。女は抵抗して、叫び声をあげた。わたしがそこで笑ったので、夫は呆れてしまった。わたしが笑ったのは、俳優の演技があまりにもひどかったから。大声で笑ったわけではないけれど、聞こえてしまったらしくて、前の席の男がびくっと身体をふるわせた。夫はわたしに腹をたてた。」

畜

「翌朝早く目を覚まして窓を開けたら、道に近所の犬が二匹いた。優雅な雪のような犬が、雌犬の栗色の背中にそっと上半身をのせていた。性交の際にまるで指のわかれていない手袋を脱ぎ忘れたみたいに見える雄犬の足の先。やり方は上品でやさしく、だから足先の不器用さもきれいで愛すべきものに見えた。わたしたち、指を使い過ぎかもしれないって、その時、思った。指って、尖り過ぎていて、やることが計算ずくに見えるでしょう。」

優奈は不在の女の濡れた声を振り落とすように首を振った。モーリスはどうしたんだろう。どうしてあんなに時間がかかるんだろう。優奈は待ちきれなくなって、大げさな音をたてて階段をのぼっていった。

肖

モーリスは子供のように一枚の写真を手に取って、床にすわっていた。振り返った瞬間、外からの光が小さな四角い表面に当たった。レネだった。写真の中のレネはまだ優奈を魅惑し怒らせる今のレネではなく、若い女性なら誰でも持ちうる平均的な美しさを感じさせる目立たない女性だった。モーリスは愛情をこめて「マイ・ビューティフル・シスター」と言った。

愛

優奈は「パスポートは見つかったの」と冷たく尋ねた。モーリスは引き出しにレネを入れて代わりにパスポートを手に取り、表紙に印刷されたヨーロッパ連合の星の輪を優奈に見せた。優奈はもうこれ以上時間を失うわけにはいかなかった。モーリスは星の輪を去っていく。そうしたらもう逢えないのだ。優奈はドアの前に立ちはだかり、「レネを愛しているの？」と訊いた。「もちろん」とモーリスは少しもためらわずに答えた。

モーリスがレネを愛したからどうだというのだ。優奈はもっとはっきりと、たとえば「あなたはレネの義兄なのか、それとも愛人なのか」と訊けばよかったのだろうか。「愛する」という言葉には意味はない。でも愛という言葉の含む内容を違った言葉で言うことができない。

モーリスは階段を急いで降りて行った。待って、と優奈は叫んだが、モーリスは全く耳を貸さず、出口の方によろめきながら進んだ。優奈はある文章をつかんで、そのまま逃げようとする者の背中に投げつけた。「あったんであんもまん！」それは語学の教科書で暗記した文章、優奈の感じたこととは全く関係のない子音と母音の連なりだった。でもモーリスはそれを聞くと、さっと足をとめ、さっと振り返った。

モーリスは優奈の次の言葉を待った。どうしてひきとめたのか、優奈は自分でも分からなかった。モーリスに言いたいことなど何もなかった。ひきとめたのは、優奈ではなかったかもしれない。モーリスは肩をすくめて「サリュー」と言った。その背中がさっきより広く見えた。

優奈はうなだれて階段を上り、オフィスに入った。まだ嗅いだことのない石鹸の匂いがした。

机の上には大判の写真集が広げてあった。霧深い風景の白黒写真、クレーンと貨物船の輪郭。写真の隣には名前のリストがある。エヴァート、ペーターソン、ウィレンス。優奈の目は名字を追っていくうちに、レネの名字に突き当たった。更にページをめくる。テキストは三ヵ国語で印刷されている。一七〇〇年と一七五九年の間に少なくとも七十人がハンブルグからボルドーに移り住んできている。一七九九年にはさらに百人。優奈はそれまで、レネの名字は亡くなったドイツ人の亭主のものだと思っていた。しかし実際はそうではないのかもしれない。優奈は重い本のページを更にめくっていった。一七一六年には輸入税が定められ、それによってハンブルグを含む三つのハンザ都市は、ボルドー港において、オランダと同じだけの権利を手に入れ、イギリスやプロイセンよりも有利に立った。優奈は本の見返しに「愚かな父親より。レネの十二歳の誕生日に」と書かれているのを見つけた。

植

優奈は本のページをめくっていった。もっとレネの父親のことが知りたかった。それが本の中に書かれていないことも分かっていた。ところどころ拾い読みしながら先へ進んだ。父と子は、角を曲がって姿を消した。サン・ドマングに奴隷蜂起が起こると、ボルドーは大変な危機に陥った。そのため砂糖などの重要な植民地産品を買い入れてハンブルグに売ることもできなくなってしまった。レネは「植民地」という言葉には神経質になっていた。ある時レネと優奈は居間でラジオを聞いていた。若いウィーン出身の歴史学者の快く響くバリトンがラジオの中から聞こえてきていた。「ハプスブルグ家は、昔から植民地を持っていた他のヨーロッパの国々よりもずっと賢い戦略を展開させていったわけです。その伝統のおかげで、オーストリアは冷戦の終わった後も、元東欧の国々、つまり今中央ヨーロッパになった国々と良い関係を築き上げることができたんです。それに比べるとフランスなどは、いろいろな問題がアフリカにある元ショクミ……」レネは単語の途中でラジオのスイッチを切った。

突

優奈は驚いて声をあげそうになった。目の前に男が一人立っていた。目の前といっても、よく見ると、男は部屋の中に立っているのではなく、隣の教会の屋根の上に立っているのだった。隣の教会が屋根の葺き替えをやっていることを思い出した。男は優奈を見ても目に動揺を見せず、瓦を一つ、右手に取って、左手で撫でた。

諦

優奈は本を丁寧に閉じて本棚にしまってから、トランクをあけた。手は捜すべきものの名前は知らなかったが、その手触りを知っていた。優奈の人格は二つの部署に分割された。第一の部署は水着を捜し、第二の部署は、国を出ていったハンザ商人たちのことを考えていた。

自分は今どうして泳ぎに行こうとしているのだろう。新しい町に着いたかと思うともう髪の毛を濡らさずにはいられない。そうする理由は何もないのに。でも理由がないということは、計画を断念する理由にはならなかった。

水着はすぐに見つかった。腕の中に飛び込んできたと言っていいほどだった。ハンブルグからブリュッセルに行く夜行の中でスウェーデン人の女性が優奈の水着を見たいと言うので、トランクから一度出したのだった。女は列車の出発寸前に寝台コンパートメントに飛び込んできて、ハローと言ってから、こちらが訊いてもいないのに、自分がスウェーデンから来たことを告げ、答えを待った。優奈はハローと答えただけでそれ以上何も言わなかったので、会話はとりあえずそれで終わってしまった。女はトランクをベッドの下に押し込んで、服を脱いで、美術品のように真っ裸のまま、四つベッドのあるコンパートメントの真ん中に立っていた。その場には優奈以外には誰もいなかったが、いつ誰が入ってくるかは分からなかった。しばらくすると裸の女はやっと優奈の下の段のベッドにもぐりこんだ。その瞬間、切符を調べに来た車掌がドアを開けた。女は毛布から切符を突き出し、その腕が輝く金色の毛におおわれているのを見たとたん、優奈は蚤《のみ》のように小さくなって金色の麦畑を飛び回った。車掌は女のむき出しの腕には全く関心がないようだった。どうやら全く別の問題に心を占められているらしい。もしかしたら同僚たちとストライキを計画しているのかもしれない、と優奈は思ったが、訊いてみる勇気はなかった。優奈はストライキを批難するつもりなど全くなかったが、自分にとっての翌日がどんな風に始まるか知りたいと思ったので、車掌に「明日、朝食はあるんですか」とドイツ語で尋ねてみた。車掌は黙って朝食メニューを差し出した。優奈がもしこの質問をしていなかったら、スウェーデンの女性は優奈に話しかけるのを諦めていたかもしれない。何語が話せるのか分からない人間には話しかけにくいものだ。

恥

裸の女はベッドの縁から頭を突き出して優奈を見上げ、「どこへ行くの」と、ドイツ語で訊いた。この問いは、「どこから来たの」という問いよりは多少凡庸でないかもしれない。「ボルドー」と優奈は答えた。「ボルドー！　いいわね。あたし三年間スイスで仕事してたことがあるけれど、その間ずっと海が懐かしかった。」優奈は黙った。侮辱を感じた。ボルドーは海に面してはいないのだ。スウェーデンの女性は優奈の沈黙の意味を計りかねて、「泳ぐの好き？　どんな水着持っているの？」と聞いた。

美

優奈はその質問には答えず、その代わり最近日本のある経済新聞で読んだことを話した。太平洋の海岸では今、三十歳以上の男性の間で海水パンツだけでなく、それに合わせて作られた上半身用パーツを着るのが流行っている。大抵の男性の身体は、お腹を隠した方が海水パンツだけよりも若々しく見える。同時に肌を日光から守ることもできる。スウェーデンの女性は手をパチパチ叩いて答えた。「それは名案ね。あたしも実は男も上着を着た方がいいと思ってたの。海水パンツに死を！　ベニスに死す！　あの映画の中のポーランド貴族の少年、あなたも奇麗だと思った？」

尿

優奈は枕の上の小さなランプを消して、毛布を耳まで引き上げた。スウェーデンの女性は何度も寝返りをうち、形が気に入らない枕をパンのたねのように何度もこね回し、はっきり聞こえるように溜め息をつき、そのうち黙っていられなくなって言った。「ねえ、夜中に洗面台でやってもいい？」「やるって何を？」「あれのことドイツ語で何て言うんだっけ。ピッセン（放尿する）って言うんじゃなかったかなあ。」「そのために作られた設備があるでしょう。」「夜が怖い。」「廊下は暗くないけど。」「分かってる。廊下の明かりがうんざりするくらい明るくて、どうしても監獄の明かりを思い出しちゃう。」

清

もしヒルデがこの洗面台計画を耳にしたら呆れかえったことだろう。リリーだってそうだ。あの女性たちは道徳的なことは嫌いでも、清潔なのは好きで、清潔でない話を聞くと道徳的な批判をする。優奈だって大阪で小学校に通っていた時にはいつも「手を洗いなさい」と言われ続けていたが、それがプロイセンの影響の残りなのか、それとも神社で手を洗うことなどの続きなのかは、まだ分からないままだった。

放

プロイセンは一秒ごとに遠ざかり、列車はブリュッセルに近づいていった。ブリュッセルでは自由は日課である。公共の場に裸で立って放尿する自由！　われわれの列車はブリュッセルに向かっているのだ。優奈は期待をこめて大きく息を吸いこんだ。窓の外では貨物駅の光が星のように光っていた。

腿

優奈は目をつぶっていても、スウェーデンの美女が予告されたアクションを肉体的にいかに成し遂げるつもりなのか、どうしても自分の目で見きわめたかった。コンパートメントの中の洗面台はそんな小さな顔があるかと思われるくらい小さく作られていて、しかも取り付けてある位置がかなり高かった。

優奈は女がベッドから出てくる音を聞いた。女はつま先を両方の下のベッドの端にかけて立った。未知の光源から、コンパートメントに光がさしこんだ。女の筋肉質の腿は、今でも博物館の壺の表面でオリンピック競技を続けている古代ギリシャの体操選手の腿のように広げられた。優奈は、ほとばしる水の音を今か今かと待ったが、その音はついに訪れなかった。

優奈はこれまで何度も夜行列車の中で、全く知らない人といっしょに一日の裏側を呼吸した。スウェーデン女は優奈の水着を見たがり、優奈が思春期からずっと集めてきたいろいろな言い訳には耳を貸さなかった。優奈は諦めて上のベッドからぎこちなく降りて、トランクを下のベッドの下から引き出した。もう長いこと水に触れていない水着は乾いてみじめに見えた。女は鈍い赤色に光る水着を出して、「これからファッションショーごっこをしましょう」と言った。「あたしたちは修学旅行に来た少女。先生は別の部屋で寝ている。先生は全然厳しくない。少女たちの仲間入りができると思い込んでいるところが、むしろ面倒くさい。先生を無理矢理、監視役に引き戻して、自分たちだけになりたい。ドアの鍵を閉めて、ピンクの旗を掲げて、さあ開始。水着姿、見せてえ！」

深淵

優奈は、少女というよりは、少女の水着を無理矢理着せられた若い男のような気分だった。実際、優奈はずっと年上の女性との命取りになるような関係に巻き込まれた若い男性だったことがある。年上の女は町はずれのプレハブに住んでいて、近くには妙に無臭な人造池があった。若い男は肌にカミソリを当てられ、つるつるになって、身体の大きさに合わせて縫いなおされたピンクのバレエ服を着せられ、足をM字形にして絨毯に横たわっていた。女は一人台所で煙草を吸うのが好きだった。なかなか部屋に入ってこようとしないで、いつまでもドアの隙間から男を観察していた。男は年はまだ若かったが、すでに水夫として働いたこともあり、法学を勉強してからも、劇作家になるという夢を忘れられず、それ以外の仕事は斡旋所が紹介してくれても断っていた。ある日、夜の繁華街の通りでこの女と知り合った。女は怪我をして、酒に酔い、閉まったキオスクの隣にしゃがんでいたので、家に連れて帰った。

泳

プールへ向かう途中、優奈は自分の水着は本当に鞄に入っている一着しかないのではなく、ひょっとしたら、もっと何着もトランクの中に隠れているのではないかと疑い始めた。一回に一着しか見つけることができない。同じ夜についての別の記憶を、それぞれの水着が語ろうとするからだ。優奈は特に荷造りが苦手なわけではなかったが、洋服とかメモというものは生まれつき、秩序を知らないもので、どんなにきちんとしまってもめちゃくちゃになってしまうものだ。

療

優奈はプールという施設に足を踏み入れ、施設という言葉に想い当たった途端、治療というにおいをかいだ。強い消毒薬のにおいが建物の中にあるあらゆるネバネバしたものを攻撃し、微生物を殺していく。そうしないと菌がプールの中で、更衣室の中で、ヨーグルトの中で、ウンディーネの口の中の粘膜で、醱酵していってしまうからだ。

参

「ピシン!」入場券売り場で、優奈は習ったばかりの単語を口にした。売り場の女はそれをユーロ札と同じように当たり前の顔をして受け取った。でも優奈はこの単語を今生まれて初めて口にしたのだし、それまでは聞いたこともなかったのだ。まるでスリが誰かのポケットから財布を抜き取るように、ポケット辞書から単語を抜き取って恥ずかしげもなく使う。優奈はその言葉あるいはユーロと引き換えに入場券をもらって、普通はメルヘンの登場人物にしか見られないような変な自信をかかえて、次の難関所に向かった。

穴

中に入るのに改札のようなものがあったが、どうやって入場券を機械に読ませたらいいのか分からなかった。機械類には時として、輸出用に作られていないために、その地方独特の表情を頑固に保ち続けているものがある。数年前、優奈はパリの安宿の地下で、いろいろな果物の絵の描かれた自動販売機の前に立っていた。ぐったり疲れて、しかも喉がカラカラに渇いていたので、それが飲み物の販売機だと勝手に決めてかかった。ところが、苺の絵のボタンを押すと、出てきたのは苺ジュースではなくて、苺の香りのするコンドームだった。もし間違ってコンドームを購入していなかったら、翌日コンサートで知り合ったミュージシャンの家を訪れることもなかったろう。

　優奈は、館内に入る改札を抜けることができないで困ってそこに立ちどまっていた。するとメルヘンによくあるように、助っ人があらわれた。子連れの女性だった。改札の両脇にある機械は、狛犬《こまいぬ》のようでもあった。機械の割れ目を母親が指し示すと、子供は金属犬の頭を撫でてから、入場券を餌として与えた。犬はお供え物に満足して、子供を通過させた。母親は腰を魅惑的にクイッと動かして、改札を押しあけて向こう側に出た。

　割れ目は小さくもなく目立たないということもなく、灰色の背景から緑色に浮き立っていた。自分にはそれがどうしてすぐに見えなかったのか、優奈は不思議に思った。

二

　優奈は人のいない廊下に出た。女と子供はもういなかった。誰かに観察されているような気がしてまわりを見回した。その時、優奈の目の前に新たな改札とでも呼ぶべきものが現れた。見張りの男のように、販売機のようなものが目の前に立ちはだかっているのだった。機械の言語を解さないものは通過できない。初めの機械と違って、こちらには使用解説書が付いていた。

　優奈はほっとして、鞄から辞書を取り出した。

暦

辞書の最初のページのaの字のそのまた前に鉛筆で四桁の数字が記されていた。レネは辞書をくれた日に、一度オフィスにも遊びに来るようにと優奈を誘った。演劇科と仏文科はアルスター湖畔のヴィラで授業を行なっていた。優奈はオフィスの部屋番号を辞書の中の空白にメモしながら、その数字が自分の誕生日であることに気がついた。

方

ある機械が使用者に要求していることを理解するのはそれほど難しくない。四桁の暗証番号を考えて入れてください。機械は答えとして、二桁の数字を返してくるので、その番号の更衣室を使ってください。与えられた更衣室のドアは自動的に開くので、更衣室の中で着替えてください。ドアは外から引けば、自動的に鍵がかかりますので、荷物は中に置いておくことができます。ドアを開けたい時には、最初に自分で考えて入れた暗証番号を押してください。優奈は素早く自分の誕生日を暗証番号として入れた。すると機械は優奈の年齢を返してきた。もちろん偶然ではある。しかし機械が実際どんなことを知っているかは、誰にも分からない。世界中にある機械はすべて、見えない線でつながっているのかもしれないのである。優奈は機械に自分の誕生日を教えてしまったことを後悔した。それから機械の後ろをのぞいてみた。また誰かに観察されているような気がしたのだ。

濡

優奈は子供の頃からプールの更衣室が大嫌いだった。濡れた女の子たちは石鹸のにおいがした。濡れた男の子たちは、塩辛いにおいがした。女の子は濡れて裸で無防備に、見られたくない、盗まれたくない、と思いながら立ちすくんでいる。ドアの蝶番は壊れていることが多くて、たとえ壊れてなくても鍵がちゃんとかかってないことに気づかないでいると、いつの間にか自然に開いてしまう。きゃーという女の子の声を聞いて、男の子たちは爆笑する。優奈はこのゲームが大嫌いだった。男の子たちは本当に女の子の裸に興味があるわけではない。少なくとも、コンピューターゲームを愛するように心から女の子の裸を愛しているというわけではない。もしも男の子が優奈をじっと見つめることがあったら、それは優奈を見ているのではなく、何か「女の子一般」というようなものを見ているか、漫画の登場人物を見ているのだ。そう考えると優奈はいつもよりますます気が散って、不器用になった。コールテンのパンツは濡れた脚にはりつき、引き上げることができなかった。ぐらぐら片脚で立っていると足がつって、裾が濡れる。続けて、靴下が床に落ち、濡れて、次の授業の間に足が冷たくなる。

爽

ボルドーの更衣室はしかし優奈のそれまで知っていたものとは全く違っていた。暖房がきき、鉤もちゃんとかかって、乾いていた。優奈の脳の中に鉤の配置図のようなものがあってそれを事前に建築家が読み取ったのか、鉤は驚くほど正確に優奈が必要とする場所に取り付けてあった。また、バランスを失えば、尻のすぐ下にはちゃんと腰掛けがあり、優奈はそのまま尻餅をつけばいいのだった。

優奈は水に入るよりも、このままこの世俗の僧房に残ってラシーヌを読んでいたいとさえ思った。

渡

優奈にはそれ以上更衣室に居残ってはいられないことも分かっていた。それを禁止する法律はないが、小さな前綴りｕｍが大きな力で優奈を先へ進めと押すのだった。引っ越し（Ｕｍｚｕｇ）、改革（Ｕｍｂｒｕｃｈ）、建てなおし（Ｕｍｂａｕ）。優奈はｕｍに更衣室から押し出され、薄い更衣室のドアは意外に重い音をたてて閉まった。優奈は嫌な予感がしたが、自分の不幸がどういう方向に発展していくのかはまだ全く見当もつかなかった。

頭

寝椅子の麻布には知らない人間の尻の跡が桃の形についていた。優奈はそれをタオルで覆って、上に辞書を置いた。それからゆっくり水に入っていった。初めは勇敢なつま先、それから感じやすいお腹。水の冷たさに腕を震わせながら、優奈は背の立たないところまで歩いていった。水中で体重がなくなると、頭蓋骨だけが相対的に嫌に重く感じられ、肩の上にのせておくには重すぎたので、水にもぐり、子供たちが錦鯉のように集まっている地点まで泳いでいった。それからあおむけに身体を浮かせた。プールは大きなガラスのドームだった。子供の汗の甘いにおいがした。優奈は自分がチーズ鐘の中に置かれた一片のチーズであるところを想像してみた。

空

青い空は教会の天井に描かれた絵画ではなく、異教徒の住む国々までも広がる天空だった。もしここが教会ならば、この瞬間、飛行機ではなく、天使が見えたはずだった。

𨻶

優奈は時々頭をあげて、辞書がさっき置いたところにまだあるか、確かめた。独仏辞典を盗もうという人間が今日プールに来ている確率はあまり高くない気がした。ドイツ語もフランス語もそれぞれ多くの人間によって話されてはいるが、二つの言語の組み合わせを生きる空間は小さく、プライベートな、外部から守られた空間である。

界

優奈の辞書は煙草の箱くらい小さかったが、名前にはユニバーサルという言葉がついていた。辞書は質素な身なりをしていて、ハンブルグではオール・ヤッケと呼ばれる簡単なレインコートを着ていた。

優奈が初めてそういうハンブルグ流のレインコートを買ったのは、港にある傘靴屋でのことで、店の看板に「ヴァッサー・ゲディヒト（水の詩）」と書いてあるのを見て、何のことかよくは分からなかったが、それでも是非自分も「水の詩」なるものを書いてみたいと思った。一年後偶然その店の前を通りがかった。看板には「水の詩」ではなく、「ヴァッサーディヒト（水を通さない）」と書いてあることに気がついた。

ランゲンシャイト（辞書を出している出版社の名前）は、ライデンシャフト（情熱）とランゲヴァイレ（退屈）とシャイテルン（挫折）とベシャイデンハイト（謙虚）を混ぜ合わせたような響きを持っている。レネにこの辞書をもらってから、優奈はこの四つの気持ちをすべて味わうことになった。優奈は初めは単語をアルファベット順に覚えようとしたが、そうすると、どの単語も頭が似ていて、区別がつかなくなった。それから、単語をカテゴリー別に分けてリストにしてある学習書を見つけ、いつも鞄の中に持ち歩いていた。レネはある時、偶然そのリストを見て、「単語を組織的に学ぶことには意味がない」と言った。単語はやってくる順番に覚えるべきだ、と。

嵐

レネはその辞書をくれた時、こんなエピソードをつけてくれた。その辞書は本当は若いフランス人の青年にあげるつもりだったのだが、いらないと言われてしまった。青年はセネガルで知り合ったドイツ人女性をボルドー駅に迎えに行くことになっていた。だからせめてバーンホーフ（鉄道駅）というドイツ語くらい覚えていったら、とレネは言ったのだが、青年はふざけて「バーンｏｆｆ」などと言うだけで取り合わなかった。「バーン（鉄道）とｏｆｆじゃなくて、バーン（鉄道）とホーフ（宮廷）よ。」「でもそこで鉄道が終わる場所なんだからｏｆｆじゃないかな」と言われても懲りずにレネは説明した。「駅はホーフ、宮廷。そこには、宮廷にいるような門番もいるし、宮廷おかかえの道化や楽士もいるし、女官だっている。女官は公共の交通機関を使わないだろうなんてとんでもない間違いで、ボルドーにいれば分かるとおり、みんな駅のお世話になっている。昔は車に乗っていた人たちが、今は新しいピカピカの路面電車に乗っている。この小さな辞書にも何もかものっている、車から電車まで何でものっている。全部で三万一千語。すごいでしょう。」

嬋

ところがその青年は、辞書はきらいだ、恋をすることが最高の語学教師だ、と答えたそうだ。「そう思い込んでいる人は多いけれど、それは間違いよ」とレネは優奈に言った。恋する人間は「わたし」という岸を「あなた」という嵐の攻撃から守る戦いを続けなければならない。そのために言語は堤防のように硬く鈍感になる。または錨のように尖ってしまったり、頑固で動きにくくなったりする。恋愛関係を保つために、言語は自分自身を犠牲にする。

狼

「ずっと勉強を続けていくためには柔らかいままでいなければだめ、赤ちゃんのように。どれだけ上級に進んでも、完璧な不出来さをいきいきと保っていなければ。そうする勇気がある？ そう言えばあなたの語学の先生はタマオかもしれない。タマオは優れた先生だと思う」と言われて驚いて、優奈は、「タマオは口がきけないじゃない」と反論した。レネは、優奈の顔の上で視線を回転させながら尋ねた。「口がきけるって、そもそもどういう意味？ ところで、ローマ帝国の雌狼の話、知っている？」

図

男の子が一人、ビーチボールを頭上に両手でかかげて水の中に立っていた。まだつるつるの脇の下には赤いミミズ腫れがいくつもできていた。その時、毛深い男が後ろから泳いで来て、暴力的にボールを叩き落とした。まるで自分で自分をコントロールできない感じだった。少年はびっくりして、バランスを失ったが、それでも無理に愛想笑いを浮かべていた。男の顔は鼻の線が眉の線につながっていくあたりが少年と似ていて、二人の間の胸をしめつけるように悲しい生物的な繫がりを暗示していた。

青い水泳帽をかぶった女が水の中で熱心に体操していた。脚を前に後ろに横に持ち上げ、飛び上がって屈伸運動。両腕で大きな円を描いたりもしていた。女は時々自分の太腿を愛情をこめて撫でた。ルノアールの絵から出て来たようなもう一人の女が熱心に体操している女を疑い深そうな目で見ながら鼻翼を動かしていた。

熱心な泳ぎ手が右、左、右、左とナイフの手で水を切りながら進んでいった。その動きはプールを何度往復しても乱れを見せない。そのうち太陽エネルギーさえあれば泳ぎ続けることのできる鮫のロボットに変身してしまうかもしれない。

カエルの顔をした痩せた少女が立ち泳ぎをしていた。すっかり伸びてしまった水着が大き過ぎる皮のようにはたはたしていた。

トルコ石色のプールの底にできた水のウロコを見ている間も、水は優奈の腹の下で波打っていた。それは池にうつった花火のようでもあり、くだけた万華鏡のようでもあり、光る単語が無数に棲む脳味噌のようでもあった。

その者たちは、予期せぬ時にやって来た。優奈はまだ七歳で、手のひらで泡を作って遊んでいた。突然、影が襲いかかってきて、優奈の頭を乱暴に水の中に押し沈めた。それからもう一つの影が水の中に現れて、優奈の足首をつかんで引き上げた。優奈は縦に一回転した。そこで幕が下り、芝居の第一部は終わった。拍手はなかった。

優奈は時間軸に沿って滑っていった。どうやら逆行しているらしい。誕生日の日付がカレンダーに記されているのが見え、それから自分の誕生を突き抜け、煮えたつ暗闇に突入した。そこからすべてを新しくやりなおすことができるはずだった。目が覚めた。鼻が燃えるように痛く、目はべたつき、喉は閉塞状態で、息をするのも大変だったが、今はそれさえどうでもよかった。頭の中に体温のない部屋ができていた。その部屋にひきこもり、その操作室から自分の身体を完全に支配する。身体はなんだか鈍感になっていて、多分そのせいだろう、痛みを恐れる気持ちがなくなっていた。

染

水は優奈のまわりで紅色に染まっていた。初めは網膜から血が出ているのかと思った。そうではない、その色は水の中にあって、目の中にあるのではなかった。誰かが「カンパイ！」と叫んだ。目の前を一人の女が水からあがっていった。真珠の水滴に包まれた太腿を赤いものが一筋流れていた。

沈

色には、それぞれ脚がある。捕まえようとすれば逃げていく。見知らぬ女も初めは一つの色に過ぎなかった。血の色。その色が黄色に近づき、黄色を奪って去っていった。それはないでしょう！ それは優奈の辞書だった。泥棒を捕まえるために、優奈は水から飛び出そうとしたが、その瞬間、腰の力が抜け、溺れそうになって両手を動かした。水は胸までの深さしかなかった。

沓

栗色の髪の毛を長く伸ばした女は戻って来て、寝椅子に落ち着いて腰掛け、辞書をぱらぱらとめくり始めた。優奈はまだ水と戦っていた。辞書泥棒のゆっくりした指の動きはどう見ても挑発的だった。

優奈はやっと外に出てまっすぐ立つことができたが、今度は右脚がつった。しゃがんで足の裏をマッサージしながら、目だけは女から離さなかった。

涯

泥棒は辞書から目を上げて、面白そうに優奈を見ていた。優奈はやっと女の前まで来て、口を開こうとしたが、泥棒はさっと背後に辞書を隠して、脇に飛び、出口の方へ駆け出した。優奈は足の痛みを我慢して歯をくいしばり、下手な女優のように脚をひきずりながら走った。

泥棒は脚は速かったが、生まれたての鹿のようにおしりを振りながら走るので、それが優奈の中でもうとっくに眠ってしまった狩猟本能をよびさました。十二、三歳の頃、女の子たちの後を追って、後ろからきつく抱きしめた。両腕で同性の柔らかい胸部をしめ、血のポンプの調べに耳を傾けた。しかし、ある日、恐ろしいことが起こり、それ以来、この遊びはやめてしまった。ある女の子が優奈といっしょに更衣室に入ってきて自分の身体にある何かの跡を見せてくれようとしていた。ところがそこにクラスの男の子が現れ、その女の子の髪の毛を後ろから引っ張ったので、女の子は声をあげて逃げ出した。それはゲームだったが、男の子の目の中には、ずっと年上のきょうだいの目にしか見られないような真剣さがあった。優奈はその男の子が不幸になるよう心から願い、その瞬間、その子は濡れたプールの床で足を滑らせて倒れた。

「もう、あの子はこの教室でわたしたちといっしょに勉強することはできないが、病院で個人授業を受けることになったから、みんな安心してください」と先生が押し殺すような声で言った。優奈はぐっしょり冷や汗をかいた。目が覚める度に、まずその子の名前が浮かぶという生活が何週間も続いた。その子の顔や性格を思い浮かべたのではなく、思い浮かんだのは名字だけだったが。先生はそれっきりその子の名前を口にしなかった。

優奈は走り続けるために、古い記憶を額から振り落とさなければならなかった。泥棒はドアを両手で突き開けて向こう側に飛び出し、優奈はそのあとを追った。ドアの向こう側には水のはねかえる空間があった。何度か呼吸してからやっとそれが男性シャワー室だと気がついた。筋肉質の男が振り返った。開いた口からシャワーの水が流れ出ていた。優奈は何か言おうとしたが、その時、向こうのドアから泥棒鹿がシャワー室を出て行くのが見えた。優奈は爪を立ててそのドアにとびついたが、鹿の方が脚が速かった。

羝

優奈は自分が一人ではないことが分かっていた。濡れた者たちの行列があとをついて来る。モーリスも飛行場から町中に戻って来て、行列に加わっているだろうか。ヴァルターも病院で神経を苦しめられ、そこから逃げて来て、行列に加わっているだろうか。そこには男装姿で何かわめきながら家を飛び出してきたイングリッドもいるんだろうか。カール、どうしてそんなに青ざめているの。あなたがここにいるなんて。船乗りはプールに来るべきじゃないのよ。七つの大海を知っているくせに、よくこんな小さな水たまりで泳げるわね。優奈の会社の部長も後ろの方に立っていた。一度デモに参加してみたいものだと思っていたが、怖くてこれまで参加できなかったのだ。あら、リリー、こんなところで何しているの？　リリーの顔にはブラック・ジャックのような傷があった。「同郷人が人を雇って、あたしを車で轢かせたの。」「車は誰が運転していたの?」「女だった、多分エージェントだと思う。」「エージェントってどういうこと?」「それはもう誰にも分からない。」その時、エレナがエージェントとはこんな服を着た人のことだろうと思わせるようなスーツに身を固めて現れた。「また仕事を始めたら、鬱がなおったの。」優奈は唾を呑んだ。「鬱だなんて一度も言ってなかったじゃない。」エレナは弱々しく微笑んで答えた。「鬱じゃない人なんているの?」

優奈はいろんな人間の混ざった大きなグループを導いていかなければならなかったが、群衆を導くための旗を持っていなかった。それは革命ではなかった。それは観光に過ぎなかったかもしれない。教会と宮殿とその前の広場は、観光客に占領される。空腹をかかえた、これといった目的もない観光客のグループだ。時間もあるし、お金もある。ガイドの優奈がどこかに連れて行ってくれるのを期待している。優奈はいらだって叫んだ。「今日のプログラムはこれで終わりです。みなさん、すぐにホテルに戻ってください!」群衆はがっかりして、それぞれ自分の夢の中に戻っていった。

ゝ

モップをかけたばかりの廊下には影ひとつなく、さっきの辞書泥棒も跡形なく消えていた。ゾエ、と優奈は呼んだ。泥棒の名前はゾエという名前であるに違いない。たとえそうでなくても、少なくともZで始まる名前であることは確かだ。アルファベットの最後の文字Zは、まだ誰のイニシャルでもなく、自由だった。自由でも、逃げてしまったのではどうしようもないが。

狼

優奈は声を出して泣きたくなり、泣き出す前にすでに自分が泣いている声が聞こえてきてしまったが、同時に、そういう泣き声はむしろ人間よりも雌の狼にふさわしいかもしれないと思った。ローマ帝国のあの有名な雌狼を知っていますか。雌狼の母語は何語だったのだろう。夜の深い嘆き。混合林の葉のオーケストラがそのアリアを伴奏し、指揮者はお月様、満月だ。優奈はその雌狼に会ったことはまだなく、どんな月にも関心を持ってもらえないだろうと思われるような、みみっちい人間規模のやり方で、プールの中で叫ぶように泣くしかないのだった。

猫

タマオといっしょに部屋にいる時、そこには言語はなかったが、タマオが次に何をしようとしているかは常に分かった。タマオがこれからどんなテンポで起きあがるか、身体を伸ばして、あくびをするか、はっきり分かる。優奈が鼻先からゆっくり近づいていくと、タマオが喉を鳴らすことも分かっている。優奈が紙を一枚さっと机の上から取れば、タマオが驚くのも分かっていた。優奈はタマオの肌を通して、紙が不快にあわただしく空気を動かすのを感じることができた。紙が危険に白く光るのを見ることができた。タマオにとって、その白い色は、命の危険を意味していた。動物は、戦いの時に敵に白い腹を見せる。白色はものを実際より大きく見せるので、敵をすくませるのに使われる。だからお腹の色が背中の色より濃い動物は存在しない。タマオもお腹が白で、背中が黒だった。

二つの身体はお互いの身体の動きを知りつくしていた。話し合うとか、約束するということもなかった。しかし、暖かい、毛の生えた、血と神経でできた生物システムはある日、死ななければならず、そのシステムにそれまで接続されていた優奈の身体は言語の助けを借りないで、システムを作りなおさなければならないのだった。

祈

タマオが机の下で死んで行く時、優奈はあざらしのように床に寝そべって、タマオの前足を握っていた。優奈は時間がひきのばされていくことに耐えられず、祈りたいと思った。祈ると言っても、優奈には神がいなかった。

タマオが死の直前の最後の激しい呼吸を始めると、優奈は祈りなしにはもう耐えられなくなった。だから猫の神様というものを即席で作り上げ、ネコガミサマに祈った。優奈は新しい神様の名前を繰り返し口にして、タマオが痛みなく向こう側へ行けることを祈った。ネコガミサマという名前が仮のもので、未完成で、ユーモラスで、ふざけているようにさえ聞こえたのがよかった。優奈は一人笑い、それは苦しみを和らげはしなかったが、苦しみを生きることを可能にした。

ユーモラス。それは子供時代の優奈にとっては最高の褒め言葉だった。ユーモラスな優奈は、自分自身を笑いの対象にすることも多かったので、まわりの子供たちは優奈を面白い人だと言った。優奈は面白い人のままでいたかったのに、胸が大きくふくらみ始める頃になると、面白い人と言われてもそれは女の子への褒め言葉にはならないことに気がつき、深く傷ついた。

タマオの存在は、死後もはっきり家の中に残った。優奈はよく頬にタマオの視線を感じることがあった。遠くから猫の糞のにおいの漂ってくるのを嗅ぎつけ、また猫のかすかな呼吸の音を耳にした。ずっと想像してきたようないわゆる「死」が優奈の意識に達することはなかった。その代わり、誰かの命が終わったという知らせを受けることが増えていった。身体の死は一回きりのことではないようだ。むしろそれは生き残る者にとっては、耳を開くことを意味する。耳を開くと人の表情や、たわいもないエピソードや、言葉の選び方など、あらゆるところに、死の鎖のようなものが見えてくる。

初めはカールだった。エルベ川を散歩していてカールの店に寄ってみると、店の戸は閉まっていて、釘が打たれていた。「店舗売却」の大きな看板が出ている。優奈はウタに電話して、カールの病気と死を知った。そしてヴァルター。仕事にはもう長いこと来ていなかった。課長が、「あの若者は、他の仕事を見つけたよ」と何かのついでに言ったことがあったが、実のところ、ヴァルターの母親の知り合いである人事課の女性が、ヴァルターが自殺したことを教えてくれた。それからイングリッドが死んだ。その死は、黒く縁取られた封筒に入って優奈の手元に届いた。ゲーラはもう会社の清掃には来なかった。優奈にはゲーラがどうして来ないのか、訊いてみる勇気がなかった。

海

優奈が夜一人家に戻ると、タマオはソファーに横たわっている。その姿は数秒後にはランプの光に吸い込まれるように消えてしまう。

「海で猫を捜す。」この諺は、捜しても無駄という意味ではなく、海ではどんなものでも見つかる、予想外のものも見つかるという意味だ。海に行ってその表面を見つめよ。何時間も何日も。海で猫を捜す。これは優奈が考え出した諺だ。

終

優奈は重くなった身体をひきずって、更衣室に向かった。明日の太陽が昇るまでプールに踏みとどまることはできない。自分がクラゲではないことを認めて、ブラウスを着て、ボタンをかけて、パンツをあげ、ベルトを締めて、硬い革靴を履いて、水の領域を去るしかない。

優奈は更衣室の前に立った。ドアの後ろで、洋服、靴、家の鍵、携帯電話が待っているはずだった。

永

自分でも信じられなかったが、優奈は泳ぐ前に自分が入れた暗証番号を忘れてしまった。銀行の暗証番号を入れてみたが、ドアは反応しなかった。自分の電話番号の最初の四つの数字もだめで、レネの電話番号もだめだった。暗証番号という言葉が邪魔だった。暗証というほど大げさな秘密でもないのに暗証などというから思い出せないのかもしれない。ナンシーはいつも何て言ってたっけ。パスワード？　でもワードじゃなくて数字だ。コード、そう、コードって言ってた。

溢

濡れたまま裸足で鍵もなく立ち尽くしていることに急に耐えられなくなった。町には誰も知っている人がいない。それに何より辞書がない。フランス語を習うのに挫折したのはこれが生まれて三回目だ。優奈はすすり泣きを始め、泣き声はどんどん大きくなっていって、三歳の子供のように泣きながらも、そんな小さな問題で泣かねばならない自分を泣いてもいた。やっとまた泣くことができたので、同時に笑いが溢れてきた。

泣

優奈はどれくらいの間、泣いていたか分からない。その日が終わってしまうまで泣いていたわけではない。太陽がアメリカ大陸に完全に渡ってしまうまでには、まだ時間があった。しかし優奈が泣いていたのは、人生に全く変化が起こらないほど短い時間だったというわけでもなかった。背後に息づかいを聞いて振り返ると、辞書泥棒が立っていた。辞書泥棒は優奈の身体をやさしく脇に押しのけると、素早く四つの数字を押した。ドアはクリックと音をたてて開いた。

作者から文庫読者のみなさんへ

多和田葉子

ある時、ハンブルグで「雲の絵画。空の発見」という展覧会が開かれた。ヨーロッパの美術館を訪れると、雲に出会うことがとても多い。ティエポロもルーベンスもゴヤもゴッホも立派な雲を描いている。ところが絵の鑑賞者が雲に注目することは滅多にない。雲には歴史的な意味も政治的な意味もないと思われている。人間の生死にも家族の葛藤にも恋愛にも革命にも雲は影響しないと思われている。

雲の展覧会で特に重点が置かれていたのはヤーコプ・ファン・ロイスダールの絵画で、わたしはこの画家があまりにも退屈な風景ばかり選んで描いているので、思わず声を出して笑いそうになった。もしも本当に声を出して笑っていたら、まわりの人たちはわたしが精神のバランスを崩していると思っただろう。こんなに地味な絵を見て笑う人間はどうかしている。そこには聳え立つ山々も、憩いの谷間も、澄んだ小川もない。なんとなく乾いた平たい土地が続いているだけだ。砂漠のように極度に乾燥した風景ならば、キリコやダリの絵のように抽象的緊張感も生まれてくるだろうが、そこまでは乾燥していない。ボソボソと平凡な草木が地表をおおっている。空が曇っているので、草花は輝くことなく、暗い緑と気の滅入るような茶色とくすんだ黄色を着て黙っている。そんな絵なのにいつまで見ていても飽きないことが驚きだった。ロイスダールの絵はカンバスの三分の二くらいを空が占め、そこに配置された雲の言語は複雑すぎて人間の言語に簡単に翻訳することができない。いつ雨が降ってもおかしくない怪しい空模様だが、陰気でも投げやりでもない。否定されながらも消えない太陽の光がある。ハンブルグの空もこんな風に見えることが多かった。雲がない空を見ることは滅多にない。形を変えながら雲が絶えず速い速度で空を移動していて、小雨が降ったりやんだりしている。そんなある日、わたしの家のベルを鳴らした人がいた。それは殺人容疑で警察に追われている青年だったが、そうとは知らないわたしは彼を家に招き入れ、そこから物語が始まる。「雲をつかむ話」の登場人物は、わたしが実際に知り合った人たちをモデルにしている。

　これだけ頻繁に「犯罪者」と出遭うのは普通ではない、わたしが呼び寄せているのではないか、と人に言われたこともある。世の中には、亡霊を招きやすい人、幸福を呼び寄せてしまう人などいろいろいる。残念ながらわたしにはそういう能力はないようだが、犯罪者との出遭いの頻度を高める振る舞いを無意識にしてしまうことはあるのかもしれない。都市生活を立食パーティーに例えると、なんとなく近づいていって話しかけたくなる人がいる。「呼び寄せる」のではなく、こちらから寄っていくのだ。

　自分が正しいと思うことをしたために社会からはじき出されてしまった人にはどうしても興

味を感じてしまう。中にはそのために法律に触れて犯罪者の烙印を押されてしまう人もいる。「犯罪」というと絶対的に悪いことのように聞こえるが、その時代の独裁政権を批判したり、戦争に反対したりして投獄され、十年後にはどう見ても逮捕した側が有罪である、という例も少なくない。またかつてのヨーロッパ、今のイスラム圏では、同性愛が禁止されていて同性愛者が投獄された例もある。自らの理想に忠実であったために法律という境界を踏み越えてしまった人たちは昔から数多くいる。社会に対して批判的な距離をとってしまう人が何となく集団から疎まれ、運が悪ければ身に覚えのない罪を着せられてしまうこともある。監獄と文学は縁が深い。ドストエフスキーの「死の家の記録」やジュネの「泥棒日記」などは学生時代に夢中で読んだ。ドイツ現代文学にもペーター・パウル・ツァールという作家がいた。彼をモデルにしたZという男がこの小説に登場するが、「雲をつかむ話」を連載している最中にツァールは世を去った。マボロシさんは今年の二月二十八日に亡くなられた。わたしの家に配達されるはずの日本の文芸誌を郵便配達人の自転車から盗んだ少年は、一体どんな大人に成長したのだろう。フライムートとわたしはいつか再会することがあるのだろうか。

有罪か無罪か。法の世界では、白か黒か判決を下さなければならない。しかし実際に人間が人間を見る時には、白と黒の混ざった曇り空のような灰色が見えることが多いのではないかと思う。その混ざり具合はとても複雑で、どこを重点的に見るか、いつ見るかで色合いが全く違ってくる。しかもそれが空である限り、いくら灰色でもその向こうに必ず青色が透けて見えている。

わたしは色ならば桃色、深紅、鮭色など赤系が好きだが、作品を書きながらいつの間にか白にこだわっているようなところがあることに最近気がついた。「雲をつかむ話」の雲はもちろん白いし、「ボルドーの義兄」の舞台となったボルドーの街並みも白い。「雪の練習生」の雪も白いし、そこに出てくるホッキョクグマも白い。文字が印刷される前の紙は白くても、じっと表面を見つめていると繊維の中に見えない構造が隠されている気がする。ボルドーと聞くと赤ワインの赤い色を思い出す人も多いと思うが、町そのものは白に統一された建物の並ぶ通りがどこまでも続き、角を曲がってもやっぱり家並みは白い。いろいろな時代の建築物が雑居しているソフィアやベルリンのような町の方がいきいきしていて好きだが、ある時代の建築スタイルが町全体の雰囲気を支配しているボルドーのような町には、呼吸が苦しくなるほどの美しさがある。そんな町に一度迷い込んでしまうと、なんだか書物の中に迷い込んでしまったようで、全てを「読んで」みたくなる。通行人の心を読んでみたい。歴史の痕跡を読んでみたい。散歩者である自分の心に浮かぶ全ての思い出を読んでみたい。そして読んだ事柄を全て記録していきたいのだけれど、語りの言葉はテンポが遅すぎて現実についていけない。もっと凝縮されたバーコードのような言語はないだろうか。脳をスキャンすればバーコードが出てきて、その瞬間考えたことが全て再生できるような技術がいつの日か開発されたら、それは人類にとっていいことなのか、よくないことなのか。

ボルドーには二〇〇六年に作家として招待されて三ヶ月滞在した。それは長年暮らしたハンブルグから離れてベルリンに引っ越して間もない、なんだか不安定な時期だった。今自分はどこにいるのか見極めようと焦って、ハンブルグという過去とボルドーという現在の間を心の中で行き来していた。

「ボルドーの義兄」は、ハンブルグという引き出しにしまわれている記憶をボルドーにいることで少しずつ開けて覗き見ることができる、という仕組みになっている。下手な開け方をすると、引き出しの奥にはりめぐらされた死という蜘蛛の巣に指を絡みとられてしまう危険がある。我が身を守るために考え出したのが漢字カードだった。日本で暮らしていれば漢字はあまりにも普通の文字記号だが、ドイツで長年暮らしていると、その漢字が人間の目ではとても読めそうにないバーコードのように見えることもある。また、時には魔術的なものとして漢字を眺めることもある。鏡文字にするとその不思議さが、漢字に慣れてしまっている人にも通じるのではないかと思う。

ドイツ人の中には日本語や中国語を勉強している人も結構たくさんいて、紙でできた漢字カードをポケットに忍ばせていたり、漢字練習アプリを携帯電話に入れていたりする。わたしはある時、漢字カードを魔除《まよけ》として使えそうな気がしてきた。例えば、大変な光景を目にしてしまった時に、精神的な衝撃と、無数の解釈と、激しく掻き起こされた幼年時代の記憶に同時に襲われ、気が遠くなることがある。そんな時に「惚」とか「企」など、その場にふさわしい漢字カードをポケットから取り出して盾にすれば、身を守ることができると同時に、その瞬間を記録して、後で思い出す助けにもなるのではないか。これは作品を書きながら考えたことではなく、最近ふと思いついたことである。

近代百年の日本語表現を反転する試み

解説
岩川ありさ

一、時代と拮抗する言語表現

多和田葉子は、一九九一年に群像新人文学賞を受賞した「かかとを失くして」で、夜行列車に乗って、ゆで卵三つと「着替えと分厚い帳面が三冊と万年筆」だけを持ち、遠い国の、まったく誰も自分のことを知らない町にやってきた女性が、「私」という一人称代名詞の語り手として登場する小説を書いた。語り手の「私」は、「むかし子供っぽい空想に駆られて、これとそっくりの帳面に私は、世界旅行の物語を書いたことがあったが、今は帳面は白紙で私自身が遠い国に来てしまったのだから、自分の小説に養女にもらわれたようなものだ」（「かかとを失くして」『かかとを失くして／三人関係／文字移植』講談社文芸文庫、二〇一四年、一〇頁）と語る。「私」という一人称代名詞で語っているため、多和田葉子という作者の経験と重ねられることも多いが、日本語でのデビュー作において示されるのは、言語によって構築された小説の中で自らを対象化し、虚構の世界で表現主体となった「私」の旅のはじまりである。その後も、多和田は、『容疑者の夜行列車』（青土社、二〇〇二年）、『旅をする裸の眼』（講談社、二〇〇四年。二〇〇八年に講談社文庫）などの小説で、虚構の世界を旅する様々な女性たちのエクソフォニーを描いてきた。本書に収められた二作はその系譜に位置づけられるだろう。

本書には、『雲をつかむ話』（講談社、二〇一二年。初出「群像」二〇一一年一月号から二〇一二年一月号。二〇一一年八月号は休載）と『ボルドーの義兄』（講談社、二〇〇九年。初出「群像」二〇〇九年一月号）の二作が収録されている。どちらの作品も、漢字を鍵にしており、そこから、小説全体に揺さぶりをかけている。二〇一三年に、『雲をつかむ話』が、第六三回芸術選奨文部科学大臣賞（文学部門）を受賞した際、「贈賞理由」で、「いかにも氏らしい言語的な実験性と、移動と揺れの感覚、そして雲のように自由に流れていく語り口そのものからにじみ出てくるおかしさと不条理があいまって、氏の創作の一つの達成点を示すものになっている」（「文化庁月報」平成二五年五月号〔No.536〕http://www.bunka.go.jp/pr/publish/bunkachou_geppou/2013_05/special_02/special_02.html）と評されたが、多和田文学の「言語的な実験性」とは、漢字一文字の中にも、意味の振幅や多様性を発見し、それを物語の推進力に転換する点に見出せるのではないだろうか。音や文字（さらには音節や律動や強弱、偏やつくりや冠や脚）に至るまで、局所的に発揮された「言語的な実験性」が小説の構造全体を揺さぶる。『雲をつかむ話』は、同年、第六四回読売文学賞も受賞した。

また、二〇一八年には、マーガレット満谷が訳した『The Emissary』（多和田葉子『献灯使』講談社、二〇一四年。二〇一七年に講談社文庫）が第六九回全米図書賞の翻訳文学部門を受賞したことも重要だろう。東日本大震災と福島の原子力発電所の事故の只中に連載されていた「雲をつかむ話」は、『震災後文学論　あたらしい日本文学のために』（青土社、二〇一三年）の中で、木村朗子が指摘しているとおり、震災後文学として、繰り返し読み解かれるべき小説だからだ。本書に収められた二作品は、小説の自明性を崩しながら、時代と拮抗する言語表現の可能性を照らし出してくれる。

二、「雲をつかむ話」

いくつかの漢字辞典を紐解くと「犯」という漢字には、禁忌を犯す、侵犯するといった意味に加えて、「違《たが》う、損なう、背く、越える、偽る、破る、引き起こす」といった複数の意味があることがわかる。白川静『字通』（平凡社、一九九六年）では、「字形のままに解すれば、人が獣を犯す意となるが、㔾はその姿勢のものを示すとみてよい」と説明されており、「㔾は人がうつぶせに伏している形」であるという。もとは神の領域を犯し、禁忌に触れることを意味していた「犯」という漢字だが、現在では、罪を犯すことや罪を犯した人と緊密に結びついており、一度、意味が固定化されてしまうと、禁忌に触れた人の怒りや痛み、それでも境界を越え、何かを引き起こそうとした切実な横顔を想像することは難しい。しかし、「雲をつかむ話」という小説は、「常用」や「慣用」の中で忘れ去られた、表意文字である漢字の身体性を蘇らせる。漢字の故郷を訪ね、新しく知るのは、うつぶせになった人が何によってその姿勢をとることになったのかについてのあまたの物語であり、歴史性を持ちながらも、文字表現として前衛的である漢字の面白さだ。

「雲をつかむ話」の冒頭で、語り手の「わたし」は、「犯人」という言葉と「犯罪人」という言葉の違いについて丁寧に腑分けして説明し、「犯人」に「罪」があるか否かについては「保留」する。語り手が、この「保留」を行った瞬間、「犯」という漢字は、「罪」との緊密な結びつきから逃れて、複数の意味や物語が生起する場として生まれ変わる。語り手の「わたし」は、「犯」という漢字の中に、「けものへんにもたれてしゃがんだ右側の人物「㔾」」を見つけ、「独房の壁にもたれ、床に座って頭を少し垂れている人の姿」を鮮やかに見出すが、この想像力は、慣用的な意味との結びつきを緩めるための「保留」を行ったからこそ可能になっている。「犯人」という言葉は、「罪」との密着状態から解放され、その都度、語り手や周囲の人々との関係性の中で生起する動的な存在として小説の世界を動きはじめる。本作において、「犯人」たちは、語り手の「わたし」との関係性の中で、刑事事件、刑法、刑罰といった法律の言葉との関わりによって決定されるような「犯罪人」では決してありえない。むしろ、「犯人」たちは、敷居を越えて、語り手のもとへと訪れ、語り手に何かを訴えるのであり、事件の断片を残して、雲の背中に隠れる。

「雲をつかむ話」は、それぞれの挿話に登場する人物の魅力を存分に味わえる小説だ。同時に、物語と虚構について考えずにはいられなくなる仕掛けにあふれている。例えば、「嘘をつくつもりなど全くなくても、語りの滑走路を躓《つまず》かないように走るには、まばたきするくらい短い時間内で「記憶の穴」を埋めていかなければならない」と語る語り手の「わたし」は、物語るという行為には「嘘」の領域が含まれていることを明らかにする。自分が物語る行為について自己言及したこの箇所は、「雲をつかむ話」が、それまで繰り返し話してきた「体験話」をそのまま書き起こしたのではなく、物語る行為や物語る自己について自己言及しながら書いた小説であることを示す。

語り手であり、書き手の「わたし」は、フライムートに出遭ったかつての出来事について語りながら、同時にフライムートの手紙の言葉を小説に織り込む。「それは一九八七年、わたしがまだハンブルグに住んでいて、生まれて初めて本を出した秋のことだった」とはじまるフライムートと出遭った日の「体験話」は、語り手の「わたし」が磨いてきた話だ。「わたし」は、その時、『あなたのいるところだけなにもない』という日本語とドイツ語の二言語の本をフライムートに渡すことができず、あの男は誰だったのかと考えるうちに、色々な物語を生み出してゆく。けれども、一年ほど経ったある日、フライムートからの手紙が届く。その手紙には、あの日、自分が人を殺したことや警察に追われていたこと、そして、現在は、ハンブルグ市の北にあるO刑務所におり、図書館に『あなたのいるところだけなにもない』を入れてもらって読んでいることなどが書かれている。語り手の「わたし」は、フライムートについて自分が考えてきた「空想」と、フライムートが知らせる「事実」の間に立つことになる。

小説の終盤に近づいた「11」で、語り手の「わたし」は、「青いソラ」を行く飛行機に乗っている。飛行機の座席には、この小説にこれまで登場した人物を思わせる人々が座っている。「わたし」は登場人物たちとともに飛行機に同乗し、居合わせた人々を観察し、「見取り図」を描く。「わたし」が「F」というイニシャルで呼び、隣に座っている男はフライムートのことだろう。「わたし」の前の席に座っている「マロン色の髪のM」はマヤで、その隣の「紅花色に髪を染めたB」はマヤと確執があった紅田を思わせる。二人はハーバード大学でのルームメイトだったが、反りがあわず、マヤが紅田の胸をナイフで刺すところまでこじれる。けれども、二人は、それぞれに語り手の「わたし」と接触し、互いの言い分を話す。マヤと紅田の言い分は錯綜し、「虚構」と「事実」は判然としない。背後には、舞踏家のマボロシさんや文学祭などで出逢った詩人や作家を思わせる人たちが座っている。「W夫妻」は、地元の名士だったが、妻を殺した夫と殺された妻のことだろうし、「わたし」宛ての郵便物を盗んだ男の子と父親二人の「M家」、「O兄弟」と呼ばれる双子のオスワルドとヴェルナーも飛行機に乗っている。本作で語られてきた「犯人」たちが乗る飛行機はまさに「空想」によって飛び立とうとしている。しかし、小説の終盤に登場する女医は、この飛行機が、「負の重荷をたくさん積んで重量制限を超えかけ」ていたことに気がついている。「事実」の分量が「空想」の分量を越えかけていたのだ。

　では、女医とは誰なのだろうか。解釈は一つに定まらないが、「現実の作者」に何かを求めるのではなく、誰かの物語は誰かのものだと指摘することができ、語り手の「わたし」がきた道を一緒にたどりながら、足を踏み外しそうになったら、危ないといってくれる存在だとすれば、それは批評的な読者といえるかもしれない。考え方も生き方も異なる他者との旅は、近年の『地球にちりばめられて』（講談社、二〇一八年）などの小説にも引き継がれている。

三、「ボルドーの義兄」

鏡文字すなわち左右反転して印刷された漢字に導かれた短い文章が連続する本作の主人公は日本語を母語とする大学生の優奈だ。「あたしの身に起こったことをすべて記録したい」と望んでいる優奈は、「文章ではなくて、出来事一つについて漢字を一つ書く」という方法によって、自分の身に起こった出来事を記録しようとする。しかし、「たくさんのことが同時に起こりすぎる」ため、「あたしの身に起こったこと」の「すべて」を優奈は記録することができず、「一つの漢字をトキホグス」ことによって、「一つの長いストーリー」をメモ帳に刻みつけようとする。

「ボルドーの義兄」においても、漢字は鍵となるが、優奈が、「赤いメモ帳」に手書きで書いている点は重要だろう。「虎」という漢字が付された章では、「空中に描かれた一筆書きの虎」の勢いが語られ、「裸」という章では、「ルネッサンス」という言葉と「ボッティチェルリの春の絵」が「漢字の偏とつくりのように一組になってい」ると表現される。絵と漢字の境界を揺れ動くような認識は象形文字である漢字の身体を蘇らせる。しかし、優奈は記号の呪縛から自由になれるわけではない。「門」という漢字が付された章は、優奈の認識の揺らぎを鮮明に映し出す。

忘れられた帽子のように門がひょっこり、家並みの間に現れた。そこで路面電車は速度をあげたのだが、優奈の目は、門の形をはっきりととらえることができた。門という漢字が目の前に立っていて邪魔になって、優奈は本当はその形をとらえることができなかった、という方が正確かもしれない。

はじめ、「家並みの間」から見えた「門」は「忘れられた帽子」のように見える。このとき、優奈は視覚的に門を認識し、路面電車から見た門の形を把握しようとする。しかし、「目」という身体器官によって知覚した目の前の「門」を把握しようとするときにすら、優奈は言語によって世界を分節していることに気がつく。実際の建築物と漢字の「門」は同一のものではないにもかかわらず、避けがたく結びつき、優奈は物そのものを把握することができない。「本物の門」と漢字の「門」はなぜ結びつくのか。あるいは、実際の形と一致していないのか。優奈は、絵と漢字のはざまに迷い込み、最終的に、「ユーロ紙幣に印刷されている架空の門が思い浮か」ぶ。「門」という漢字が示す内容は、実際に見えている「門」から、概念的な「門」まで次々と移り変わる。この意味の振幅こそ、「一つの漢字をトキホグス」ことによって、「一つの長いストーリー」を書くという優奈の方法を支えている。絵のように理解し、漢字という文字を物語に開くこと。この複雑な世界の描き方がここではなされている。

また、多和田が、言語の「音声面」と「書記面」の双方に意識的な作家であることは、沼野充義が、『飛魂』（講談社文芸文庫、二〇一二年。原著一九九八年）の解説で指摘しているが、「ボルドーの義兄」では、活字で印刷された文字列を黙読するという読書の制度そのものが問われる。

前田愛が、「近代文学と活字的世界」（『前田愛著作集　第二巻　近代読者の成立』筑摩書房、一九八九年）で示しているとおり、活字で印刷された文字を黙読する読書は近代になって成立したのであり、小説が活字で印刷されるようになると、活字は、言葉の物質性から離れて、意味伝達のための道具となってゆく。印刷された活字の文字を追い、円滑に意味を把握することに慣れている読者は、「ボルドーの義兄」を読みはじめるや否や、左右反転して印刷された「部」という漢字につまずかされる。活字とは、肉筆や木版の書体とは異なり、最も効率よく、文章を読み進めることができる書体であるが、「ボルドーの義兄」は、速度をあげて読んでゆくのとは異なる読み方を読者に求める。

ドイツ語の原著 *Schwager in Bordeaux*（Konkursbuchverlag Claudia Gehrke、二〇〇八年）を読んでみると、章題の漢字は鏡文字になっていないが、ドイツ語に焦点化しながら読むとき、読者はやはり漢字につまずく。けれども、つまずきの石である漢字は浮石のようでもある。そこを辿りながら渡るうちに、優奈の物語の一つ一つが、そもそも、そんなに簡単に読まれるはずがないことに気がつく。「雲をつかむ話」と響きあうことだが、それぞれの物語はかけがえがないのであり、それらは読まれるように語られてはじめて意味をなす。そして、その宛先を宛てられた人が、自分で見出した方法で、意味を受けとってゆくよりほかない。

　二〇一九年の現在において、「ボルドーの義兄」を読み終えたとき、私は、『わたしもじだいのいちぶです　川崎桜本・ハルモニたちがつづった生活史』（康潤伊、鈴木宏子、丹野清人編著、日本評論社、二〇一九年）という本のことを思い出した。この本には、川崎南部の街・桜本で、在日コリアンのハルモニたちが識字学級に通い、文字を覚えてゆく姿が描かれている。日本による植民地化によって日本に渡ることを余儀なくされたハルモニたちの多くは、生きてゆくために働き、学ぶ機会を奪われてきた。一九八八年に設立された多文化共生の交流を目的としたふれあい館の活動の一つとして行われている識字学級で、彼女たちは文字の読み書きを学び、この本には彼女たちの文字が刻まれている。けれども、編者の一人である康潤伊が書くとおり、「ハルモニたちを癒しの存在として搾取すること」（「全体解説　途方もない〈余白〉をみつめて」、一九三頁）はあってはならないだろう。また、康が強調するように、「確かに何かがあったというだけで、その先には何人たりとも到達できない」（前掲書一九四頁）ような記憶が数多くあり、語られないままでいることを忘れてはならないだろう。「正しい国語」の〈余白〉に、数えきれないほどの多様な日本語があり、まだ、聴かれることがないままでいるのかもしれないと考えるところからしか、新しい言語表現を手探りすることはできない。この本は、まぎれもなく、多和田が、『エクソフォニー　母語の外へ出る旅』（岩波書店、二〇〇三年。二〇一二年に岩波現代文庫）で、「押し付けられたエクソフォニー」という言葉で示した歴史と切り離せない問題を扱っている。

多和田葉子のデビュー作である『あなたのいるところだけ何もない（*Nur da wo du bist da ist nichts*）』（Konkursbuchverlag Claudia Gehrke、一九八七年）には、左右逆に語られた物語という発想がすでに見える。「物語は、本になった時、読めるように、左右逆に語られなければならない」（二六／一〇三頁）という作中の言葉は、まさに今、これまでとは別のやり方で語り、別のやり方で、それを受けとめた人々がはじめる、新しい言語表現や物語の可能性を示唆している。それは、近代百年の日本語の言語表現を切り換えるような反転する実験である。

年譜

多和田葉子

一九六〇年（昭和三五年）
三月二三日、東京都中野区本町通四丁目に生まれる。父栄治、母璃恵子の長女。父は翻訳、出版、書籍輸入等の仕事をしていた。
一九六四年（昭和三九年）　四歳
妹の牧子が生まれる。
一九六六年（昭和四一年）　六歳
小学校入学直前に東京都国立市の富士見台団地に転居。四月、国立市立第五小学校入学。
一九七二年（昭和四七年）　一二歳
三月、国立市立第五小学校卒業。四月、国立市立第一中学校入学。
一九七五年（昭和五〇年）　一五歳
四月、東京都立立川高校入学。第二外国語としてドイツ語を選択。文芸部に入り小説を創作するほか、友人と同人誌「さかさづりあんこう」を発行する。
一九七七年（昭和五二年）　一七歳
秋、立川高校演劇祭で自作の戯曲を上演。
一九七八年（昭和五三年）　一八歳
三月、都立立川高校卒業。四月、早稲田大学第一文学部入学。専攻はロシア文学。在学中、同大学の語学研究所でドイツ語の学習を続けるほか、「落陽街」等の同人誌を発行。
一九七九年（昭和五四年）　一九歳
夏休みに一人で初めての海外旅行に出かけ

る。船でナホトカへ、さらにシベリア鉄道でモスクワへ行き、ワルシャワ、ベルリン、ハンブルク、フランクフルト等を訪れる。

一九八二年（昭和五七年）二二歳

三月、早稲田大学卒業。卒業論文はロシアの現代女性詩人ベーラ・アフマドゥーリナ論。同月、インドへ旅立つ。ニューデリー、ローマ、ザグレブ、ベオグラード、ミュンヘン等を経て、五月、ハンブルクに到着。以後、同市に在住。父の紹介で同市のドイツ語本の輸出取次会社グロッソハウス・ヴェグナー社に研修社員として就職。夜は語学学校に通う。

一九八五年（昭和六〇年）二五歳

一月、日本文学研究者ペーター・ペルトナー（当時ハンブルク大学講師、のちミュンヘン大学教授）に出会う。ドイツに来てから日本語で書いた作品が彼によってドイツ語に訳され始める。二月、チュービンゲン市の出版社コンクルスブーフ社の編集者クラウディア・ゲールケに出会う。詩のドイツ語訳を見せ、出版の企画が持ち上がる。以後、ドイツ語での著書はほとんど同出版社から刊行される。

一九八六年（昭和六一年）二六歳

一〇月、ハンブルク大学ドイツ文学科教授ジークリット・ヴァイゲル（のちチューリッヒ大学を経てベルリン文学研究所所長）のゼミに初めて参加する。

一九八七年（昭和六二年）二七歳

三月、グロッソハウス・ヴェグナー社を退社。一〇月、初の著書となる詩文集『Nur da wo du bist da ist nichts あなたのいるところだけ何もない』（多和田の日本語作品・ペルトナーの独語訳併記）刊行。この年、ドイツで初めて朗読会を行う。以後、日本、ヨーロッパ各地、アメリカ等で朗読会を続ける。

一九八八年（昭和六三年）二八歳

二月、初めてドイツ語で短篇小説『Wo Europa

anfängt』(ヨーロッパの始まるところ)を書き、後に「konkursbuch」二一号に発表。この年よりドイツ語の朗読も行う。

一九八九年(昭和六四年・平成元年) 二九歳
日本語で書いた短篇小説をペルトナーがドイツ語に訳した作品が『Das Bad』(風呂)として刊行される。

一九九〇年(平成二年) 三〇歳
一月、『Wo Europa anfängt』等によりハンブルク市文学奨励賞を受賞。八月、ドイツ語学・文学国際学会(IVG)で劇作家ハイナー・ミュラーと能の関係を発表。この時、ミュラー本人に初めて会う。一〇月、オーストリアのグラーツ市で毎年開かれる芸術祭「シュタイエルマルクの秋」に初めて参加。このために『Das Fremde aus der Dose』(缶詰めの中の異質なもの)を執筆。修士論文執筆中の一一月、日本語で小説『偽装結婚』を書く。この作品を群像新人文学賞に応募。

一九九一年(平成三年) 三一歳
五月、『かかとを失くして』(受賞発表時に改題)が第三四回群像新人文学賞を受賞。日本でのデビュー作となる。二作目の日本語作品『三人関係』を「群像」一二月号に発表。同作は三島由紀夫賞と野間文芸新人賞の候補になる。この年、ドイツでの三冊目の著書『Wo Europa anfängt』を刊行。

一九九二年(平成四年) 三二歳
三月、日本での第一作品集『三人関係』(講談社)刊。『ペルソナ』を「群像」六月号に発表、第一〇七回芥川賞候補になる。『犬婿入り』を同誌一二月号に発表。富岡多恵子の短篇小説『とりかこむ液体』のドイツ語訳『Mitten im Flüssigen』等を「manuskripte」一一五号に発表。この年、ハンブルク大学大学院修士課程修了。修士論文はハイナー・ミュラーの『ハムレット・マシーン』論。

一九九三年(平成五年) 三三歳

二月、『犬婿入り』で第一〇八回芥川賞受賞。同月、短篇集『犬婿入り』（講談社）刊。『光とゼラチンのライプチッヒ』を「文學界」三月号に発表。四月、ドイツ語で執筆中の短篇小説『Ein Gast』（客）に対し、ニーダーザクセン基金から奨学金を受ける。九月、『アルファベットの傷口』（河出書房新社）刊（のち文庫化の際に『文字移植』と改題）。一〇月、初の戯曲『Die Kranichmaske, die bei Nacht strahlt』（夜ヒカル鶴の仮面）が「シュタイエルマルクの秋」で初演。

一九九四年（平成六年）　三四歳

『隅田川の皺男』を「文學界」一月号に、戯曲『夜ヒカル鶴の仮面』を「すばる」一月号に発表。『聖女伝説』を「批評空間」四月号から連載開始（一九九六年四月号完結）。エッセイ『モンガマエのツェランとわたし』を「現代詩手帖」五月号に発表。五月、ハンブルク市よりレッシング奨励賞が贈られる。短篇連作『きつね月』を「大航海」一二月号から連載開始（一九九七年一〇月号完結）。『犬婿入り』『かかとを失くして』『隅田川の皺男』のペルトナーの独語訳『Tintenfisch auf Reisen』（旅のイカ）刊。

一九九五年（平成七年）　三五歳

『無精卵』を「群像」一月号に、『ゴットハルト鉄道』を同誌一一月号に発表。後者は川端康成文学賞の候補になる。四月、ヴォルフェンビュッテル市のアカデミーで開かれた作家集会に招待される。以後、九年間に亘って参加し、ペーター・ウォーターハウスら様々な作家と知り合う。『雲を拾う女』を「新潮」一〇月号に発表。一一月、ゲーテ・インスティトゥートの招待でニューヨークに一週間滞在。初めてのアメリカ訪問となる。

一九九六年（平成八年）　三六歳

二月、バイエルン州芸術アカデミーからシャミッソー賞を日本人で初めて受賞。この賞はドイツ語圏以外の出身の作家によるドイツ語での文学活動に贈られる。五月、『ゴットハルト鉄道』（講談社）刊、女流文学賞の候補になる。訳編『ドイツ語圏の現役詩人たち』を「現代詩手帖」九月号から連載開始（一九九七年九月号完結）。ドイツでは作品集『Talisman』（魔除け）刊行。

一九九七年（平成九年）　三七歳

『チャンチィエン橋の手前で』を「群像」二月号に発表。八月～一〇月、カリフォルニアにあるユダヤ系亡命作家リオン・フォイヒトヴァンガーの旧宅にライター・イン・レジデンスで招かれる。『ニーダーザクセン物語』（単行本刊行時に『ふたくちおとこ』と改題）を「文藝」秋季号より連載開始（一九九八年夏季号完結）。一〇月～一一月、『無精卵』をもとにドイツ語で書いた戯曲『Wie der Wind im Ei』（卵の中の風のように）がグラーツとベルリンで上演され、朗読者として出演する。一一月、ベルリン芸術アカデミーのラジオドラマ週間に『Orpheus oder Izanagi』（オルフェウスまたはイザナギ）で参加。この年、詩文集『Aber die Mandarinen müssen heute abend noch geraubt werden』（でもみかんを盗むのは今夜でないといけない）刊行。

一九九八年（平成一〇年）　三八歳

長篇小説『飛魂』を「群像」一月号に発表。一月～二月、チュービンゲン大学で詩学講座を担当。講義内容は『Verwandlungen』（変身）に収められる。日独二ヵ国語の戯曲『Till』（ティル）が劇団らせん館とハノーファー演劇工房によって、四月にハノーファーで、一一月に東京等で上演される。エッセイ『ラビと二十七個の点』を「新潮」九月号に発表。この年、戯曲集『Orpheus oder Izanagi/Till』が刊行されたほか、翻訳では、『犬婿入り』『かかとを失くして』『ゴットハルト鉄道』の英訳『The Bridegroom was a Dog』(マーガレット満谷訳、講談社インターナショナル)刊。

一九九九年(平成一一年) 三九歳

『枕木』を「新潮」一月号に発表。一月〜五月、マサチューセッツ工科大学にライター・イン・レジデンスで招待される。五月、日本での第一エッセイ集『カタコトのうわごと』(青土社)刊。八月、ワイマール市で開かれたゲーテ生誕二五〇年祭で「世界文学」という概念に関するパネル・ディスカッションに参加。八月〜九月、ハンブルク・マルセイユ姉妹都市交流でマルセイユに滞在。

二〇〇〇年(平成一二年) 四〇歳

一月、ベルリンの日独文化センターでジャズピアニスト高瀬アキと初めての公演。以後、高瀬と組んで朗読と音楽の共演を続け、日本、ドイツ、その他ヨーロッパ各地、アメリカ等で公演する。三月、ドイツの永住権取得。同月、短篇集『ヒナギクのお茶の場合』(新潮社)刊。長篇小説『Opium für Ovid』(オウィディウスのためのオピウム)が刊行され、その日本語版『変身のためのオピウム』を「群像」七月号より連載開始(二〇〇一年六月号完結)。八月、高瀬と下北沢アレイホールで公演。初の日本公演となる。同月、短篇集『光とゼラチンのライプチッヒ』(講談社)刊。戯曲『サンチョ・パンサ』を「すばる」一〇月号に発表。一一月、『ヒナギクのお茶の場合』で第二八回泉鏡花文学賞受賞。この年、博士論文『Spielzeug und Sprachmagie in der europäischen Literatur』(ヨーロッパ文学における玩具と言語魔術)が刊行される。これによりチューリッヒ大学(一九九八年までヴァイゲルが所属)で博士号を取得。またこの年から二年間文藝賞の選考委員をつとめる。

二〇〇一年(平成一三年) 四一歳

『容疑者の夜行列車』を「ユリイカ」一月号から連載開始（一二月号完結）。一月、イタリアのサレルノ大学に招かれ、二月～三月、ダブリン大学に招かれ、朗読会やワークショップを行う。三月、モスクワでの日露作家会議に出席。同月、ゲーテ・インスティトゥートの招きでソウルを訪問。四月、仏語訳作品集『Narrateurs sans âmes』（魂のない語り手、ベルナール・バヌン訳、ヴェルディエ社）刊。六月～八月、バーゼルの文学館の招待で同市に滞在。九月、北京での日中女性文学シンポジウムに出席。一〇月、『変身のためのオピウム』（講談社）刊。

二〇〇二年（平成一四年）四二歳

長篇小説『球形時間』を「新潮」三月号に、エッセイ『多言語の網』を「図書」四月号に発表。七月、『容疑者の夜行列車』（青土社）刊。一〇月、『球形時間』（新潮社）で第一二回Bunkamuraドゥマゴ文学賞受賞。一一月、セネガルのダカール市で開かれたシンポジウムに参加し、母語の外に出た状態をさす「エクソフォニー」という言葉と出会う。同月、ベルリンで行われたクライスト学会に出席。この時の発表は年鑑『Kleist-Jahrbuch 2003』に収録された。一二月、チュービンゲン大学で初めて自由創作のワークショップを行う。この年、翻訳、舌などのドイツ語が隠れた題名の作品集『Überseezungen』を刊行したほか、高瀬との共演がCD化（「diagonal」コンクルスブーフ社）される。翻訳では『Opium für Ovid』の仏語訳『Opium pour Ovide』（バヌン訳、ヴェルディエ社）、英訳作品集『Where Europe begins』（スーザン・ベルノフスキー他訳、ニュー・ディレクションズ社）刊。

二〇〇三年（平成一五年）四三歳

一月、Bunkamuraドゥマゴ文学賞の副賞としてパリのドゥマゴ文学賞授賞式に参加。四月、アメリカを訪れる。コロンビア大学等で朗読と講演。六月、『容疑者の夜行列車』で第一四回伊藤整文学賞を受賞。八月、エッセイ集『エクソフォニー』（岩波書店）刊。一〇月、『容疑者の夜行列車』で第三九回谷崎潤一郎賞を受賞。翻訳では『Das Bad』のイタリア語訳『Il bagno』（ペローネ・カパーノ訳、リポステス社）刊行。

二〇〇四年（平成一六年）　四四歳

この年で日本での在住期間とドイツでの在住期間が同じ二二年になる。群像新人文学賞の選考委員を務める（二〇〇八年度まで）。長篇小説『旅をする裸の眼』を「群像」二月号に発表。ドイツでは同作と並行して執筆された『Das nackte Auge』（裸の眼）を刊行。二月〜三月、ケンタッキー大学のライター・イン・レジデンスとして招待される。期間中、同大学日本学科の主催で多和田文学をめぐるシンポジウムが開かれる。九月、チェーホフ東京国際フェスティバルにシンポジウムのパネリストとして参加。一一月、ドイツ文学基金の招待でライター・イン・レジデンスとしてニューヨークに滞在（二〇〇五年一月末まで）。一二月、「ユリイカ」増刊号で「総特集多和田葉子」が組まれ、『非道の大陸』の「第一輪　スラムポエットリー」を発表。同月、『旅をする裸の眼』（講談社）を刊行する。

二〇〇五年（平成一七年）　四五歳

三月、ゲーテ・メダル受賞。「現代詩手帖」六月号より連載詩『傘の死体とわたしの妻』を発表（〜同年一一月号、二〇〇六年一月号〜七月号）。七月、スペインのカネット・デ・マール織維大学で多和田葉子国際ワークショップが開催される。九月、『容疑者の夜行列車』の仏語訳『Train de nuit avec suspects』（バヌン訳、ヴェルディエ社）刊行。一一月、日独現代作家の朗読と討論の会

「出版都市TOKYO」にドイツ側の作家として参加。書き下ろしの小説『シュプレー川のほとりで』を「DeLi」一一月号に発表。
二〇〇六年（平成一八年）四六歳
短篇『時差』を「新潮」一月号に発表。一月七日から「日本経済新聞」朝刊にエッセイ『溶ける街　透ける路』の連載を開始（一二月三〇日まで）。二月、アメリカに滞在し、アリゾナ大学、ワシントン大学（シアトル）、エリオット・ベイ書店で朗読会。同月、戯曲『Pulverschrift Berlin』（粉文字ベルリン）がらせん舘によりベルリンで初演。三月、ベルリンに転居。四月〜六月、ボルドーに滞在。『最終輪　とげと砂の道』を「ユリイカ」八月号に発表して『非道の大陸』の連載完結。『レシート』を「新潮」九月号に発表。一〇月、ノルウェーのトロムソの文学祭に参加。同月、『傘の死体とわたしの妻』（思潮社）を刊行。一一月、作品集『海に落とした名前』（新潮社）、連載に書き下ろしの最終章を加えた『アメリカ　非道の大陸』（青土社）を、それぞれ刊行。
二〇〇七年（平成一九年）四七歳
三月、多和田葉子国際ワークショップが早稲田大学で開催される。同月、作品集『Sprachpolizei und Spielpolyglotte』（言語警察と多言語遊戯人）刊行。在日朝鮮人作家・徐京植との往復書簡『ソウル―ベルリン玉突き書簡』が「世界」四月号から連載（二〇〇八年一月号まで）。「現代詩手帖」五月号が「特集　多和田葉子　物語からの跳躍」を組む。九月、多和田文学をめぐる国際論集『Yōko Tawada : Voices from Everywhere』（ダグ・スレイメイカー編、レキシントン・ブックス社）がアメリカで刊行。
二〇〇八年（平成二〇年）四八歳
短篇『使者』を「新潮」一月号に発表。三月〜四月、セントルイスのワシントン大学にライター・イン・レジデンスで滞在。四月、カリフォルニア大学バークレー校で言語的越境作家とコスモポリタンの想像をテーマにした朗読会とシンポジウムに参加。同月、『犬婿入り』が東京で舞台化。六月末～七月、ストックホルムで開かれた作家と翻訳家の会議に出席。八月、ハノーファーのプロジェクトでヴァルスローデの修道院に滞在。九月、フィンランドに朗読旅行。同月、『Schwager in Bordeaux』（『ボルドーの義兄』ドイツ語版）刊行。

二〇〇九年（平成二一年）　四九歳

長篇『ボルドーの義兄』を「群像」一月号に、短篇『おと・どけ・もの』を「文學界」一月号にそれぞれ発表。二月にスタンフォード大学、三月から四月にかけてコーネル大学に滞在。四月、リンツでハンガリー人作家ラスロー・マルトンと朗読会。五月、トゥール大学で多和田葉子の国際コロキウム開催。同月、『飛魂』のポーランド語訳『Fruwająca dusza』（バーバラ・スロムカ訳、ヴィダニットファ・カラクテア社）、『旅をする裸の眼』の英訳『The naked eye』（ベルノフスキー訳、ニュー・ディレクションズ社）刊。七月、横浜開港一五〇周年記念企画のパフォーマンス「横浜発―鏡像」を高瀬アキと行う。八月、『ボルドーの義兄』の仏語訳『Le voyage à Bordeaux』（バヌン訳、ヴェルディエ社）刊。一一月、第二回早稲田大学坪内逍遙大賞受賞。同月、トルコ系ドイツ語作家エミーネ・エッダマらと名古屋市立大学の国際シンポジウムに参加。

二〇一〇年（平成二二年）　五〇歳

短篇『てんてんはんそく』を「文學界」二月号に発表。三月～四月、アメリカに滞在し、ミネソタ大学、ブラウン大学等で講義、朗読会、ワークショップを行う。四月～六月、ドイツ、スイス、スウェーデン、フランス、日本で朗読や講義。七月、イギリス・イーストアングリア大学の文芸作品の翻訳に関するワークショップに招かれる。八月、国際論集『Yoko Tawada : Poetik der Transformation』(クリスティーネ・イヴァノヴィッチ編、シュタウフェンベルク社)刊行。『祖母の退化論―雪の練習生(第一部)』を「新潮」一〇月号に発表。以後、第二部『死の接吻』(一一月号)、第三部『北極を想う日』(一二月号)を同誌に発表し、『雪の練習生』完結。一一月、戯曲『さくら の その にっぽん』がイスラエルのルティ・カネルの演出により東京で初演。同月、詩集『Abenteuer der deutschen Grammatik』(ドイツ語の文法の冒険)刊行。

二〇一一年(平成二三年) 五一歳

『雲をつかむ話』を「群像」一月号より連載開始(二〇一二年一月号まで)。二月、書き下ろしの戯曲『カフカ開国』がらせん館によりベルリンで上演される。三月、ミュンヘンでシャミッソー賞受賞作家の催しに参加。六月、ハンブルクで詩学講座を行う。多和田文学に関するシンポジウムも併せて開かれる。七月、雑誌「TEXT + KRITIK」で多和田特集が組まれる。九月、初めてオーストラリアを訪れ、メルボルン大学やモナシュ大学等で朗読会。同月、東京大学で集中ゼミを担当。一一月、『尼僧とキューピッドの弓』(講談社)で第二一回紫式部文学賞受賞。一二月、『雪の練習生』(新潮社)で第六四回野間文芸賞受賞。

二〇一二年(平成二四年) 五二歳

一月、出演した映画「Unter Schnee」(雪の下で、ウルリケ・オッティンガー監督)がベルリンで上演される。短篇『鼻の虫』を「文學界」二月号に発表。三月、ソルボンヌ大学に滞在。滞在中に開催されたパリ書籍見本市で東日本大震災一年後の日本は特別招待国となり、大江健三郎、島田雅彦らと共に招かれる。四月、ミンスクで朗読会。六月、ゲッティンゲンで多和田文学の多言語性とメディア性をテーマにシンポジウムが開かれる。七月、ミドルベリー大学にライター・イン・レジデンスで滞在。同月、二〇一一年にハンブルクで行われた詩学講座とシンポジウムをまとめた『Yoko Tawada：FremdeWasser』（オルトルート・グートヤール編）刊行。八月末から九月にかけて中国を訪れ、清華大学、東北師範大学、吉林大学、北京の国際ブックフェア等で朗読会やシンポジウムに参加。九月、『雪の練習生』の中国語訳『雪的练习生』（田肖霞訳、吉林文史出版社）が刊行される。一〇月、パリやシュトゥットガルトで朗読会。一一月、香港のゲーテ・インスティトゥート主催セミナーと朗読会に参加。同月、東京、新潟等で高瀬アキとパフォーマンスを行う。

二〇一三年（平成二五年）　五三歳

一月、『容疑者の夜行列車』の中国語訳『嫌疑犯的夜行列车』（田肖霞訳、吉林文史出版社）刊行。『雲をつかむ話』で、二月に第六四回読売文学賞、三月に平成二四年度芸術選奨文部科学大臣賞を受賞。二月、東京大学でロシア文学者の沼野充義と対談。三月、初の戯曲集『Mein kleiner Zeh war ein Wort』（私の小指は言葉だった）がドイツで刊行される。二月から三月、渡米し、フロリダ州立大学等で朗読会やシンポジウムに参加。四月、フランスの国境フェスティバルやベネチアの国際文学祭に参加。八月、戯曲『動物たちのバベル』（「すばる」八月号）が、イスラエルのモニ・ヨセフが提唱する国際バベル・プロジェクトのアジア・バージョンとしてシアターXで上演される。同月、芦屋市谷崎潤一郎記念館で講演。この時、らせん館によって戯曲『夕陽の昇るとき』が上演される。同月、エアランゲン文学賞を受賞。九月、ウクライナの国際詩人祭に参加。同月、デュッセルドルフで高瀬アキとパフォーマンス。一一月、名古屋市立大学でドイツ語圏越境作家のシンポジウムに参加。同月、早稲田大学やシアターXで高瀬アキとパフォーマンス。一二月、『言葉と歩く日記』(岩波書店)刊行。

二〇一四年(平成二六年) 五四歳

一月、クラクフで朗読会等に参加する。『韋駄天どこまでも』を「群像」二月号に発表。『ミス転換の不思議な赤』を「文學界」、『白熊の願いとわたしの翻訳覚え書き』を「新潮」の各三月号に発表。二月から三月、詩と写真の展覧会「"Out of Sight." 多和田葉子、デルフィーヌ・パロディ＝ナガオカ二人展」がベルリン日独センターで開催される。三月、スウェーデンの国際文学祭に参加。四月、ミシガン大学で開催された国際シンポジウム「Sōseki's Diversity」で基調講演を行う。五月、フランクフルトの文学祭で作曲家イザベル・ムンドリーと対談。六月、ヴォルフェンビュッテルのレッシングハウスで朗読会。短篇小説『カント通り』を「新潮」六月号に発表。これ以後、ベルリンの通りをタイトルに据えた連作を同誌に三ヵ月ごとに発表(〜二〇一六年一〇月号まで)。七月、ドイツのジュルト島の「海辺のアカデミー」で朗読会。長篇小説『献灯使』を「群像」八月号に発表。九月、パリで開催された国際シンポジウム「川端康成二一世紀再読」で記念基調講演を行う。同月、ソウルの国際詩人祭に参加。エッセイ『カラダだからコトの葉っぱ吸って』を「すばる」九月号に発表。一一月、横浜で小森陽一と福島第一原発事故後の言葉について対談。一二月、インドのヴァドーダラー、プネー、ムンバイで朗読会とワークショップ。この年より群像新人文学賞、野間文芸賞の選考委員を務める。

二〇一五年（平成二七年）　五五歳

一月、ベルリンの自然史博物館で白熊のクヌートの剝製の前で朗読会。ロバート・キャンベルとの対談「やがて〝希望〟は戻る―旅立つ『献灯使』たち」が「群像」一月号に掲載される。二月から三月にかけて、ニューヨーク大学の現代詩学講座でドイツ学術交流会特別教授を務める。アメリカ滞在中、ハーバード大学、コネチカット大学、コーネル大学、コロラド大学で講演やパフォーマンスを行う。四月、台湾の淡江大学で講演会と『不死の島』をめぐる座談会。五月、ウィーン大学で朗読会、ワークショップ。前年の川端康成シンポジウムでの講演「雪の中で踊るたんぽぽ」を「文学」五・六月号に発表。カフカの新訳『変身（かわりみ）』を「すばる」五月号に発表。八月、神田外語大学で開かれた国際中欧・東欧研究協議会第九回世界大会記念特別企画・国際シンポジウム「スラヴ文学は国境を越えて」で討論者を務める。九月、コペンハーゲンの国際詩人祭に参加。一〇月、アテネのフェスティバル「（ポスト）ヨーロッパへの恋文」に参加。同月、『変身』等の訳を収める新訳集『カフカ』（集英社）を編纂して刊行。一一月、国際文化会館で「母語の内へ、外へ」のテーマで川上未映子と対談。同月、野間宏生誕百年記念フェスティバルのシンポジウムに参加。同月、香港の国際詩人祭に参加。一二月、ヴィアドリナ欧州大学、ハンブルク大学で朗読会。

二〇一六年（平成二八年）　五六歳

一月、インドの文学祭に参加。リービ英雄との対談「危機の時代と『言葉の病』」が「世界」一月号に掲載される。三月、アメリカに滞在。シカゴ大学、スタンフォード大学、カリフォルニア大学で朗読会やパフォーマンス。鴻巣友季子との対談「手さぐりで言葉と取り組む」が「すばる」三月号に掲載される。『ヘンゼルとグレーテル』を「群像」五月号の特集「絵本グリム童話」に発表（絵・牧野千穂）。四月、名古屋、京都で朗読会。五月、フランスのナンシー、ランスで朗読会。七月、ヨハネス・グーテンベルク大学でワークショップと公開講義。八月、ベルリンで高瀬アキと共演。九月、城西大学国際現代詩センターのシンポジウム、東京大学で開催された国際シンポジウム「日本という壁」で特別講演。一〇月、パリ、ボルドー、アルルで『Etüden im Schnee』の仏語訳（ベルナール・バヌン訳）刊行記念の催し。一一月、さいたまトリエンナーレ二〇一六に招聘され、文学インスタレーションや朗読パフォーマンスを行う。同月、クライスト賞を受賞。授賞式はベルリナー・アンサンブル劇場で開催された。詩の連載『シュタイネ』を「ユリイカ」一一月号より開始（二〇一七年八月号まで）。一二月、ニューヨークの文学フェスティバル「ヨーロッパからの新しい文学」に参加。長篇小説『地球にちりばめられて』を「群像」一二月号から連載開始（二〇一七年九月号まで）。この年、『Etüden im Schnee』の英訳（スーザン・ベルノフスキー訳）が刊行される。都留文科大学の特任教授に就任。

二〇一七年（平成二九年）　五七歳

一月、「日本経済新聞」夕刊コラム「プロムナード」月曜欄を担当（同年六月まで）。二月、チューリッヒで多和田の散文詩の朗読と管弦楽と笙の演奏の共演。同月、ドイツ学術交流会のライター・イン・レジデンスでオクスフォード大学に滞在。三月、香港城市大学でワークショップ。四月、東京で松永美穂と『百年の散歩』（新潮社）刊行記念の対談「街を歩くと、物語が立ちあがる」。同月、台湾の淡江大学、輔仁大学、文藻外語大学で朗読会、台湾の国立政治大学、国立台湾文学館で開かれた台湾・日本・韓国の現代作家シンポジウムに参加。五月、ドレスデンのドイツ衛生博物館で講演。同月より、「朝日新聞」でコラム「ベルリン通信」を随時掲載。同月、「早稲田文学」初夏号で「小特集　ドイツにおける多和田葉子」が組まれる。堀江敏幸との対談「ベルリンの奇異茶店から世界へ」が「新潮」七月号に掲載される。七月、ジュルト島の「海辺のアカデミー」で詩学講座を担当。同月、戯曲『Ein Schmetterling fliegt übers Meer』（蝶が海を渡る）がらせん舘によってベルリンで上演される。八月、都留文科大学で国際文学祭「つるの音がえし」を企画し、田原、ジェフリー・アングルスと鼎談。同月、福島県立図書館で和合亮一、開沼博と鼎談。「群像」に連載した『地球にちりばめられて』が九月号で完結。室井光広との対談「言葉そのものがつくる世界」が「現代詩手帖」九月号に掲載される。『言葉のチェーホフ』が「悲劇喜劇」一一月号に掲載される。一一月、マヤコフスキーをテーマに高瀬アキとともにシアターX等でパフォーマンス。同月、『雪の練習生』の英訳『Memoirs of a Polar Bear』（スーザン・ベルノフスキー訳）がWarwick Prize for Women in Translation（イギリス・ワーウィック大学主催）を受賞。一二月、『再読　後藤明生　小説『街頭』』が後藤明生『壁の中』（新装愛蔵版、つかだま書房刊）に掲載される。

二〇一八年（平成三〇年）　五八歳

『文通』を「文學界」、『ヤジロベイの対話』を「すばる」の各一月号に発表。沼野充義との対談「言語を旅する移民作家」が「新潮」一月号に掲載される。一月、チューリヒ応用科学大学でイルマ・ラクーザ、マルトン・ラースローと鼎談。同月、ドイツのラインラント＝プファルツ州の文化賞カール・ツックマイヤー・メダルを受賞。同月、ケルンの文学祭「Poetica」第四回で芸術監督を務める。二月〜三月、オランダに滞在し、ライデン大学やユトレヒト大学等で朗読会。三月、アメリカ滞在。カリフォルニア大学ロサンゼルス校で管啓次郎、マット・ファーゴと朗読会（モデレーター：マイケル・エメリック）。アメリカ比較文学会（ACLA）で多和田文学をテーマにしたセッションが組まれる（座長：ダグ・スレイメイカー、管啓次郎）。四月、ゲーテ・インスティトゥート東京や東京外国語大学等でイルマ・ラクーザと朗読会。同月、『献灯使』の英訳『The Emissary』（マーガレット満谷訳、ニュー・ディレクションズ社）刊（六月にイギリスで『The Last Children of Tokyo』のタイトルでグランタ・ブックス社より刊行）。五月、イタリアのトレント映画祭でジョルジョ・アミトラーノ、和田忠彦と鼎談。六月、ノルウェー・リレハンメルの文学祭に参加。同月、チュービンゲンのキショ書店でペーター・ペルトナーと対談。同月、「DAS WASSER SCHREIBEN」（水を書く）というテーマのプロジェクトでベルリンの学校を訪れ、生徒とともに文学のワークショップを行う。七月、フィリピンを訪れ、フィリピン大学等で朗読会。同月、東京の紀伊國屋書店新宿本店で『地球にちりばめられて』（講談社）刊行記念で岩川ありさと対談「終わりのない旅の始まり」。同月、ハーバード大学世界文学研究所夏期集中セミナー東大セッション二〇一八で特別講演（モデレーター：ダグ・スレイメイカー）。デンマークのルイジアナ文学祭に参加。九月、カナダを訪れ、ビクトリア大学やトロント日本文化センターで朗読会。一〇月、『穴あきエフの初恋祭り』（文藝春秋）を刊行。同月、国際交流基金賞を受賞。同月、『献灯使』のドイツ語訳『Sendbo-o-te』（ペーター・ペルトナー訳、コンクルスブーフ社）刊。一一月、シンガポールの国際文学祭に参加。同月、戯曲『動物たちのバベル』が国立市で市民劇として上演される（演出・川口智子）。同月、ジョン・ケージをテーマに高瀬アキとともにシアターX等でパフォーマンス。同月、『The Emissary』が全米図書賞の第六九回翻訳書部門を受賞。一二月、イタリア・トリエステのレヴォルテッラ美術館で朗読会。

二〇一九年（平成三一年）　五九歳

『星に仄めかされて』を「群像」一月号より連載開始。エッセイ『沈黙のほころびる時』を「新潮」一月号に発表。リービ英雄との対談「越境とエクソフォニーのいま」が「すばる」、温又柔との対談「「移民」は日本語文学をどう変えるか?」が「文學界」各一月号に掲載。

〈参考資料〉

多和田葉子「年譜」（『芥川賞全集16』平14・6　文藝春秋）

「多和田葉子自筆年譜」（「ユリイカ」36巻14号）

多和田葉子公式ウェブサイト

http://yokotawada.de

（谷口幸代編）

著書目録

多和田葉子

【単行本】

Nur da wo du bist da ist nichts あなたのいるところだけ何もない　昭62　Konkursbuchverlag
Das Bad　平元　Konkursbuchverlag
Wo Europa anfängt　平3　Konkursbuchverlag
三人関係　平4・3　講談社
Das Fremde aus der Dose　平4　Literaturverlag Droschl
犬婿入り　平5・2　講談社
アルファベットの傷　平5・9　河出書房新社
口
Ein Gast　平5　Konkursbuchverlag
Die Kranichmaske, die bei Nacht strahlt　平5　Konkursbuchverlag
Tintenfisch auf Reisen　平6　Konkursbuchverlag
Tabula rasa　平6　Steffen Barth
ゴットハルト鉄道　平8・5　講談社
聖女伝説　平8・7　太田出版
Talisman　平8　Konkursbuchverlag

Aber die Mandarinen müssen heute abend noch geraubt werden　平9　Konkursbuchverlag
Wie der Wind im Ei　平9　Konkursbuchverlag
きつね月　平10・2　新書館
飛魂　平10・5　講談社
ふたくちおとこ　平10・10　河出書房新社
Orpheus oder Izanagi /Till　平10　Konkursbuchverlag
Verwandlungen（講義録）　平10　Konkursbuchverlag
カタコトのうわごと　平11・5　青土社
ヒナギクのお茶の場合　平12・3　新潮社
光とゼラチンのライプチッヒ　平12・8　講談社
Opium für Ovid　平12　Konkursbuchverlag
Spielzeug und Sprachmagie in der europäischen Literatur（博士論文）　平12　Konkursbuchverlag
変身のためのオピウム　平13・10　講談社
球形時間　平14・6　新潮社
容疑者の夜行列車　平14・7　青土社
Überseezungen　平14　Konkursbuchverlag
エクソフォニー　平15・8　岩波書店
旅をする裸の眼　平16・12　講談社
Das nackte Auge　平16　Konkursbuchverlag
Was ändert der Regen an unserem Leben? oder ein Libretto　平17　Konkursbuchverlag
傘の死体とわたしの妻　平18・10　思潮社

海に落とした名前　平18・11　新潮社
アメリカ　非道の大陸　平18・11　青土社
溶ける街　透ける路　平19・5　日本経済新聞社
Sprachpolizei und Spielpolyglotte　平19　Konkursbuchverlag
ソウル—ベルリン玉突き書簡＊　平20・4　岩波書店
Schwager in Bordeaux　平20　Konkursbuchverlag
ボルドーの義兄　平21・3　講談社
尼僧とキューピッドの弓　平22・7　講談社
Abenteuer der deutschen Grammatik　平22　Konkursbuchverlag
うろこもち　*Das Bad*（新装版）　平22　Konkursbuchverlag
雪の練習生　平23・1　新潮社
雲をつかむ話　平24・4　講談社
Yoko Tawada: Fremde Wasser＊　平24　Konkursbuchverlag
言葉と歩く日記　平25・12　岩波書店
Mein kleiner Zeh war ein Wort　平25　Konkursbuchverlag
献灯使　平26・10　講談社
Etüden im Schnee　平26　Konkursbuchverlag
カフカ＊　平27・10　集英社
akzentfrei　平28　Konkursbuchverlag
Ein Balkonplatz für flüchtige Abende　平28　Konkursbuchverlag
百年の散歩　平29・3　新潮社
シュタイネ　平29・10　青土社
地球にちりばめられて　平30・4　講談社
穴あきエフの初恋祭り　平30・10　文藝春秋

【文庫】

犬婿入り（解＝与那覇恵子）　平10・10　講談社文庫
文字移植（解＝陣野俊史）　平11・7　河出文庫
ゴットハルト鉄道（解＝室井光広　年・著＝谷口幸代）　平17・4　講談社文芸文庫
旅をする裸の眼（解＝中川成美）　平20・1　講談社文庫
エクソフォニー　母語の外へ出る旅　解＝リービ英雄）　平24・10　岩波現代文庫
飛魂（解＝沼野充義　年・著＝谷口幸代）　平24・11　講談社文芸文庫
尼僧とキューピッドの弓（解＝松永美穂　平25・7　講談社文庫
雪の練習生（解＝佐々木敦）　平25・12　新潮文庫
かかとを失くして・三人関係・文字移植（解・年・著＝谷口幸代）　平26・4　講談社文芸文庫
聖女伝説（解＝福永信）　平28・3　ちくま文庫
献灯使（解＝ロバート・キャンベル）　平29・8　講談社文庫
変身のためのオピウム／球形時間（解＝阿部公彦　年・著＝谷口幸代）　平29・10　講談社文芸文庫

＊は共著を示す。【文庫】の（　）内の略号は、解＝解説、年＝年譜、著＝著書目録を示す。

（作成・谷口幸代）

【初出】
雲をつかむ話　「群像」二〇一一年一月号〜二〇一二年一月号（二〇一一年八月号を除く）
ボルドーの義兄　「群像」二〇〇九年一月号

【底本】
雲をつかむ話　『雲をつかむ話』　二〇一二年四月　講談社刊
ボルドーの義兄　『ボルドーの義兄』二〇〇九年三月　講談社刊

雲《くも》をつかむ話《はなし》／ボルドーの義兄《ぎけい》

多《た》和《わ》田《だ》葉《よう》子《こ》

二〇一九年 四月一〇日第一刷発行
二〇二四年一二月一九日第五刷発行

発行者——篠木和久
発行所——株式会社 講談社
東京都文京区音羽2・12・21 〒112-8001
電話 編集（03）5395・3513
販売（03）5395・5817
業務（03）5395・3615

デザイン——菊地信義
印刷——株式会社KPSプロダクツ
製本——株式会社国宝社
本文データ制作——講談社デジタル製作

定価はカバーに表示してあります。

講談社文芸文庫

ISBN978-4-06-515395-6

島尾敏雄 ―その夏の今は|夢の中での日常　吉本隆明―解／紅野敏郎―案
島尾敏雄 ―はまべのうた|ロング・ロング・アゴウ　川村 湊―解／柘植光彦―案
島田雅彦 ―ミイラになるまで 島田雅彦初期短篇集　青山七恵―解／佐藤康智―年
志村ふくみ-一色一生　高橋 巖―人／著者―年
庄野潤三 ―夕べの雲　阪田寛夫―解／助川徳是―案
庄野潤三 ―ザボンの花　富岡幸一郎-解／助川徳是―年
庄野潤三 ―鳥の水浴び　田村 文―解／助川徳是―年
庄野潤三 ―星に願いを　富岡幸一郎-解／助川徳是―年
庄野潤三 ―明夫と良二　上坪裕介―解／助川徳是―年
庄野潤三 ―庭の山の木　中島京子―解／助川徳是―年
庄野潤三 ―世をへだてて　島田潤一郎-解／助川徳是―年
笙野頼子 ―幽界森娘異聞　金井美恵子-解／山﨑眞紀子-年
笙野頼子 ―猫道 単身転々小説集　平田俊子―解／山﨑眞紀子-年
笙野頼子 ―海獣|呼ぶ植物|夢の死体 初期幻視小説集　菅野昭正―解／山﨑眞紀子-年
白洲正子 ―かくれ里　青柳恵介―人／森 孝一―年
白洲正子 ―明恵上人　河合隼雄―人／森 孝一―年
白洲正子 ―十一面観音巡礼　小川光三―人／森 孝一―年
白洲正子 ―お能|老木の花　渡辺 保―人／森 孝一―年
白洲正子 ―近江山河抄　前 登志夫―人／森 孝一―年
白洲正子 ―古典の細道　勝又 浩―人／森 孝一―年
白洲正子 ―能の物語　松本 徹―人／森 孝一―年
白洲正子 ―心に残る人々　中沢けい―人／森 孝一―年
白洲正子 ―世阿弥 ―花と幽玄の世界　水原紫苑―人／森 孝一―年
白洲正子 ―謡曲平家物語　水原紫苑―解／森 孝一―年
白洲正子 ―西国巡礼　多田富雄―解／森 孝一―年
白洲正子 ―私の古寺巡礼　高橋睦郎―解／森 孝一―年
白洲正子 ―[ワイド版]古典の細道　勝又 浩―人／森 孝一―年
鈴木大拙訳-天界と地獄 スエデンボルグ著　安藤礼二―解／編集部―年
鈴木大拙 ―スエデンボルグ　安藤礼二―解／編集部―年
曽野綾子 ―雪あかり 曽野綾子初期作品集　武藤康史―解／武藤康史―年
田岡嶺雲 ―数奇伝　西田 勝―解／西田 勝―年
高橋源一郎-さようなら、ギャングたち　加藤典洋―解／栗坪良樹―年
高橋源一郎-ジョン・レノン対火星人　内田 樹―解／栗坪良樹―年
高橋源一郎-ゴーストバスターズ 冒険小説　奥泉 光―解／若杉美智子-年

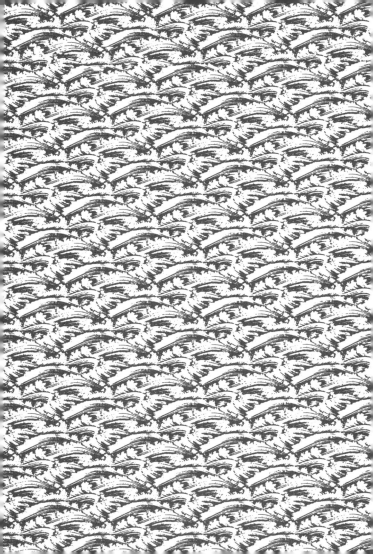